HAYMON taschenbuch 336

Herbert Dutzler
Letztes Glückskeks

Ein Altaussee-Krimi

Herbert Dutzler
Letztes Glückskeks

1

Gasperlmaier war es gar nicht recht, dass die Diskussion am Tisch in ein für ihn unangenehmes Fahrwasser geraten war. „Dein Sohn", sagte der Doktor Altmann, „der ist ein wahres Ass, was die Prostata betrifft. Da brauch ich gar keinen Urologen mehr!" Er nahm einen Schluck von seinem Bier. „Ah!", sagte er und wischte sich den Mund. „Charlotte, das Gulasch ist dir wieder einmal ausgezeichnet gelungen. Ein bisserl scharf vielleicht, aber ... Chapeau!"

Man saß in Gasperlmaiers Küche zusammen. Er selbst, seine Christine, der Doktor Altmann und dessen Frau. Die beiden waren seit einigen Jahren die Nachbarn der Gasperlmaiers, und obwohl sie beide Juristen aus Wien waren und damit keine Altausseer, hatte sich eine Freundschaft zwischen den beiden Paaren entwickelt, die nicht vorherzusehen gewesen war. Gasperlmaier hatte tief verwurzelte Vorurteile den zugezogenen Wienern gegenüber gehegt, aber Bruno – so der Vorname des Doktor Altmann, der vor seiner Pensionierung Richter gewesen war – hatte diese bei zahllosen Gesprächen über den Zaun hinweg abzubauen verstanden. Der Edelbrand, den er an den Zaun mitzubringen pflegte, hatte dazu erheblich beigetragen. Und so etwa einmal im Monat kochte Charlotte – die Frau Doktor Altmann, sie war vor ihrer Pensionierung Rechtsanwältin gewesen – scharfes Gulasch und trug den Topf hinüber zu Gasperlmaiers, wo Beilagen und Getränke bereits warteten, und man verbrachte gemeinsam einen gemütlichen Abend.

Der Bruno hatte gerade von seinem kürzlichen Besuch bei Christoph Gasperlmaier erzählt, dem Sohn der Gasperlmaiers, der nach einem mehrjährigen

Aufenthalt in Kanada nun eine Praxis für Allgemeinmedizin in Bad Aussee betrieb. Christophs Frau Richelle, eine Kanadierin, arbeitete beim Tourismusverband, und die Familie wohnte mit den beiden Kindern, Theo und Elisa, im Haus, das Gasperlmaiers verstorbener Mutter gehört hatte. Der Um- und Ausbau war noch nicht fertig, und Gasperlmaier wurde recht häufig für Hilfsdienste beim Bohren, Stemmen und Mauern eingeteilt, was ihm nicht nur Freude bereitete.

„Du solltest dich auch einmal … ich meine, gehst du regelmäßig zur Vorsorgeuntersuchung?", nahm der Bruno den Faden wieder auf. „Ich kann den Christoph nur wärmstens empfehlen." „Ich weiß nicht recht, ich muss mir das noch überlegen. Ich hol einmal einen Schnaps", sagte Gasperlmaier und stand auf. Es war ihm peinlich, hier vor allen zu erklären, dass er sich nicht vorstellen konnte, eine Prostatauntersuchung von seinem eigenen Sohn vornehmen zu lassen. Das war … also, da war es ihm schon lieber, ein Fremder erledigte das. Es gab eben Grenzen, die er ungern überschritt. Und eine davon war, dass er mit seinen Kindern nicht über intime Einzelheiten sprach, die in irgendeiner Weise mit den Geschlechtsorganen zu tun hatten. Er war, das musste er sich eingestehen, auch ein sehr zurückhaltender Vater gewesen, was die sexuelle Aufklärung seiner Kinder betraf. Das durfte man, so hatte er das zumindest gesehen, ruhig der Schule überlassen. Oder den Gleichaltrigen. Ab einem gewissen Alter, so wusste er zumindest vom Hörensagen, redeten Jugendliche ohnehin über nichts anderes als Sex. Er selber allerdings, so erinnerte er sich, hatte während seiner Jugendjahre ausschließlich zugehört, ohne sich an den ohnehin meist maßlos übertriebenen Angebereien seiner Klassenkameraden zu beteiligen. Und genau dieses aufmerksame Zuhören hatte schließlich irgendwann die Christine so sehr für ihn eingenommen, dass sie ihn erobert hatte.

Gasperlmaier kehrte mit einer Flasche Bergapfel-Edelbrand vom Pohn in Knoppen zurück. Dem Bruno durfte man nämlich nicht mit einem gewöhnlichen Obstler vom nächstbesten Bauern daherkommen, der war ein Kenner und Genießer und hatte Gasperlmaier angesteckt, sodass er nun auch die eine oder andere Flasche von einem anerkannten Edelbrenner zu Hause hatte. Und er musste zugeben, es hatte sich gelohnt – der Genuss war unvergleichlich, solange man es verstand, nicht zu viel von der edlen Flüssigkeit auf einmal die Kehle hinunterrinnen zu lassen.

"Mmmh!", machte der Bruno, als er der Flasche ansichtig wurde, und nickte anerkennend. "Aber nur einen, gell!", mischte sich die Charlotte ein, und die Christine nickte zustimmend. "Wunderbar!", kommentierte der Bruno, nachdem er den Schnaps andächtig auf der Zunge zergehen lassen und anschließend hinuntergeschluckt hatte. "Also", meldete sich die Charlotte zu Wort, "ich kann die Bedenken vom Gasperlmaier schon verstehen. Wenn einer unserer Söhne Gynäkologe wäre, ich würde mich auch nicht so einfach auf seinen Stuhl legen. Da wär ich befangen! Und er vielleicht auch!" Die Christine kicherte. Sie hatte auch schon ein paar Gläser Bier und einen Schnaps getrunken. "Völlig richtig!", sagte sie. "Ich würde mich auch niemals vom Christoph gynäkologisch untersuchen lassen! Sosehr ich ihn mag, aber ... Kaffee?", fragte sie. "Gern!", antwortete der Bruno, und auch die Charlotte nickte. Gott sei Dank, so dachte Gasperlmaier bei sich, war das medizinische Thema jetzt vom Tisch.

„Ich lüft einmal!" Er stand auf. „Heiß ist's! Scharf war's, das Gulasch!" Er trat ins Wohnzimmer und öffnete die Terrassentür. Der Bruno folgte ihm. Wie immer trug er seine Ausseer Lederhose, die nun, dem täglichen Gebrauch geschuldet, schon ein wenig Patina angesetzt hatte. Gasperlmaier streckte sich genüsslich, als sie draußen unter dem Balkon standen und dem Regen lauschten, der sanft in den Garten herniederrauschte.

„Bald", sagte der Bruno, „wird es wieder Zeit für die lange Unterhose!" Er deutete auf seine Knie. „Bis gestern hat's ja ausgeschaut, als ob der heurige Sommer überhaupt nicht enden würde!" Der Doktor Altmann hatte die Tradition wieder aufleben lassen, nach der man im Winter anstatt einer langen Hose die kurze Lederhose weiterhin trug, jedoch mit einer langen, weißen Unterhose darunter, die zwischen Lederhose und Stutzen natürlich sichtbar war. Die Charlotte war strikt gegen diese Tracht, und auch Gasperlmaier konnte ihr nichts abgewinnen.

Tatsächlich war das Wetter bis weit in den September hinein sommerlich gewesen, sogar nach Ende der Schulferien waren die Touristen in Scharen angerückt, und die besonders Mutigen hatten sogar noch Ende September im See gebadet. Jetzt aber war, pünktlich mit dem Beginn des Oktobers, eine Kaltfront mit Regenwetter über das Ausseerland gezogen, und die Temperaturen waren, wie man sie eben vom Oktober erwarten durfte. „Und?", fragte der Bruno, „Wie geht's den Enkeln? Und der wunderbaren Richelle?" Gasperlmaier zögerte mit einer Antwort. Die Richelle, seine Schwiegertochter, war tatsächlich eine Schönheit, die viele Blicke auf sich zog, nicht zuletzt die vom Doktor Altmann. Sie hatte Vorfahren unter Schwarzen, kanadischen Ureinwohnern, Iren, Asiaten und so weiter.

Das mochte ein Grund für ihre außergewöhnliche, ein wenig exotisch anmutende Schönheit sein. „Ein wenig eingespannt sind wir schon", antwortete Gasperlmaier schließlich, „weil wir halt oft auf die Kleinen aufpassen. Und die sind schon ... na, anstrengend halt. Aber auch sehr lieb!", beeilte er sich hinzuzufügen. Seit die Richelle beim Tourismusverband arbeitete, gab es regelmäßig Nachmittage, die die beiden bei den Großeltern verbrachten. Der Theo war mittlerweile dreieinhalb und die Elisa ein wenig über ein Jahr, sodass die Aufsicht bereits einiges an Konzentration und Engagement verlangte. Hauptsächlich war die Christine für die Enkel zuständig, aber gelegentlich hatte auch er selber an einem freien Nachmittag für die beiden zu sorgen.

„Ja, ja!", seufzte der Doktor Altmann. „Anstrengend können sie schon sein. Du hat es eh gehört, am letzten Ferienwochenende. Da waren sie alle da, unsere fünf Enkel. Und die meiste Zeit haben sie gestritten." Gasperlmaier nickte. „Außer, wie du sie ins Bergwerk und auf den Loser geschleppt hast!", lächelte er. „Gehen wir wieder hinein. Mir wird kalt!"

Der Tisch in der Küche war abgeräumt, statt den Tellern lag nun die Alpenpost auf dem Tischtuch. Die Frauen waren gerade mit einem Artikel beschäftigt, der eine Veranstaltung im Volkshaus ankündigte. „Das klingt ein wenig mysteriös!" Die Christine klopfte mit dem Finger auf einen Artikel. „Lest euch doch das einmal durch!" Der Bruno zog die Zeitung zu sich heran, sodass Gasperlmaier nur von der Seite hineinschielen konnte. „Von einer neuen Strategie, den Tourismus betreffend, ist da die Rede!", erklärte der Bruno. „Brauchen wir denn eine neue Strategie?", fragte die Christine. „Haben wir nicht genug Touristen?" Sie seufzte.

Gasperlmaier konnte da nur zustimmen. Nicht nur in den Sommermonaten, auch jetzt im Herbst legte eine Verkehrslawine den Ort zeitweise lahm. Immer mehr Tagestouristen strömten nach Altaussee, weil beinahe täglich im Fernsehen Dokumentationen, entweder über die wunderbare Natur oder über das pittoreske Brauchtum des Ausseerlandes, zu sehen waren. Dazu kamen noch ein paar Schriftsteller, die es nicht lassen konnten, ein Buch nach dem anderen zu schreiben, das im Ausseerland seinen Schauplatz hatte. Alles zusammen führte dazu, dass die Parkplätze an schönen Tagen meist schon am frühen Vormittag voll waren und er und die Manuela alle Hände voll zu tun hatten, um Falschparker wegzuweisen oder, im äußersten Fall, sogar abschleppen zu lassen. Die Manuela Reitmair-Peschke, das war seine Kollegin, die zusammen mit ihm den Polizeiposten in Altaussee am Laufen hielt.

„Was sagt ihr denn zu unserem neuen Tourismusdirektor?!", konstatierte der Bruno. „Ein Deutscher, wie es scheint. Wie sind die denn auf diese Idee gekommen?", fragte er. „Da wär ja ein Wiener noch gescheiter gewesen! Auf den Schreck hinauf ... einen ganz kleinen noch, was meinst, Charlotte?" Er zwinkerte seiner Frau zu. „Ich bring lieber noch einen Rotwein!" Die Christine stand auf und holte eine Flasche, die sie schon vor dem Essen geöffnet hatte, von der Anrichte. „Da hat's eine Ausschreibung gegeben", erklärte die Christine, während sie einschenkte. „Und damit ja nicht der Verdacht aufkommt, dass ein interessanter Posten jemandem zugeschanzt wird, bloß weil er – oder sie – einheimisch ist oder Beziehungen hat, hat man halt rein auf die Qualifikation geschaut. Und da hat dieser Deutsche gewonnen." „Der aber wahrscheinlich nicht viel über die örtlichen Besonderheiten weiß!", warf die Charlotte ein. „Na ja, man muss halt hoffen, dass er sich schnell damit vertraut macht. Prost!" Die Christine hob ihr Glas. „Eine neue Strategie ...", sinnierte Gasperlmaier, nachdem er den Wein gekostet hatte. „Was das wohl sein kann?"

„Also, ich kann da nur sagen, dass der Tourismusverband eigentlich überhaupt keine Werbung mehr machen sollte", meinte der Bruno. „Sind ja eh schon viel zu viele Leut da! Kürzlich sind wir am Mittwoch", er hob seinen Zeigefinger, „am Mittwoch! Rund um den See gegangen, und zu Mittag schon war alles voll, bei der Seewiesen, beim Jagdhaus, und später, als wir noch gern einen Kaffee gehabt hätten, sogar beim Kahlseneck." „Na ja", schmunzelte die Charlotte. „Du hast deinen Kaffee schon noch gekriegt. Weil ...", sie wandte sich Gasperlmaier zu, „... er ein paar Touristen erklärt hat, dass da auf der Bank mindestens noch vier Leute Platz haben, wenn sie ihre Handtaschen und Rucksäcke auf den Boden stellen. Freundlich war er nicht gerade!" Gasperlmaier nickte. „Das ärgert mich auch immer. Wenn wir mit der Bahn nach Wien fahren, die Mädels besuchen! Da gibt es auch welche, die im vollen Waggon partout ihr Zeug auf dem Sitz neben sich stapeln. Und dann schauen sie ganz konzentriert auf ihr Handy oder ihren Laptop und tun, als ob sie gar nicht merken, dass da Leute Sitzplätze suchen." Die Mädels, damit meinte Gasperlmaier seine Tochter Katharina und deren Frau Stefanie, die in Wien wohnten und nun beide im Online-Journalismus arbeiteten, wo Gasperlmaier sich nicht gut auskannte und nicht einmal genau wusste, wie man damit sein Geld verdiente. Momentan waren die beiden allerdings hier in Altaussee, denn sie hatten sich den oberen Stock in Gasperlmaiers Haus zu einer Wohnung ausgebaut und hielten sich immer öfter da oben auf. Homeoffice nannten sie das dann. Gasperlmaier zweifelte daran, ob das eine richtige Arbeit war, wenn man zu Hause vor dem Computer hockte, und machte sich ein wenig Sorgen um die Zukunft der beiden.

„Ihr zwei", stellte die Christine fest, „seid's ganz schöne Suderanten geworden. Ob das mit dem Alter zu tun hat?" Die Charlotte nickte. „Das stell ich auch immer wieder fest. Alles wird kritisiert und bejammert, aber wenn ich dann einmal etwas sage, über die lange Unterhose im Winter beispielsweise, dann kann ich mir stundenlange Vorträge anhören. Wenn nicht gar Vorwürfe!" Ihr Ton war leicht sarkastisch gewesen, aber Gasperlmaier wusste aus Erfahrung, dass der Bruno und die Charlotte einander gerne neckten, kaum jemals aber ernsthaft in Streit gerieten. „Auf jeden Fall", sagte die Christine, „ist die Veranstaltung schon am kommenden Mittwoch. Da sollten wir dabei sein, findet ihr nicht?" Der Bruno nickte, ebenso die Charlotte. „Freilich!", sagte der Bruno. „Weil uns ja was liegt an unserer neuen Heimat!" Er klopfte bedeutungsvoll mit den Handflächen auf die in der Lederhose steckenden Oberschenkel. Gasperlmaier war sich nicht so sicher, ob er an der Veranstaltung teilnehmen sollte. Denn das bedeutete in der Regel, dass er Stellung beziehen musste, einen Standpunkt haben sollte. Und das war bei ihm ein schwacher Punkt, er konnte sich oft nicht entscheiden, wem er Glauben schenken sollte, mit wem er gemeinsame Sache machen oder gegen wen er sich stellen sollte. Er wollte lieber mit allen gut auskommen. „Ich ... also, ihr wisst ja, ihr kennt meinen Standpunkt", meldete er sich ein wenig unsicher zu Wort. „Die Polizei ist für alle da, ich sollte ... ich meine, ich kann nicht gegen jemanden oder für ... es ist besser, wenn die Polizei neutral bleibt und nur darauf achtet, dass die Gesetze eingehalten werden." Der Bruno schlug ihm auf die Schulter. „Das ehrt dich, Gasperlmaier. Aber du solltest dir wenigstens die Fakten zu Gemüte führen, damit du weißt, wer was vorhat in deinem geliebten Altaussee. Das zu wissen kann nämlich nie schaden!"

„Ich werd auf jeden Fall Stellung beziehen!", kündigte die Christine an. „Weniger ist mehr! Wir brauchen Gäste, die länger bleiben, die auch wirklich an unserer Gegend interessiert sind und nicht nur auf einem Tagesausflug die bekannten Fotospots abklappern wollen. Auf jeden Fall brauchen wir keine Busladungen, die über den Ort herfallen und uns mit ihren Drohnen in den Garten hineinfilmen. So wie drüben in Hallstatt oder in Venedig, zum Beispiel. Da dürfen wir wohl gut aufpassen!"

„Gut gesprochen, Mama!" Die Katharina war in der Tür aufgetaucht. Das, so befürchtete Gasperlmaier, würde die Debatte verschärfen und in die Länge ziehen. Gleich hinter ihr kam die Stefanie in die Küche. „Gibt's was Neues?", fragte sie. Die Christine nickte. „Schon. Um die neue Strategie des Tourismusverbands geht's!" „Ach, das!" Die Stefanie winkte ab. „Das haben wir schon gelesen. In der Online-Ausgabe von der Alpenpost. Wir sind natürlich dabei am Mittwoch!" Gasperlmaier hatte gar nicht gewusst, dass die Alpenpost, die alle 14 Tage das Neueste aus der Region ins Haus brachte, über eine Online-Ausgabe verfügte. „Wir hoffen ja auf einen Schritt in Richtung Nachhaltigkeit!", sagte die Katharina. „Ist noch Wein da?" Die Christine nahm die Flasche zur Hand und schenkte ein.

Der Abend wurde lang, und Gasperlmaier langweilten die zunehmend politischer werdenden Gespräche ein wenig, denn die hohe Politik war nicht gerade das, wofür er sich an einem gemütlichen Abend erwärmen konnte. Lieber, so dachte er bei sich, hätte er den Rest des Abends auf dem Sofa verbracht, vor dem Fernseher und mit dem Schnurrli auf dem Bauch. Plötzlich fröstelte ihn. Das konnte doch nicht sein, dass die heute Morgen hereingebrochene Kälte bis in die Küche und seine Glieder zog? Es war doch ausgesprochen warm um den Küchentisch herum, allein schon wegen der vielen Leute? Oder war es das Alter, das langsam, aber sicher in seine Gelenke und Knochen kroch?

Wie immer schlief Gasperlmaier gut, wenn der Regen sanft auf die Bäume vor dem Fenster herniederrieselte. Aber nicht allzu lang, denn die Christine und er hatten versprochen, diesen Samstag auf die Enkel aufzupassen, weil die Richelle für den Tourismusverband zu einer Messe nach Salzburg musste und der Christoph den frisch angebauten Wintergarten streichen und putzen wollte. Gasperlmaier fragte sich zwar, warum dafür sein eigener freier Samstag dran glauben musste, aber andererseits machte es ihm auch Spaß, mit den beiden Kleinen zusammen zu sein. Er freute sich schon auf den Winter, denn er war fest entschlossen, dem Theo das Skifahren beizubringen. Schließlich hatten sie den Christoph und die Kathi ja auch mit drei Jahren auf die Ski gestellt.

So kam es, dass er schon vor acht Uhr am Küchentisch saß und ein Marmeladebrot schmierte. Er warf einen Blick aus dem Fenster. „Wir können nur hoffen", sagte er zur Christine, „dass nächsten Samstag besseres Wetter ist. Wenn die Renate heiratet." Die Christine nahm einen Schluck Kaffee. „Ein bisserl ein Risiko ist es schon, so spät im Jahr eine Hochzeit im Zelt auf der Seewiese. Aber sie haben es sich selber ausgesucht." Gasperlmaier legte sein Handy auf den Tisch und suchte nach der Wetter-App. „Franz, wir haben ausgemacht, bei den Mahlzeiten ..." „Gleich!", unterbrach er seine Frau und schob den Finger auf dem Display nach oben. „Momentan heißt es, dass es wieder milder wird. Und vor allem trocken!" „Schauen wir mal. Und jetzt weg mit dem Handy!"

„Gut, dass ihr da seid!" Der Christoph öffnete ihnen in seinem Arbeitsgewand die Tür. Es war mit eingetrocknetem Mörtel verschmiert. „Ich hab die Kinder schon fertig gemacht!" „Oma!" Der Theo kam aus der Haustür geschossen und umarmte die Beine der Christine, für die er in den letzten Monaten eine besondere Vorliebe entwickelt hatte. Dahinter schob der Christoph den Kinderwagen mit der dick eingepackten Elisa aus dem Haus. „Ich hab den Regenschutz drübergetan. Müsst eigentlich passen." „Was machst denn heute?", fragte Gasperlmaier. „Die Fliesen hab ich fertig gelegt, gestern Abend. Also, mehr in der Nacht. Und heute werd ich verfugen, dann ist ... wenn ich nächste Woche streiche, dann kann ich alles putzen ... und fertig!" „Dass du dich halt nur nicht überarbeitest!", ermahnte Gasperlmaier seinen Sohn, denn er wusste, wie anstrengend die Arbeit eines Allgemeinmediziners hier am Land sein konnte. „Magst mir helfen?", grinste der Christoph. Gasperlmaier wehrte mit einer heftigen Geste ab. Das fehlte noch, dass er da auf den Knien herumrutschen und Fugenmasse verteilen sollte. „Nein, ich hab ... also, ich kann doch die Christine nicht mit den Kindern alleine lassen!" „Passt schon, Papa!" „Wann kommt denn die Richelle zurück?", fragte die Christine. Der Christoph zuckte mit den Schultern. „Weiß man bei so einer Veranstaltung nie! Sie ist mit ihrem Chef mitgefahren."

Der Theo hatte inzwischen sein Laufrad aus der offenstehenden Garage geholt. „Fahren wir, Opa!", drängte er. Aber Gasperlmaier hatte noch eine Frage. „Hat sie was erzählt, die Richelle? Worum es geht, bei der neuen Strategie vom Tourismusverband?" Der Christoph zuckte mit den Schultern. „Keine Ahnung!"

Wenig später waren sie zum See hinunter unterwegs, Gasperlmaier musste dem Theo hinterherhetzen, der auf der leicht abschüssigen Straße schon weit voraus war. „Warten, Theo!", kommandierte er. „Ein Auto!" Brav blieb der Bub am Straßenrand stehen, und Gasperlmaier legte ihm eine Hand auf die Schulter, als das Auto vorbeifuhr. Der Theo war dick eingepackt, in Regenjacke, Haube und Helm. Kaum zu glauben, dass man noch vorgestern praktisch im Sommergewand herumgelaufen war. „Ich weiß nicht recht", sagte er zur Christine, als sie auf den Weg um den See eingebogen waren, wo keine Autos mehr fahren durften. „Dass die Richelle ... also, dass sie am Wochenende auch arbeiten gehen muss, das ist doch ..." „Unangenehm", gab die Christine zu. „Aber im Tourismus, da gibt's eben keine fixen freien Tage, zumindest nicht immer. Und angeblich kriegt sie für den einen Samstag zwei Wochentage frei." „Ach so!" Gasperlmaier fiel nicht mehr zum Thema ein, und so zogen sie eine Weile schweigend weiter. Zum Glück ließ der Regen nach und hörte bald ganz auf, sodass sie eine große Runde mit den Kindern gehen konnten, während der die Elisa in ihrem Kinderwagen schlief.

2

Der Mittwoch war schneller da als erwartet. Das Wetter hatte sich gebessert, und die Voraussage für den Samstag, den Hochzeitstag der Frau Doktor Kohlross, war gut. Trocken und sonnig sollte es werden, und auch noch ein paar Grad wärmer. Gerade, als Gasperlmaier das Gartentor öffnete, kam auch die Richelle die Straße herauf, um die Kinder abzuholen. „Hallo, Dad!", sagte sie. Zu Beginn war ihm das seltsam vorgekommen, so angesprochen zu werden, aber inzwischen war es für ihn selbstverständlich. Die Richelle umarmte ihn und küsste ihn auf beide Wangen. Auch daran hatte er sich gewöhnt, denn anscheinend war man in Kanada bei Begrüßungen eben ein bisschen überschwänglicher als in Altaussee. Die Richelle sah wieder einmal fantastisch aus, besonders für einen gewöhnlichen Wochentag. Sie trug schwarze Leggings, weiße Sneakers, eine schwarze Seidenbluse mit geometrischem Muster und darüber eine sehr lange Strickweste, auf der sich das Muster der Bluse wiederholte. Sie wirkte wie aus einem Modekatalog, wie immer auch perfekt geschminkt. Zunächst war Gasperlmaier skeptisch gewesen. Ob denn eine solche Frau auch zu seinem Sohn und nach Altaussee passte. Aber seit er ihr herzliches Wesen näher kennengelernt hatte, fiel ihm ihr eleganter Stil immer weniger auf. Außerdem war sie trotz der vielen Arbeit im Büro und zu Hause immer gut aufgelegt.

„Alles okay mit den Kids?", fragte sie. „Weiß nicht", sagte Gasperlmaier. „Ich komm ja auch gerade erst aus dem Dienst!" Gemeinsam betraten sie das Vorhaus. „Ruhig ist es hier!", stellte Gasperlmaier fest. „Wir sind in der Küche! Es gibt gerade Jause!", rief die Christine. „Du, Richelle", flüsterte Gasperlmaier, während er sich die Schuhe auszog. „Worum geht's denn da, heute Abend, bei der Veranstaltung im Volkshaus? Ich meine, die neue Strategie, und so?" Die Richelle zog die Mundwinkel nach unten. „Genau weiß ich nichts. Mein Chef hält sich bedeckt, er hält nicht viel von Transparenz. Will alles allein entscheiden, ist nicht an Teamarbeit interessiert. Mal sehen, was da kommt!" Das, so fand Gasperlmaier, waren keine guten Nachrichten. Er hatte ein so mulmiges Gefühl im Bauch, dass er am liebsten auf die Veranstaltung verzichtet hätte. „Ich bin nicht dabei, heute Abend", sagte die Richelle. „Schließlich arbeite ich nur Teilzeit, ich muss mich ja auch mal um meine Familie kümmern!" Das leuchtete Gasperlmaier ein.

Drinnen in der Küche saßen die Kinder und die Christine um den Tisch, die Elisa im Hochstuhl. Beide hatten den Mund voll, der Theo mit einem Käsebrot, die Elisa offenbar mit Apfelmus, denn eine Schüssel davon stand vor ihrem Platz. Und sie grinsten, als sie ihre Mama eintreten sahen.

„Wir können uns die Spaghetti von gestern aufwärmen", schlug die Christine vor, als die Richelle mit den Kindern gegangen war. „Zum Kochen hab ich heute keine Zeit gehabt." „Passt schon!", meinte Gasperlmaier, obwohl er keinen rechten Gusto auf die Gemüsespaghetti hatte. Die Christine hatte gestern für die Mädels mitgekocht, weil die sonst überhaupt nie was Gescheites bekämen und ohnehin schon so mager seien. So musste er zweimal hintereinander mit Vegetarischem vorliebnehmen, was ihm nicht so ganz behagte. Zur Entschädigung holte er sich ein Bier aus dem Kühlschrank. „Jetzt schon?", fragte die Christine ein wenig spitz, als er den ersten Schluck direkt aus der Flasche nahm. „Der Abend heute", sagte Gasperlmaier, „der wird möglicherweise ein bisschen schwer verdaulich. Da ist es besser, wenn man gut vorbereitet hinkommt." „Und dein Bier, das ist eine gute Vorbereitung?" „Es entspannt!", gab Gasperlmaier zurück und nahm einen neuerlichen Schluck.

Nicht gänzlich zufriedengestellt von den Gemüsespaghetti standen sie um Viertel nach sieben vor dem Volkshaus und stellten fest, dass reger Zustrom herrschte. „Grüß dich, Gasperlmaier!" Der Kahlß Friedrich war vor ihnen aufgetaucht, seine Heidi am Arm. Der Friedrich war Gasperlmaiers Chef gewesen, also der Postenkommandant, bis er vor ein paar Jahren wegen Herzbeschwerden frühzeitig in Pension hatte gehen müssen. Seither hatte er sich prächtig erholt, die Inhaberin eines Trachtengeschäfts geheiratet und mehr als 20 Kilo abgenommen. Gasperlmaier sah ihn fast nur mehr in Sportkleidung. Heute aber hatte sich der Friedrich in die Lederhose geworfen. „Ich hab sie ja", sagte er entschuldigend, „nur wegen dem Repräsentieren angezogen. Man kann schließlich nicht in Jeans daherkommen, wenn man mit so einer Frau verheiratet ist! Schaut euch doch nur einmal ihr neues Dirndl an!" Er drückte seine Angetraute, wie er sie meist nannte, fest an sich, und die reagierte mit einem etwas verschämten Lächeln. „So neu ist es auch wieder nicht!", sagte sie. „Grüß euch! Wird voll heute, nicht?" „Ja, ja!", nickte Gasperlmaier und sah um sich. Beim Eingang war bereits ein kleiner Stau entstanden. „Gehen wir hinein, damit wir einen Platz kriegen", schlug er deswegen vor.

„Da werde ich heute", erklärte der Friedrich, während sie sich vor dem Eingang anstellten, „möglicherweise meine Stimme erheben müssen. Weil ich kann mir nicht vorstellen, dass diesem Herrn Kröker was

Gescheites einfällt, zu der Zukunft von unserem Tourismus!" „Kröker?", fragte Gasperlmaier nach. „Ja, Kai Kröker. Der neue Chef von unserem Tourismusverband!" „Kai Kröker!", wiederholte Gasperlmaier abschätzig. „Allein schon der Name!" „Du sagst es. Du sagst es!", bestätigte ihn der Friedrich. „Keine üblen Vorurteile, meine Herren!", mischte sich die Christine ein. „Wollen wir uns doch erst einmal anhören, was der Herr uns zu sagen hat!"

Im Saal mussten sie sich mit einem Platz in den hinteren Reihen begnügen, denn weiter vorne war alles schon voll. Aufgeregtes Gemurmel um ihn herum verhieß, fand Gasperlmaier, nichts Gutes. Wussten die Leute etwas, das er noch nicht erfahren hatte? Als er sich umdrehte, sah er, dass ganz hinten gerade die Kathi und die Stefanie den Saal betreten hatten, sie suchten sich keine Sitzplätze, sondern blieben an der hinteren Wand des Saales stehen. Beide wischten auf ihren Handys herum.

„Einen schönen guten Abend", wünschte der Bürgermeister, der als Erster auf die Bühne trat. Hinter ihm stand ein langer Tisch mit sechs Sesseln dahinter, der Bürgermeister aber blieb stehen. „Ich möchte euch recht herzlich begrüßen!", begann er. In der folgenden Pause gab es keinen Applaus. Gasperlmaier hörte nur mit einem halben Ohr hin, als der Bürgermeister recht langatmig erklärte, warum diese Versammlung heute einberufen worden war, er redete von Bürgermitbestimmung und Transparenz, von schwierigen Entscheidungen, die die Zukunft Altaussees massiv beeinflussen könnten, und davon, dass man auf keinen Fall leichtfertig Chancen vergeben sollte, die sich einem auftun, vor allem, um die Zukunft der jungen Menschen in Altaussee abzusichern. Im Grunde, fand

Gasperlmaier, als der Bürgermeister endete, hatte er genau gar nichts gesagt.

Dann kam etwas, mit dem Gasperlmaier nicht gerechnet hatte. Zuerst trat der neue Tourismusdirektor auf, in einem Anzug, dessen Farbe Gasperlmaier nicht recht definieren konnte. Am ehesten hatte er die Farbe von Heu. Hinter ihm kam die Burgl Zeitschner, die schon viele Chefs im Tourismusverband kommen und gehen sehen hatte, im Dirndl und mit einer Lesebrille auf der Nase, über die hinweg sie recht skeptisch ins Publikum blickte. Dahinter aber, und das war die eigentliche Überraschung, betraten drei Herren und eine Dame die Bühne, die eindeutig asiatische Gesichtszüge hatten. Aha, so dachte Gasperlmaier bei sich, jetzt war die Katze aus dem Sack. Der Tourismusdirektor wollte Touristen aus Asien nach Altaussee bringen. Irgendsowas hatte er schon befürchtet. „Die Chinesen kemman!", hörte er es aus dem Publikum flüstern, danach war es mucksmäuschenstill. Die Frau in der Gruppe war sehr zierlich, trug ein rotes Kleid, eine schwarz umrandete Brille und die Haare zu einem Knoten aufgesteckt. Die drei Herren steckten in schwarzen Anzügen, lächelten und sahen einander sehr ähnlich. Zwei der Männer waren recht jung, einer schien älter, kleiner und etwas fülliger als die beiden anderen.

Die Burgl legte einen Stapel bedrucktes Papier vor sich hin, sah noch einmal über ihre Brille hinweg ins Publikum und räusperte sich. Ein Kellner stellte vor jeden der auf dem Podium Anwesenden ein Seidel Bier hin. Nur die zierliche Frau lehnte ab und bat um ein Wasser. Der Kai Kröker sagte nichts, hüstelte aber in die vorgehaltene Hand. „Ich möcht euch", sagte die Burgl in etwas resigniertem Ton, „heute unseren seit Juli amtierenden Tourismusdirektor vorstellen, den

Herrn Kai Kröker aus Bielefeld, Master of Arts. Er hat ... also, am besten, er erklärt euch das selber." Totenstille im Publikum. Der Kai Kröker erhob sich. „Also, ich ... ich freue mich sehr, hier im Ausseerland für diesen Job ausgewählt worden zu sein. Ich habe schon auf der ganzen Welt im Tourismusmanagement gearbeitet, zuerst in meiner Heimat, in NRW, später ..." „NRW!", wiederholte jemand im Publikum und lachte. Das Gelächter verbreitete sich, ebbte aber rasch wieder ab. Gasperlmaier wusste natürlich, dass mit NRW Nordrhein-Westfalen gemeint war, denn viele Besucher aus Deutschland, auch solche, die er wegen eines Vergehens auf den Posten bitten musste, hatten ihm dieses „NRW" als ihr Heimatbundesland angegeben. Der Friedrich beugte sich, knapp an der Brust seiner Heidi vorbei, zu Gasperlmaier herüber. „Ob da freiwillig einer hinfährt, nach NRW?" Er lachte hinter vorgehaltener Hand. Inzwischen erklärte der Kai Kröker, dass er auch in Dänemark, im Kreuzfahrtgeschäft und auf Mauritius tätig gewesen war. Gasperlmaier stellte allgemeines Kopfschütteln im Publikum fest, gelegentlich wurden wiederum Teile der Aussagen des Kai Kröker murmelnd wiederholt. Der Kröker griff mit zwei Fingern unter seinen Krawattenknoten, um ihn ein wenig zu lockern. Gasperlmaier sah, dass sein Gesicht gerötet war. Niemand hier im Saal schien ihn ernst zu nehmen, was anscheinend an seiner Selbstsicherheit nagte.

„Kurzum", schloss er, „in unserer neuen Strategie ..." Die Burgl unterbrach ihn. „In Ihrer neuen Strategie!", korrigierte sie und erhielt prompt Applaus aus dem Publikum, der aber rasch verebbte. Man wollte doch hören, was der Kröker sonst noch zu sagen hatte. Der aber wiederholte mehr oder weniger das, was der Bürgermeister schon gesagt hatte, und je länger er redete, desto unruhiger wurde es im Publikum. Die Burgl seufzte und musterte ihren Chef von oben bis unten. „Ja, also!", setzte der fort, als er merkte, dass die Burgl mit seiner Rede nicht zufrieden war. „Wir haben vor, eine Kooperation mit unseren chinesischen Freunden einzugehen." Er streckte den rechten Arm in Richtung der Gäste am Podium aus. „Es besteht dort, also in China, großes Interesse an Europa, es gibt genügend zahlungskräftige Chinesen, die ..." „Darf ich einmal etwas fragen?" Gasperlmaier zuckte zusammen. Das war die Stimme der Stefanie gewesen. „Gerne!", antwortete der Kröker, der froh darüber schien, nicht weiterreden zu müssen. „Stefanie Frisch, freie Journalistin", stellte die Stefanie sich vor. „Ist das im Sinne eines nachhaltigen Tourismus, dass man Menschen hierherlockt, die über 10 000 Kilometer im Flugzeug zurücklegen müssen und dann nur wenige Stunden hier verbringen? Oder spielt Nachhaltigkeit in Ihrem Konzept keine Rolle?" Der Kröker fühlte sich sichtlich überrumpelt, sah hinunter zur Burgl, die nur mit den Schultern zuckte, und erklärte dann, dass man über kurz oder lang über nachhaltige, ja sogar biologische Flugzeugtreibstoffe verfügen werde können. Der Flugverkehr finde ja außerdem nicht im Ausseerland statt. Im Publikum erntete er damit nur Gelächter.

Die Stefanie verzichtete auf eine weitere Frage, und so konnte der Kröker, nach mehrmaligem und ausgiebigem Räuspern, in seinem Vortrag fortfahren. „In der Provinz Guangdong im Süden Chinas, aus der auch unsere Gäste kommen ..." Er deutete wiederum auf die vier Chinesen, die sich artig verbeugten. Das Lächeln im Gesicht der jungen Frau wirkte bemüht, Gasperlmaier hatte den Eindruck, sie hatte verstanden, was bereits gesagt worden war. „... steht bereits eine Kopie von Hallstatt, wie Sie wissen, und am Ufer des ..." Die Burgl reichte ihm ein Blatt von ihrem Stapel. „... Jiaodong-Stausees ...", las der Kröker vom Blatt ab, „sollen Kopien einiger Gebäude aus Altaussee hinzukommen. Man denkt an das Ensemble rund um die Pfarrkirche, einige Bootshäuser, ein Schaubergwerk und an das Wirtshaus auf der Blaa ..." Der Rest dessen, was er vom Zettel ablas, war nicht mehr zu verstehen, weil im Saal ein Tumult ausgebrochen war. Alles schrie durcheinander, Köpfe und sogar Fäuste wurden geschüttelt.

Plötzlich erklomm die Katharina die Stufen zur Bühne, nahm dem verblüfften Kai Kröker das Mikrofon ab und trat an die Rampe. „Könnt's ihr vielleicht einmal zuhören?", sagte sie, und ganz entgegen Gasperlmaiers Erwartungen beruhigte sich die Menge langsam. Man war offenbar gespannt, was die Katharina zu sagen hatte. „Ich bin die Katharina Gasperlmaier", sagte sie, „und viele von euch werden mich kennen. Ich bin aus Altaussee, war vor ein paar Jahren Narzissenkönigin, ich war auf der Tourismusschule, und ich hab auch Tourismusmanagement studiert. Ich kenn mich also aus, auch, wenn ich jetzt die meiste Zeit in Wien wohne." Der Friedrich beugte sich neuerlich zu Gasperlmaier herüber. „Die hätten sie als Tourismusdirektorin einstellen sollen!", flüsterte er und machte ein Zeichen mit dem Daumen nach oben. Gasperlmaier nickte.

„Herr Kröker, können Sie uns die vier Herrschaften vorstellen?", fragte die Katharina jetzt, reichte dem Kröker das Mikrofon zurück, machte aber keine Anstalten, die Bühne zu verlassen. Der Kröker griff wieder zu seinem Zettel. „Also", sagte er, „wir haben hier Frau Lin Lien ..." Die Angesprochene erhob sich, lächelte breit und verneigte sich vor dem Publikum. Sie war, fand Gasperlmaier, wirklich ausgesprochen hübsch und wirkte auf ihn so, als freue sie sich tatsächlich, hier sein zu dürfen. „Dann haben wir Herrn Wang Baihu ..." Er deutete auf den Herrn links außen, anstatt seiner erhob sich aber der in der Mitte und entblößte beim Lächeln strahlendweiße Zähne. „Herrn Chen Jian", fuhr der Kröker unbeirrt fort, „und Herrn Rinderer Josef Ning." Rinderer, dachte Gasperlmaier etwas irritiert. Wie kam denn ein Chinese zu dem Namen Josef Rinderer?

Die Katharina schnappte sich wieder das Mikrofon. „Und ich denke", sagte sie, „wir sollten hier nicht die Regeln der Gastfreundschaft und der Höflichkeit ignorieren, sondern uns anhören, was die Herrschaften zu sagen haben. Und unsere Bedenken, die sollten wir sachlich und friedlich vortragen, dann werden sie auch gehört. Und ich möchte gleich sagen, dass ich schwere Bedenken habe." Langanhaltender Applaus folgte, Gasperlmaier selbst klatschte sich beinah die Hände wund.

„Vielleicht", mischte sich die Burgl ein, „sagst uns gleich, was deine Bedenken sind. Damit wir hier weiterkommen!" Die Katharina atmete tief durch. „Wir haben jetzt schon mehr Tagestouristen, als wir verkraften können. Die Parkplätze sind am Vormittag schon voll, die Autos, die freie Parkplätze suchen, verstopfen und verpesten unsere Dorfstraße. Wo sollen denn die Leute hin, wenn noch mehr kommen? Wollen wir alle unsere Wiesen mit Hotels, Appartements und Parkplätzen zubauen? Bloß, damit wir Arbeitsplätze im Tourismus schaffen, die eh keiner haben will?" Sie gab das Mikrofon zurück, schüttelte den Kopf und begab sich an die hintere Wand des Saales zurück. Es gab zwar abermals donnernden Applaus für die Katharina, aber auch einzelne Buhrufe, von denen Gasperlmaier nicht feststellen konnte, woher sie kamen. „Wunderbar!", flüsterte die Christine ihm ins Ohr. „Was wir für eine Tochter haben!" Gasperlmaier nickte, dachte aber insgeheim bei sich, dass es ihm lieber wäre, wenn sie nicht so sehr das Licht der Öffentlichkeit suchen würde. Immerhin hatte es im Vorjahr eine ganze Menge Ärger gegeben, weil sie und ihre Frau in ihrem Internetblog Dinge ans Tageslicht brachten, die nicht jedem gefielen. Anfeindungen und Drohungen waren das Ergebnis gewesen. Er hatte gehofft, dass die Katharina daraus Lehren ziehen und sich zurückhalten würde. Stattdessen war sie noch angriffslustiger geworden. Wenn das bloß alles ein gutes Ende nahm.

Der Kröker schien aus dem Konzept gebracht worden zu sein, denn die Burgl musste ihm zuflüstern, was als Nächstes zu geschehen hatte. Er nickte. Gasperlmaier stellte fest, dass auf der Stirn des Kröker Schweißtropfen glänzten, einzelne Haarsträhnen klebten daran. Er trank sein Seidel aus. „Ich bitte jetzt Herrn Rinderer Josef Ning darum, die Vorstellungen seiner Auftraggeber näher zu erläutern." „Da sind wir aber gespannt!", rief der Friedrich hinaus, was ihm einen Rippenstoß seiner Heidi einbrachte.

Der Rinderer stand auf und begann, wie Gasperlmaier überrascht feststellte, mit bayerischem Akzent zu sprechen. „Ihr werdet's euch vielleicht wundern, warum ein Chines bayerisch redt', aber die Sach ist die, dass mein Vater aus Straubing ist und als Braumeister nach China gegangen ist, damit er den Chinesen das Bierbrauen zeigt." Er erntete für diese Einleitung freundliches Gelächter. „Und dann, könnt's es euch ja denken, hat ihm meine Mutter sehr gefallen, und ich bin geboren und mit den Eltern zurück nach Straubing, wie die Chinesen dann das Bierbrauen schon gekonnt haben." Weiteres Gelächter. „Und seitdem pendle ich zwischen Bayern und China und bin in beiden Ländern daheim." Der Rinderer, fand Gasperlmaier, war den Altausseern ein wenig zu sympathisch für das, was er wohl im Schilde führte.

„Und jetzt ist es so", fuhr der Rinderer fort, „dass meine Heimatstadt, Huizhou am Jiaodong-Stausee, eben vorhat, ein bisschen alpines Ambiente, das wir in China so lieben, zu uns nach Hause zu bringen. Der Herr Kröker hat ja schon gesagt, was wir vorhaben. Es ist also nicht zu befürchten, dass jetzt jeden Tag hunderte Busse bei euch ankommen, weil die Leute das alles selber sehen wollen. Sie haben es ja dann zu Hause bei uns und müssen nicht extra herfahren." Der Rinderer lachte und nahm einen Schluck von dem Bier, das vor ihm stand. „Das ist aber in Hallstatt ganz anders gelaufen!", rief jemand aus dem Publikum. Der Rinderer nickte und legte die Hände vor der Brust aneinander. „Da werden wir Vorkehrungen treffen. Der Name Altaussee wird in dem Projekt nicht auftauchen, wir werden gar nicht öffentlich machen, welche Bauten und welche Landschaft wir da kopiert haben." „Wer's glaubt!", schnaufte der Friedrich. „Das haben doch diese Influencer in null Komma nichts heraußen, welcher Ort da kopiert wird, und zuerst gibt's Millionen Klicks auf Instagram, und dann überschwemmen uns die Massen!" Gasperlmaier hatte gar nicht gewusst, dass der Friedrich sich mit den modernen sozialen Medien so gut auskannte. Er drehte sich um. Die Stefanie tippte eifrig auf ihrem Handy, und die Katharina hielt ihres in Richtung Bühne. Er hatte den Verdacht, dass sie die Diskussion aufnahm.

Außerdem fragte er sich, wozu die neue Strategie des Tourismusverbands gut sein sollte, wenn jetzt dieser

Rinderer behauptete, man wolle überhaupt keine Chinesen ins Ausseerland bringen. Und ein Widerspruch zu dem, was der Kröker zuvor gesagt hatte, war es ebenfalls. Zu seinem Glück musste er seine Bedenken nicht selber vorbringen. Hinter ihm räusperte sich jemand, und als er sich umdrehte, sah er, dass die Stefanie die Hand hochstreckte. „Ja?", sagte der Kröker und streckte die Hand in ihre Richtung aus. „Wenn, wie Herr Rinderer behauptet, überhaupt keine Touristinnen und Touristen aus China nach Aussee gelockt werden sollen, inwiefern profitiert dann das Ausseerland von dieser sogenannten neuen Strategie?" Der Sarkasmus in der Frage der Stefanie war unüberhörbar. Der Kröker fingerte wieder an seinem Krawattenknoten herum, bevor er antwortete.

„Man muss das", begann er schließlich, „im Zusammenhang mit einer globalen Strategie sehen. Man muss die Entwicklungschancen auf den Weltmärkten im Auge behalten, und man muss vor allem die Marke ... nicht ... um die es hier geht. Salzkammergut, Ausseerland. Diese Marke muss man international platzieren, stärken durch Kooperationen, auch durch Aktionen, wie zum Beispiel auf Messen, aber eben auch durch Kooperationen mit Partnern, weltweit!" Er vollführte eine weit ausholende Geste. Im Publikum erhob sich Raunen. „So einen Schmarren", sagte der Kahlß Friedrich laut, „habe ich ja überhaupt noch nie gehört! Das ist ja eine solche Luftblase, die Sie da produzieren, da erblasst ja jeder Politiker!" Der Friedrich war sehr laut geworden, und seine Heidi versuchte, an seinem Rock zerrend, ihn dazu zu bewegen, sich wieder hinzusetzen. „Ist ja wahr!", schnaufte der Friedrich, ließ sich aber wieder nieder. „Recht hat er, der Kahlß!", rief jemand in einer der vorderen Reihen.

Der Rinderer stand auf und lächelte, dazu bewegte er beschwichtigend beide Handflächen nach unten. „Damit ihr unseren guten Willen seht", sagte er, „haben wir unten am Ausgang einen Korb mit chinesischen Glückskeksen aufgestellt. Wir bitten jeden von euch, eines mitzunehmen, oder auch zwei. So als kleines Dankeschön dafür, dass ihr uns eingeladen und uns zugehört habt." Gasperlmaier schüttelte den Kopf. „Der will uns mit Glückskeksen ködern", flüsterte er der Christine zu. „Das allein macht ihn schon verdächtig. Glückskekse!"

„Ich geb dir völlig recht. Und auch, was er behauptet, wird so nicht funktionieren!", flüsterte die Christine zurück. „Das müssen wir schon in den Anfängen stoppen, sonst ersticken wir in Touristen!" Er nickte. Genau diese Befürchtung hegte er auch. Der Kröker stellte nun auch die anderen Mitglieder der Delegation vor. „Frau Lin Lien ist als Dolmetscherin zu uns gekommen, die beiden anderen Herren sprechen kein Deutsch. Herr Chen Jian und Herr ..." Die Burgl musste ihm erneut mit einem Zettel aushelfen. „... und Herr Wang Baihu sind Vertreter der Tourismusbehörde der Provinz Guangdong ..." Der Friedrich beugte sich neuerlich zu Gasperlmaier herüber. „Tourismusbehörde, dass ich nicht lach! Mindestens einer von den zweien ist ein Geheimdienstler, der darauf aufpasst, dass die anderen auf Linie bleiben! Und der andere überwacht wahrscheinlich den einen Geheimdienstler, dass der ..." „Still!", zischte die Heidi. „Ich möchte zuhören!" Gasperlmaier wäre es am liebsten gewesen, wenn er jetzt nach Hause hätte gehen dürfen. Oder vielleicht zum Schneiderwirt, auf ein kleines Bier. Oder auch ein großes.

Die Debatte wogte hin und her, es gab auch Altausseer, die für die Kooperation waren, darunter ein Bauunternehmer, der, so wusste Gasperlmaier, zwar ein einheimisches Unternehmen aufgekauft hatte, aber in Wirklichkeit aus dem Pinzgau kam. Dem war natürlich egal, was mit Altaussee geschah, solange er ungehindert bauen konnte, was immer er auch wollte. Der Bürgermeister kam noch einmal zu Wort, mischte sich aber inhaltlich gar nicht ein, sondern bat lediglich darum, sachlich und höflich zu bleiben, ähnlich, wie die Kathi es vorhin getan hatte.

Nach einer Zeit, die Gasperlmaier endlos vorkam, standen sie tatsächlich am Ausgang und griffen in einen der Körbe, in denen kiloweise in Plastikfolie eingeschweißte Glückskekse lagen. „Das auch noch!" Gasperlmaier zeigte auf den Boden, der bereits voller aufgerissener Glückskeks-Verpackungen war. „Das waren aber unsere Altausseer", gab die Christine zu bedenken. „Trotzdem!", beharrte Gasperlmaier. „Hätten sie's nicht hergestellt, wär auch der Müll nicht da!"

„In meinem steht ‚Wenn das Leben dir einen Korb gibt, geh einkaufen'", sagte die Christine, steckte ihr Keks in den Mund und die Verpackung in Gasperlmaiers Hosentasche. „Das erinnert mich daran, dass du in letzter Zeit deine Pflichten im Haushalt wieder einmal sträflich vernachlässigt hast!" Gott sei Dank drückte sie, zum Zeichen, dass sie es nicht ganz ernst meinte, Gasperlmaier einen Kuss auf die Wange. „Pack deines doch auch aus!", verlangte sie dann. „Da steht", sagte er, „‚Warte nicht auf die Entscheidungen anderer, entscheide selbst!'" „Na, wenn das nicht passt! Da kannst du ja heute gleich damit anfangen!", lachte die Christine.

Der Doktor Altmann war mit seiner Frau zu ihnen getreten. „Wisst's ihr, was in meinem Keks steht", berichtete er. „‚Was du heute kannst entkorken, das verschiebe nicht auf morgen'! Haha!" Seine Frau stieß ihn in die Rippen. „Ein blödes Glückskeks brauchst du nicht als Ausrede für deinen Alkoholismus herzunehmen", schimpfte sie, wohl, wie Gasperlmaier zu merken meinte, nicht ganz im Ernst. „Nachbesprechung?", fragte der Bruno. „Beim Schneiderwirt?" Gasperlmaier nickte. „Aber nicht zu lang. Ich hab ja morgen Dienst." Der Bruno nickte. „Also", sagte er und fasste Gasperlmaier um die Schultern, „dieser Kröker, der war eine eklatante Fehlbesetzung. Ich weiß gar nicht, wie man auf den kommen konnte. Der muss weg!" „Fragt sich nur, wie!", antwortete Gasperlmaier. Ihm war bei der ganzen Sache nicht wohl. Dass sie ein Problem hatten, mit diesem Tourismuschef, das war klar. Aber dass er sich Gedanken über die Lösung desselben machen sollte, behagte ihm gar nicht.

Beim Schneiderwirt stellte sich schnell heraus, dass alle am Tisch der gleichen Meinung waren. Man habe zwar nichts gegen zahlungskräftige ausländische Touristen, natürlich auch nicht gegen Chinesen, aber dass man mit den Kopien der Häuser aus dem Dorf quasi aktiv darum warb, dass Menschen um die halbe Welt reisten, um Altaussee zu sehen, das hielt man für ausgemachten Unsinn. „Wir dürfen nicht vergessen", sagte die Christine, „dass wir nur eine halbe Stunde von Hallstatt entfernt sind. Und die Leute, die dahin anreisen, kommen dann auch zu uns!" „Wir sind doch kein Disneyland!", schimpfte der Friedrich. „Allein, dass man unsere Häuser nachbaut! Das ist ja eine schreckliche Vorstellung. Kann man denn da gar nichts dagegen tun?" Seine Frage hatte sich an den Bruno gerichtet.

Der zuckte mit den Schultern. „Streng juristisch, gar nichts. Du kannst ja, zum Beispiel, auch einem Wiener nicht verbieten, dass er auf sein Grundstück, sagen wir jetzt einmal in Unterstinkenbrunn, ein Haus im Altausseer Stil hinstellt. Da gibt's keinen Markenschutz dafür, oder so." „Wo ist denn das überhaupt, Unterstinkenbrunn?", fragte der Friedrich. „Gibt's das wirklich?" „Unterstinkenbrunn ist im Weinviertel", erklärte der Bruno. „Übrigens eine Gegend, wo die Leute gar nichts dagegen haben, dass Windräder aufgestellt werden. Denn die tragen dort zur Verbesserung des Landschaftsbildes bei, habe ich mir sagen lassen! Prost!"

Mitten in das Gelächter, das folgte, hinein traten drei Frauen an den Tisch. Die Stefanie und die Katharina hatten zu Gasperlmaiers Überraschung die Chinesin im roten Kleid mitgebracht. „Dürfen wir uns zu euch setzen? Das ist übrigens Lin Lien. Das heißt Lotosblüte. Wir haben sie überredet, mit uns zu kommen." Die Chinesin lächelte und verneigte sich. „Guten Abend!", sagte sie mit einem Akzent, der Gasperlmaier verriet, dass sie auf keinen Fall mit einem deutsch sprechenden Elternteil aufgewachsen war wie der Rinderer Josef. „Ich kann aber nicht lang bleiben!" „Jetzt setzt's euch schon her!", forderte der Friedrich die drei auf. Man rückte zusammen, Gasperlmaier organisierte einen Sessel, und schon hatten alle einen Platz. Die Christine ergriff sogleich das Wort. „Bitte entschuldigen Sie, dass es so heftige Reaktionen gegeben hat, bei der Versammlung. Das war auf keinen Fall gegen Sie gerichtet!" Die Lin Lien verneigte sich erneut. „Vielen Dank!", sagte sie. Gasperlmaier war nicht sicher, ob sie verstanden hatte, was die Christine gesagt hatte. Auf jeden Fall wirkte sie sehr schüchtern. Er fragte sich, wie es den Mädchen gelungen war, die Frau aus der Begleitung der drei Herren aus China und des Kai Kröker loszueisen. Aber wenn sich die Kathi und die Stefanie etwas in den Kopf gesetzt hatten, dann erreichten sie ihr Ziel in der Regel auch. Und das, was sie sich in den Kopf gesetzt hatten, konnte nur sein, mehr Informationen über das Projekt aus der Lin Lien herauszuholen.

„Lin Lien kommt auch aus Huizhou und hat in München studiert. Dort hat sie den Herrn Rinderer kennengelernt, und der hat sie dann als Dolmetscherin für die Delegation engagiert", erklärte die Stefanie. Die Lin Lien nickte. „Ich kann nicht so gut Deutsch wie Ning Xiansheng. Aber er hat nicht Zeit zu übersetzen für die anderen Herren." „Wer ist das jetzt?", fragte der Bruno. Die Lin Lien schien bereits etwas Zutrauen zu der Gruppe gefasst zu haben und erklärte. „Ning Xiansheng ist Josef Rinderer. Sein chinesischer Name ist Ning, Xiansheng heißt Lehrer oder Herr. Man sagt es, um Respekt auszudrücken, wenn jemand älter ist." Kompliziert, dachte Gasperlmaier bei sich. Für die Chinesin war der Rinderer also Ning Xiansheng. Ob er sich das merken konnte? Aber eigentlich war es ja auch egal.

„Lien hat mit dem Projekt des Kröker nichts zu tun", erklärte die Kathi. „Sie ist wirklich nur zum Übersetzen mitgekommen. Aber die drei Herren müssen jetzt noch mit dem Kröker trinken gehen, und dafür brauchen sie die Lin nicht. Wir haben ihnen einfach erklärt, wir möchten sie mitnehmen, für einen Abend Girls only!" „War natürlich eine Lüge!", lächelte die Charlotte. „Notlüge!", gab die Kathi zu. „Frau Lin, was denken Sie denn darüber, dass bei Ihnen zu Hause ein paar Häuser aus unserem Ort nachgebaut werden sollen?" „Die Häuser hier in Altaussee sind sehr schön. Sehr gemütlich, so schön aus Holz gemacht. Die Menschen in China freuen sich, auch so schöne Häuser anzusehen, einzutreten, vielleicht im Urlaub darin zu schlafen!" Das, fand Gasperlmaier, war eine ausgesprochen diplomatische Antwort. Das sah er auch ein, die Lin Lien durfte sich sicher nicht erlauben, eine Meinung zu äußern, die vom Auftrag der Delegation abwich, da war man in China, so glaubte Gasperlmaier zumindest, sehr streng. Was das Befolgen von Anweisungen von Vorgesetzten oder Älteren betraf. In China, so dachte er bei sich, hätte er es als Polizist sicher leichter mit renitenten Jugendlichen gehabt, weil man vor der Uniform Respekt hatte. Und vor den Älteren.

Zu Hause, Gasperlmaier hatte schon seinen Pyjama angezogen und war drauf und dran, in sein Bett zu fallen, kam die Christine noch einmal auf das Thema des heutigen Abends zu sprechen. „Eine blöde Geschichte. Einerseits wollen wir weltoffen sein, keine Vorurteile haben und auf keinen Fall den Eindruck erwecken, dass wir Rassisten sind", sagte sie, während sie sich das Gesicht mit einer Creme einschmierte, die sehr gut roch, aber dennoch Gasperlmaier immer beim Einschlafen störte, weil er da lieber einen neutralen Geruch hatte. Oder höchstens den von seinem Kopfpolster. „Sind wir ja auch nicht, gar nicht!", entgegnete er, ein bisschen geistesabwesend. „Sonst hätten wir ja auch den Deutschen nicht hierhergeholt, als Tourismusdirektor!"

„Das ist nun aber wieder ein ganz anderes Thema!", schalt ihn die Christine. „Und andererseits", knüpfte sie an, wo sie zuvor geendet hatte, „ist es wirklich keine gute Idee, Werbung in so weit entfernten Ländern zu betreiben. Die Leute werden durch unser Land gehetzt, wissen meistens nicht einmal, wo sie gerade sind. Die können sich gar nicht richtig auf uns einlassen, etwas über unsere Kultur erfahren. Dabei wäre das doch der Sinn des Reisens!" Gasperlmaier schwieg, denn der

Sinn des Reisens hatte sich ihm noch nie gänzlich erschlossen. Schon in Attnang-Puchheim, wo man umsteigen musste, wenn man nach Wien wollte, überfiel ihn das Heimweh. Und an seine Reise um die halbe Welt, um die Christine wieder zurückzugewinnen, an die mochte er gar nicht erst denken. Genau gar nichts hatte ihm daran gefallen.

„Das ist typisch für dich, dass du nichts sagst, wenn ich mit dir über ein wichtiges Thema rede!", ereiferte sich die Christine, legte sich ins Bett und zog die Decke bis zum Kinn hoch. „Ich wollt ja eh was sagen", verteidigte sich Gasperlmaier. „Aber da muss ich zuerst nachdenken, und bis ich mit dem Denken fertig bin, redest du schon wieder weiter. Und zu dem Thema ist mir überhaupt noch nichts eingefallen." Die Christine schwieg nun ebenfalls und schlug ein paarmal auf ihre Decke, wie um sie zu glätten. „Weißt du", sagte sie schließlich, „wir könnten schon auch zusammen ein bisschen mehr unternehmen. Mit dir ist gar nichts anzufangen. Am liebsten liegst du mit einer Flasche Bier in der Hand und der Katze auf dem Bauch vor dem Fernseher und ..." „Stimmt ja gar nicht!", verteidigte sich Gasperlmaier. „Dauernd fahren wir nach Wien, und sogar in Venedig ..."

Die Christine war aber nun, er verstand gar nicht recht, warum, plötzlich richtig schlechter Laune. „Venedig!", schnaubte sie. „Da hast du bloß gejammert, dass das Bier so teuer ist. Und in Wien, was tun wir in Wien? Waren wir vielleicht schon einmal in der Oper, oder in irgendeiner interessanten Ausstellung? In einem Museum?" „Schon", entgegnete Gasperlmaier, „du warst im Kunsthistorischen Museum, glaub ich. Mit der Kathi." „Ja eben!", ereiferte sich die Christine weiter. „Und wo warst du währenddessen? Beim Würstelstand!" Gasperlmaier wusste nicht recht, wie ihm geschah, und vor allem, wie er die Christine besänftigen sollte. Am besten war es, er hielt den Mund, drehte das Licht auf seinem Nachtkästchen ab und zog sich die Decke bis ans Kinn. „Jetzt bin ich müde", sagte er. „Ich hab morgen Früh Dienst!" „Glaubst du, ich nicht?", fragte die Christine spitz.

Die Folge des Streits war, dass Gasperlmaier nicht einschlafen konnte. Vielleicht hatte die Christine recht und sie sollten mehr gemeinsam unternehmen. Aber was nur? Was konnte der Christine gefallen und zugleich aber auch ihm ein bisschen Freude bereiten? Er musste die Kathi fragen. Es war immerhin schon Oktober, und es galt, bald ein Weihnachtsgeschenk für die Christine zu finden. Und, schwer von Entschluss, wie er immer war, war es vernünftig, rechtzeitig mit den Überlegungen zu beginnen. Zum Glück hatte er nur noch morgen Dienst, am Freitag hatte er sich frei genommen, weil er Zeit haben wollte, falls er bei den Vorbereitungen zur Hochzeit gebraucht würde. Immerhin hatte sie sich Altaussee für ihr Fest ausgesucht, daher fühlte er sich mit dafür verantwortlich, dass alles klappte. Es war schon komisch, dass er mit ihr seit Jahren per du war, wenn er aber an sie dachte, war sie für ihn immer noch die „Frau Doktor".

3

Der Freitag war ein recht trüber Tag, aber in der Wetterprognose hatte es geheißen, es werde ab Mittag trocken sein, langsam aufklaren und wärmer werden. Für den Samstag war sonniges, mildes Wetter vorhergesagt. Ein Glück. Wenn es nasskalt war, konnte eine Hochzeit auf der Seewiese recht ungemütlich werden. Deswegen hatte Gasperlmaier vor dem Oktobertermin gewarnt und ein wenig gebangt. Doch es sah so aus, als ob alles gutgehen würde.

In der Früh hatte er sich vorgenommen, trotz des freien Tags noch einmal auf dem Posten vorbeizuschauen, um anstehende Arbeit mit der Manuela zu besprechen. Die Manuela Reitmair-Peschke hatte vor ein paar Jahren einen Einheimischen geheiratet und war eine echte Stütze für ihn geworden, wenn er auch manchmal das Gefühl hatte, sie hielt sich für gescheiter und wichtiger als er selbst, obwohl er doch ihr Chef war. Sie hatte bereits eine Menge Kurse absolviert, die sie eigentlich für eine höhere Laufbahn qualifizierten, aber wegen ihres Ehemanns war sie in Altaussee geblieben. Der unterrichtete Musik im Gymnasium in Bad Aussee und verschiedene Instrumente in der Musikschule. Letzte Woche war die Manuela von einem Kurs zurückgekommen, in dem es um Operative Fallanalyse ging, die sogenannte OFA. Das klang nicht spektakulär, aber es war nichts anderes als das auch in den Medien populäre Profiling. Gasperlmaier hatte schon den Verdacht gehabt, die Manuela wollte Altaussee verlassen und sich als Profilerin Lorbeeren verdienen, bislang aber hatte sie nichts von derartigen Plänen verlauten lassen, obwohl sie ihm ausgiebig und enthusiastisch vom Kurs vorgeschwärmt hatte.

„Fesch!", begrüßte ihn die Manuela, denn er hatte heute seine Lederhose angezogen, weil ihm angesichts der bevorstehenden Hochzeit schon ein bisschen feierlich zumute war. „Aber geh!", antwortete er mit einer wegwerfenden Handbewegung. „Was steht an, heute? Kommst du zurecht?" Die Manuela nickte. „Solange das Wetter trüb ist ... Schauen wir einmal, ob heute Nachmittag die Sonne herauskommt und wir wieder ein Parkchaos kriegen! Morgen dann sicher, bei dem Wetterbericht!"

„Gott sei Dank", sagte Gasperlmaier, „brauchen wir keine Autos. Die Renate ist mit ihrer Familie in der Villa Kirnberger, und alle Gäste haben Anweisung, spätestens um halb zehn vor Ort zu sein. Dann wird's schon noch passen!" „Gut!", sagte die Manuela. „Dann viel Spaß! Ich schau morgen einmal vorbei, auf der Seewiese! Die Frau Doktor Kohlross hat gemeint, der Carsten und ich sollen uns ruhig auch ein Schnitzel abholen!" „Fein, freut mich!", antwortete Gasperlmaier, dem der Gedanke, dass die Manuela und ihr Mann womöglich nicht eingeladen waren, ohnehin nicht gefallen hatte.

Nach seinem Besuch am Posten begab sich Gasperlmaier zu Fuß zur Villa Kirnberger, um die Frau Doktor Kohlross zu begrüßen und letzte Einzelheiten mit ihr zu besprechen. Als er bei der Trafik um die Ecke bog, konnte er sie schon sehen. Sie stand an der geöffneten Tür eines schwarzen Autos, das auf dem Parkplatz der Villa Kirnberger parkte. Und sie schüttelte energisch den Kopf und sprach laut mit dem Fahrer. „Nein, auf keinen Fall!", hörte Gasperlmaier. Er sah die Hand des Fahrers, die heftig gestikulierte, und zögerte, weiterzugehen. Womöglich geriet er da in eine Angelegenheit, die ihn nichts anging. „Das kommt überhaupt nicht in Frage!", rief die Frau Doktor jetzt. „Und ich brauch erst gar nicht die Polizei ... die bin ich selber!" Wütend trat sie die Autotür mit dem Fuß zu, der Motor des Wagens heulte auf, er schoss im Rückwärtsgang aus der Parklücke, danach direkt auf Gasperlmaier zu. Er konnte nur einen dunkelhaarigen, glattrasierten Mann erkennen, schon war das Auto an ihm vorbei. Die Frau Doktor stand allein auf dem Parkplatz, atmete schwer und hatte ihn bereits entdeckt. „Franz!", rief sie und winkte. Das Lächeln, fand er, als er näher kam, wirkte gequält. Die Frau Doktor trug heute einen lachsrosa Pullover mit einer grauen Steppjacke darüber und ein Paar enge Jeans zu ebenfalls grauen Stiefeletten. Sie sah gut aus und umarmte Gasperlmaier, um ihn auf die Wangen zu küssen. Ihm kam vor, dass sie ihn fester als sonst drückte, vielleicht, weil sie zu zittern schien.

„Was war denn los?", fragte er. „Wer war das?" „Nichts, nichts!" Die Frau Doktor wedelte unbestimmt mit der Hand. „Ein ... also wirklich, nichts. Eine kleine Meinungsverschiedenheit. Ein Bekannter von früher. Hat sich schon erledigt." Ihr Gesichtsausdruck, fand Gasperlmaier, sagte etwas anderes. In diesem Moment fiel ihm ein, dass er ja sein Gamsjackerl trug, in dem immer ein Flachmann steckte. „Magst einen Schnaps? Du schaust aus, als könntest du einen brauchen!" Jetzt lächelte die Frau Doktor ein echtes Lächeln. „Immer bereit zu Erster Hilfe, was? Ein ganz kleiner, vielleicht?" Gasperlmaier schenkte in den Verschluss der Metallflasche ein. „Ich hab jetzt auch immer was Feines mit, vom Doktor Altmann gelernt. Ein Marillenschnaps, von seinem Weinbauern in der Wachau. Hat er mir geschenkt!" Die Frau Doktor stürzte das halbe Stamperl in einem Zug hinunter. „Brrr!", schüttelte sie sich. „Das brennt. Aber es tut gut!" Sie schien, fand Gasperlmaier, jetzt etwas entspannter. Er hoffte noch immer auf eine nähere Erklärung der Szene, die er aber nicht bekam.

„Der Bernhard und die Kinder sind drinnen!", erklärte die Renate. „Wir sind gerade angekommen und haben die Zimmer bezogen! Komm mit!" Der Bernhard, das war der Bräutigam, ein Volksschuldirektor aus der Liezener Gegend. Die Kinder, das waren Sophie, acht Jahre alt, und Max, knapp zwei. Den Max hatte die Renate zusammen mit dem Bernhard bekommen, die Sophie war aus einer Beziehung, die sie Gasperlmaier gegenüber nie genauer erläutert hatte. Es konnte, so mutmaßte er, nur eine unangenehme Erinnerung sein. Hoffentlich hatte der mysteriöse Mann im schwarzen Wagen nichts damit zu tun. Sonst stand am Ende zu befürchten, dass er die Hochzeit stören würde. Eigentlich, so dachte Gasperlmaier bei sich, hatte er das schon getan, indem er die Frau Doktor aus ihrem seelischen Gleichgewicht gebracht hatte. Denn das, so wusste er aus Erfahrung, brauchte man für eine Hochzeit.

„Seid's schon nervös?", fragte Gasperlmaier, als er sich neben dem Bernhard in der Gaststube der Villa Kirnberger niederließ. Der Bernhard schaukelte den Max auf seinem Schoß. Der Kleine maß Gasperlmaier mit aufmerksamem Blick. Aus den Nasenlöchern rann ihm ein wenig Rotz direkt in den Mund. Der Bernhard lachte. „Kein bisschen! Ich warte ja schon Jahre darauf, dass mir die schönste Frau von allen endlich ihr Ja-Wort gibt!" Die Frau Doktor lächelte und strich der Sophie über ihr dunkles Haar. Die war hoch aufgeschossen für ihr Alter und ausgesprochen hübsch, mit ihren Augen, die ebenso dunkel wie ihre Haare und noch dazu riesengroß waren. Etwas Schneewittchenhaftes hatte das Kind an sich, fand Gasperlmaier, und sie musterte ihn ebenfalls versonnen. „Warum hast du denn heute keine Uniform an?"

Gasperlmaier musste lachen. „Du erinnerst dich an mich? Und hast mich immer nur in der Uniform gesehen?" Die Sophie nickte. „Weißt, heute hab ich frei. Und da zieh ich mein liebstes Gewand an!" Er schlug sich auf die Schenkel der Lederhose. „Die Mama sagt aber, es ist schon zu kalt für eine kurze Hose!" Gasperlmaier zögerte. „Da hat die Mama sicher recht!", gab er zu. „Aber das gilt nur für kleine Kinder", sprang ihm die Frau Doktor bei. „Für al... ich meine, erwachsene Männer, da ist das was anderes. Für den Gasperlmaier überhaupt, der ist abgehärtet." Sie lachte ein wenig gezwungen. Gasperlmaier hatte nicht überhört, dass sie eigentlich „alte Männer" hatte sagen wollen.

„Also dann", wechselte er das Thema. „Wie besprochen? Wir fahren um zwölf mit dem Schiff nach hinten zur Seewiese? Um eins dann die Trauung, und danach das Essen?" „Ja", nickte der Bernhard. „Weil's doch ein wenig früher zu Ende sein soll. Es ist ja nicht mehr so lang hell, und recht kühl wird's auch schon, wenn die Sonne verschwindet." Gasperlmaier deutete zum Fenster hin. „Und mit dem Wetter", sagte er, „da habt's ein Glück. Morgen soll's noch wärmer werden. Und sonnig!"

Die Mali Kirnberger gesellte sich zu ihnen, eine dunkelhaarige Schönheit, die Gasperlmaier in seiner Jugend sehr verehrt hatte, die ihm aber damals unerreichbar erschienen war. Er fand sie noch genauso ansehnlich wie damals, und seit ein paar Jahren war sie auch ausgesprochen nett zu ihm, wenn sie sich trafen. Fast erschien es ihm manchmal, als flirte sie mit ihm, aber das war halt jetzt 35 Jahre zu spät. „Grüß euch, ihr Lieben", sagte die Mali und setzte sich hin. So kam es, dass Gasperlmaier erst zwei Seidel Bier später wieder vom Tisch aufstand. Die Frau Doktor begleitete ihn hinaus, sodass er noch einmal Gelegenheit hatte, sie nach der seltsamen Begegnung auf dem Parkplatz zu fragen. Er räusperte sich. „Ich ... also, ich hab mir die Nummer gemerkt. Von diesem Auto!" Er deutete auf den Platz, auf dem der schwarze Wagen geparkt hatte. Die Frau Doktor schwieg. „Sollen wir uns vielleicht um den Fahrer kümmern, ich meine, dass wir aufpassen, dass er nicht bei der Hochzeit ..." Die Frau Doktor seufzte. „Das ist ganz lieb von dir, Franz, aber ich glaub nicht, dass das nötig ist." Sie drückte seinen Oberarm, wandte sich ab und verschwand wieder im Hotel. Das, fand Gasperlmaier, war sehr ungewöhnlich für sie. Dass sie ein Gespräch einfach abbrach und ihn grußlos stehenließ. Irgendwas stimmte da nicht, da war Gasperlmaier sich sicher. Er fasste einen Entschluss.

„Bist schon wieder da?", fragte die Manuela, als er auf dem Posten auftauchte. „Ja", sagte Gasperlmaier, „weil ich eine Halterabfrage machen möchte." Er erzählte der Manuela, was auf dem Parkplatz vorgefallen war. „Sagst du mir das Kennzeichen? Weil, es wär nicht so gut, wenn du dich an einem Urlaubstag im System anmeldest, das könnte ..." „Schon gut", sagte Gasperlmaier und nannte die Nummer. Es war eine aus der Steiermark, nicht aber aus dem Bezirk. „Ein gewisser Ronald Grallitsch ist der Besitzer", sagte die Manuela. „Sollen wir einmal schauen, ob wir was von dem haben?" Gasperlmaier nickte und schaute der Manuela über die Schulter.

„Aber hallo!", sagte die, als das Strafregister des Ronald Grallitsch auf dem Bildschirm sichtbar wurde. „Was haben wir denn da ... oje!" Die Manuela schüttelte den Kopf. „Der Mann scheint spielsüchtig zu sein. Da gibt's jede Menge Sperren in Casinos, Pfändungen, dann ... ja, Kreditbetrügereien ... Er hat sich bei mehreren Banken mit gefälschten Unterlagen Kredite erschlichen ... aber nicht nur das!" Gasperlmaier hatte eigentlich schon genug. „In zwei Fällen hat er Frauen um ihr Erspartes gebracht, also auch ein Heiratsschwindler ... und dann noch ein Banküberfall!"

Gasperlmaier setzte sich auf einen freien Stuhl. „Jetzt wüssten wir natürlich gern, was dieser Typ mit unserer Frau Doktor zu besprechen hat", sagte er. „Weil, etwas Freundschaftliches war es nicht. Sie hat geschimpft, irgendetwas, hat sie gesagt, kommt auf keinen Fall in Frage!" „Hm!", brummte die Manuela, immer noch mit dem Blick auf den Bildschirm. „Wie alt ist denn eigentlich die Sophie?", fragte sie. Gasperlmaier nickte. „Dieser Verdacht ist mir auch schon durch den Kopf gegangen." „Du meinst doch nicht, dieser Grallitsch könnte der Vater von der Sophie ... nein, das gibt's ja nicht!" „Wenn ich mich recht erinnere", sagte Gasperlmaier, „hatten wir damals den Fall mit ... also du weißt schon, die Morde nach dem Fischessen in der Fischerhütte am Toplitzsee. Das war vor ziemlich genau neun Jahren. Und genau in diesem Jahr ist der Grallitsch zweimal festgenommen worden, das zweite Mal ist er dann in der U-Haft gelandet." „Und im Jahr darauf ist die Sophie zur Welt gekommen", ergänzte die Manuela.

Gasperlmaier seufzte. „Und du vermutest jetzt, dass die Renate ... dass sie mit dem Grallitsch zu tun hatte, und dass ..." Er konnte und wollte sich eine Beziehung zwischen der Frau Doktor und diesem notorischen Betrüger gar nicht vorstellen. „Na ja", sagte die Manuela. „Er sieht schon sehr gut aus, da kann man nichts sagen. Und wenn er es geschafft hat, Frauen um ihr Erspartes zu bringen, dann muss er auch einigen Charme aufbringen können. Also, ganz so weit hergeholt ... und ein Gewalttäter ist er ja nicht, das muss man auch dazusagen." „Auf jeden Fall", sagte Gasperlmaier, „bitt ich dich, dass du dir dieses Gesicht merkst!" Er klopfte auf den Bildschirm. „Weil, wenn der bei der Hochzeit auftaucht, dann könnte es sein, dass wir eingreifen müssen. Damit nicht ..." Er hielt inne. Die Manuela nickte. „Klar!", sagte sie. „Dazu sind wir ja da. Auch wenn wir nicht im Dienst sind. Also, wenn er auftaucht, dann entfernen wir ihn als nicht geladenen Gast!" Sie lachte. Man konnte fast meinen, die Aussicht auf eine Auseinandersetzung bereite ihr Freude. Gasperlmaier bekam angesichts solcher Probleme eher Magenschmerzen. Er fragte sich, ob er heute Nacht gut schlafen können würde. Aber vielleicht, so sagte er sich, war ja alles auch völlig anders, und der Mann war einfach nur ein Versicherungsvertreter gewesen, der der Frau Doktor erklärt hatte, dass ihre Versicherung für einen Wasserschaden nicht aufkommen wollte. Er konnte sich das Auto ja von diesem Grallitsch ausgeliehen haben. Obwohl, das musste er sich selbst eingestehen, das nicht besonders realistisch war.

Er hatte leider recht behalten und furchtbar schlecht geschlafen, alles Mögliche war ihm im Traum untergekommen, der Grallitsch im schwarzen Auto, die Sophie, die um Hilfe gerufen hatte, und er selbst, der seinen Steireranzug nicht fand. So war er froh, dass er gegen sieben, als es endlich hell wurde, aufstehen und nach dem Wetter sehen konnte. Der Himmel war tatsächlich strahlend blau. Wenigstens etwas. Der Steireranzug hing frisch gebügelt im Kasten, was ihn ein wenig beruhigte. „Du wirkst besorgt", stellte die Christine beim Frühstück fest. „Und pass auf, dass du dir das Hemd nicht schmutzig machst. Ich würd's überhaupt gescheiter finden, wenn du im Unterleiberl frühstückst, weil du dich ja gern einmal mit der Marmelade anpatzt." Gasperlmaier nickte, zog sein Hemd über den Kopf und hängte es im Vorhaus an einen Haken. Widersprechen wollte er der Christine nicht, aber schon gar nicht wollte er ihr erzählen, was ihm Sorgen bereitete. Sonst war womöglich auch ihr die Laune verdorben.

Eigentlich hatten sie vorgehabt, zu Fuß zur Seewiese zu gehen, damit im Schiff Platz für die Verwandtschaft und enge Freunde war, aber jetzt, wo er Angst hatte, dass der Grallitsch die Hochzeit stören würde, überlegte er es sich anders. „Wir gehen auch auf's Schiff", erklärte er der Christine. „Ich muss ein bissl auf die Renate aufpassen!" Er grinste dazu, damit die Christine es für Ironie hielt, und sah sich immer wieder verstohlen um, ob nicht vielleicht der Grallitsch irgendwo auftauchte. Das Schiff war bereits etwa zur Hälfte mit festlich gekleideten Menschen gefüllt, einige der Männer und auch eine Frau trugen Polizeiuniformen. Wie Gasperlmaier feststellte, waren es alles höhere Dienstgrade, und er kannte niemanden davon.

Es dauerte nur drei Minuten, nachdem sie das Schiff betreten hatten, bis die Christine aus ihm herausquetschte, warum er so unruhig war und immer wieder die Umgebung beobachtete. „Wahrscheinlich", sagte sie, „hörst du da Flöhe husten. Aber ein bisschen aufpassen kann ja nicht schaden."

Die Frau Doktor sah fantastisch aus, als sie endlich auftauchte. Mit fast zehn Minuten Verspätung. Gasperlmaier hatte schon mehrmals nervös auf die Uhr geblickt und befürchtet, dass der Grallitsch sie auf der Fahrt zur Anlegestelle abgepasst hatte. Sie trug ein nicht ganz weißes Brautkleid, das ihn an die Farbe des Kostüms erinnerte, in dem er sie zum ersten Mal gesehen hatte. Es sah einem Dirndl recht ähnlich, war aber keines. Ihr dunkles Haar, das nach wie vor von ein paar orangen Strähnen durchzogen war, leuchtete in der Mittagssonne, die Kinder gingen hinter ihr, die Sophie in einem hübschen Rüschenkleidchen, der Max in der Lederhose. Den Abschluss bildete der Bernhard, im schwarzen Steireranzug, den seine Muskeln fast zu sprengen schienen. Es war ein Anblick, bei dem einem das Herz schmolz. Die Familie, fand Gasperlmaier, hätte gut in eine Werbung für einen Bausparvertrag gepasst. Die Frau Doktor schien außerdem wesentlich lockerer als gestern.

Als das Schiff abgelegt hatte, wurde auch Gasperlmaier etwas ruhiger. Eine leichte Brise kräuselte die Wasseroberfläche, trotzdem war es bereits angenehm warm. Die Frau Doktor hatte sich nicht in die Kabine gesetzt, sie saß neben einem älteren Ehepaar im Freien und hielt den Brautstrauß in ihrem Schoß. „Da!" Der Bernhard hielt Gasperlmaier eine Flasche Bier vor die Nase. „Prost! Auf einen schönen Tag!" Gasperlmaier nahm das Bier entgegen, es war ohnehin nur ein kleines. Die Christine lehnte dankend ab. „Komm einmal mit!", sagte der Bernhard. „Ich möchte dich den Eltern von der Renate vorstellen." Gasperlmaier folgte ihm zu dem Ehepaar, neben dem die Frau Doktor saß. „Das ist der Herr Abteilungsinspektor Gasperlmaier", erklärte der Bernhard, „und das sind Frau Ingrid und Herr Josef Kohlross, die Eltern meiner Braut!"

Die beiden wirkten noch recht fit, als sie sich erhoben. „War eh Zeit, dass sie sich entschließt!", meinte ihr Vater. „Geh, Papa!", rügte ihn die Frau Doktor. Die Mutter unterhielt Gasperlmaier noch eine Zeitlang mit allen Sorgen, die ihr die Arbeit ihrer Tochter bei der Polizei machte, so lange, bis das Schiff endlich anlegte.

„Ich muss jetzt ...", verabschiedete sich Gasperlmaier etwas hastig, denn er wollte unbedingt unter den Ersten sein, die an Land gingen, um zu prüfen, ob nicht etwa der Grallitsch vor Ort war. Den konnte er zwar nicht erblicken, dafür aber standen die drei Chinesen von der Versammlung am Mittwoch mit Handys im Anschlag direkt am Landungssteg. Ein wenig im Hintergrund, stellte Gasperlmaier fest, wartete auch Lin Lien, und der schien das auffällige Verhalten ihrer Landsleute ein wenig peinlich zu sein. „Griaß ehna, Herr Kommissar!", empfing ihn der Rinderer Josef Ning. „Gehen S' a bissl auf die Seitn, weil ich muss die Braut und den Bräutigam ... ja, so isses schee!" Er drängte sich an Gasperlmaier vorbei und knipste drauflos, sobald die Frau Doktor mit ihrer Familie den Steg betrat. Die war ein wenig verblüfft und wandte sich an Gasperlmaier, als sie den Steg hinter sich hatte. „Wer sind denn die?", fragte sie. Gasperlmaier zuckte mit den Schultern. „Gäste aus China. Von unserem Tourismusdirektor. Der möchte Geschäfte mit ihnen machen." Auf der Stirn der Frau Doktor erschien eine steile Falte. „Das mag ja sein!", sagte sie streng. „Aber nicht mit uns. Nicht mit meiner Familie. Kannst du denen bitte klarmachen, dass ich auf keinen Fall Fotos meiner Kinder auf irgendwelchen sozialen Netzwerken sehen will? Du weißt ja, als Polizistin ... man kann nicht vorsichtig genug sein!"

Kopfschüttelnd machte sie sich auf den Weg zur Seewiese, ihre Familie im Schlepptau. Gasperlmaier wandte sich an Lin Lien, die sich während der ganzen Szene im Hintergrund gehalten hatte. „Frau Lin Lien", sagte er. „Es ist mir ein wenig peinlich, aber das ist eine private Veranstaltung, nicht für die Öffentlichkeit. Das Brautpaar möchte nicht, dass Fotos von ihnen oder gar von den Kindern im Internet landen. Können Sie das den Herren erklären?" Er wies auf die drei Chinesen, die immer noch Fotos der Hochzeitsgäste schossen, begleitet von Ausrufen der Begeisterung. Lin Lien nickte. „Ich werde sie darum bitten, Ihren Wunsch zu erfüllen", sagte sie. „Herr Kröker hat uns hierhergebracht, er hat gemeint, es ist eine gute Gelegenheit, die Sitten der Menschen hier kennenzulernen." Jetzt spürte Gasperlmaier Zorn in sich hochsteigen. Was fiel denn dem Kröker ein, die Hochzeit der Frau Doktor quasi als Tourismusveranstaltung zu missbrauchen? „Was tun wir denn da?", fragte er etwas ratlos die Christine, die sich an seiner Seite gehalten hatte. „Ganz einfach!", sagte die. „Wir suchen uns diesen famosen Herrn Kröker und erklären ihm, dass das eine private Hochzeit ist und er nicht das Recht hat, irgendjemanden und sich selbst noch dazu einzuladen! Das wäre ja noch schöner!" Sie machte sich sogleich auf den Weg und ließ Gasperlmaier mit Lin Lien zurück.

Dem war es peinlich, der netten jungen Frau erklären zu müssen, dass sie und ihre Begleiter bei der Hochzeit unerwünscht waren. Wo sie doch gar nichts dafür konnte. Er folgte der Christine, die schnellen Schrittes auf das Zelt zueilte, das extra für die Hochzeit aufgebaut worden war. „Mach keinen Skandal", hechelte er etwas atemlos, als er sie eingeholt hatte. „Wenn wir was tun, dann diskret!" Die Christine schüttelte den Kopf. „Ich bin die Diskretion in Person!", sagte sie, betrat das Zelt und eilte gleich auf den Paul zu, den Wirt des Jagdhauses. „Sag, Pauli, hast du den Kröker heute schon gesehen? Unseren neuen Tourismusdirektor, weißt eh!" „Servus, Christine, servus, Gasperlmaier", sagte der zunächst bedächtig. „Brauchts ihr den heute? Ich hab mir gedacht, ihr seid zur Hochzeit ..." Der Pauli ließ sich Zeit, wie immer. „Es gibt da", kam Gasperlmaier der Christine zuvor, „ein kleines Problem. Der Kröker hat die Chinesen praktisch zu der Hochzeit eingeladen, und ..." Der Pauli lachte. „Das schaut dem ähnlich. In unserer Gaststube sitzt er, weil auf die Veranda hat er sich nicht getraut!"

„Warum soll der sich nicht auf die Veranda getraut haben?", fragte Gasperlmaier die Christine, während sie sich ins Jagdhaus hinüber begaben. „Damit man ihn nicht sieht. Weil er ein schlechtes Gewissen hat", meinte die Christine. „Herr Kröker!", rief sie empört, als sie die Gaststube betraten, wo der Kröker hinter einem Bier und einem Schnaps saß. Beide Gläser, so stellte Gasperlmaier fest, waren leer. Der Kröker blickte auf. Gasperlmaier sah in seinen Augen, dass es wohl nicht das erste Bier und der erste Schnaps gewesen waren. „Sie kommen jetzt bitte mit", kommandierte die Christine, „und erklären Ihren chinesischen Gästen, dass dies hier eine Hochzeit im privaten Kreis und eine geschlossene Gesellschaft ist und dass weder Sie noch Ihre Gäste eingeladen sind. Aber bitte diskret!" Der Kröker machte keine Anstalten, sich zu erheben. „Auf, auf!", half Gasperlmaier deshalb nach. „Es eilt!"

Langsam schob sich der Kröker von seiner Bank hoch. „Das ist", setzte er zu einer Erklärung mit erhobenem Zeigefinger an, „Teil meiner neuen Strategie. Die Gäste sollen eins werden mit den Gastgebern, sich integrieren ..." Beim Wort „integrieren" verhaspelte sich der Kröker, was Gasperlmaier in seiner Auffassung bestätigte, dass er schon mehr als ein Bier intus hatte. „Ja, ja!", sagte die Christine. „Ihre Strategie in Ehren, aber Sie haben gehört, was wir gesagt haben! Und jetzt kümmern Sie sich um Ihre Gäste. Bringen Sie sie zu einem anderen Wirtshaus am See, oder verfrachten Sie sie ins Bergwerk, oder fahren Sie mit ihnen auf den Loser hinauf, da gibt's auch genug zu sehen!" Sie legte dem Kröker die Hand auf die Schulter und schob ihn sanft zur Tür hinaus. „Und vielleicht fahren Sie nicht selber, sondern lassen einen Ihrer Gäste ans Steuer", empfahl sie ihm noch.

Gasperlmaier sah dem Kröker noch nach, wie er gemächlich die Richtung zur Schiffsanlegestelle einschlug, um seine Gäste einzusammeln. Hoffentlich war von dieser Seite jetzt keine Störung mehr zu erwarten. „So!", sagte die Christine. „Jetzt können wir uns ganz auf die Hochzeit konzentrieren!" Gasperlmaier aber fiel dieser Grallitsch wieder ein. Er legte die Hand vor die Stirn, um sich gegen die Blendung zu schützen, und suchte die Umgebung ab. Die Wiese war bereits voller Gäste, die mit Gläsern in den Händen in Grüppchen herumstanden. Etwas abseits hatte man die Stühle und einen Tisch für die Trauung aufgebaut, und am Himmel kräuselten sich kleine, aber harmlos aussehende Wölkchen. Eine leichte Brise wehte durch Gasperlmaiers Haare. Es schien alles in Ordnung, nirgends konnte er den Grallitsch erblicken oder sonst jemanden, der die Feier störte. Die ersten Gäste hatten sich schon auf den Stühlen platziert. Ein Kellner tauchte vor ihnen auf, auf dem Tablett einige Seidel Bier und ein paar Gläser Sekt. „Möchten Sie gerne?", fragte er und hob das Tablett. Gasperlmaier nickte und nahm sich vorsichtig ein Bier, damit das Tablett nicht aus dem Gleichgewicht geriet. Die Christine lächelte, nahm sich ein Glas Sekt und prostete ihm zu. „Auf einen schönen Tag", sagte sie. „Wird schon werden!", antwortete Gasperlmaier, etwas zurückhaltend. Man konnte ja nicht wissen, was dem Grallitsch oder dem Kröker noch so alles einfiel.

„Jetzt müssen wir aber!", erklärte die Christine, als sie ausgetrunken hatten, und deutete auf die Stuhlreihen, die sich bereits gut gefüllt hatten. Gasperlmaier stellte sein Glas ab und nickte. Sie suchten sich zwei Sessel in einer der hinteren Reihen aus, und als Gasperlmaier sich setzte, wurde ihm gleich einmal warm. Die Sonne brannte ihm auf den Rücken, wie es für Anfang Oktober sehr ungewöhnlich war. Wahrscheinlich war die Klimaerwärmung in Altaussee angekommen. „Ob ich mein Sakko ausziehen kann?", fragte er die Christine. „Nach der Trauung!", antwortete sie. Dann musste er eben schwitzen. Vor ihren Augen glitt geräuschlos das Solarschiff vorbei, und ein paar Passagiere winkten ihnen zu. Wenn Gasperlmaier sich nicht täuschte, war eine von ihnen Lin Lien. Der Kröker, so schien es zumindest, hatte also die Ratschläge der Christine befolgt und die chinesische Delegation auf das Schiff verfrachtet, das sie wieder zurück nach Altaussee bringen würde.

Es dauerte nicht lange, und die Standesbeamtin nahm hinter ihrem Tisch Aufstellung. Die Frau Doktor, fand Gasperlmaier, sah auch von hinten fantastisch aus, der Bernhard beinahe wie Arnold Schwarzenegger. Er war wirklich sehr durchtrainiert, die Frau Doktor hatte bei der Wahl des Partners sicherlich nicht nur auf innere Werte geachtet, dachte Gasperlmaier bei sich. Die beiden Kinder saßen zur Linken und Rechten des Brautpaars, die Sophie still, während der Max auf seinem Sessel herumwetzte, sich immer wieder nach hinten umdrehte und komische Grimassen schnitt.

Die Standesbeamtin sprach lang, und Gasperlmaier spürte, wie seine Lider schwer wurden. Als ihn die Christine sanft mit dem Ellenbogen stieß, schrak er auf und merkte, dass es ernst wurde. Das Brautpaar war aufgestanden. Das „Ja!" der beiden konnte Gasperlmaier kaum hören, weil ein Windstoß von hinten erstens die Bäume rauschen ließ und zweitens die Stimmen des Brautpaares von ihm wegtrug. Gasperlmaier sah sich um. Er kannte Filme, in denen genau in diesem Moment jemand von hinten auftauchte und laut „Halt!" schrie, um die Hochzeit im letzten Moment zu verhindern.

Tatsächlich trat eine schwarz gekleidete Gestalt genau in diesem Moment aus dem Schatten des Zeltes hervor und lief auf die Hochzeitsgesellschaft zu. Gasperlmaier reagierte blitzschnell, stand lautlos von seinem Sessel, der zum Glück ein Randplatz war, auf und eilte dem Grallitsch entgegen, ohne darüber nachzudenken, wie er ihn davon abbringen wollte, die Hochzeit zu stören. Bewaffnet war er ja leider nicht. Gasperlmaier breitete beide Arme aus und zischte „Stehenbleiben!". Die schwarze Gestalt kam abrupt zum Stehen, und in diesem Moment erkannte Gasperlmaier, dass es nicht der Grallitsch war, der auf ihn zukam, sondern ein Mann in Laufkleidung. Er war mit seinen dunklen Haaren dem Grallitsch nicht unähnlich. Gasperlmaier atmete schwer, sein Herz klopfte unregelmäßig. „Was ist denn los? Ist Ihnen schlecht?", fragte der Jogger, als Gasperlmaier nach Atem rang. „Nein, nein!", keuchte der. „Ich hab Sie nur verwechselt, alles in Ordnung. Da drüben", er deutete zu den Stuhlreihen, „ist eine Hochzeit, und ich habe gedacht, also da gibt es jemanden, der ..." Es war zu kompliziert, es in wenigen Worten zu erklären. „Ich stör schon nicht", sagte der Jogger. „Ich lauf genauso gern hinten herum!" Er winkte Gasperlmaier zu, drehte sich um und lief davon.

Gasperlmaier wischte sich die Stirn. Er hatte überreagiert, eindeutig, und das alles ... da war nur seine Nervosität schuld daran. Vielleicht wurde es besser, wenn er sich noch ein Bier bestellte. Ja, das würde er gleich tun, wenn er zum Hochzeitsschmaus ins Zelt ging. „Was war denn los?", fragte die Christine, als sie vor dem Zelteingang wieder aufeinandertrafen. „Ist dir schlecht geworden oder was? Hast du das Ja-Wort eh nicht verpasst?" Er winkte ab. „Nein, ich hab nur gedacht ... da ist ein Mann aufgetaucht, ganz in Schwarz, aber es war nur ein Jogger." Die Christine strich ihm über den Nacken. „Du bist ja richtig angespannt! Vielleicht bildest du dir am Ende doch nur was ein? Wahrscheinlich war das alles ganz harmlos, was du beobachtet hast. Ein Missverständnis." „Kann sein", gab Gasperlmaier gerne zu. „Wir müssen den Brautleuten noch gratulieren, wir sind eh schon die Letzten!" Sie zog ihn am Arm hin zu den Stühlen, wo die Trauung nun beendet war. Da erblickte er die Manuela, die mit einem Blumenstrauß gerade auf die Frau Doktor zuging, sie umarmte und gratulierte.

„Grüß dich!", sagte Gasperlmaier. „Schön, dass du ..." „Ich hätte nicht gedacht, dass du der Letzte bist, der mir gratulieren wird. Da wird wahrscheinlich dann der erste Walzer fällig, nach dem Bräutigam, oder?" Die Frau Doktor schien blendender Laune und bereits ein klein wenig beschwipst. Die Geschichte mit dem Jogger, so dachte er bei sich, würde er nicht erwähnen, der guten Stimmung wegen. Sie umarmte ihn und drückte ihn an sich, etwas länger, als es vielleicht notwendig gewesen wäre. Der Bernhard aber war ohnehin mit dem Max beschäftigt, der ihn am Arm zog und nach einem Klo verlangte. Die Frau Doktor roch gut, so wie immer. Hoffentlich musste sie sich nicht bald wieder mit so unappetitlichen Dingen wie Gewalt und Leichen befassen. Ein einfacher Beruf war es wirklich nicht, den sie sich ausgesucht hatte. Da war es hier in

Altaussee, wo es meistens ruhig und beschaulich zuging, schon leichter.

„So schön, dass du auch hast kommen können!", sagte Gasperlmaier, als er gemeinsam mit der Manuela, dem Carsten und seiner Christine an einem der festlich gedeckten Tische Platz nahm. „Und?", fragte die Manuela. „Schon was vorgefallen?" Gasperlmaier winkte ab. „Nur falscher Alarm. Bringst mir ein Bier, bitte!" Der Kellner war aufgetaucht, während er mit der Manuela gesprochen hatte. Es dauerte nicht lange, bis auch die Schnitzel kamen, zugleich stellte der Kellner eine Flasche Wein im Kühler auf den Tisch, und bald waren die Christine und Gasperlmaier in angenehmes Geplauder mit ihren Tischnachbarn vertieft, und Gasperlmaier vergaß gänzlich auf den Grallitsch. Ihm fiel auf, dass die Manuela nur alkoholfreies Bier und nichts vom Wein trank. „Ein Glaserl", meinte er, „könntest dir doch gönnen, zum Anstoßen, wenn ..." Die Manuela lachte. „Gasperlmaier, es ist nicht nur wegen dem Dienst. Ich trinke momentan keinen Alkohol. Und zwar für längere Zeit." „Äh!", brachte Gasperlmaier hervor, dem dafür nur eine Erklärung einfiel. Die Christine lächelte, und der Carsten nickte. „Ja!", gab die Manuela schließlich zu. „Wir erwarten ... wir kriegen ..." Der Rest ihres Satzes wurde von der Musik verschluckt, die begonnen hatte, einen Tusch auf das Brautpaar zu spielen. Gasperlmaier verfiel sofort ins Grübeln. Die Manuela schwanger? Was sollte er denn ohne sie tun? Wahrscheinlich würde man ihm einen jungen Polizisten schicken, frisch von der Polizeischule. Womöglich einen unsympathischen Besserwisser oder einen rabiaten Haudrauf, der mit den speziellen Gegebenheiten im Ausseerland nichts anzufangen wusste. Das war eine echte Katastrophe, sodass er sich über das junge Glück der Manuela gar nicht recht freuen mochte. „Möchtest der Manuela und dem Carsten nicht gratulieren?" Die Christine stieß ihn in die Rippen. „Ach so, ja!", beeilte sich Gasperlmaier. „Alles Gute! Ich hab nur daran denken müssen, wie es bei uns auf dem Posten jetzt weitergeht!" Er schenkte sich gleich noch einmal Wein ein, kam aber weiter gar nicht zum Grübeln, weil ihn zuerst die Christine, danach die Manuela auf die Tanzfläche zerrte. Ob es für die Manuela überhaupt gesund war, wenn sie so ausgelassen herumhopste? Und konnte sie jetzt überhaupt noch Dienst tun, war das nicht viel zu gefährlich für sie und ihr ungeborenes Kind?

„Gasperlmaier, du stellst dich heute noch patscherter an beim Tanzen als sonst!", ermahnte ihn die Christine, als er wieder zu ihr zurückgekehrt war. „Weil mir so viel im Kopf umgeht!", rief er ihr ins Ohr, denn die Musik war zu laut für normale Kommunikation. Obwohl sie ihm ausgezeichnet gefiel, denn die Frau Doktor hatte nicht lange überredet werden müssen, als er ihr vorschlug, eine Geigenmusik für die Hochzeit zu engagieren, die hauptsächlich Volksmusik spielte, dem Jazz und Swing aber auch nicht abgeneigt war. „Denk nicht dran!", empfahl die Christine. „Heute wird gefeiert!" Sie schmiegte sich an ihn, und Gasperlmaier nahm sich vor, ihrem Rat zu folgen.

Den ersten Walzer tanzte er zwar nicht mit der Frau Doktor, den zweiten auch nicht, aber schließlich führte er sie doch auf die Tanzfläche, nachdem ihn die Christine energisch aufgefordert hatte, seinen diesbezüglichen Pflichten nachzukommen. „Hier wird sich nicht gedrückt!"

„Wie gefällt's dir?", fragte die Frau Doktor, als sie in den Rhythmus gefunden hatten. „Wunderbar!", erklärte Gasperlmaier. Dass die Manuela und er wussten, mit wem sie gestern eine Auseinandersetzung gehabt hatte, behielt er für sich. Ebenso den Verdacht, dass es sich bei dem Mann namens Grallitsch um den Vater der Sophie handeln konnte. Die Frau Doktor war so guter Laune und schwang ihn so energisch herum, dass er sich von ihr anstecken ließ. Vor allem auch, weil sie immer noch so wunderbar roch. Was ein Wunder war, nach diesem anstrengenden Tag.

Als er sich, schweißnass, endlich wieder setzte und einen Schluck Wein nahm, sah er, dass die Manuela telefonierte und, noch mit dem Handy am Ohr, raschen Schrittes das Zelt verließ. Ob sie zu einem Einsatz gerufen worden war? Schon wollte er aufstehen und ihr nacheilen, als sein Blick auf das Weinglas fiel. Nein, er war heute gewiss nicht mehr diensttauglich und würde seiner Kollegin nur ein Klotz am Bein sein. Wenn sie Verstärkung brauchte, wusste sie schon, wo die zu holen war.

4

„Na, findest du endlich aus dem Bett?" Licht durchflutete das Schlafzimmer, das merkte Gasperlmaier selbst mit geschlossenen Augen. Soeben hatte er noch geträumt, aber wovon, war ihm bereits entglitten. Langsam öffnete er die verklebten Augen. „Na?", lachte die Christine. „Kater? Du warst ja gestern ausgesprochen gut aufgelegt!" So richtig konnte er sich nicht mehr daran erinnern, wie er heim und ins Bett gekommen war, aber dass die Hochzeit lange gedauert hatte, ausgelassen und lustig gewesen war, daran erinnerte er sich noch. „Nein, nein!", beeilte er sich zu versichern. Vorsichtig hob er den Kopf vom Polster. Keine Kopfschmerzen, nur ein etwas dumpfes Gefühl, und eine gewisse Mattigkeit, die ihn wieder in die Federn zurücksinken ließ. „Wie spät ist es denn?" „Neun Uhr vorbei!", sagte die Christine und öffnete das Fenster, um frische Luft hereinzulassen. „Und heute regnet's. Da haben wir gestern Glück gehabt, bei der Hochzeit!"

„Dann ist es ja nicht so eilig mit dem Aufstehen!", meinte Gasperlmaier und drehte sich noch einmal herum. „Jetzt komm schon!", ermunterte ihn die Christine. „Hopp, unter die Dusche, und dann zum Frühstück! Du kannst doch den Tag nicht einfach so verschwenden!" Gasperlmaier fragte sich zwar, warum ein Vormittag im Bett an einem regnerischen Tag eine Verschwendung sein sollte, dennoch fügte er sich. Tatsächlich fühlte er sich nach der Dusche erfrischt und hellwach. Und gleich fiel ihm auch wieder ein, dass die Manuela gestern hastig von der Hochzeit verschwunden war. Er wollte zu gern wissen, was los gewesen war, aber er wollte sie am Sonntagvormittag nicht stören. Wer konnte wissen, ob die Manuela schon auf war. Sie hatte ja schließlich auch frei, denn am Sonntag war ihr Posten in Altaussee in der Regel unbesetzt.

„Morgen, Papa!" Die Katharina und die Stefanie saßen noch am Frühstückstisch. „Die Mama hat uns eingeladen, zum Frühstück. Sonst hätten wir euch nicht gestört, nach der anstrengenden Nacht!", grinste die Kathi. „Du schaust aber eh gut aus. Hast dich wacker gehalten!" Gasperlmaier schenkte sich Kaffee ein. „Was habt's ihr heute vor?", fragte er. „Eigentlich nix", meinte die Stefanie. „Ein bisschen ausrasten, weil morgen müssen wir wieder nach Wien. Es gibt am Dienstag eine Pressekonferenz, von einer NGO, die sich mit nachhaltigen Textilien beschäftigt", erklärte sie. „Own less, wear more!", ergänzte die Katharina. „Was heißt, besitze weniger, trage es mehr!" „Ganz in meinem Sinn!", nickte Gasperlmaier, der am liebsten eine seiner Uniformen oder die Lederhose trug. „So eine Lederhose", dozierte er, während er sich ein Marmeladenbrot schmierte, „die braucht nicht gewaschen zu werden, hält Jahrzehnte und ist aus lokalen Materialien hergestellt. Und noch dazu wird sie auch hier gemacht, und zwar von A bis Z. Besser geht's nicht!"

„Ja, aber ...", wandte die Stefanie ein, „... das mit der Jagd. Schließlich werden die Hirsche geschossen ... und manche Labels verzichten aus Gründen der Nachhaltigkeit völlig auf Leder!" Darauf wusste Gasperlmaier keine Antwort. „Na, Hauptsache, wir müssen nicht auf Marmelade verzichten!", lenkte die Christine ab, als Gasperlmaier gerade einen großzügigen Klecks auf sein Brot fallen ließ. „Und jetzt diskutieren wir bitte nicht über den Zucker, der da drin ist!", mahnte die Christine mit einem scharfen Blick Richtung Katharina. „Schon gut!", gab die sich versöhnlich.

Nach der zweiten Tasse Kaffee sah Gasperlmaier auf seine Uhr, es war beinahe zehn, und er fand, er konnte es jetzt riskieren, bei der Manuela nachzufragen, was gestern noch los gewesen war. Kaum hatte er die Nachricht versandt, piepte sein Handy auch schon, weil eine Antwort eingetroffen war. „Unfall auf der Loserstraße", hatte die Manuela zurückgetextet. „Einer von den Chinesen hat eine Kurve nicht gekriegt. Mysteriöse Angelegenheit!" Gasperlmaier schoss hoch und begab sich vor die Haustür. Mysteriös? Da musste er die Manuela anrufen, Sonntag hin oder her. Draußen wehte ein kräftiger Wind, es hatte ordentlich abgekühlt, und die Regentropfen klatschten gegen das Garagentor. Gott sei Dank stand er selbst im Trockenen unter dem Vordach.

„Entschuldige, dass ...", setzte er an, aber die Manuela unterbrach ihn sofort. „Gut, dass du anrufst. Ich wollte dich schon fragen, ob wir uns nicht miteinander den Unfallort anschauen könnten. Mir kommt da einiges komisch vor!" „Aber, du hast doch heute frei!", wandte Gasperlmaier ein. „Und in deinem Zustand ..." „Franz!", mahnte die Manuela. „Bezeichne meine Schwangerschaft bitte nicht als Zustand! Und ich kann ganz gut selbst entscheiden, was ich tu und was nicht! Der Carsten ist ohnehin nicht zu Hause, der spielt heute eine Matinee in einem Wirtshaus in Pürgg. Aber wenn du willst, kannst du ans Steuer! Da hab ich nichts dagegen!"

Es dauerte nicht lange, und er saß in seinem Einsatzwagen, leider mit der Katharina und der Stefanie auf den Rücksitzen, denn die hatten eine interessante Story gewittert und waren nicht davon abzubringen gewesen, sich ihnen anzuschließen. Die Manuela schien erfreut, die beiden zu sehen, als sie einstieg, und während der Fahrt auf den Loser hinauf wollten die Mädchen alles über die Schwangerschaft der Manuela wissen. „Habt ihr denn schon einen Namen?", fragte die Stefanie. Die Manuela schüttelte den Kopf. „Ist noch viel zu früh. Aber wir verraten sowieso nichts, weil sonst gibt jeder seinen Senf dazu, noch bevor das Kind überhaupt geboren ist!"

„Da war es!" Die Manuela deutete auf die Leitschiene in einer Kehre, die niedergerissen und provisorisch durch ein Absperrgitter gesichert worden war. „Habt's eh Regenjacken mit?", fragte Gasperlmaier, nach hinten gebeugt. „Freilich!", antworteten die beiden und stiegen aus. „Na, dann!", machte Gasperlmaier sich selbst Mut und zog gleich die Kapuze über den Kopf, als er aus dem Auto stieg. „Kalt ist's noch dazu auch, hier heroben!", sagte er zur Manuela. „Womöglich schneit's bald. Ist dir eh nicht kalt?" „Gasperlmaier", warnte die Manuela mit erhobenem Zeigefinger. „Ich hab noch fast vier Monate bis zum Mutterschutz. Bis Weihnachten musst mich noch aushalten, den Rest nehm ich mir Urlaub. Und bis dahin ... ich bin nicht krank, nur schwanger!" „Ist schon gut!", gab Gasperlmaier zurück. Nur noch bis Weihnachten. Dann war es wohl vorbei mit dem angenehmen Betriebsklima auf dem Posten in Altaussee. Vielleicht sollte er einmal mit der Frau Doktor reden, die wahrscheinlich gerade gemütlich im Wellnessbereich ihres Hotels entspannte. Es war ja möglich, dass sie dafür sorgen konnte, dass er jemand Angenehmen als Ersatz für die Manuela bekam. Zum Beispiel eine Frau.

„Die haben aber Glück gehabt!", sagte die Katharina und zeigte auf die Leitschiene. „Viel hätte nicht gefehlt, und er wäre durchgekracht. Und da geht's ordentlich hinunter!" Sie schob das Absperrgitter beiseite, um besser in den Abgrund blicken zu können. „Pass auf!", rief Gasperlmaier, aber die Katharina schüttelte nur unwillig den Kopf. „Papa, ich bin doch nicht so blöd, dass ich da runterfalle! Und zwar schon nicht mehr, seit ich vier Jahre alt war!" Gasperlmaier seufzte innerlich. Anscheinend, so dachte er bei sich, durfte man sich überhaupt keine Sorgen mehr machen, vor allem nicht um junge Frauen. Sonst stand man gleich als jemand da, der sie für unselbständig hielt.

„Wer war denn in dem Auto?", fragte er. „Und hat es Verletzte gegeben?" „Drin war nur einer. Es war ganz komisch. Der bayerische Chinese, wie heißt er gleich?" „Rinderer", half Gasperlmaier aus. „Ja, der Rinderer. Der ist gefahren. Er hat natürlich den Airbag ins Gesicht gekriegt, und das Knie hat er sich anscheinend an der Mittelkonsole gestoßen, da hat auch die Hose ein Loch gehabt. Aber er hat strikt abgelehnt, von der Rettung mitgenommen zu werden. Die hat der Kröker alarmiert." „Der Kröker?", fragte die Stefanie interessiert. „Der Tourismusdirektor? Der Deutsche? Der war auch dabei?" Sie strich sich eine Strähne nassen Haars aus dem Gesicht. Die Manuela nickte. „Im zweiten Auto. Die beiden anderen Chinesen sind noch oben bei der Loserhütte geblieben, anscheinend hat ihnen da die Kellnerin besonders gut gefallen. Der Kröker ist mit Frau Lin Lien hinter dem Rinderer her gefahren. Denen ist nichts passiert."

„Wie ist denn das überhaupt zugegangen? Hat der Rinderer erklären können, warum er die Leitschiene gerammt hat?" „Viel hat er nicht gesagt", meinte die Manuela achselzuckend. „Nur, dass es sein Fehler war. Dass er die Kurve übersehen hat. Er war ziemlich verwirrt." „Wahrscheinlich der Schock", sagte die Katharina. „Ich seh übrigens keine Bremsspuren. Ist das wegen dem Regen, oder ..." „Wir haben gestern auch nichts feststellen können. Aber seit es ABS gibt, findet man oft keine oberflächlich sichtbaren Bremsspuren. Ich hab den Rinderer gefragt, ob die Bremsen versagt haben. Aber er hat immer nur gesagt, mein Fehler, mein Fehler!"

„Wie sind denn die anderen beiden Chinesen wieder ins Hotel gekommen?", fragte Gasperlmaier. „Weiß ich nicht", sagte die Manuela. „Vielleicht mit der Kellnerin?" Sie grinste. „Könnte es sein, dass es ein Anschlag war? Dass das Auto gehackt wurde?", fragte die Katharina. Die Manuela nickte. „Das ist prinzipiell möglich. Ich hab darüber gerade was in einem Kurs gehört. Es gibt Sicherheitslücken bei modernen Autos, die Hacker ausnützen können. Sie müssten allerdings über ... na, sagen wir, Möglichkeiten verfügen, wie man sie fast nur in Geheimdiensten findet!" „Geheimdienste!", wiederholte die Stefanie ehrfürchtig.

„Jetzt lassen wir aber einmal die Kirche im Dorf!" Gasperlmaier fror und wollte sich nicht noch viel länger solche wilden Theorien anhören. „Wahrscheinlich haben sie oben auf der Loserhütte ein paar Bier getrunken, und beim Herunterfahren hat der Rinderer nicht aufgepasst, und schon ..." „Witzig, dass du das sagst!" Die Manuela lächelte. „Natürlich haben wir den Rinderer blasen lassen. Null Komma null. Aber rate einmal, wer nicht mehr weiterfahren durfte?" „Der Kröker! Das ist ja zum Schießen!" Die Kathi hatte schneller reagiert als Gasperlmaier. Das war ja ein Ding. Der neue Tourismusdirektor, gleich einmal mit Alkohol am Steuer erwischt. „Wie viel hat er denn gehabt?", fragte Gasperlmaier. „Null Komma acht. Also ganz schön drüber!", sagte die Manuela. „Das wundert mich, dass es nicht mehr war", sagte Gasperlmaier, „weil, er war am Nachmittag bei der Hochzeit schon ordentlich eingespritzt. Ich hab ihn im Jagdhaus getroffen. Bei Bier und Schnaps!" Die Manuela lachte. „Jedenfalls hat die Frau Lin Lien dann die beiden wieder zurück nach Altaussee chauffiert. Den Rinderer habe ich nicht fahren lassen, denn der war sichtlich noch geschockt, sein Knie hat geblutet und er hat auch Kopfschmerzen gehabt. Vom Airbag. Das ist ja kein Vergnügen, wenn dir der um die Ohren fliegt." „Wem gehören denn die Autos?", wollte Gasperlmaier wissen.

„Das verunfallte Auto war ein Leihwagen, den haben sie in München am Flughafen gemietet, ein ganz neuer Audi SQ8, elektrisch natürlich, wegen der Nachhaltigkeit!" Der Ton der Manuela war ein wenig spöttisch. „Das zweite war dem Kröker seines." „Herrschaftszeiten!", kommentierte die Kathi. „Das ist ein Auto, das sicher über 100 000 Euro kostet! Und das soll nachhaltig sein?" Die Manuela zuckte mit den Schultern, und Gasperlmaier fragte sich, woher die Kathi so gut über Autopreise Bescheid wusste. „Ich weiß auch nicht, wozu die so einen Luxusschlitten gebraucht haben. Jetzt ist er jedenfalls hin." „Wo steht denn das Wrack?", fragte Gasperlmaier. „Ich hab's vom Pannendienst abschleppen lassen", erklärte die Manuela. „Und dann hab ich unseren Audi-Händler angerufen, in Bad Aussee, ob wir es auf seinem Parkplatz einmal zwischenlagern können. Der hat nichts dagegen gehabt. Was dann weiter geschieht ... da müssen sich die Mieter schon selber darum kümmern. Vielleicht hilft ihnen der Kröker ja."

„Könnten wir uns das Wrack nicht einmal anschauen?", fragte die Stefanie. „Wenn ihr meint, gerne!" Die Manuela schien zu allem bereit. Gasperlmaier fragte sich zwar, wozu das gut sein sollte, schwieg aber. Er sah auf seine Uhr. Um halb zwei, erinnerte er sich, sollten die Christine und er beim Christoph sein, um die Kinder zu einem ausgiebigen Spaziergang abzuholen. Damit die Eltern einmal ein paar Stunden Ruhe hatten. Oder eben Zeit füreinander oder sich selbst, was auch immer. Gasperlmaier hatte schon manchmal den Eindruck, dass die beiden recht gestresst waren, mit Arbeit und Kindern und allem zusammen. „Fahren wir hinunter", sagte er schließlich, in der Hoffnung, dass die Begutachtung des Wracks nicht lange dauern würde.

„Komisch ist das schon", meinte die Stefanie, als sie wieder im Auto saßen, „keine Bremsspuren, der Fahrer nüchtern, klagt nicht über einen technischen Fehler. Was meinst du dazu, Gasperlmaier?" Der zuckte mit den Schultern. „Was glaubt ihr", meinte er, „wie viele Unfälle ich da oben schon aufgenommen habe. Keine Kehre, in der nicht schon einmal einer gegen die Leitschiene gefahren ist. Einmal waren's die Bremsen, ein anderes Mal ein paar Bier zu viel, und dann vielleicht auch einmal eine rauchende Kupplung oder ein herausgesprungener Gang. Ihr glaubt's ja nicht, was da für Idioten herumfahren. Manche haben noch nie was von einer Motorbremse gehört, und dann ..." „Ja, aber, Papa!", unterbrach ihn die Katharina. „Ungebremst direkt gegen die Leitschiene! Und dann kein Wort über die Ursache, zumindest nicht zur Manuela! Da ist doch was verdächtig!"

„Hast du eigentlich", fragte Gasperlmaier, „den Kröker auch befragt? Wie er den Unfall gesehen hat?" Die Manuela nickte. „Er hat keinen Bremsvorgang wahrgenommen und auch kein Einlenken in die Kehre." „Wie schnell ungefähr war denn das Auto?", fragte er weiter. „Lässt sich schwer einschätzen. Sehr schnell kann er nicht gewesen sein, sonst wäre er durchgekracht. 30, vielleicht 40, höchstens, schätze ich." „Und selber hat er überhaupt gar nichts dazu gesagt?" „Nichts. Nur immer ‚Mein Fehler'. Er war aber ziemlich geschockt. Von seiner Überheblichkeit war nicht mehr viel übrig."

Sie waren bei der Autofirma angekommen, Gasperlmaier bog auf den Parkplatz ein. „Wo ist denn das Auto?", fragte Gasperlmaier. „Ich weiß nicht", sagte die Manuela, „ich war ja nicht dabei." Gasperlmaier drehte eine Runde um das ganze Gebäude, aber nirgends war ein auffälliges Wrack eines Audi zu sehen. „Na ja", sagte Gasperlmaier, „dann fahren wir halt wieder. Haben sie's halt woanders abgestellt." „Also, mir kommt das jetzt auch komisch vor. Bleib einmal stehen!" Die Manuela stieg aus, nachdem er angehalten hatte. „Ob wir einmal beim Pannendienst anrufen und fragen, wo die das Auto hingebracht haben?", fragte sie, als Gasperlmaier und die Mädchen ebenfalls ausgestiegen waren. Er sah noch einmal auf die Uhr. Lange wollte er sich mit dieser Geschichte jetzt nicht mehr befassen, denn es ging bereits auf zwölf zu. Und schließlich war Sonntag.

Zu seiner Überraschung sah die Manuela das offenbar auch so. „Also vor Ort können wir jetzt sowieso nichts machen. Oder sollen wir den Rinderer noch einmal befragen?" Gasperlmaier schüttelte energisch den Kopf. „Nein, jetzt machen wir Schluss für heute. Wenn's was zu tun gibt, ist morgen auch noch Zeit. Schließlich ist ja nicht einmal wirklich was passiert!" „Außer einem möglicherweise gehackten, sündteuren Auto und einem Mordanschlag!", ergänzte die Katharina etwas sarkastisch. „Aber geh! Das bildet ihr euch doch nur ein, weil ihr nach einer Sensation sucht!", entgegnete Gasperlmaier etwas schroff. „Tut mir leid", schob er deswegen gleich hintennach. „Aber wir haben den Nachmittag mit dem Theo und der Elisa geplant, und wegen einem Blechschaden ..." „Passt schon, Papa!", lenkte die Katharina ein.

„Schönen Nachmittag noch!", rief er der Manuela nach, als sie ausstieg. Als Frau eines Musikers, so dachte Gasperlmaier bei sich, hatte sie es wohl auch nicht immer leicht. Am Freitag und Samstag gab es oft abends Engagements, weil da halt die meisten Veranstaltungen waren. Und jetzt spielte der Carsten auch noch am Sonntagvormittag. Und die ganze Woche über war er in der Schule. Da musste sich wohl auch etwas ändern, bei denen, wenn einmal das Kind da war.

Im Haus roch es schon verführerisch nach gefülltem Hendl, als er um halb eins endlich zu Hause auftauchte. „Die Kathi und die Stefanie sind wo eingekehrt, und dann wollen sie ein bissl spazieren und noch Homeoffice ...", erklärte er. „Ich hab gar nicht mit ihnen gerechnet", erklärte die Christine. „Weißt eh, sie betonen ja immer, dass sie für sich selber sorgen, wenn sie oben in ihrer Wohnung sind. Und dass wir nicht quasi automatisch immer für sie mitkochen sollen." Gasperlmaier trug Teller und Besteck zum Tisch und machte sich ein Bier auf, denn schließlich war ja Sonntag. Da hatte nicht einmal die Christine was dagegen, wenn er mittags eines trank. „Fantastisch!", lobte er das zarte Hühnerfleisch. „Und es bleibt sogar noch was für morgen", sagte die Christine.

Nur eine halbe Stunde später waren sie mit den beiden Enkeln wieder auf dem Weg, der rund um den Altausseer See führte, genau wie voriges Wochenende. Der Regen hatte zwar nachgelassen, dennoch hatte man den Theo mit Regenjacke, Haube und Kapuze ausgestattet und über den Kinderwagen der Elisa den Regenschutz gezogen. Der Theo war jetzt drei, bald schon dreieinhalb, und schon recht gut zu Fuß. Wenn er müde wurde, dann nahm ihn Gasperlmaier bei gemeinsamen Spaziergängen gern auf den Rücken. Heute allerdings hatten ihn seine Eltern auf sein Laufrad gesetzt, das er seit ein paar Monaten über alles liebte. Wenn er auf dem saß, fand Gasperlmaier, war er das bravste Kind der Welt. Man musste ihn halt rechtzeitig vor gefährlichen Wurzeln warnen, die aus dem Schotter des Weges herausragten und heute wohl ein wenig rutschig waren. Die Elisa hatte zwar auch schon laufen gelernt, ließ sich aber, wenn es um ausgiebigere Spaziergänge ging, gern im Kinderwagen herumschieben.

„Kommt heute kein Schiff?", fragte der Theo und zeigte auf die Wasserfläche hinaus, die nur durch die auftreffenden Regentropfen ein wenig gekräuselt wurde. „Heute nicht", erklärte Gasperlmaier. „Wenn's regnet, will eh niemand fahren!" Der Theo schob die Unterlippe vor, weil er enttäuscht war. Zu einem Sonntagsspaziergang gehörte nämlich meistens, dass man hinten bei der Seewiese das Schiff bestieg und so den Rückweg bequem zurücklegte. „Dafür kriegst einen Kuchen, hinten beim Jagdhaus!", versprach die Christine. „Vielleicht haben sie sogar ein Eis!" „Eis!", wiederholte die Elisa aus ihrem Kinderwagen heraus. Ob sie schon verstand, was sie redete, daran zweifelte Gasperlmaier einstweilen noch.

„Und?", fragte die Christine, als der Theo ein Stückchen vorausgerollt war. „Habt's ihr was herausgefunden, über den Unfall?" „Na ja", antwortete Gasperlmaier. „Komisch ist es schon. Der Fahrer, dieser Rinderer, hat nicht sagen können, was eigentlich passiert ist. Oder nicht wollen. Es gibt keine Bremsspuren, er ist anscheinend ohne Grund geradeaus gefahren. Betrunken war er auch nicht. Und das Wrack, das haben wir nicht dort gefunden, wo es eigentlich abgestellt sein sollte."

„Klingt alles ein wenig seltsam. Schaut's ihr euch die Angelegenheit noch genauer an?" Gasperlmaier nickte. „Schon. Obwohl ich nicht glaube, dass da etwas vorliegt, was uns betrifft. Die Mädels", er blickte auf den See hinaus und machte eine wegwerfende Handbewegung, „die sehen gleich Gespenster. Die meinen, das Auto könnte gehackt worden sein. Gehackt! Was soll denn das überhaupt bedeuten?"

„Hm!", machte die Christine. „Also ich hab da schon Sachen gelesen. Du interessierst dich ja nicht so für Nachrichten, vor allem nicht aus der Welt der Wissenschaft. Und seit so viel über autonomes Fahren diskutiert wird, macht man sich natürlich auch Gedanken darüber, ob man bei so einem Fahrzeug in die Prozesse eingreifen kann, irgendwie in die Software, und damit das Fahrzeug unsicher machen. Oder gezielt sabotieren. Du weißt ja, alles, was erfunden wird, wird von Verbrechern missbraucht. Oft sogar, bevor man herausgefunden hat, was man Gutes damit bewirken kann."

Jetzt fing auch noch die Christine mit diesen wirren Theorien an. „Ich glaub halt, der hat einfach geschlafen, nicht aufgepasst. Das ist doch eine viel logischere Erklärung. Oder, ich hab's den Mädels eh auch schon gesagt, er war abgelenkt. Vielleicht hat er sein Handy in der Hand gehabt und Nachrichten gelesen. Kommt ja heutzutage immer öfter vor. Oder er hat einfach telefoniert. Die Manuela hab ich leider noch nicht gefragt, ob sie das überprüft hat. Schauen wir einmal, morgen!" Damit hielt Gasperlmaier das Thema für abgeschlossen und überlegte, was er für einen endgültigen Themenwechsel tun konnte. „Was gibt's denn heute Abend zu essen?", fragte er. „Den Rest vom Hendl, was glaubst du denn?", sagte sie. „Hast du vielleicht geglaubt, dass ich mich noch einmal in die Küche stelle?" „Natürlich nicht", antwortete er und fand, dass er sie damit elegant abgelenkt hatte. Man konnte den unerklärlichen Unfall ruhen lassen, bis morgen Früh der Dienst begann.

Zum Glück war beim Jagdhaus noch ein Topfen-Heidelbeer-Strudel vorrätig, den beide Kinder liebten, und sie konnten sogar auf der Veranda sitzen, weil nur noch ein feiner Nieselregen fiel, der bei der herrschenden Windstille die Tische und Bänke unter dem Dach im Freien trocken bleiben ließ. „Wie war's denn diese Woche im Kindergarten?", fragte Gasperlmaier. „Wie immer", sagte Theo zwischen zwei Bissen Strudel. „Der Josef war schlimm!" „So?", fragte Gasperlmaier. „Was hat er denn getan?" „Baustein geschmissen!", erklärte Theo im Stenogrammstil. „Na ja", mischte sich die Christine ein, „das tust du auch manchmal. Da darfst du nicht so streng sein!" Weil die Kinder ohnehin noch lange nicht mit dem Strudel fertig waren und es so still und friedlich war, bestellte Gasperlmaier sich noch ein Weizenbier.

5

„Gibt's was Neues?", fragte Gasperlmaier, als er am nächsten Morgen den Polizeiposten betrat. Die Manuela konnte nur Sekunden vor ihm eingetroffen sein, sie hängte gerade ihre Jacke und die Dienstkappe an einen Wandhaken. „Allerhand!", sagte sie. „Ich hab mich gestern noch ans Telefon gehängt und einiges über unseren Unfall herausgefunden!" „Aber gestern war Sonntag! Da sollst du dich ausrasten ..." Die Manuela schoss einen scharfen Blick in seine Richtung. „Willst du nicht lieber wissen, was ich herausgefunden habe?" „Doch, doch!", beschwichtigte Gasperlmaier und setzte sich an seinen Schreibtisch.

„Der Abschleppdienst hat das Autowrack genau dort abgestellt, wo wir gestern gesucht haben. Wie es ausgemacht war. Und jetzt ist es nicht mehr dort, und anscheinend weiß niemand Genaues darüber. Ist das nicht allerhand? Und höchst verdächtig? Ich glaub, da sollte ich gleich einmal anwenden, was ich im Kurs über OFA gelernt habe." „OFA?", fragte Gasperlmaier nach. Er hatte schon wieder vergessen, wofür diese Abkürzung stand. „Na hörst du! Du hast doch selber den Kursantrag unterschrieben! OFA! Operative Fallanalyse!" „Ah ja, ich kann mir nur diese Abkürzung nicht merken. Aber was hat denn das mit einem einfachen Autounfall ..." Aber er kam gar nicht richtig zu Wort. „Erstens einmal ist das kein einfacher Autounfall, weil jetzt auch noch das Autowrack verschwunden ist. Und weil sich der Unfallfahrer sehr seltsam verhalten hat. Und zweitens ... ja, eigentlich ist es in dem Kurs hauptsächlich um Sexualtäter gegangen. Serienmörder und so. Jack Unterweger. Aber wer sagt denn, dass man die Erkenntnisse aus dem Kurs nicht auf einen

Mordanschlag mittels Auto anwenden ..." Jetzt war es an Gasperlmaier, die Manuela zu unterbrechen. „Also, so weit, dass wir von einem Mordanschlag reden können, sind wir ja noch nicht." Die Manuela zog ihren Stuhl näher an ihn heran. „Wir versuchen", erklärte sie, „ein vertieftes Fallverständnis zu entwickeln. Nur einmal so, zum Spaß. Also: Was ist passiert? Warum ist es passiert? Wer ist dafür verantwortlich? Und da stoßen wir schon beim ,Was?' auf ein paar wesentliche Fragen. Nämlich: Hat der Rinderer einen Fahrfehler begangen, war die Ursache ein technischer Defekt, oder hat jemand von außen eingegriffen? Allein da haben wir schon drei verschiedene Möglichkeiten." Gasperlmaier räusperte sich. Er hatte Lust auf einen Kaffee und stand auf, um die Kaffeemaschine in Betrieb zu nehmen.

„Da bist du", sagte er, während er Wasser einfüllte, „eigentlich schon beim ,Warum?'. Das ,Was?' ist recht klar: Ein Auto ist, ohne zu bremsen, in eine Leitschiene gekracht. Was tödlich hätte ausgehen können, wenn es ein wenig schneller gewesen wäre." Die Türglocke schrillte, und die Manuela drückte den Türöffner, nachdem sie einen kurzen Blick auf ihren Bildschirm geworfen hatte, der die Kameras am Eingang zeigte. „Eine Frau", sagte sie. „Schaut ein bisschen aus wie die ..." „Grüß euch!" Es war tatsächlich die Mali Kirnberger, die etwas atemlos vor ihnen stand. „Es ist was passiert!" Gasperlmaier erstarrte, weil ja bei der Mali in der Villa Kirnberger die Frau Doktor samt ihrer Familie untergebracht war. Und daran dachte er natürlich zuerst. Gleich darauf aber fiel ihm ein, dass die wohl schon gestern nach Hause zurückgekehrt waren. „In den Zaun ist mir einer hineingefahren. Heute Nacht muss es gewesen sein!"

Gasperlmaier fiel ein Stein vom Herzen. „Ach so!", sagte er erleichtert. „Ja, dann setz dich einmal her, Mali. Dann nehmen wir deine Anzeige auf. Hast einen Verdacht?" Die Mali musterte ihn misstrauisch. „Du klingst ja direkt fröhlich, Gasperlmaier. Freust du dich denn, dass mir jemand den Zaun vor meinem Gastgarten umgefahren hat?" „Nein, nein!", lachte er. „Ich hab zuerst nur befürchtet, dass was mit der Frau Doktor ist! Aber die ist ja gar nicht mehr da!" „Die ist wohl noch da, die fahren erst heute. Aber was soll denn mit der sein?" „Nichts!", sagte er und wedelte dazu unbestimmt mit den Händen. In Wirklichkeit aber hatte er wieder das Bild vor Augen, wie die Renate mit dem Grallitsch auf dem Parkplatz der Villa Kirnberger gestritten hatte.

„Gegen drei hab ich's krachen gehört, und so ein Schleifgeräusch. Dann hat's auch noch gescheppert, aber ich bin nicht hinunter, weil ich mich gefürchtet hab. Heute Früh hab ich dann die Bescherung gesehen." Sie holte ihr Handy hervor, um Gasperlmaier die Fotos des Schadens zu zeigen. „Da, schau her. Eine Radkappe hat er auch verloren!" Sie hielt ihm das Foto derselben unter die Nase. „Ein Fiat!", stellte er fest. „Ich nehm einmal alles auf, dann schauen wir uns auch noch die Spuren an, an deinem Zaun. Vielleicht finden wir ja Lackreste oder andere Teile vom Auto. Wenn der dann in eine Werkstatt fährt, dann haben wir ihn bald!" Während Gasperlmaier tippte, ließ die Manuela Kaffee herunter und bot der Mali auch einen an, die dankend annahm.

„Ich muss jetzt auch wieder!", sagte die Mali wenig später, nachdem sie ihren Kaffee, schwarz und ohne Zucker, ausgetrunken hatte. „Pfüat euch!" Sie beugte sich zu Gasperlmaier hinunter, der immer noch an der Tastatur saß, und drückte ihm einen Kuss auf die Wange.

Ihre Haare streiften über sein Gesicht. Natürlich vertippte er sich sofort. Die Mali verwirrte ihn noch immer ein wenig, und das nur deswegen, weil er sie vor 40 Jahren einmal angehimmelt hatte. Die Erinnerung war schon eine seltsame Sache, dachte er bei sich. Sein Handy summte, das übliche Signal, wenn eine Nachricht eintraf. „Sind jetzt auf dem Weg nach W", hatte die Katharina getextet. „Gute Reise!", schrieb Gasperlmaier zurück und ergänzte seine Nachricht mit einem Daumen-Hoch-Emoji. Erst kürzlich hatte er erlernt, wie man diese Bildchen verwendete, und fand zunehmend Gefallen daran.

„Ich würd gern noch einmal mit dem Rinderer reden", sagte die Manuela. „Vielleicht erfahren wir da mehr über den Verbleib des Autos. Außerdem sind wir beim ‚Warum?' stehen geblieben. Da gibt's ja jetzt noch viel mehr Möglichkeiten. Ich sollte mir das einmal aufzeichnen. Nämlich: Wenn es ein technischer Defekt war – warum? Das Auto war neu, war es ein Produktionsfehler, ein Wartungsfehler, ein Softwarefehler, oder hat jemand es manipuliert?" „Mir kommt die OFA ganz schön kompliziert vor", sagte Gasperlmaier, schlürfte den Rest von seinem Kaffee und stand auf. „Die bezieht sich eigentlich ohnehin nur auf Personen. Aber trotzdem: Wenn es kein technischer Defekt war", fuhr die Manuela fort, „gibt es wieder mehrere Möglichkeiten: Der Fahrer war entweder abgelenkt oder er hatte ein gesundheitliches Problem. Oder er ist absichtlich gegen die Leitschiene gefahren. Und damit sind wir wieder bei der Person." „Warum sollte einer das denn absichtlich tun?" Gasperlmaier schüttelte den Kopf. „Da", sagte die Manuela, „gibt es wieder mehrere Möglichkeiten: zum Beispiel, um eine andere Tat, ein anderes Verbrechen zu verschleiern. Oder um jemandem zu

schaden. Zum Beispiel dem, dem das Auto gehört ..."
Gasperlmaier hatte keine Lust, sich noch weitere Möglichkeiten anzuhören. „Also ich schlage vor: Villa Kirnberger, danach Josef Rinderer?"

Die Manuela war einverstanden. Als sie am Gemeindeamt vorbeifuhren, trafen sie auf eine Gruppe von Menschen, die auf dem Gehsteig Aufstellung genommen hatte. Auch ein Transparent an zwei Stangen gab es, auf dem „Kein Ausverkauf unserer Heimat" zu lesen war. „Bleib einmal stehen", sagte Gasperlmaier. „Das müssen wir uns anschauen. Das schaut nach einer Demonstration aus, und angemeldet worden ist bei uns keine!" Die Leute standen teilweise auf dem Gehsteig, teilweise im Park dahinter, etwa 20, 30 Personen waren es. „Altaussee ist prima – keine Kopie in China!", skandierte die Gruppe, als Gasperlmaier und die Manuela sich näherten. Ein Mann trat aus der Menge hervor und hielt Gasperlmaier einen Kugelschreiber entgegen. „Unterschreibst auch, Gasperlmaier? Gegen die Chinesen?"

„Zuerst", sagte Gasperlmaier, „möchte ich einmal wissen, warum ihr da eine Demonstration veranstaltet, von der wir nichts wissen. Und die Personalien hätt ich auch gern, von dem, der dafür verantwortlich ist!" „Seid's ihr vielleicht dafür, dass unsere Heimat überschwemmt wird von diesen Fluten von Menschen aus der ganzen Welt? Seid's ihr verrückt? Oder bestochen?", rief eine schrille Stimme. Gasperlmaier wandte sich ihr zu, aber die Manuela war schon an die Frau herangetreten. „Jetzt halten wir uns mit Aggressionen und Beschuldigungen schön zurück", sagte sie zu der Frau. „Wir machen hier nur unsere Arbeit. Und unsere Meinung, die behalten wir im Dienst stets für uns!" Das, fand Gasperlmaier, hatte die Manuela gut gemacht. „Und", sprach er erneut den Mann mit dem Kugelschreiber an, der ihm der Anführer der Gruppe zu sein schien. „Personalien?" „Willi Wurzacher heiß ich. Wundert mich, dass du mich nicht kennst. Ich bin Lehrer am Gymnasium in Aussee. Also sozusagen ein Kollege von deiner Frau." „So?", fragte Gasperlmaier. „Und ist heute keine Schule?" Der Wurzacher grinste. „Schau", sagte er, „ich hab Turnen und Technisches Werken. Und da hab ich viele Nachmittagsstunden. Und den Montagvormittag, den hab ich frei!" „Für's unangemeldete Demonstrieren?", fragte Gasperlmaier. „Nicht nur", entgegnete der Wurzacher. „Aber das ist eine brandheiße Geschichte, eine ganz wichtige. Da müssen wir mobilmachen! Oder wollt ihr, dass es uns so geht wie denen drüben in Hallstatt?"

Als Gasperlmaier zu einer Antwort anhob, setzte neuerlich der Sprechchor ein. „Altaussee ist prima – keine Kopie in China!", riefen die Leute. Er seufzte. Einige Gesichter in der Gruppe erkannte er. Eines ganz besonders. Der Kahlß Friedrich hatte sich bisher erfolgreich hinter einer ziemlich dicken Frau versteckt, aber jetzt hatte Gasperlmaier ihn entdeckt. Der Friedrich zuckte entschuldigend mit den Schultern, und Gasperlmaier schüttelte entrüstet den Kopf. Der Friedrich sollte ruhig merken, was er davon hielt, dass sein ehemaliger Chef an einer unangemeldeten Demonstration teilnahm.

Wenig später waren sie mit dem Wurzacher und dem Kahlß Friedrich auf den Posten zurückgekehrt, um die Angelegenheit zu klären. „Schau", sagte der Friedrich, nachdem sie alle Platz genommen hatten, „es war ja keine Demonstration im eigentlichen Sinne, weil keine Verkehrsflächen betreten worden sind. Vielmehr war es nur eine spontane Zusammenkunft, bei der unser weiteres Vorgehen besprochen werden sollte!" „Gegen was wollt's denn vorgehen?", fragte Gasperlmaier. „Es gibt ja noch gar kein konkretes Projekt, vor allem keines, das direkte Auswirkungen auf Altaussee hat." „Nichts, wo die Gemeinde überhaupt ein Mitspracherecht haben könnte", ergänzte die Manuela. „Aber die Erfahrung lehrt", warf der Wurzacher ein, „dass man sofort Gegenmaßnahmen ergreifen muss, wenn die internationalen Konzerne über unsere Heimat herfallen. Sonst ist es nämlich schnell zu spät!" „Internationale Konzerne?", fragte Gasperlmaier. „Was haben die denn damit zu tun?"

Der Wurzacher schüttelte verächtlich den Kopf. „Ihr habt's wohl von gar nix eine Ahnung, wie?" „Schon", wehrte sich die Manuela. „Von unseren Dienstvorschriften. Und unseren Aufgaben. Und wenn unangemeldet demonstriert wird, schreiten wir ein." „Genau!", ergänzte Gasperlmaier. „Wer hat denn die Veranstaltung überhaupt organisiert? Und wer hat die Zettel gedruckt?" Gasperlmaier hob eine der Unterschriftenlisten vom Schreibtisch. Der Friedrich zeigte auf den Wurzacher. „Irgendwer muss es ja tun!", verteidigte sich der. Gasperlmaier ließ die Liste wieder fallen. „Ich erteile Ihnen eine Verwarnung!", sagte er. „Und in Zukunft werden Versammlungen aller Art im öffentlichen Raum gemeldet, haben Sie mich verstanden?" Der Wurzacher nickte. „Wir hätten schon mit mehr Unterstützung seitens der Behörden gerechnet!", maulte er noch. „Ja, ja!", seufzte Gasperlmaier. „Und jetzt haben Sie sicher noch was Wichtigeres zu tun, oder?" Er nickte mit dem Kinn zur Tür hin. Der Wurzacher verstand.

„Was ist denn das für einer?", fragte Gasperlmaier den Friedrich, als der Wurzacher die Tür hinter sich ins Schloss fallen lassen hatte. „Und warum tust du dich mit dem zusammen?" „Erstens", der Friedrich hob dozierend den Zeigefinger, „tu ich mich mit niemandem zusammen. Ich find's nur wichtig, für eine Sache, oder, in diesem Fall, gegen eine Sache einzutreten, wenn's notwendig ist." „Weißt was über den Wurzacher?", fragte die Manuela. Der Friedrich nickte. „Freilich. Als Querulant ist er verschrien, in seiner Schule. Weil er dauernd gegen alles ist. Und es ist ja auch nicht die erste Aktion, die er ..." „Ja, sag einmal, Friedrich – da weißt du selber, dass der ein Querulant ist, und trotzdem ..." Die Manuela unterbrach Gasperlmaier. „Nicht die erste Demonstration?", fragte sie nach. „Na ja", gab der Friedrich zu, „Demonstration vielleicht nicht, aber er schreibt dauernd Leserbriefe in der Alpenpost, und bei Versammlungen ..." „Was denn für Leserbriefe?", unterbrach nun Gasperlmaier. „Na, gegen den neuen Fischbrunnen im Kurpark in Bad Aussee, zum Beispiel. Der hat ihm nicht gefallen. Und die rosaroten Schachteln, die sie da kürzlich aufgestellt haben ..." „Eine Skulptur", erklärte die Manuela, „von einem zeitgenössischen Bildhauer. Da gibt's eine Geschichte dazu. Der Künstler ist mit der Plätte die Donau hinuntergefahren und ..." Der Friedrich nickte. „Ich weiß ja. Das ist ein ganz interessantes Projekt, wenn man sich nur darauf einlässt. Aber, zurück zum Wurzacher. Ich wollt ja nur erklären, was der für einer ist. Und an eine Geschichte müsstest du dich noch erinnern", sagte er zu Gasperlmaier. „Der Wurzacher hat einmal randaliert, bei einem Bezirksjägertag, da hat er den Jägern alle möglichen Vorwürfe gemacht, bis hin zur Tierquälerei. Wir haben ihn sogar kurz festnehmen müssen ..." Gasperlmaier schlug sich gegen die Stirn. „Jetzt fällt mir ein, warum der mir gleich bekannt vorgekommen ist!", rief er aus. „Damals hat er aber noch viel jünger ausgeschaut! Und einen Bart hat er auch nicht gehabt." „Aber lästig war er da auch schon", fügte der Friedrich hinzu. „Hoffentlich macht er euch nicht noch gröbere Schwierigkeiten." Er stand auf. „Ich geh jetzt. Wenn ihr mich nicht mehr braucht." „Dankschön, Friedrich", sagte Gasperlmaier. „Und halt uns auf dem Laufenden!" Der Friedrich grinste. „Soll ich jetzt dein offizieller Informant werden? Sozusagen ein Polizeispitzel? Da musst mir aber gelegentlich dann ein Bier zahlen!" „Halt, eins noch", hielt ihn die Manuela zurück. „Was hat der von internationalen Konzernen geredet?" Der Friedrich zuckte mit den Schultern. „Liegt doch auf der Hand, oder. China, dann die Orte, wo der Kröker gearbeitet hat, zum Beispiel Mauritius. Da müssen wohl internationale Konzerne dahinterstecken, oder?" „Also reine Spekulation", schloss Gasperlmaier. „Wenn du meinst." Der Friedrich winkte ihnen zu und verschwand.

„War ja vorherzusehen", sagte die Manuela, als sie auf dem Weg zur Villa Kirnberger waren, „dass sich da Widerstand formiert. Wär halt schön gewesen, wenn der Protagonist nicht einer ist, der einen schlechten Ruf hat. Das wird viele abhalten, da mitzutun." Gasperlmaier brummte etwas, das man ebenso als Zustimmung wie auch als Kritik interpretieren konnte.

Auf dem Parkplatz der Villa Kirnberger trafen sie auf die Frau Doktor, die gerade mit ihrer Familie ihr Auto einräumte. Da war einiges zu verstauen, stellte Gasperlmaier fest. „Grüß euch", sagte er. „Die Mali hat uns schon erzählt, dass ihr noch da seid. Ihr habt's ja viel Gepäck!" Er deutete auf die herumstehenden Koffer und Taschen. Die Frau Doktor lachte. „Ja, wir haben uns heute frei genommen. So haben wir den

Sonntag gestern genießen können. Und wenn man heiratet, braucht man eine ganze Menge Gewand! Guten Morgen, übrigens!" Gasperlmaier stellte fest, dass die Frau Doktor sportliche Kleidung trug. „Habt's noch was vor, heute?" „Nur eine Runde um den See, dann müssen wir eh heim, damit wir keinen Stress bekommen." Die Manuela hatte inzwischen den Max auf den Arm genommen, der sich das gern gefallen ließ, vor allem, weil die Manuela mit den Fingern auf ihren Lippen lustige Geräusche erzeugte. Der Max lachte laut auf. Die Renate beobachtete die Manuela interessiert, während der Bernhard sich schwitzend bemühte, das Gepäck im Kofferraum unterzubringen. „Was in Planung?", fragte sie lächelnd. „In Produktion!", lachte die Manuela, worauf die Frau Doktor sie stürmisch umarmte und gratulierte.

„Wir sind ja eigentlich dienstlich da", unterbrach Gasperlmaier die beiden nach einer Weile, während der sie sich über Schwangerschaft und Babypflege ausgetauscht hatten. „Wegen dem Zaun!" „Ach ja!" Die Manuela schlug sich gegen die Stirn. „Habt ihr eigentlich was gehört? Gegen drei Uhr in der Früh ist angeblich einer gegen den Zaun vom Gastgarten gefahren. Die Mali war schon bei uns und hat Anzeige erstattet." „Ja", fügte Gasperlmaier hinzu. „Und wir machen jetzt natürlich einen Lokalaugenschein." „Wir haben geschlafen wie die Murmeltiere", erklärte die Frau Doktor, „und unser Zimmer geht auch hinten hinaus." „Keine aufregende Hochzeitsnacht?", flüsterte die Manuela. Die Frau Doktor schüttelte den Kopf. „Wieso aufregende Hochzeitsnacht? Was passiert denn da?", fragte interessiert die Sophie, mit dem typischen Gespür der Kinder für das, was sie eigentlich nicht hören sollten. „Erklärst du's, Gasperlmaier?" Die beiden Frauen grinsten verschwörerisch. Gasperlmaier nahm seine Kappe ab und kratzte sich am Kopf. Da musste er sich jetzt schnell was einfallen lassen. „Also ... normalerweise geht man da gar nicht schlafen, da feiert man durch, man legt sich zwar ins Bett, aber man schaltet sich den Fernseher ein und stellt sich die Getränke auf's Nachtkastl." Er atmete tief durch. Die Sophie betrachtete ihn skeptisch. „Das glaub ich dir nicht!" „Ist aber so!", beharrte Gasperlmaier. „Und jetzt schauen wir uns den Zaun an!"

„Da geh ich mit!", erklärte die Frau Doktor. „Wenn's um was Kriminalistisches geht, da kann ich nicht widerstehen!" Der Zaun, so stellte Gasperlmaier fest, war bei dem Unfall regelrecht umgelegt worden, denn der Fahrer hatte eine der betonierten Säulen gerammt, und die war umgeknickt. Die angrenzenden Zaunfelder waren in den Gastgarten gestürzt und lehnten dort an zwei Tischen. Die Mali trat soeben aus der Tür, die von der Gaststube in den Garten führte. Im Schlepptau hatte sie den Josef, ihren Mann für alles. Der Josef reparierte vom Brauseschlauch bis zum Dunstabzug allerhand, wahrscheinlich auch Zäune.

„Das muss ganz schön gekracht haben", stellte Gasperlmaier fest. „Gesehen hat's niemand, von deinen Gästen?" Er zeigte auf die Fenster an der Vorderfront der Villa Kirnberger. Die Mali schüttelte den Kopf. Gasperlmaier zückte sein Handy, um ein paar Beweisfotos zu schießen. „Da!", sagte er und zeigte auf eine Stelle an der geknickten Säule. „Roter Lack. Den werden wir bald haben!" Die Frau Doktor hockte sich neben ihn hin, um die Stelle genauer zu inspizieren. Sie nickte. „Ein Fiat, habt ihr gesagt? Noch dazu rot. Eine Farbe, die in den letzten Jahren ein wenig aus der Mode gekommen ist." Sie richtete sich wieder auf. „Und wo ist die Radkappe?", fragte Gasperlmaier. Die Mali zeigte auf eine Zaunsäule, die unversehrt geblieben war, daran lehnte der Zierring. „Genau. Fiat", sagte Gasperlmaier. „Also suchen wir wahrscheinlich einen Fiat älteren Baujahrs. Weil, so eine Radkappe, die verwendet man nur bei Stahlfelgen. Und so was hat ja heute beinahe kein Auto mehr."

Gasperlmaier verschwieg, dass sein Opel zu Hause in der Garage sehr wohl noch auf Stahlfelgen fuhr, allerdings war der, zumindest in den Augen der Manuela, wohl auch schon ein älteres Modell. „Wir müssen jetzt!", verabschiedete sich Gasperlmaier. „Gestern gab's einen Unfall auf der Loserstraße, da möchten wir mit dem Fahrer reden. Pfüat euch!" „Nicht so schnell!" Die Frau Doktor fiel ihm um den Hals. „Vielen Dank noch einmal für alles! Wenn du nicht gewesen wärst, wir hätten niemals diesen wunderbaren Platz für unsere Hochzeit gefunden!" „Schon gut!" Er klopfte der Frau Doktor ein paarmal auf den Rücken, was er für eine ausreichende Demonstration seiner Gefühle hielt.

Die Manuela anscheinend nicht. „Ein bisschen mehr Emotion hättest du schon zeigen dürfen, beim Verabschieden. Finde ich. Du stehst da so steif, als ob dir das unangenehm wäre!" „Ist es mir auch!", bestätigte Gasperlmaier. „Weißt, ich behalt meine Gefühle lieber innen drinnen. Die müssen nicht dauernd heraus, mit Umarmungen, und so. Und ich mag auch nicht so viel darüber reden, weil ..." Er beschloss, sich selbst gleich beim Wort zu nehmen. „Ich weiß schon", gab die Manuela zurück. „Ihr seid's gerne ein bissl einwendig, hier in Aussee, das hab ich schon gemerkt. Der Carsten ist manchmal auch so. Gott sei Dank nicht immer."

Die Chinesen, so hatte die Richelle, die ja für den Tourismusverband arbeitete, ihnen verraten, wohnten in einem recht neuen, ziemlich schicken Hotel auf halbem Weg zwischen Bad Aussee und Grundlsee. Wenn Gasperlmaier sich recht erinnerte, war er im Zuge einer Ermittlung schon einmal dort gewesen, aber es war ein paar Jahre her. Damals musste das Hotel ziemlich frisch eröffnet gewesen sein. „Lakeview" hieß es, obwohl man höchstens vom obersten Stockwerk einen Zipfel des Grundlsees erahnen konnte. Und warum es in letzter Zeit immer Englisch statt Deutsch sein musste, das verstand Gasperlmaier auch nicht ganz. Es hatte wieder zu regnen begonnen, als die Manuela und er einparkten und ausstiegen. „Viel ist nicht los!", bemerkte die Manuela und deutete auf die vielen freien Parkplätze. „Na ja", meinte Gasperlmaier achselzuckend, „Oktober, und noch dazu schlechtes Wetter, das ist bei uns nicht gerade die Hauptsaison!"

„Wir möchten gern den Herrn Rinderer Josef sprechen!", erklärte Gasperlmaier der überraschten Rezeptionistin. „Sie haben mich regelrecht erschreckt!", lachte sie und legte ihr Handy beiseite, ohne den Blickkontakt zu ihrem Display aufzugeben. „Haben S' wenig zu tun, gell?", grinste Gasperlmaier, der vermutete, dass sie in ihren Handychat vertieft gewesen war, als sie sich der Rezeption genähert hatten. „Stimmt", sagte sie. „Aber jetzt wieder mehr. Weil Sie ja hier sind. Der Rinderer, ist das der Chinese, der bayerisch spricht?" „Genau der!" Die Rezeptionistin rümpfte die Nase. „Wieso", hakte Gasperlmaier nach. „Gibt's ein Problem mit dem?" Das Mädchen nickte. Sie war ein wenig füllig, hatte langes, dunkles Haar und mehrfarbig lackierte Fingernägel. „Ich darf nix sagen!", erklärte sie. „Zimmer 306. Soll ich oben anrufen?" „Nein danke", erwiderte Gasperlmaier. „Wir überraschen ihn lieber."

Auf ihr Klopfen öffnete niemand. Die Manuela legte ein Ohr an die Zimmertür. „Da hör ich auch nix!", sagte sie nach ein paar Sekunden. „Wahrscheinlich ausgeflogen!" Zurück an der Rezeption erfuhren sie, dass Herr Rinderer womöglich noch beim Frühstück weile. Gasperlmaier sah auf die Uhr. „Es ist fast schon elf?", fragte er überrascht. „Bis elf gibt's Frühstück!", erklärte die Rezeptionistin. Sie folgten dem Fingerzeig in Richtung Frühstücksraum. Eine Kellnerin rollte etwas entnervt die Augen und deutete mit dem Kopf in die passende Richtung, als sie nach dem Rinderer fragten. Tatsächlich saßen die drei Chinesen noch am einzigen besetzten Tisch. Frau Lin Lien war nicht bei ihnen.

„Herr Rinderer?", fragte Gasperlmaier, der sich beeilt hatte, vor der Manuela am Tisch zu sein. „Wir hätten noch ein paar Fragen. Wegen dem Unfall am Samstag." Der Rinderer schaute sie aus müden Augen an, während sich die anderen beiden Chinesen, deren Namen Gasperlmaier sich nicht gemerkt hatte, erhoben. „Good bye!", sagten sie, fast im Chor, und verneigten sich vor Gasperlmaier und der Manuela. „Breakfast finished!", erklärte einer noch. Das verstand sogar Gasperlmaier. Ihm fiel auf, dass der Teller des älteren Chinesen blitzblank war, während der jüngere so viele Reste zurückgelassen hatte, dass ein weiterer Frühstücksgast davon satt hätte werden können. Manche Leute übertrieben es mit der Gier am Buffet, fand Gasperlmaier.

Der Rinderer sah ein wenig derangiert aus, so, als ob er gestern getrunken und zu wenig Schlaf abbekommen hatte. „Haben Sie sich schon gut erholt, vom Unfall?", fragte Gasperlmaier deswegen. Der Rinderer nickte und biss von seinem Croissant ab. „Geht schon. Wollen S' auch einen Kaffee? Die haben hier sicher nichts dagegen!", antwortete er krächzend. Er lachte. „Ein bissl verkühlt bin ich, sonst ist alles okay." Er deutete mit dem Daumen nach oben. Anscheinend, dachte Gasperlmaier bei sich, hatte er schon wieder zu der Großspurigkeit zurückgefunden, die er vor dem Unfall zur Schau gestellt hatte. „Herr Rinderer", zeigte Gasperlmaier sich unbeeindruckt, „wir wollten Sie noch einmal wegen dem Unfall am Loser befragen. Ist Ihnen vielleicht schon eine Idee gekommen, wie das passiert sein könnte?" Der Rinderer schüttelte den Kopf und kaute. „Es gibt nämlich keine Bremsspuren. Und anscheinend haben Sie gar nicht in die Kurve eingelenkt. Das hätte böse enden können!", fügte er hinzu.

„Dann", sagte der Rinderer, nachdem er einen Schluck von seinem Kaffee genommen hatte, „habe ich ja noch einmal Glück gehabt. Ich hab halt einen Fehler gemacht. Unaufmerksam gewesen. Kann schon einmal passieren. Sind Sie noch nie wo angefahren, Herr Inspektor?" Gasperlmaier musste daran denken, dass er erst vor wenigen Wochen in der Tiefgarage der Therme in Bad Ischl beim Einparken eine Betonsäule gestreift hatte. Viel war nicht passiert, aber geärgert hatte er sich dennoch. Er räusperte sich und blieb eine Antwort schuldig. „War vielleicht was mit dem Auto? Mit der Lenkung, oder mit den Bremsen?" Wenn Gasperlmaier sich nicht täuschte, war da eine leichte Unsicherheit im Gesicht des Chinesen, er wandte den Blick ab und zwinkerte nervös. „Nein, alles in Ordnung! Ich weiß gar nicht, was ihr habts! Wegen so einem Blechschaden, da muss ja nicht gleich die Polizei ermitteln! Haben S' übrigens gewusst, dass man hier nicht einmal ein Weißbier und Weißwürst zum Frühstück kriegen kann? Schon ein bescheidener Service, was?"

„Weißbier und Weißwürste zum Frühstück?", fragte Gasperlmaier. „Sie sind dann schon mehr ein Bayer als ein Chinese, oder?" Der Rinderer lachte. „Eigentlich doch mehr Chinese. Ich wohn in Huizhou, und chinesischer Staatsbürger bin ich auch. Zu einem deutschen Pass hab ich's noch nicht gebracht. Hab mich auch nicht besonders bemüht." „Was isst man denn bei Ihnen zu Hause so zum Frühstück?", fragte die Manuela. „Reissuppe", antwortete der Rinderer. „Und Baozi. Die mag ich besonders gern." „Baozi?", fragte sie nach. Der Rinderer nickte. „Köstlich. Teigtaschen aus Hefeteig. Können süß oder herzhaft gefüllt sein. Ich mag's eher mit Fleisch. Und dann noch Youtiao." Der Rinderer musste Gasperlmaiers fragenden Gesichtsausdruck richtig gedeutet haben, denn er redete gleich weiter. „Das sind frittierte Brotstangen. Ich tauch sie gerne in süße Sojamilch. Aber, wie gesagt, ich würde auch Weißwürste ..."

„Herr Rinderer", unterbrach ihn Gasperlmaier, „es gibt ein Problem. Und das ist eigentlich der Grund, warum wir noch einmal hier sind. Was ist mit dem Fahrzeug passiert?", fragte er. „Schönes Auto, schad drum! Das ist abgeschleppt worden. Keine Ahnung, wohin!" Diesmal war Gasperlmaier sich sicher, dass der Rinderer log. Er konnte nur nicht sagen, warum. „Wir haben die Aussage der Pannenfahrer. Sie haben es ... abgestellt." Gerade rechtzeitig war ihm eingefallen, dass er vielleicht für sich behalten sollte, wo sie das Wrack gesucht hatten. „Und dort, wo sie es abgestellt haben, da ist es nicht mehr. Können Sie uns dazu vielleicht etwas sagen?" Der Rinderer schüttelte den Kopf und trank seinen Kaffee aus. „Ist eigentlich auch egal", sagte er und schaute die Manuela an. „Wir kriegen eh schon ein neues, die Verleihfirma lässt es hierherfahren. Wollen S' dann vielleicht einmal eine Spritztour machen, Frau Inspektor? Der geht ab wie eine Rakete, das kann I eahna sagn!" Der Rinderer lehnte sich zurück, legte einen Arm über die Rückenlehne seiner Bank und breitete die Beine aus. So, als ob er sich hier pudelwohl fühlen würde.

„Übrigens!", sagte er und kramte in der Tasche seines Sakkos. „Ich hab noch einen Glückskeks für Sie!" Er reichte Gasperlmaier ein in blaue Folie verpacktes Keks. „Für Sie hab ich auch noch einen, natürlich!" Die Manuela bekam eines in grüner Folie. Gasperlmaier starrte die Folie misstrauisch an. „Wieso sagen Sie eigentlich ‚einen'", fragte er. „Es heißt doch ‚das Keks'?" „So?", fragte der Rinderer. „Bei uns heißt's eben ‚der Keks'." „Nie gehört!", murmelte Gasperlmaier und beschloss bei sich, die Frage der Christine vorzulegen, die musste schließlich als Lehrerin Bescheid wissen. Aber auch sie hatte, dessen war er sich sicher, noch nie von „einem Keks" gesprochen.

„Wo ist denn Frau Lin Lien?", erkundigte sich die Manuela. Am Ton ihrer Stimme hörte Gasperlmaier, dass ihre Geduld mit dem Rinderer bald am Ende sein würde. Der zuckte mit den Schultern. „Die war anscheinend schon vor uns frühstücken. Sitzt wahrscheinlich in ihrem Zimmer und wiederholt Vokabeln, die Streberin!" Er lachte auf. „Was haben S' denn heute vor?", fragte Gasperlmaier noch. „Der Kröker bringt uns in das Bergwerk. Das wir nachbauen wollen. Und dann schauen wir uns so eine Plätte an, bei einem Bootsbauer. Weil sowas wollen wir natürlich auch haben, wegen der Authentizität." Er plagte sich etwas mit dem Wort und musste abermals schallend lachen. „Den Mann holen wir dann samt seiner Werkstatt zu uns hinüber, und da soll er uns ein paar solche Boote bauen", erklärte der Rinderer. „So, und bevor der Kröker jetzt kommt, erklär ich der Kellnerin noch einmal, dass ich jetzt Weißwürst brauch, sonst komm ich nicht in die Gäng." „Machen S' das!", sagte Gasperlmaier und erhob sich.

„Und wenn Ihnen noch einfällt, wo das Auto ist, dann lassen S' mich das wissen!" Er wandte sich ab. Als sie den Frühstücksraum, an der entnervten Kellnerin vorbei, verlassen hatten, schüttelte die Manuela den Kopf. „Selten so einen unsympathischen Menschen gesehen. Und gelogen hat er auch! Wie er gesagt hat, dass er nicht weiß, wohin das Auto abgeschleppt worden ist. Da hat er nach oben geschaut. Ein Anzeichen, dass er wahrscheinlich gelogen hat. Hast du's gemerkt?" Gasperlmaier nickte. „Natürlich!", sagte er, obwohl er vorhin nicht gewusst hatte, woran er die Lüge erkannt hatte. Es war so ein Gefühl gewesen, das entwickelte sich einfach, wenn man jahrzehntelang im Polizeidienst war und sich täglich Lügen anhören musste.

6

„Halt!" Gerade, als sie am Ausgang waren, blieb die Manuela abrupt stehen. „Die Rezeptionistin – sie hat irgendwas gesagt. Dass sie über etwas nicht reden darf, oder so. Vielleicht probieren wir es noch einmal bei ihr?" Gasperlmaier zuckte mit den Schultern. „Wenn du meinst." „Ich meine!" Die Manuela drehte um. „Entschuldigen Sie!" Die Rezeptionistin war gerade dabei gewesen, durch eine Tür hinter ihrem Tresen zu verschwinden. Vielleicht sogar, weil sie bemerkt hatte, dass die beiden Polizisten kehrtgemacht hatten.

„Wir untersuchen einen Unfall. Einen irgendwie mysteriösen", begann die Manuela und lehnte sich auf den Tresen. Gasperlmaier war gespannt, ob sie etwas aus der Frau herausbrachte. „Mein Kollege hat draußen zu tun!" Sie durchbohrte ihn förmlich mit ihren Blicken. Das war jetzt nicht ganz nach Dienstvorschrift, aber was sollte er machen?" Er trat vor das Hotel und setzte sich in den Einsatzwagen. Nur, weil der Rinderer von Weißwürsten geredet hatte, lief ihm im Moment das Wasser im Mund zusammen. Aber eine Leberkäsesemmel würde es auch tun. Er nahm sein Handy zur Hand, und plötzlich fiel ihm ein, dass er etwas Sinnvolleres tun konnte, als nach dem Fernsehprogramm von heute Abend zu suchen. Vielleicht konnte er in Erfahrung bringen, von welcher Verleihfirma der Mietwagen der Chinesen gewesen war. Dazu wählte er die Nummer der Richelle, die ihm sicher verraten konnte, wie er den Kröker erreichen konnte. Die meldete sich auch gleich. „Hello, Dad!", sang sie gutgelaunt in den Hörer. Das war eines der Dinge, die ihr, und anscheinend vielen Amerikanern, selbstverständlich waren. Immer gute Laune auszustrahlen und dem Reden ein wenig Melodie zu verleihen, beinahe so, als wäre jedes Gespräch ein Lied.

„Du, Richelle", sagte er. „Kannst du mir sagen, wie ich den Kröker erreichen kann? Ich hätte ein paar Fragen an den!" „Es ist sicher wegen dem Unfall gestern, nicht? Er hat ja dem Chinesen das Leben gerettet, oder?" Gasperlmaier war überrascht. „Na ja", sagte er. „Ich war nicht dabei, aber ganz so ..." Die Richelle lachte auf. Glockenhell nannte man solch ein Lachen wohl, dachte Gasperlmaier bei sich. „Dass er ein bisschen ein Showman ist, das haben wir schon verstanden!", sagte sie. „Ich gebe dir seine Mobilnummer!" „Ich hab jetzt aber nichts zum Schrei..." „Musst du nicht. Ich schick sie dir per WhatsApp! Bye, Dad!" Und damit legte sie auf. Sekunden später brummte sein Handy und zeigte den Eingang einer Nachricht an. Es dauerte eine Zeitlang, bis Gasperlmaier herausgefunden hatte, wie er die Nummer wählte, die in Richelles WhatsApp-Nachricht enthalten war. Der Kröker hob sofort ab. Zunächst wand er sich ein wenig, aber als Gasperlmaier insistierte, dauerte es nicht lange, und er hatte den Namen eines Autoverleihs vom Flughafen in München, bei dem der Wagen gemietet worden war. „Wozu braucht ihr das denn?", fragte er. „Ermittlungen!", gab Gasperlmaier sich zugeknöpft und legte auf. Er notierte sich den Namen der Verleihfirma im Notizbuch seines Handys, um nachher dort anzurufen. Vielleicht wusste man in der Firma, was mit dem Autowrack geschehen war.

„So!", sagte die Manuela und ließ sich in den Beifahrersitz fallen. „Jetzt wissen wir, was das Problem mit dem Rinderer ist. Anlassig ist er, und zwar auf die ganz unangenehme Weise!" „Anlassig?", wiederholte Gasperlmaier. „Ja. Er hat nicht nur die Rezeptionistin belästigt, sondern auch eine Kellnerin und ein Zimmermädchen. Die Hoteldirektion möchte aber lieber alles unter den Teppich kehren. Ich hab der Simone geraten, das nicht zu tun und eine Anzeige zu machen. Das wollte sie aber nicht. Zumindest nicht jetzt."

„Was hat er denn getan?", wollte Gasperlmaier wissen. „Der Kellnerin hat er an den Po gegriffen, gleich am ersten Tag, als er zum Frühstücksbuffet gekommen ist", erklärte die Manuela. „Deswegen hat die so zwider dreingeschaut!", folgerte Gasperlmaier. „Ganz genau. Und die Rezeptionistin hat er so am Arm gestreichelt und ihr Kinn zwischen die Finger genommen." Die Manuela führte Gasperlmaier vor, was sie meinte. „Das ist jetzt aber nicht so ..." „Das ist sehr wohl schlimm!", fuhr ihn die Manuela an. „Das sind Übergriffe, unerwünschte Berührungen! Das geht gar nicht! Oder machst du das etwa auch, wenn du allein bist und Zeuginnen befragst?" Gasperlmaier war ein wenig über die Heftigkeit des Ausbruchs der Manuela überrascht, schüttelte aber gleich den Kopf. „Niemals! Ich käme gar nicht auf den Gedanken ..." „Siehst du", sagte die Manuela, etwas besänftigt. „Ich hab's eh gewusst. Ich kenn dich ja schon so lange, und du bist mehr als korrekt, wenn ich das so sagen darf. Aber deswegen darf man so etwas nicht verharmlosen, da gibt's ein Machtgefälle. Das sieht man ja, der Simone an der Rezeption ist das voll unangenehm, und der Hoteldirektor, natürlich ein Mann, will das unter den Teppich kehren und verharmlosen. Ist dir übrigens aufgefallen, wie die heißt, die Rezeptionistin?" „Simone", antwortete Gasperlmaier. „Wieso?" „Nein, ich mein, mit dem Familiennamen. Wurzacher. Der Lehrer Wurzacher, das ist ihr Vater." „So?", sagte Gasperlmaier. „Da wird er aber keine Freude damit haben, dass seine Tochter ... also, dass die Chinesen da wohnen, wo sie arbeitet." „Na ja", sagte die Manuela, während sie sich anschnallte. „Sie hat eh nur mit den Augen gerollt, als ich sie gefragt hab, ob der Willi Wurzacher mit ihr verwandt ist."

„Was war mit dem Zimmermädchen?", erinnerte Gasperlmaier die Manuela an ihr eigentliches Thema. „Er hat das Schild nicht rausgetan. Das ‚Bitte nicht stören'-Schild. Und als das Zimmermädchen zum Aufräumen im Zimmer war, ist er nur mit dem Bademantel aus dem Badezimmer gekommen und wollte, dass sie sich zum ihm aufs Sofa setzt. Die ist natürlich gleich davongerannt, kannst dir ja denken. Und dann hat er die Frauen auch auf eine unangenehme, belästigende Art angesprochen, die Simone konnte es mir auch nicht genau erklären. Aber ich kann's mir vorstellen." Gasperlmaier nickte. So einer war das also, der Rinderer. Aber ob das alles mit seinem Autounfall zu tun haben konnte, war ihm einstweilen noch ein Rätsel. Wahrscheinlich nicht.

„Und was jetzt?", fragte die Manuela. „Jetzt brauch ich erst einmal eine Jause", erklärte Gasperlmaier, dessen Magen schon gefährlich brummte. „Da bin ich dabei!", erklärte die Manuela. „Ich hab schon einen derartigen Hunger ... dabei hab ich doch reichlich gefrühstückt!" Gasperlmaier startete den Wagen und lächelte, aber nur innerlich. Wahrscheinlich, so dachte er bei sich, hatte das verstärkte Hungergefühl mit der Schwangerschaft zu tun, aber er unterließ es, die Manuela darauf anzusprechen, denn sie reagierte auf dieses Thema, wie er jetzt schon aus Erfahrung wusste, unwirsch. Aber mit den Leberkäsesemmeln war sie heute ausnahmsweise einverstanden.

„Habt's den schon erwischt, der den Zaun bei der Mali umgefahren hat?", fragte die Gerti von der Feinkostabteilung, während sie die Semmeln entzweischnitt. Gasperlmaier schüttelte den Kopf. „Wir sind erst am Beginn der Ermittlungen", erklärte er. „Aber wir wissen schon, nach was für einem Fahrzeug wir suchen." „Nach was für einem denn?" Die Gerti war neugierig, und Gasperlmaier sah keinen Grund, ihr diese Information zu verheimlichen. „Ein roter Fiat war's wahrscheinlich, ein älterer. Hast du vielleicht so einen, Gerti?" Die Gerti klappte entrüstet die beiden Semmeln zu. „Ich? Wie kommst denn da drauf? Ich fahr doch nicht mitten in der Nacht besoffen im Ort herum, und einen roten Fiat hab ich schon gleich gar nicht! Soll ich's in Alufolie einwickeln, oder esst ihr's gleich?" „Keine Folie!", grinste Gasperlmaier, der die Gerti nur ein wenig aufziehen hatte wollen. „Aber der Grill-Bub, weißt eh, der Neffe vom Cousin von meinem Chef, der hat so ein Gefährt. Alter Kübel, mit Rallye-Streifen und so. Der rast doch eh immer so in der Gegend herum, den musst doch kennen!" Tatsächlich kannte Gasperlmaier den Grill-Buben, er hatte ihm nicht nur einmal ein Strafmandat ausgestellt. Genutzt hatte es nichts, der junge Mann hielt nach wie vor nicht viel von Verkehrsvorschriften. Seltsam, dass ihm nicht selber eingefallen war, wer einen solchen roten Fiat fuhr. Sein Gedächtnis war auch nicht mehr das, was es einmal gewesen war. „Danke, Gerti, da hast uns sehr weitergeholfen!", sagte Gasperlmaier und nahm die Semmeln von der Verkaufstheke.

„Wir teilen uns die Arbeit", sagte Gasperlmaier, nachdem er am Posten den letzten Bissen seiner Semmel hinuntergeschluckt und das Einwickelpapier im Mistkübel versenkt hatte. „Du kümmerst dich um den roten Fiat, der den Zaun von der Villa Kirnberger umgefahren hat, und ich versuche herauszufinden, wo unser Autowrack geblieben ist." „Warum nicht umgekehrt?", fragte die Manuela. Gasperlmaier seufzte, auch wieder innerlich. „Wir können's auch gerne umgekehrt machen", gab er nach. „Nein, nein, passt schon!" Manchmal waren Frauen wirklich sehr kompliziert. „Und vielleicht", fügte Gasperlmaier hinzu, „schaust du dir wirklich gleich einmal diesen Grill an, ich glaub, Florian heißt der, der ist wirklich ein heißer Tipp. Ich hab gar nicht an ihn gedacht, bevor die Gerti ihn erwähnt hat!" Diesmal, zum Glück, nickte die Manuela und sparte sich jeden Kommentar.

Gasperlmaier zückte sein Handy und wählte die Nummer der Autovermietung auf dem Münchener Flughafen, die er sich notiert hatte. Leider meldete sich keine Mitarbeiterin der Firma, sondern lediglich eine Warteschleife mit Musik, in der eine einschmeichelnde Frauenstimme versprach, dass man sich ehestmöglich um sein Anliegen kümmern werde. Fünf Minuten dauerte es, bis endlich jemand abhob. Eine männliche Stimme schnurrte eine standardisierte Begrüßung im Eiltempo herunter. Gasperlmaier erklärte, was er wollte, worauf der Angestellte nach einer Buchungsnummer fragte, die Gasperlmaier natürlich nicht besaß. „Rinderer heißt der, der das Auto gemietet hat. Rinderer Josef Ning", fiel ihm noch ein. Auch das Datum der Vermietung konnte er dem Angestellten noch nennen. „Und Sie möchten gerne wissen, was mit dem beschädigten Fahrzeug geschehen ist? Das wird wahrscheinlich abgeschleppt worden sein, nehme ich an." „Ja", sagte Gasperlmaier. „Erstens habe ich schon gesagt, was ich will, und zweitens hilft es mir nichts, wenn Sie was annehmen. Das muss doch möglich sein, dass ich eine Auskunft kriege, was mit dem Auto passiert ist. Ich hab Ihnen ja schon die Autonummer gesagt, das muss reichen!" „Also", antwortete der Mann,

„ich hab hier nichts im Computer. Und wenn es sich um eine Straftat handelt, dann müssen Sie sowieso über die deutsche Polizei, über ein Amtshilfeersuchen ..." Gasperlmaier legte entnervt auf. „Gut", sagte er halblaut zu sich selbst, „dann halt die deutsche Polizei!"

Dort aber erging es ihm nicht viel besser. Man brauche zunächst einmal eine Anzeige, um nachforschen zu können, wo das Autowrack geblieben sei. Was er denn anzuzeigen gedenke? „Den Diebstahl eines Autowracks!", erklärte Gasperlmaier. „Aber, wenn ich richtig verstehe, ist das ja in Österreich, bei Ihnen, gestohlen worden. Da müsste ja zuerst die österreichische Polizei ermitteln, nicht?" Gasperlmaier war kurz davor, die Nerven wegzuschmeißen. „Ich bin die österreichische Polizei!", fauchte er. „Und ich ermittle gerade! Nur leider ohne jede Unterstützung von Ihrer Seite! Der Autovermieter will mir keine Auskunft geben! Er sagt, da müsste ich die deutsche Polizei einschalten! Und ihr stellt euch taub! Wie soll ich denn da ermitteln?"

Der Kollege am anderen Ende seufzte. „Ich schreib mir's einmal auf. Oder, noch besser, ihr schickt mir ein Mail mit allen bekannten Daten. Wir schauen uns die Sache an. Aber versprechen kann ich nichts!" Er buchstabierte die Mailadresse, Gasperlmaier notierte und beendete das Telefongespräch. Die Manuela hatte ebenfalls ihren Telefonhörer gerade wieder auf die Gabel gelegt. „Schaut nicht gut aus", sagte er. „Und bei dir?" „Ich glaub", grinste die Manuela, „wir müssen den jungen Herrn Grill nur noch abholen!"

„Ich glaub nicht", sagte er, während sie zur Wohnadresse des Grill Florian fuhren, „dass wir wegen dem Mietauto was herauskriegen. Bei der Verleihfirma nicht, und über die Polizei schon gleich gar nicht, die werden

uns was husten. Weil ja eigentlich gar keine Straftat ..."
Die Manuela unterbrach ihn. „Dann versuchen wir halt, Zeugen zu finden, die den Abtransport von dem Wrack beobachtet haben. Da muss ja ein Abschleppwagen gekommen sein, mit einem Kran oder so. Da steht ja dann drauf, welche Firma das war!" „Ich weiß nicht", brummte Gasperlmaier. „Ob sich das überhaupt auszahlt? Was eigentlich wollen wir denn da herausfinden?" „Na, du bist gut!", murrte die Manuela. „Immerhin könnte es sich um einen Mordanschlag handeln. In der OFA heißt es, man muss die Menschen nach dem beurteilen, was sie tun, und nicht nach dem, was sie sagen. Zeugenaussagen sind gegenüber Tatsachen wie Spuren und anderen Fakten unwesentlich. Und wenn ich den Rinderer danach beurteile, was er tut, dann ist das höchst verdächtig!" „Gerade", wandte Gasperlmaier ein, „hast du gesagt, wir sollen Zeugen finden, die gesehen haben, wie das Wrack abtransportiert worden ist. Jetzt sagst du, Zeugenaussagen sind unwichtig ..."
„Das ist ja ganz was anderes!", verteidigte sich die Manuela. „Das kann man wohl kaum vergleichen!" Gasperlmaier verzichtete auf eine Erwiderung, denn erstens hatte er keine Lust auf Streit, und zweitens waren sie an der Adresse des Florian Grill angekommen. „Da steht er ja, der rote Fiat!", konstatierte Gasperlmaier zufrieden und hielt hinter dem Fahrzeug an, damit der Grill-Bub auf keinen Fall mit dem Tatfahrzeug davonfahren konnte. „Schauen wir uns den Kübel einmal an!"

„Sehr gut!", sagte die Manuela, als sie die völlig verbeulte Vorderfront des Wagens begutachteten. „Da haben wir unseren Täter! Manchmal ist es doch zu was gut, wenn man Leberkäsesemmeln kauft!" Gasperlmaier lächelte. „Und da", er zeigte auf eines der Vorderräder, „fehlt auch die Zierkappe. Bei den anderen

Rädern ist sie noch drauf. Fall gelöst, würde ich sagen!" In diesem Moment stürmte eine Gestalt in Unterleiberl und kurzer Hose aus der Haustür, bog um die Ecke und verschwand in einem Waldweg, der abseits der Straße am Haus vorbeiführte. „Nein!", schrie Gasperlmaier, als die Manuela sich an die Verfolgung machte. Zu seiner Überraschung hielt sie dann aber inne. Er sprintete los, doch der Florian war um mehr als 30 Jahre jünger und damit schneller als er. Obwohl er seit einem halben Jahr auch wieder gelegentlich laufen ging und sich sogar schon ins Fitnessstudio verirrt hatte, um dem drohenden Muskelabbau im Alter zu entgehen. „Stehen bleiben!", keuchte Gasperlmaier. „Polizei! Es hat keinen Sinn, dass du davonläufst!" Der Florian wurde kein bisschen langsamer. „Stehen bleiben oder ...", drohte Gasperlmaier etwas unbestimmt, der Florian blickte sich dennoch kurz nach ihm um, übersah eine Wurzel und schlug mit einem Aufschrei der Länge nach hin. Noch bevor er sich aufrappeln konnte, war Gasperlmaier über ihm und legte ihm Handschellen an. „Gehst jetzt mit auf den Posten oder nicht?", schnaufte Gasperlmaier. „Lass mich in Ruhe, Scheiß-Bulle!", schimpfte der Florian. „Wenn schon, dann heißt das bei uns Kieberer!", sagte Gasperlmaier. „Den Bullen, den gibt's nur im Fernsehen!" „Ich fernseh nicht", motzte der Florian, nachdem ihn Gasperlmaier in eine halbwegs aufrechte Position gebracht hatte. „Ich schau nur Netflix!" „Mir wurst!", schloss Gasperlmaier die Unterhaltung ab. „Du kommst mit auf den Posten!"

Der Widerstand des Florian schien gebrochen, als sie zu seinem Auto zurückkehrten. In der Haustür stand die Grill-Mutter und keifte. „Der Bub hat nichts getan! Gar nichts hat er getan! Lasst's meinen Buben in Ruhe!" „Ist schon gut!", sagte Gasperlmaier. „Wenn er nichts getan hat, dann wird er uns sicher erklären können, warum sein Auto vorn ganz hin ist!" „Das ist schon immer so! Da ist einmal ein Baum draufgefallen!" Sie deutete auf den Wald hinter dem Haus. „So?", fragte die Manuela mit verschränkten Armen. „Und warum sind dann keinerlei Rostspuren an den frischen Dellen?" Sie deutete auf die zerbeulte Kühlerhaube. „Gestern", versuchte es der Florian. „Gestern, beim Holzschneiden, da ist mir ein Bloch auf's Auto gefallen!" „Und wie kommt's dann", fragte Gasperlmaier, „dass wir deine Radkappe beim Zaun von der Villa Kirnberger gefunden haben?" Der Florian zuckte mit den Schultern. „Wird halt abgefallen sein, beim Vorbeifahren. Hält nicht mehr so gut, verlier ich dauernd!"

„Ich glaub", sagte die Manuela, „wir bringen ihn jetzt einmal auf den Posten, und dort nehmen wir seine Aussage auf. Er weiß ja, dass ein Geständnis immer mildernd ist, nicht wahr? Und den harten Steher zu spielen, das zahlt sich bei einem Zaun gar nicht aus, finde ich." Der Florian ließ den Kopf hängen. „Aber zuerst", sagte Gasperlmaier, „fahren wir ins Krankenhaus, damit uns die eine Blutprobe abnehmen. Wer weiß, was der alles konsumiert hat, letzte Nacht!" „Ich kann aber kein Blut sehen!", jammerte der Florian. „Und das dürft ihr gar nicht! Ich will einen Anwalt!" „Schluss!", sagte Gasperlmaier und schob den Florian auf den Rücksitz des Einsatzfahrzeugs.

„Ich kann eigentlich gar nichts dafür!", rechtfertigte sich der Florian Grill, nachdem sie ihn auf den Posten gebracht und mit einem Glas Wasser versorgt hatten. Im Krankenhaus hatte er sich wenigstens ruhig und kooperativ verhalten, und Gasperlmaier war schon gespannt, was die Blutprobe erbringen würde. So, wie der Kerl dreinschaute, musste jedenfalls auch Cannabis im Spiel sein. „Wofür kannst du nichts?", fragte die Manuela. „Dafür, dass ich den Zaun umgefahren habe!" „Das musst du uns näher erklären", übernahm Gasperlmaier. „Du hast die Kurve übersehen und bist geradeaus in den Zaun vom Gastgarten der Villa Kirnberger gedonnert. Das hast du ja schon zugegeben. Was heißt denn da, du kannst nichts dafür?" „Da waren Leute auf der Straße. Denen hab ich ausweichen müssen!" Die Manuela räusperte sich. „Herr Grill, in der StVO heißt es, dass auf Sicht gefahren werden muss. Und in Altaussee ist sowieso ein Vierziger. Wenn Sie also nicht anhalten konnten, wenn Menschen auf der Straße waren, dann sind Sie zumindest mitschuldig am Unfall. Und die Fahrerflucht kommt natürlich noch erschwerend hinzu." „Was heißt denn Fahrerflucht? Was hätte ich denn sonst machen sollen? Bis in der Früh warten, bis jemand wach ist in der Villa Kirnberger?"

„Was für Leute waren denn das? Und wie viele? Die müssen wir natürlich ausfindig machen und als Zeugen befragen." Der Florian Grill zuckte mit den Schultern. Plötzlich aber leuchteten seine Augen auf. „Chinesen waren's! Die drei Chinesen vom Volkshaus, von der Versammlung! Drei Mann mit schwarzen Anzügen!" Die Manuela lachte laut auf. „Und einen Kontrabass haben sie auch mitgehabt, wie?" Der Florian schaute sie verständnislos an. „Ich glaub, er kennt das Lied nicht. Im Kindergarten nicht aufgepasst, wie?", fragte Gasperlmaier. „Das wird heute nicht mehr gesungen", erklärte die Manuela. „Wegen Diskriminierung."

Gasperlmaier seufzte. „Und woher sind die drei gekommen? Wohin gegangen? Wo genau waren sie auf der Straße?" Der Florian zögerte. „Daran kann ich mich nicht mehr so genau erinnern." „Na ja", schloss Gasperlmaier und stand wieder auf. „Dann gehst du jetzt heim, zu Fuß, und wartest, bis die Anzeige bei dir eintrudelt, die kommt mit einem RSA-Brief. Und da drin ist dann eine Vorladung, vom Gericht. Das hast du dir selber eingebrockt, gell? Und wenn die Blutprobe auch noch ergibt, dass du alkoholisiert oder unter Drogen warst, dann wird's ganz schön heftig für dich werden. Obwohl nur Sachschaden entstanden ist." „Aber wenn ich doch nur ausgewichen bin!", protestierte der Florian. „Ja, das kannst dann dem Richter erzählen. Und hoffen, dass er dir das glaubt. Und jetzt schau, dass du weiterkommst!"

Die Manuela sah zum Fenster hinaus. „Der denkt gar nicht daran, zu Fuß heimzugehen. Der telefoniert!" Gasperlmaier stellte sich hinter die Manuela. „Wahrscheinlich", meinte Gasperlmaier, „muss er alles gleich irgendwo posten. Dass er jetzt bei der Polizei war. Und was ihm blüht. Vielleicht ist er sogar noch stolz darauf."

Wenig später, Gasperlmaier saß vor seinem Computer und war gerade dabei, die Anzeige auszufertigen, hörten sie es vor dem Posten laut knattern und sahen wieder hinaus. Der Florian saß auf dem Rücksitz von einem Moped, natürlich ohne Helm, das gerade laut röhrend davonbrauste. „Wenn ich ihnen nachfahr", überlegte Gasperlmaier, „dann kann ich die zwei gleich noch einmal strafen. Den einen wegen dem Helm, den anderen wegen der Lautstärke." „Lass gut sein", riet die Manuela. „Wenn du den wegen einem illegalen Umbau drankriegen willst, dann bekommt er eine Vorladung, dass er seine Höllenmaschine in ein, zwei Wochen vorführen muss, damit man testen kann, ob sie wirklich zu laut ist. Und bis dahin hat er sie dann gemäß den Vorschriften zurückgebaut, das kennen wir ja."

„Wegen den drei Chinesen", sagte Gasperlmaier nach einer Weile. „Ob er das frei erfunden hat, weil er sie halt dort im Volkshaus gesehen hat?" Die Manuela zuckte mit den Schultern. „Der Rinderer hat heute schon ein bisschen verkatert dreingeschaut. Könnt schon sein, dass er so spät noch unterwegs war." „Sollen wir ihn noch einmal befragen?" Die Manuela winkte ab. „Bringt ja nix! Der wird alles abstreiten, und bis gegen den Grill-Buben verhandelt wird, sind die drei längst wieder weg."

„Was meinst?", fragte Gasperlmaier, „jetzt gehen wir noch eine Stunde auf Streife, und dann machen wir für heute Schluss." „Du gehst auf Streife", konterte die Manuela. „Weil ich muss noch ein paar Berichte überarbeiten, bevor ich sie zu den Akten lege." „Passt!", sagte Gasperlmaier, zog sich seine Einsatzjacke über und setze die Dienstmütze auf. Ein wenig drückte ihn das schlechte Gewissen, weil er selbst auch noch einige Berichte nicht abgeschlossen hatte, und weil er aufs Überarbeiten generell verzichtete. Die Arbeit an der frischen Luft war ihm lieber.

„Was gibt's Neues?", fragte er, nachdem er zu Hause seine Dienstkappe an den Haken gehängt und die Küchentür geöffnet hatte. „Nicht viel", antwortete die Christine. „Außer, dass ich heute keine Zeit zum Kochen gehabt habe. Wir gehen zum Chinesen." „Na ja", zeigte sich Gasperlmaier wenig erfreut. „Zum Glück sind die Mädels nicht mehr da." Als Gasperlmaier und die Christine nämlich zuletzt beim Chinesen in Bad Aussee gewesen waren, hatten ihnen die Stefanie und die Katharina einen längeren Vortrag darüber gehalten, wie wenig nachhaltig das Essen aus diesen Restaurants sei. Es seien alles Fertigprodukte, und das meiste komme aus China, das Fleisch stamme aus ganz erbärmlicher Tierhaltung, und so weiter. Gasperlmaier hatte versucht, die Vorwürfe vom Tisch zu wischen, indem er erklärt hatte, eh höchstens alle zwei Monate etwas vom Chinesen zu essen, und hatte sich dann zurückgezogen, um weiteren Debatten aus dem Weg zu gehen. Wahrscheinlich hatten die beiden recht, aber die Christine, so dachte er bei sich, hatte eben auch viel Arbeit und nicht immer Zeit oder Lust, sich am Abend noch in die Küche zu stellen.

„Apropos Chinesen", sagte er während des Essens. Und dann erzählte er der Christine, was an diesem Tag alles passiert war. Abgesehen von einigen Einzelheiten, die er für sich behalten musste, des Datenschutzes wegen. „Vielleicht", meinte die Christine, als er geendet hatte, „ist doch was dran, an der Idee, die die Manuela gehabt hat. Vielleicht stimmt doch was nicht mit diesem Unfall. Dass das Wrack so schnell verschwunden ist ..."

„Dein nächster Fehler wird anbetungswürdig sein", las Gasperlmaier seinen Glückskeks-Spruch vor, als sie das Lokal verließen. „Was soll denn das heißen?" „Vielleicht, dass du einen Fehler machst und daraus Großartiges entsteht? Vielleicht, dass du durch einen Fehler euren Fall löst?" „Blödsinn!", knurrte Gasperlmaier. „Ich hätte statt dem Glückskeks doch lieber den Pflaumenwein nehmen sollen. Was steht denn in deinem?" Die Christine strich den Papierstreifen glatt. „Reisen bedeutet, Grenzen zu überschreiten. Auch die eigenen!" Sie lachte. „Das hätte besser zu dir gepasst! Ich schenk ihn dir!" Sie stopfte den Zettel in seine Brusttasche.

Als sie endlich zu Hause ankamen, wollte Gasperlmaier nichts als seine Ruhe, schwang sich aufs Sofa und schnappte sich die Fernbedienung. „Ich hab herumtelefoniert, aber da ist gar nichts zu machen. Das Auto finden wir nicht mehr, und die Deutschen nehmen das nicht so wichtig", murmelte er noch. „Hast es schon einmal bei der chinesischen Botschaft versucht?", fragte die Christine mit einem etwas spöttischen Lächeln. Er wusste, dass sie das nicht ernst gemeint hatte, schüttelte den Kopf und drückte auf den Einschaltknopf.

7

Gasperlmaier war gerade erst beim Bestreichen seiner Honigsemmel, als sein Handy läutete. Es dauerte eine Weile, bis er seine Finger so weit vom Honig gereinigt hatte, dass er es gefahrlos zur Hand nehmen konnte. Es war der Notruf. Gasperlmaier seufzte und hob ab. „Polizei Altaussee, Gasperlmaier?" Eine schrille Frauenstimme schrie am anderen Ende ins Telefon. „Ihr müsst's sofort kommen, wir haben einen Toten! Und der Chef ist nicht da! Bitte kommt's gleich, die Ivana ist mir am Durchdrehen!"

Gasperlmaier atmete durch. „Wohin sollen wir denn kommen? Und wer ist tot? Der Chef?" Er hatte in dem Geschrei und Gestotter nur wenig verstanden. „Nein! Der Chinese! Im Pool! Bitte kommt's schnell!" „Ich bin schon unterwegs, hören Sie? Aber Sie müssen mir schon sagen, wohin ich kommen soll!" Gasperlmaier biss rasch noch ein großes Stück von seiner Semmel ab. Natürlich ahnte er schon, wo sich das Drama abgespielt hatte, aber er wollte es von der Anruferin dennoch bestätigt bekommen. „Das Lakeview, ins Lakeview!", schrie sie. „Schnell!" Gasperlmaier schluckte die Semmel hinunter und nahm noch rasch einen Schluck Kaffee. „Im Pool, sagen Sie? Wissen S' was, sperren S' dort ab, dass niemand hineinkann, lassen S' alles so, wie es ist, wir sind in höchstens fünf Minuten da!"

„Zefix!", fluchte er, als er in seine Schuhe fuhr und feststellte, dass ein Schuhband gerissen war. Da war jetzt keine Zeit dafür, das hätte er gestern noch austauschen sollen. „Reg dich nicht auf!", beruhigte ihn die Christine. „Und fahr nicht zu schnell! Der Tote wird nicht wieder lebendig, wenn du einen Unfall baust!" „Ja, ja!", schnaufte Gasperlmaier und riss sein Handy aus der Hosentasche, sobald er die Haustür hinter sich zugeschlagen hatte. Er musste die Manuela anrufen, hoffentlich war sie schon bereit, mit ihm zum Tatort zu fahren. Erst, als er ihre Nummer gewählt hatte, fiel ihm ein, dass man einer Schwangeren wahrscheinlich keinen Mordfall zumuten durfte, aber da war es schon zu spät. „Gasperlmaier, was gibt's?", meldete sie sich. „Ich bin schon auf dem Weg zur Dienststelle!" „Gut!", sagte er. „Ich auch. Wir haben einen Toten. Im Lakeview. Die Anruferin sagt, es ist einer von den Chinesen. Aber du musst nicht mit ..." „Natürlich bin ich dabei! Mit einem Toten lass ich dich doch nicht allein! Und fang ja nicht wieder mit der Schwangerschaft an, hörst du?"

„Im Lakeview", überlegte Gasperlmaier, als sie im Einsatzfahrzeug saßen, „da hab ich meinen ersten und einzigen Schuss abgegeben, damals. Eh nur in die Decke. Aber es hat gewirkt!" „Ich kann mich erinnern", sagte die Manuela. „Aber ich war nicht dabei. Du hast mir erzählt davon. Schalt das Blaulicht ein!" Vor ihnen tauchte ein Kleinwagen mit deutschem Kennzeichen auf, der deutlich unter den erlaubten 80 Stundenkilometern dahintrödelte. Als das Blaulicht aufleuchtete und zusätzlich das Folgetonhorn erschallte, trat der Fahrer so plötzlich auf die Bremse, dass Gasperlmaier mit quietschenden Reifen auf die Gegenfahrbahn ausweichen musste. „Herrschaftszeiten!", fluchte er, als sie an dem Hindernis vorbei waren. „Trottel gibt's!" „Na ja, der hat sich halt erschrocken!", sagte die Manuela. „Ja, ich mich auch!", giftete sich Gasperlmaier, dessen Puls noch immer hoch war, als sie vor dem Hotel Lakeview anhielten.

Drinnen erwarteten sie an der Rezeption zwei Frauen, die aufsprangen, als die Manuela und Gasperlmaier auftauchten. Eine trug eine weiße Uniform, die andere ein Ausseer Dirndl, es war die Simone Wurzacher, die sie schon kannten. Gemeinsam hatten beide, dass ihr Make-up vom Weinen verschmiert war. „Grüß Gott. Das ist die Ivana." Sie deutete auf die weiß gekleidete Frau. „Sie hat den To... den Mann gefunden." Ihre Stimme zitterte, und auch die Ivana verzog den Mund und versuchte, das Schluchzen zu unterdrücken. Die Manuela legte den Arm um die Schultern der Frau, die es regelrecht schüttelte. „Wird schon wieder", beruhigte die Manuela sie. „Jetzt sind wir ja da!"

„Ich vertrete heute den Chef", erklärte die Simone, die sich schon etwas gefasst zu haben schien. „Wo ist er denn?", fragte Gasperlmaier. „Auf einer Tourismuskonferenz. In Köln. Ich hab ihn schon angerufen, er kommt zurück. So schnell es geht." Gasperlmaier nickte. „Ja, jetzt müssen wir erst einmal zum Pool, nicht?" Die Simone warf der Ivana einen Blick zu. „Ich glaub, die Ivana ... also, besser, ich geh mit Ihnen hinunter." „Schaffen Sie es allein?", fragte die Manuela die Ivana. „Setzen Sie sich einfach einmal da hin!" Sie deutete auf eine Sitzgruppe gegenüber der Rezeption. Gasperlmaier wäre es lieber gewesen, die Manuela hätte der Ivana Gesellschaft geleistet, aber er wusste, dass sie ungnädig auf einen solchen Vorschlag reagieren würde.

„Da hinunter!" Die Simone ging voraus, eine Stiege hinunter. Unten angekommen, hielt sie eine Karte an ein dunkles Feld neben der Tür. „Kann man nur mit Hotelkarte in den Poolbereich?", fragte die Manuela. Die Simone nickte. „Ich hab aber die Karten der Gäste alle gesperrt, nur meine geht noch. Das kann man über den Computer machen. Und es gibt sogar eine Handy-App dafür!" Sie lächelte. Für wirklich alles, konstatierte Gasperlmaier, gab es neuerdings eine App. Die Katharina hatte oben, in ihrer neuen Küche, ein Dachfenster einbauen lassen, damit es heller war. Das konnte man auch mit einer Handy-App öffnen und schließen. Und wenn der Wetterbericht Regen verhieß, dann ging es gar von selber zu.

Die Simone führte sie durch einen Gang, vorbei an einer Bar, die mit großen Kübelpflanzen dekoriert war, zu einem Bereich mit Liegen, hinter dem sie schließlich zum Pool kamen, in dem ein Mann trieb, Rücken nach oben, bekleidet mit farbenfrohen Badeshorts. Der Statur und der Haarfarbe nach konnte es einer von den Chinesen sein. Das war ja eine schöne Bescherung. Möglicherweise gab das sogar politische Verwicklungen. „Unfall?", fragte Gasperlmaier. „Hat die Ivana gecheckt, ob er noch lebt?" Die Simone schüttelte den Kopf. „Die ist gleich davongerannt. Ich hab dann noch nachgeschaut, ob das wirklich stimmt, aber der hat sich ja nicht mehr gerührt. Ich war völlig geschockt!" „Das hat man gehört, am Telefon!", bestätigte Gasperlmaier.

„Das wär jetzt dann schon der zweite Unfall!", bemerkte die Manuela mit sarkastischem Unterton. „Rausholen oder Tatortgruppe?", fügte sie hinzu. „Rausholen!", entschied Gasperlmaier. „Dass das was anderes war wie ein Unfall, daran wollen wir gar nicht denken." Er trat an den Beckenrand. Der Körper des Toten trieb genau in der Mitte des Beckens, man konnte ihn vom Rand gar nicht so einfach erreichen. Das Lakeview hatte einen wirklich großen Pool. Gasperlmaier seufzte. „Können S' eine Gegenstromanlage einschalten, oder sowas, damit es ihn zu uns hertreibt?" Die Simone schüttelte den Kopf. „Mit sowas kenn ich mich nicht aus. Darf ich gehen? Mir wird schlecht!"

„Ja, aber zuerst bringen S' uns einen Besen, oder eine Stange oder sowas, damit wir den Mann an Land bringen können", sagte die Manuela. „Oder hüpfst du hinein, Gasperlmaier?" Der schüttelte den Kopf. „Mir ist jetzt nicht nach Witzen. Wirklich nicht!" „Entschuldige", sagte die Manuela, während die Simone mit einer langen Teleskopstange mit einem Wischer dran zurückkam. „Damit wird's gehen!" Gasperlmaier musste aufkommende Übelkeit unterdrücken, als er die Stange auf den Rücken des Toten fallen ließ und ihn dann vorsichtig mit der Bürste an den Rand manövrierte. „So!", ächzte er, als er den Arm des Toten greifen konnte. Ihm grauste zwar, aber da konnte man nichts machen. Er zog fest an, die Manuela griff nach dem anderen Arm, als der Kopf des Toten auf den Beckenrand geglitten war. Schon wollte er die Hilfe der Manuela abwehren, besann sich aber rechtzeitig, und mit ihrer Hilfe rutschte der Tote auf das Pflaster neben dem Becken. „Ich bin jetzt weg!", schrie die Simone auf, und kurz danach schlug die Tür hinter ihr zu.

„Wir drehen ihn um!", entschied Gasperlmaier, was gar nicht so einfach war, weil sowohl der Tote als auch die Fliesen am Beckenrand nass waren. „Aua!" Gasperlmaier war ausgerutscht und auf die Knie gefallen. Die Hose war sicher tropfnass. Aber dafür hatte er die Leiche jetzt fest im Griff und drehte sie auf den Rücken. „Der Rinderer", hauchte die Manuela. „Ich hab's mir fast gedacht!" Gasperlmaier hielt Ausschau nach der Toilette, denn erstens graute ihm vor Leichen, und er wollte sich dringend die Hände waschen. Zweitens musste er sowieso aufs Klo. Er deutete in die entsprechende Richtung. „Ich muss einmal dringend ..." Erst, nachdem er seine Hände eingeseift und gründlich mit heißem Wasser gespült hatte, konnte er wieder klar denken.

Die Manuela hatte sich auf eine der Liegen gesetzt, die reichlich um den Pool standen. „Was machen wir jetzt mit ihm?", fragte sie. Gasperlmaier zuckte mit den Schultern. Die Augen und der Mund des Rinderer standen offen, das Haar klebte ihm wirr im Gesicht. „Zuerst", sagte Gasperlmaier, „suchen wir eine Decke und decken ihn zu. Das ist ja pietätlos, wie der so daliegt!" Die Manuela erhob sich. „Dort drüben ist ein Stapel Badetücher", sagte sie und machte sich auf den Weg. Gasperlmaier wandte den Blick ab, er hatte genug von der Leiche gesehen. Er erinnerte sich, dass der Florian Grill den Rinderer und den Rest der Delegation am Sonntag spätnachts im Dorf gesehen hatte – ob er es wirklich gewesen war? Vielleicht ließ sich der ja jede Nacht volllaufen. Dann konnte es leicht sein, dass er betrunken in den Pool gestürzt und dann untergegangen war. Aber war es möglich, dass das alles Zufall war? Zuerst der Autounfall, und jetzt der Tote im Pool?

„Unklare Todesursache, oder?", fragte die Manuela. „Gerichtsmedizin, mindestens. Oder sollen wir gleich die Frau Doktor Kohlross anrufen?" „Bis jetzt", sagte Gasperlmaier, „gibt's ja keinerlei Anzeichen für Fremdverschulden. Oder hast du an der Leiche irgendwas gesehen?" Die Manuela schüttelte den Kopf. Beide schwiegen. „Aber du hast natürlich recht", sagte er. „Ein Gerichtsmediziner muss her. Oder tut's mein Sohn auch? Was meinst du?" „Hol halt einmal deinen Sohn her, wenn er überhaupt Zeit hat. Derweil können wir nachdenken, was wir mit dem Rinderer machen." Gasperlmaier zog sein Handy hervor und rief den Christoph in der Ordination an. Nach längerer Wartezeit hob seine Sprechstundenhilfe ab und zierte sich, bevor sie ihn direkt zum Christoph durchstellte. „In einer halben Stunde, Papa", sagte der. „Schneller geht's nicht. Ich hab gerade einen Notfall da, ich komm, so rasch es geht." Er legte auf.

„Wir könnten einstweilen", überlegte Gasperlmaier, „die Frau Lin Lien befragen. Bei den anderen beiden Chinesen, bei denen werden wir kein Glück haben, sprachlich gesehen, meine ich. Und vielleicht weiß die Lin Lien was. Zum Beispiel, ob er spätnachts noch baden war. Und ob er überhaupt schwimmen hat können." Die Manuela nickte. „Das machen wir! Da hängt übrigens ein Bademantel am Haken. Müsste das der vom Rinderer sein?" Sie fasste in die Taschen des Bademantels. Darunter standen zwei einsame, weiße Badeschlapfen. „Da haben wir eine Zimmerkarte. Wird sich schnell überprüfen lassen, ob das seine war." Die Manuela nickte in die Richtung des zugedeckten Leichnams. „Und ... was haben wir denn da?" Die Manuela hielt etwas in die Höhe, das Gasperlmaier zunächst nicht erkannte. „Zwei Kondome!", klärte ihn die Manuela auf. Sie grinste. „Was sagt uns das?" Gasperlmaier zuckte mit den Schultern. Nicht, weil er sich nicht vorstellen konnte, was der Rinderer vorgehabt hatte, sondern weil es ihm peinlich war, es auszusprechen. „Da hat der Herr Rinderer möglicherweise ein Rendezvous gehabt, hier am Pool? Ob er am Ende doch eine vom Personal becirct hat, die einen Weg zum Pool ohne Zugangskarte gekannt hat?" „Benutzt hat er die Kondome aber nicht", merkte Gasperlmaier an. „Steck sie wieder zurück." „Warum denn? Beweismittel?" „Ja, schon", sagte Gasperlmaier. „Aber Beweise für was? Noch haben wir nicht einmal den Ansatz eines strafbaren Tatbestands." Die Manuela zuckte mit den Schultern und ließ die Kondome wieder in der Bademanteltasche verschwinden. „Da ist noch was!" Sie zog einen Papierstreifen aus der Tasche des Bademantels. „Das ist so ein Sprücherl von einem Glückskeks!", sagte sie und strich den Streifen glatt. „Was steht denn drauf?", fragte Gasperlmaier. „Jetzt ist der richtige Zeitpunkt für eine Reise. Großes erwartet dich!", las die Manuela vor. Gasperlmaier konnte ein Kichern nicht unterdrücken. „Das mit der Reise mag ja stimmen, aber Großes ..." „Auf jeden Fall", meinte die Manuela, „war das sein letztes Glückskeks. Die Zimmerkarte überprüfen wir aber schon noch?" Sie hielt sie in die Höhe. „Freilich!"

Bevor sie den Poolbereich verließen, nahm Gasperlmaier ein Badetuch vom Stapel und wischte ohne großen Erfolg an seinem nassen Hosenbein herum. „Wird schon wieder trocken!", munterte ihn die Manuela auf. „Übrigens, schon ein komischer Zufall", sagte sie, als sie wieder zur Rezeption hinaufstiegen, „dass der Willi Wurzacher gegen die Chinesen protestiert, und dann finden wir einen von denen tot, genau dort, wo seine Tochter arbeitet!" Gasperlmaier schüttelte den Kopf. „Wo du überall Zusammenhänge siehst!", sagte er.

Die Simone Wurzacher atmete immer noch hektisch, als sie zur Rezeption kamen. Ihre Hände zitterten, als sie versuchte, etwas auf ihrer Tastatur zu tippen. „Geht's Ihnen nicht gut?", fragte die Manuela. Auch die Lippen der Simone bebten, als sie antwortete. „Ja, ich hab mit meinem Chef telefoniert. Und der war ziemlich sauer. Er hat gemeint, ich soll schleunigst dafür sorgen, dass der Tote diskret weggeschafft wird. Und den Spa-Bereich soll ich möglichst schnell wieder öffnen. Und die Gäste dürfen nichts davon mitkriegen!" Sie hielt sich die Hände vors Gesicht. „Wie soll ich denn das machen?" Die Manuela sah sie verständnisvoll an. „Wir setzen uns jetzt erst einmal hin.

Und dann überlegen wir gemeinsam, wie es weitergeht. Sie brauchen sich von Ihrem Chef nicht unter Druck setzen lassen. Der hat jetzt hier gar nichts zu bestimmen, da sind wir zuständig! Der Spa-Bereich bleibt geschlossen, in einer halben Stunde kommt ein Arzt, um sich den ... Mann anzusehen." „Und", warnte Gasperlmaier, „bitte behalten Sie alles für sich, was hier heute passiert ist. Dass uns da keine Gerüchte entstehen. Und Ihren Chef rufen S' auch noch einmal an, das gilt nämlich auch für ihn. Keine Informationen nach außen!" Die Simone nickte.

„Chef sowieso ist ziemliche Arschloch!" Gasperlmaier drehte sich um. Die Ivana saß noch immer auf dem Sofa gegenüber der Rezeption und hatte einen Pappbecher vor sich stehen. Sie hatte sich, so fand Gasperlmaier, erstaunlich schnell beruhigt. „Wieso?", fragte er. Die Ivana stand auf. „Gehen Sie mit vor Tür, eine rauchen? Dann ich erzähle Ihnen ein bissl von unsere Chef!" Sie wartete Gasperlmaiers Antwort gar nicht ab. Mit einer Geste deutete Gasperlmaier der Manuela, drinnen bei der Simone zu bleiben. Draußen war es nun trocken, aber ein kühles Lüftchen wehte. Gasperlmaier wunderte sich, dass es der Ivana im T-Shirt nicht zu kalt war. Sie fingerte eine Zigarettenpackung aus einer Hosentasche und entzündete die Zigarette mit einem Feuerzeug. „Sklaventreiber ist unsere Chef!", sagte sie und blies Rauch aus dem Mund. „Für Minimum Gehalt wir sollen immer mehr putzen. Und Simone soll Gäste überreden, dass sie nicht lassen putzen ihr Zimmer und aufräumen und so. Wegen Umwelt, sagt Chef. Greenwashing, sagt Simone. Ich weiß nicht." „Ist er sonst noch irgendwie, ich meine, wie ist er denn zu den Angestellten?" „Grob!", sagte die Ivana. „Ton wie in Kaserne. Keine freundliche Wort.

Und wie Simone hat sich beschwert, wegen Chinese, der hat sie gestreichelt, er hat nur gesagt, dass sie sich nicht soll so anstellen, und dass Gast ist König." "Gestreichelt?", fragte Gasperlmaier nach. "Ja, so!" Sie fuhr mit dem Handrücken zärtlich über Gasperlmaiers Arm, der zurückzuckte. Die Ivana lachte auf. Der Rauch drang aus ihren Nasenlöchern. "Ich wollte nur zeigen, wie. Sie aber sind sehr empfindlich!" Sie lächelte schelmisch. Gasperlmaier hatte genug gehört. "Wir müssen jetzt ..." Er deutete auf den Hoteleingang. "Und für Sie gilt das auch, niemandem etwas erzählen, von dem, was heute hier passiert ist!" Die Ivana nickte, warf ihren Zigarettenstummel auf den Boden und trat ihn aus. Gasperlmaier fiel auf, dass sie pinke Sneakers trug.

"Frau Lin Lien ist noch in ihrem Zimmer", kam ihm die Manuela entgegen. "408!" Sie wies auf den Lift. "Was sagen wir ihr?", fragte Gasperlmaier. "Zunächst gar nichts", meinte die Manuela. "Wir fragen sie, was gestern Abend so los war." "Und den toten Rinderer, den verheimlichen wir ihr?" "Ja, erst einmal schon!" Als sie auf dem Gang zum Zimmer waren, wurde Gasperlmaier bewusst, dass die Manuela die Entscheidung über ihre Taktik im Alleingang getroffen hatte.

Lin Lien öffnete nach dem ersten Klopfen. Sie trug Jeans und einen blauen Pullover. Große silberne Gebilde baumelten von ihren Ohren bis auf die Schultern, und die Haare hatte sie zu einem Zopf geflochten. "Ich wollte gerade zu einem Treffen mit Herrn Kröker", sagte sie. "Ist es wieder wegen dem Unfall?" "Wir müssen Sie noch ein bisschen aufhalten", sagte Gasperlmaier. "Dürfen wir hineinkommen?" Lin Lien nickte und öffnete ihnen die Tür. Das Zimmer, stellte Gasperlmaier fest, war geräumig und verfügte über einen Tisch, um den herum sogar drei Sessel standen. „Bitte!" Die Chinesin deutete auf die Sitzgruppe. Gasperlmaier nahm den Sessel, von dem aus man eine Aussicht Richtung Grundlsee hatte, aber den See konnte man nicht sehen, nur den Backenstein, der über ihm thronte.

„Frau Lin Lien, können Sie uns erzählen, was Ihre Delegation gestern unternommen hat?", fragte Gasperlmaier vorsichtig. „Warum? Ist was nicht in Ordnung?" Lin Lien richtete sich in ihrem Sessel auf. So, als wolle sie jeden Moment aufspringen. Die Manuela schüttelte den Kopf. „Wenn Sie uns bitte nur erzählen, wo Sie alle gestern waren." Lin Lien warf Gasperlmaier einen misstrauischen Blick zu, er nickt ihr ermutigend zu. „Wir sind zuerst zum Bergwerk gegangen. Herr Kröker hat uns in die Stollen geführt. Natürlich nicht alleine, da war ein Guide dabei. Wie sagt man?" „Führer", sprang Gasperlmaier ein, sich im gleichen Moment der Zweideutigkeit des Wortes bewusst werdend. „Bergwerksführer!", fügte er deshalb hinzu. Lin Lien nickte. „Wir haben uns angesehen den Salzsee, die Rutschen", sie lächelte kurz, „die Ausstellung über die Kunstwerke, und alles andere." Sie legte ihre Hände in den Schoß. „Und dann?", fragte Gasperlmaier. „Wir waren Fisch essen, am See in einem Lokal, und Wang und Chen mussten lernen, wie man einen ganzen Fisch isst. Das machen wir in China nicht so. Der Koch zerlegt den Fisch. Ich kannte das schon, von München. Steckerlfisch im Biergarten!" Sie lachte. Gasperlmaier musste sie nicht auffordern, weiterzusprechen. „Dann waren wir in einer Fabrik, wo man diese Boote baut, die hier auf dem See fahren." „Plätten", half die Manuela aus. „Ja", nickte Lin Lien. „Wir sollen herausfinden, ob man solche Boote auch in China bauen kann. Vielleicht schicken wir Leute, die es hier lernen. Oder der Bootsbauer kann zu uns kommen nach Huizhou, um uns zu lehren, wie man so ein Boot bauen kann. Damit auf dem Stausee dann die richtigen Holzboote aus Altaussee fahren können." Sie betonte den Ortsnamen, wie viele Deutsche es taten, auf der zweiten Silbe.

„Und am Abend?", fragte Gasperlmaier. „Wir hatten Essen in einem Hotel in Bad Aussee, es waren viele Leute, Herr Kröker, der Bürgermeister, und noch andere wichtige Menschen, die ich nicht kenne. Sie haben sehr viel gegessen und auch getrunken. Und viel gelacht. Es war sehr schön." „Was ist nach dem Abendessen passiert?" Nun schien Lin Lien misstrauisch zu werden, denn sie kräuselte ihre Nase. „Ich verstehe nicht ganz – warum soll ich der Polizei all das erzählen? Ist doch etwas passiert?" „Bitte sagen Sie uns noch, wie es weiterging."

„Wir alle sind dann in Taxis gestiegen. Ich wollte ins Hotel, Herr Kröker war mit mir und sagte, er will mich begleiten, dass ich sicher ankomme. Ning Xiansheng und die beiden anderen wollten noch in eine Bar oder einen Club. Ich weiß nicht genau." „Xiansheng?", fragte Gasperlmaier nach. „Rinderer", half die Manuela aus. „Er heißt ja auch mit Vornamen Ning, und ..." Lin Lien unterbrach. „Xiansheng heißt Herr, oder Lehrer. Man sagt es, um höflich zu sein." „Höflich, genau", wiederholte Gasperlmaier. „Jetzt erinnere ich mich. Sie haben es uns schon einmal erklärt." Lin Lien lächelte schüchtern.

„Wenn es ist wegen Herrn Krökers Verletzung, es tut mir leid, ich wollte das nicht!" Gasperlmaier warf der Manuela einen überraschten Blick zu. „Verletzung? Welche Verletzung? Was war denn mit dem Kröker?", fragte die Manuela. „Ich weiß nicht ..." Lin Lien fühlte sich ertappt, so, als ob sie unabsichtlich zu viel gesagt hatte. „Uns können Sie ruhig alles sagen. Von uns erfährt niemand was!", versprach die Manuela. Nicht ganz zu Recht, wie Gasperlmaier fand.

„Herr Kröker war ein bisschen betrunken und hat Spaß gemacht." „Was für Spaß?" Die Stimme der Manuela war plötzlich ungewöhnlich scharf. „Er hat gefragt, ob wir vielleicht noch einen Drink nehmen können, in der Hotelbar. Ich habe gesagt, die ist sicher schon geschlossen. Dann hat er gemeint, es gibt ja auch noch eine Minibar im Zimmer." „Und?", fragte Gasperlmaier unwillkürlich, als sie kurz innehielt und schluckte. „Er wollte dann mit aussteigen, beim Hotel, und hat mich umarmt und versucht, dass er mich küssen kann. Ich habe gesagt, dass ich das nicht will, und bin ihm fest auf den Fuß getreten. Mit meinem Absatz!" Sie deutete auf die Schuhe, die unter dem Spiegel standen. Sie hatten hohe und sehr schmale Absätze. Das musste wehgetan haben. „Er hat laut aufgeschrien und geschimpft, aber als ich ausgestiegen und davongerannt bin, ist er mir nachgekommen und hat sich entschuldigt. Und ich soll ja niemandem was erzählen. Daran habe ich mich jetzt nicht gehalten."

„Lassen Sie nur", sagte die Manuela. „Wir sind nicht wegen Krökers Verletzung hier, davon hören wir jetzt zum ersten Mal. Es war gut, dass Sie uns das alles erzählt haben. Männer sind manchmal solche Schweine. Aber immerhin, er hat sich entschuldigt." „Ja", fuhr Gasperlmaier fort. „Die drei Herren Ihrer Delegation sind also nicht mit Ihnen im Hotel angekommen? Haben Sie von denen noch was gehört?" Lin Lien schüttelte den Kopf. „Ich habe noch gearbeitet. Dann bin ich ins Bett und gleich eingeschlafen." „Gearbeitet?", staunte Gasperlmaier. „So spät abends noch?" Lin Lien nickte, schien aber gleichzeitig peinlich berührt. „Ich musste noch was schreiben", sagte sie ausweichend.

Gasperlmaier warf der Manuela einen Blick zu. Sie nickte kaum wahrnehmbar. Er atmete tief durch. „Ich muss Ihnen leider sagen", sagte er, und erst nach einer Pause fuhr er fort, „dass Ihr Kollege, Herr Rinderer Josef, tot im Pool aufgefunden worden ist. Heute Früh. Hier im Hotel." Lin Lien riss die Augen auf und schlug eine Hand vor den Mund. „Ning Xiansheng? Tot?", hauchte sie und legte nun beide Hände vor die Augen. Sie begann zu schluchzen, und als die Manuela wahrnahm, dass sie regelrecht durchgeschüttelt wurde, stand sie auf, hockte sich neben Lin Lien hin und nahm sie in den Arm. „Es tut uns leid. Aber wir mussten mit Ihnen sprechen, nach diesem Vorfall. Und wir müssen Ihnen auch noch ein paar Fragen stellen, wenn Sie sich wieder beruhigt haben."

In diesem Moment nahm Gasperlmaier aus dem Augenwinkel ein zuckendes Blaulicht vor dem Fenster wahr. „Der Christoph!", sagte er und sprang auf. „Bleibst du hier?" Die Manuela nickte. Gasperlmaier verzichtete auf den Lift und hastete die Stiegen hinunter. „Grüß dich", sagte der Christoph, den Arztkoffer in der Linken. „Wo ist denn der Tote?" „Da unten!" Gasperlmaier zeigte auf die Treppe, die unmittelbar neben der Rezeption nach unten führte. „Machen S' uns auf?", fragte er die Simone, die nickte. „Ich muss aber nicht noch einmal hinein?", fragte sie ängstlich, als sie ihnen voraus die Stiege hinuntereilte. „Nein, nein!", versicherte Gasperlmaier. „Aber ein paar Fragen haben wir später dann noch!" Sie hielt ihre Karte gegen das Lesegerät, um ihnen zu öffnen. Der Christoph eilte voraus und kniete schon neben der Leiche, als Gasperlmaier zu ihm aufschloss. „Jetzt messen wir einmal die Körpertemperatur", sagte er und zog dem Rinderer die Badehose hinunter. „Rektal. Wir müssen ihn also auf die Seite drehen." Der Christoph hielt seinem Vater ein Paar Latexhandschuhe hin, und der streifte sie dankbar über.

Gasperlmaier wandte den Blick ab, als der Christoph ans Werk ging. „Na ja", sagte der schließlich, „die Temperatur sagt uns leider nicht allzu viel. Er ist wahrscheinlich ziemlich lang im warmen Wasser gelegen. Aber eine Zeitlang tot ist er sicher schon. Mindestens so vier, fünf Stunden." Er deutete auf den Pool. „Es gibt leichte Reste von Schaumpilz", sagte der Christoph, als er den Kopf des Toten unter die Lupe nahm. „Das wäre ein typisches Zeichen für Ertrinken, siehst du, die Schaumreste im Mund und in den Nasenlöchern." Gasperlmaier nickte, ohne genau hinzusehen. Er glaubte dem Christoph auch so. „Der Christoph schnupperte am Mund des Toten. „Alkohol ... er hat sicherlich getrunken, bevor er gestorben ist." „Das haben wir durch Zeugen schon bestätigt", sagte Gasperlmaier. „Gibt's irgendwelche Hinweise darauf, dass er gewaltsam ..." Der Christoph schüttelte den Kopf. „Waschhautbildung ...", murmelte er und hob eine Hand des Toten auf. „Aber das ist normal. Ich sehe keinen Dreck oder Hautreste unter den Fingernägeln, auch keine Kratzer, nichts, was darauf hindeutet, dass er sich irgendwie gewehrt hat."

„Sonst irgendwas, was darauf schließen ließe, dass es kein Unfall war?" Der Christoph richtete sich auf. „Ich bin kein Gerichtsmediziner, Papa, und auch kein Pathologe. Aber ich hab nichts gesehen. Es muss natürlich eine Obduktion angeordnet werden, nur so kann man feststellen, woran er tatsächlich gestorben ist. Es gibt zum Beispiel den sogenannten Badetod." „Badetod?", fragte Gasperlmaier nach. "Ja, wenn jemand einen Herz- oder Atemstillstand erleidet, im Wasser. Das kann man dann eindeutig erkennen, weil man kein Wasser im Magen und in der Lunge findet. Und wenn du mich fragst – das ist hier immerhin möglich, trotz des Schaumpilzes. Der Mann war zwar nicht alt, aber übergewichtig und nicht besonders fit, das sieht man am Zustand seiner Muskeln. Wenn so jemand zum Beispiel auch noch Raucher ist und dann betrunken schwimmen geht, da kann so etwas schon einmal passieren." Gasperlmaier seufzte. "Ich ruf jetzt einmal die Renate an. Die soll uns sagen, wie's weitergeht." Gasperlmaier holte sein Handy aus der Brusttasche, überlegte es sich aber anders und verließ zuerst den Poolbereich, denn er hatte bereits zu schwitzen begonnen. Erst oben, bei der Rezeption, wählte er die Nummer der Frau Doktor Kohlross und trat gleich ins Freie hinaus.

"Ja hallo, Franz!", meldete sich die Frau Doktor gleich nach dem zweiten Läuten. "Was gibt's? Sag mir nicht, ich hab irgendwas in Altaussee vergessen?" "Nein!", krächzte Gasperlmaier. "Entschuldigung, ich ..." Er streckte das Handy von sich, um die Frau Doktor nicht Zeugin eines Hustenanfalls werden zu lassen. "So!", sagte er. "Jetzt geht's. Wir haben einen Toten. Genau der, der auch den Unfall verursacht hat. Und das kommt uns doch ein wenig komisch vor." Die Frau Doktor reagierte nicht gleich. Wahrscheinlich, so dachte Gasperlmaier bei sich, brauchte sie eine Schrecksekunde lang, um die Nachricht zu verdauen. "Wie hieß der noch einmal schnell?", sagte sie dann. "Rinderer", antwortete Gasperlmaier. "Rinderer Josef Ning. Das ist der, der bayerisch spricht. Und heute Morgen ist er tot im Hotelpool getrieben. Und am Samstag, da hat er den Autounfall gebaut, auf der Loserstraße."

„Was hast du denn schon unternommen?", fragte die Frau Doktor. „Der Christoph war kurz da, um ihn sich anzuschauen. Er hat nichts zur Todesursache sagen können, jedenfalls keine Fremdeinwirkung festgestellt. Und die Dolmetscherin, diese Lin Lien, mit der haben wir gesprochen." „Gut", sagte die Frau Doktor. „Schauen wir einmal ..." Gasperlmaier hörte das Klappern einer Tastatur. „Ja!", sagte die Frau Doktor schließlich. „Das geht sich aus. Ich komm zu euch. Ich verständige auch gleich die Bezirkshauptmannschaft, dass die eine Obduktion anordnen. Und ihr habt völlig recht – zwei solche Unfälle hintereinander, das stinkt! Das müssen wir uns genauer anschauen! Bestell den Bestatter, dass der die Leiche ins Krankenhaus bringt." Gasperlmaier tat, wie ihm geheißen, und dachte zunächst, der Otto wäre dran, der Gehilfe des alten Strnad, weil er mit einem Hustenanfall begrüßt wurde. Es war aber dann doch der Bestatter selber, und Gasperlmaier fragte sich, ob der diesen Husten bekommen hatte, weil der Otto ständig neben ihm rauchte.

Drinnen im Hotel kam ihm erneut die Manuela entgegen. „Hast du die Lin Lien allein gelassen?", fragte Gasperlmaier, mit ein wenig Vorwurf in der Stimme. „Sie hat sich beruhigt. Und sie ist hungrig, die Simone hat sie zum Frühstücksbuffet begleitet, sie wollte nicht allein gehen." „Kommt dir das nicht komisch vor?", fragte Gasperlmaier. „Dass ihr das nicht den Appetit genommen hat, diese Todesnachricht?" Die Manuela zuckte mit den Schultern. „Der Körper verlangt sein Recht. Und ich hab ihr sogar zugeredet, sie ist eh so dünn und zerbrechlich, ein paar Kalorien und ein Kaffee können da nicht schaden." Gasperlmaier ließ es gut sein. „Die Frau Doktor kommt", informierte er die Manuela, „und es wird eine Obduktion geben. Die Leiche ... ja, ich muss wahrscheinlich den Bestatter rufen, damit der sie ..." Er ließ seinen Satz unbeendet, als sie am Rezeptionstresen ankamen und die Simone vor ihnen auftauchte. „Der Chef ist nicht vor heute Abend da. Am Flughafen streikt das Bodenpersonal, und mit dem Zug wird's dauern. Mietauto hat er keines mehr bekommen."

„Wir brauchen ihn eh nicht unbedingt", sagte Gasperlmaier. „Wie geht's Frau Lin? Kommt sie allein zurecht?" „Geht schon", sagte die Simone. „Ich hab ihr einen Kaffee gebracht, und etwas zu essen." Die Manuela hielt ihr die Zimmerkarte aus dem Bademantel hin. „Können Sie uns sagen, wem die Karte gehört?" Die Simone nickte, nahm die Karte entgegen und hielt sie über ein Lesegerät. „Das ist die Zimmerkarte von Herrn Rinderer. Woher haben Sie die?" „Aus einem Bademantel, der unten neben dem Pool am Haken hing. Man braucht eine Zimmerkarte, damit man in den Poolbereich kommt, oder?" Die Simone nickte. „Und jetzt würden wir gern wissen, ob Ihr Computer weiß, wer wann in den Poolbereich hinein ist, und wer wann wieder heraus. Der Rinderer muss ja auf jeden Fall der Letzte gewesen sein. Können Sie das herausfinden?" Er hielt die Hand auf. „Die Zimmerkarte, bitte. Da müssen wir noch hinein!"

Die Simone nickte und reichte ihm die Karte. „Natürlich finden wir das heraus", sagte sie. „Aber wir löschen das jeden Tag. Wegen Datenschutz." „Aber von gestern ist noch alles da?" Wieder nickte die Simone. „Also", fuhr Gasperlmaier fort, „schauen wir uns das einmal an. Wir lange ist denn da überhaupt offen?" „Bis 21 Uhr", antwortete die Simone. „Vielleicht kommen Sie einfach einmal zu mir herüber, dass Sie mitschauen können." Gasperlmaier und die Manuela bezogen seitlich von der Rezeptionistin Posten. „Also, hier sehen Sie die Zeit, und hier die Kartennummer." „Ist das die Zimmernummer?" Die Simone schüttelte den Kopf. „Da muss ich dann extra nachschauen, welches Zimmer welche Kartennummer bekommen hat. Aber gestern ... da war der letzte Zutritt um 19 Uhr 52, und der letzte Gast hat den Poolbereich um 20 Uhr 48 verlassen." Die Simone zeigte mit der Maus auf die beiden Einträge. „Danach ist nur noch eine Personalkarte verwendet worden ... ja, das ist die Berni, glaube ich. Sie hat Schlussdienst beim Pool gemacht. Und um 21 Uhr 58 ist sie auch hinausgegangen."

„Und das?", fragte Gasperlmaier und zeigte auf eine Reihe von Einträgen weiter unten. „Das um 6 Uhr 30, das war die Karte von der Ivana, die den Toten gefunden hat. Danach nur noch meine Karte, sehen Sie? Ich habe Sie zweimal hineingelassen."

„Und dazwischen ... ich meine, der Rinderer muss ja nachts irgendwie in den Poolbereich gekommen sein?" Die Simone klickte rasend schnell auf dem Schirm herum, sodass Gasperlmaier den aufflackernden Programmfenstern gar nicht mehr folgen konnte. „Der Rinderer hat die Karte 178355 gehabt, die ist überhaupt nicht im Poolbereich registriert. Also, Herr Rinderer hat seine Karte nie benutzt, um in den Wellnessbereich zu kommen." „Seltsam", sagte Gasperlmaier. „Und doch war die Karte in seinem Bademantel. Er muss sie doch mitgenommen haben, um die Tür unten zu entriegeln." „Nicht notwendigerweise", gab die Manuela zu bedenken. „Wenn er sein Zimmer im Bademantel verlassen hat, muss er sie ja irgendwo einstecken. Er muss also nicht zwangsläufig auf dem Weg zum Spa gewesen sein." „Wohin denn sonst, im Bademantel?" Die Manuela seufzte. „Hast ja recht. Da hab ich mit der Kirche ums Kreuz gedacht."

„Es muss also jemand geschafft haben, ohne Karte in den Poolbereich zu kommen. Zumindest der Rinderer, und vielleicht noch jemand anderer", schloss Gasperlmaier „Ein Gast", erklärte die Simone, „könnte nach 21 Uhr mit seiner Karte gar nicht eintreten. Die sind dann nämlich gesperrt. Dann funktionieren nur noch die Personalkarten." „Mysteriös", sagte die Manuela.

„Wir müssen zuerst noch einmal zu Lin Lien", erinnerte die Manuela Gasperlmaier. „Da sind ja noch ein paar Fragen offen, nicht?" Gasperlmaier nickte. Die Manuela deutete auf einen Durchgang, der zum Frühstücksraum führte. Lin Lien saß allein an einem Tisch in einer Nische, in der sich sonst keine Gäste befanden. Sie hatte eine Tasse Kaffee, einen Orangensaft und eine unberührte Buttersemmel vor sich stehen. „Sie essen nichts?", fragte Gasperlmaier. „Dürfen wir uns setzen?" Lin Lien nickte. „Mir ist jetzt doch der Appetit vergangen", sagte sie leise. „Aber ein Kaffee ... das tut mir gut!" „Frau Lin", begann Gasperlmaier, „wissen Sie, ob Herr Rinderer schwimmen konnte? War er schon öfter im Hotelpool? Waren Sie auch dort?" „Gleich drei Fragen", gab Lin Lien zurück. „Also: Ich weiß nicht, ob er schwimmen konnte. Es gibt in China viele Menschen, die nicht schwimmen können. Es ist teuer und es gibt nicht viele Pools. Also ... was war Ihre zweite Frage?" „Ob er öfter im Hotelpool war", wiederholte Gasperlmaier. „Ich weiß nicht", antwortete Lin Lien, „ich ... wir haben außerhalb der Termine nicht viel Kontakt gepflegt. Ich war nie im Pool. Ich kann zwar schwimmen, aber ich habe kein großes Interesse daran." Gasperlmaier fiel auf, dass Lin Lien sich oft ein wenig umständlich, aber sehr gepflegt und korrekt ausdrückte.

Sie musste gut und lang Deutsch gelernt haben. „Können Sie sich vorstellen, warum Herr Rinderer gestern Nacht noch den Pool aufgesucht hat?" Lin Lien schüttelte den Kopf. „Man kann mit einer normalen Zimmerkarte nachts gar nicht hinein. Haben Sie eine Ahnung, wie er zum Pool gekommen sein könnte?" „Wie gesagt", wiederholte Lin Lien. „Ich bin in mein Zimmer gegangen, habe noch ein wenig gearbeitet, und dann habe ich geschlafen. Ich habe keine Ahnung!"

Gasperlmaiers Handy meldete sich. Es war die Frau Doktor. „Ich muss kurz ..." Die Manuela nickte, und Gasperlmaier trat auf den Gang. „Jetzt wird es spannend!", kündigte die Frau Doktor ohne Einleitung an. „Die Landespolizeidirektion hat sich bei uns gemeldet. Ohne dass sie von uns über den Tod des Herrn Rinderer informiert worden wäre. Wir sollen in diesem Fall mit äußerster Diskretion vorgehen und jeden Ermittlungsschritt direkt an die LPD melden. Obwohl es noch gar keinen Fall gibt, sondern nur einen Ertrunkenen. Ein Rückruf hat ergeben, dass das Außenministerium seine Finger im Spiel hat. Wie ist denn das möglich, Gasperlmaier? Woher kann denn das Außenministerium vom Tod des Rinderer wissen? Wer weiß denn bei euch in Aussee schon alles davon?"

„Praktisch niemand", antwortete Gasperlmaier. „Außer die Angestellten im Hotel. Da gibt es übrigens ..." Die Manuela war ihm auf den Gang gefolgt. Er schickte ihr einen Blick, sie nickte. „Also die Frau an der Rezeption, das ist die Tochter von einem, der gestern vormittags schon gegen die Chinesen demonstriert hat, vor der Gemeinde. Und das ist ein bekannter Unruhestifter. Vielleicht ein bisschen viel Zufall?" „Na ja", antwortete die Frau Doktor, „aber dass der Kontakte bis ins Ministerium hat?" „Immerhin hätt ihn seine Tochter irgendwie in den Poolbereich lassen können, ohne dass es jemand merkt", mischte sich die Manuela ein. Gasperlmaier winkte ab. „Kommst du jetzt nicht, ich meine, wegen ..." Die Frau Doktor unterbrach ihn. „Ich komme auf jeden Fall! Gib mir eine Stunde. Ihr solltet aber in der Zwischenzeit mit den restlichen Mitgliedern der Delegation reden. Wie viele sind denn das?" Gasperlmaier erklärte, dass sie mit der Übersetzerin schon gesprochen hätten und sich nun die beiden übrigen Chinesen mit deren Unterstützung vornehmen wollten. „Macht das", sagte die Frau Doktor. „Aber vorsichtig, mit Bedacht!" „Und was tu ich mit der Leiche?" Die Frau Doktor schien einen Moment zu überlegen. „Lass sie am besten ins Krankenhaus schaffen. Dort schauen wir sie uns einmal an. Also, vielmehr, die Frau Doktor Wurm wird sie sich ansehen." „Ist gut", sagte Gasperlmaier. „Sonst noch was?" „Einstweilen nicht. Ich beeil mich!" Sie legten auf. „Wie meint sie das denn, mit Bedacht?", fragte Gasperlmaier. Die Manuela zuckte mit den Schultern. „Vielleicht, dass wir nicht zu hart rangehen sollen. Sie beschuldigen oder sowas."

„So, Frau Lin Lien", sagte Gasperlmaier, als sie wieder in den Frühstücksraum zurückkehrten. „Jetzt müssen Sie uns helfen. Wir müssen nämlich mit den beiden anderen Herren reden, die ja nicht Deutsch können. Vielleicht können die uns helfen, herauszufinden, was da heute Nacht passiert ist!" Lin Lien sah ihn zweifelnd an. „Wir sollten eigentlich Herrn Kröker treffen. Er wollte uns die Narzissenkönigin vorstellen, und danach war ein Besuch in einer Schneiderei vorgesehen, wo man diese Lederhosen macht." „Säckler", warf Gasperlmaier ein. „Ein Lederhosenmacher ist kein Schneider, sondern ein Säckler". „Das ist ja jetzt wurst!", mischte sich die Manuela ein. „Und dann", fuhr Lin Lien fort,

„gehen wir zu der Fabrik, wo Lebkuchen hergestellt werden." „Lebzelter", kam jetzt die Manuela Gasperlmaier zuvor. „Das wird jetzt alles ein wenig warten müssen", sagte Gasperlmaier. „Wir klären das mit dem Herrn Kröker. Manuela, rufst du an?"

Während die Manuela am Telefon hing, fragte Gasperlmaier an der Rezeption nach den Zimmernummern der beiden Herren aus China. Die Simone deutete aber auf die gläserne Eingangstür. Dahinter standen die beiden, in schwarzen Anzügen, gestützt auf schwarze Regenschirme. „Das können wir auch draußen machen", entschied Gasperlmaier und bedeutete Lin Lien, ihm zu folgen.

„Aber, es ist sehr kalt, draußen!", beschwerte sie sich. „Dann bitten Sie die beiden Herren hier herein", entschied Gasperlmaier und deutete auf eine Sitzgruppe in einem Erker. Natürlich verstand Gasperlmaier nicht, was Lin Lien den beiden erklärte, auf jeden Fall gestikulierte sie etwas resignierend, wie Gasperlmaier fand, ließ einen Wortschwall auf die beiden los, der sie offensichtlich erschreckte, und führte sie hinter sich zur Sitzgruppe, wo Gasperlmaier bereits wartete. „Der Kröker kommt hierher", informierte die Manuela Gasperlmaier. „Ich musste ihm natürlich sagen, was los ist."

„Passt schon, und danke!", sagte Gasperlmaier. „Frau Lin Lien", stieg Gasperlmaier in das Gespräch ein, „fragen Sie die beiden bitte nach dem gestrigen Abend. Wir wollen wissen, was sie unternommen haben." Lin Lien sprach lange, die beiden Chinesen wirkten verstört. Schließlich begann einer zu sprechen. „Wang Baihu", Lin Lien deutete auf den Schlankeren, Jüngeren der beiden, „sagt, sie wären nach dem Abendessen in einem Taxi zu einer Bar gefahren. Zu dritt, mit Ning Xiansheng." „Fragen Sie ihn bitte, ob er weiß, wohin, und wie die Bar geheißen hat." Lin Lien stellte die Frage, erntete aber bei beiden nur Kopfschütteln. „Brauchen Sie nicht zu übersetzen", meinte Gasperlmaier. „Wie lange hat die Fahrt gedauert, wie hat das Lokal ausgesehen?" Es entspann sich ein Gespräch zwischen den dreien, das länger dauerte, als es für eine Antwort gebraucht hätte. „Das Lokal war sehr schön", antwortete Lin Lien schließlich. „Und die Fahrt hat nicht lange gedauert." „Wie lange ist nicht lange?", mischte sich die Manuela ein. „Vielleicht fünf Minuten. Oder zehn", kam jetzt recht schnell eine Antwort. „Könnte überall im Ausseerland gewesen sein", sagte Gasperlmaier. „Viele Bars gibt's bei uns nicht. „Und bei der kurzen Fahrzeit ... ein Bordell war's jedenfalls keines", sagte die Manuela. Lin Lien hob erstaunt die Augenbrauen. Er wandte sich wieder ihr zu. „Fragen Sie bitte, wie und wann sie nach Hause ins Hotel gekommen sind." Auf eine kurze Frage folgte eine längere Erklärung. Wang Baihu sprach, während sein Kollege andauernd bestätigend nickte. Es wurde viel gestikuliert, Wang machte ein entrüstetes Gesicht, einmal war Gasperlmaier so, als habe er das Wort „Lakeview" verstanden. Schließlich wandte sich Lin Lien an ihn. „Es war sehr umständlich, sie haben nicht gewusst, wo sie sind, und Ning Xiansheng hat kein Taxi erreichen können. Schließlich haben sie das Hotel angerufen, und der Hausmeister ist geweckt worden und hat sie abgeholt. Sie sind erst um halb vier ins Bett gekommen und deswegen heute sehr müde." „Fragen Sie bitte noch, ob der Rinderer betrunken war."

Lin Lien schlug eine Hand vor den Mund und kicherte. „Darauf werden sie keine Antwort geben!" Tatsächlich schüttelten beide die Köpfe, nachdem Lin die Frage gestellt hatte. Wenig später übersetzte sie: „Der

Abend war sehr schön, alle waren sehr höflich, die Gastgeber, das Personal und auch Herr Rinderer Josef Ning. Das Hotel ist sehr schön, die Häuser sind sehr schön, niemand war betrunken." Am Gesichtsausdruck von Lin Lien merkte Gasperlmaier, dass auch sie selbst nicht alles für bare Münze nahm, was die Herren erzählten. „In China", erklärte sie, „ist es das Wichtigste, sein Gesicht zu wahren. Man sagt niemals etwas Schlechtes über jemand anderen. Die übliche Taktik ist, man redet über ganz etwas anderes, anstatt etwas zuzugeben, was jemand anderen in einem schlechten Licht erscheinen lässt. Und wenn ich mir die Antworten anhöre, darf ich Ihnen übersetzen: Ning Xiansheng war stockbetrunken."

Gasperlmaier stand auf. „Können Sie sich vorstellen, warum ... Ning Xiansheng, wie Sie ihn nennen, warum er spätnachts, also mehr schon frühmorgens, betrunken in den Pool wollte?" Lin Lien sah ihn mit großen, dunklen Augen und besorgtem Gesichtsausdruck an und schüttelte langsam den Kopf.

„Sie können jetzt gehen", sagte Gasperlmaier. „Die beiden Herren auch." Lin Lien sprach mit den beiden, sie nickten und erhoben sich. Draußen war ein Auto vorgefahren, was die beiden Chinesen offenbar sehr erregte, denn sie begannen zu deuten und auf Lin Lien einzureden. „Was ist los?", fragte Gasperlmaier. „Das neue Auto ist gekommen. Von der Verleihfirma." „Und was ist da so aufregend daran?" Lin Lien lächelte. „Keiner von beiden möchte das Auto lenken. Sie haben Angst, dass ihnen das Gleiche passieren wird wie Ning Xiansheng."

Inzwischen war der Fahrer ausgestiegen und durch die Eingangstür gekommen. „Entschuldigung?", sprach er Lin Lien an. „Ich soll hier einen Mietwagen übergeben. An Frau Lin Lien. Sind Sie das?" Lin Lien nickte. „Vielen Dank!" Der Fahrer ließ zwei Schlüssel in ihre aufgehaltene Hand fallen. „Klaus Thaler", stellte sich der Mann vor und schüttelte Gasperlmaier die Hand. „Was macht die Polizei da?" Er lachte. „Clausthaler?", fragte Gasperlmaier verblüfft nach. „Haben Sie was mit diesem ..." Der Mann nickte. „Nein, ich habe nichts mit diesem Getränk zu tun. Nichts gegen alkoholfreies Bier an sich, aber ... Vorname Klaus mit K, Thaler der Nachname. Und ich habe die Anspielungen darauf schon gründlich satt. Ich weiß auch nicht, was meine Eltern sich dabei gedacht haben." „Entschuldigung", murmelte Gasperlmaier, dem sein Fauxpas peinlich war.

„Ich habe noch eine Bitte", wandte sich der Klaus Thaler an Lin Lien. „Ich muss mit der Bahn zurück. Können Sie mich bis zum nächsten Bahnhof bringen?" Lin Lien nickte. „Außer", sie suchte Blickkontakt zu Gasperlmaier, „ich werde hier noch gebraucht?" Er schüttelte den Kopf. „Fahren Sie nur. Die Narzissenkönigin wartet ja anscheinend schon."

„Wir sollten uns noch das Zimmer ansehen. Das vom Rinderer", sagte die Manuela, als die vier durch die Eingangstür verschwunden waren. „Genau das wollte ich auch gerade vorschlagen." Gasperlmaier holte die Zimmerkarte des Rinderer aus seiner Brusttasche und schritt auf den Lift zu. „Wissen wir die Zimmernummer?", fragte die Manuela. Etwas ratlos drehte Gasperlmaier die Karte in seinen Fingern. Darauf stand nur der Name des Hotels, die andere Seite zierte ein Logo. „402!", rief ihnen die Simone lächelnd zu. „Auf der Karte", erklärte die Manuela, „steht natürlich niemals die Zimmernummer, damit sie nicht missbraucht werden kann, falls sie verloren geht." „Weiß ich doch!", brummte Gasperlmaier.

Das Zimmer machte einen aufgeräumten Eindruck, das Bett war gemacht, was darauf schließen ließ, dass der Zimmerservice schon erledigt worden war. Neben dem Bett lag geschlossen ein sehr geräumiger, hellblauer Koffer, auf dem Schreibtisch stand ein aufgeklappter Laptop, daneben lag ein Handy. So, als wäre der Rinderer tatsächlich gerade eben zum Schwimmen gegangen. Gasperlmaier öffnete den Kleiderschrank. Zwei schwarze Anzüge und ein paar Hemden, fein säuberlich gestapelt. Zwei bereits gebundene Krawatten hingen an Kleiderbügeln. Die Manuela streifte Handschuhe über. „Aber eigentlich", wandte Gasperlmaier ein, „dürfen wir gar nicht ..." „Wir schauen uns nur ein wenig um", entgegnete sie, „immerhin ist es ein mysteriöser Todesfall. Wir müssen uns natürlich Fragen stellen: Was ist passiert? Was sind die genauen Fakten?" Sie griff nach dem Handy, was Gasperlmaier gar nicht recht war. Das war, vermutete er, schon wieder was aus diesem OFA-Kurs. „Die Fakten sind", sagte er, „dass ein Chinese tot im Pool getrieben ist. Und wir nicht einmal wissen, ob er ertrunken oder an einem Herztod gestorben ist." „Oder", die Manuela hob einen Zeigefinger, „ermordet worden ist!" „Wie denn?", fragte Gasperlmaier, der am liebsten das Zimmer gleich wieder verlassen hätte. „Das Handy verlangt einen Fingerabdruck zum Entsperren", sagte die Manuela anstatt einer Antwort. „Wie wäre es, wenn wir hinunter zur Leiche gehen und den Finger ans Handy ..." „Das kommt überhaupt nicht in Frage", brauste Gasperlmaier auf. „Da würden wir eindeutig unsere Kompetenzen überschreiten!" Die Manuela zuckte mit den Schultern und legte das Handy wieder hin. „War eh nicht ganz ernst gemeint", sagte sie. „Wenn das stimmt, was der Florian gesagt hat, und wenn das auch stimmt, was die Lin Lien übersetzt hat – dann haben die jede Nacht ordentlich gefeiert. Und gesoffen!" Die Manuela zuckte nur mit den Schultern. „Wie halt Männer auf Dienstreise so sind. Egal ob Chinese, Europäer oder Amerikaner." „Na, ganz so ...", verteidigte Gasperlmaier sein Geschlecht etwas halbherzig.

Er betrat das Bad. Es war eines von dieser modernen Sorte, mit einer Glasscheibe hinaus zum Zimmer. Man konnte dabei demjenigen zusehen, der gerade duschte. Eine, wie Gasperlmaier fand, seltsame und völlig unnötige Modeerscheinung. Auf dem Bord über dem Waschbecken stand, was man in einem Badezimmer vermutete: Zahnbürste, Zahncreme, Rasierer, Rasierpinsel und so weiter. Überhaupt nichts Auffälliges. Draußen auf dem Bett, so stellte Gasperlmaier bei einem Blick durch das Fenster fest, lag ein fein säuberlich zusammengefalteter gestreifter Pyjama. Das hatte wahrscheinlich das Zimmermädchen gemacht. Oder der Zimmermann. Nein, dachte Gasperlmaier bei sich, ein Zimmermann war doch etwas ganz anderes. Wie nannte man nur ein männliches Zimmermädchen? Zimmerbursche vielleicht?

Als er zurück ins Schlafzimmer trat, stand die Manuela vor dem eingeschalteten Laptop. „Er war nicht gesichert. Ich hab einfach nur auf den Einschaltknopf gedrückt", rechtfertigte sie sich. „Wir könnten schon einmal ins Mailprogramm schauen, oder?" Gasperlmaier brummte wieder einmal auf eine Art, die man sowohl als Zustimmung wie auch als Widerspruch deuten konnte. Als aber die Manuela das Mailprogramm tatsächlich öffnete, sahen sie, bis auf die Menübalken, nur chinesische Schriftzeichen. „Nützt uns wenig!", kommentierte Gasperlmaier.

„Aber hier!" Die Manuela hatte den Chrome-Browser geöffnet. „Schau dir das einmal an!" Auf dem Bildschirm erschienen Bilder nackter Mädchen, umrahmt von vielen chinesischen Schriftzeichen. „Eine chinesische Pornoseite. Hab ich in seinem Verlauf gefunden." „Ja", sagte Gasperlmaier, „und wenn das jemand überprüft, wird man feststellen, dass da nach seinem Tod noch jemand drin war. Schalt bitte wieder ab!" „Sofort!" Die Manuela tippte weiter auf der Tastatur herum. „Ich schau nur noch schnell bei den Fotos ... Aha!" Gasperlmaier saß schon auf Nadeln, schaute aber dennoch der Manuela über die Schulter. „Das sind Fotos von den Tagen hier in Altaussee", sagte sie. „Anscheinend waren sie ihm so wichtig, dass er sie sogar auf seine Festplatte kopiert hat." „Auch Fotos von der Hochzeit", murmelte die Manuela. „Die Frau Doktor hat er ein paarmal fotografiert. Auch die Kinder, obwohl sie doch ausdrücklich gesagt hat ..." Die Vorschaubilder zogen so schnell über den Monitor, dass Gasperlmaier kaum folgen konnte. Auch, weil er seine Brille nicht bei der Hand hatte. „Er hat auffallend oft Frau Lin Lien fotografiert", stellte die Manuela fast. „Schau doch nur!" Jetzt war die Brille endlich vor seinen Augen. „Tatsächlich!", staunte er. „Dabei hätte er sich doch eher für das interessieren sollen, was man ihnen gezeigt hat!" „Lin Lien von vorne, von hinten, von der Seite ... der war besessen von ihr!" „Okay", sagte Gasperlmaier. „Aber jetzt gehen wir. Wir können sie ja einmal befragen, vorsichtig, ob ihr was aufgefallen ist beim Rinderer. Auf keinen Fall darf sie erfahren, dass wir an seinem Laptop waren, hörst du?" Der Bildschirm erlosch, die Manuela klappte das Gerät zu und zog ihre Handschuhe aus. „Selbstredend!", sagte sie und klopfte Gasperlmaier beschwichtigend auf die Schulter.

Als sie wieder ins Foyer des Hotels hinunterkamen, standen der alte Strnad, der Bestatter, und sein Angestellter, der Aschauer Otto, schon bereit, um den Toten abzuholen. „Rauchverbot!", zischte die Simone gerade, weil der Otto wie immer mit einer brennenden Zigarette im Mundwinkel zur Tür hereingekommen war. „Ah ja!", sagte er, nahm die Zigarette aus dem Mund und hielt sie ratlos zwischen den Fingern. „Habt's ihr irgendwo ..." Er blickte sich suchend nach einem Aschenbecher um. „Natürlich nicht!", schalt ihn die Simone. „Wir sind ein Nichtraucherhotel!" „Ja, dann ..." Der Otto drehte um, um wieder hinauszugehen, entdeckte aber auf halbem Weg einen Blumenkübel, dem er die Zigarette anvertraute. „Ist eh filterlos", grinste er die Simone an. „Und die ganzen Schadstoffe, die sind ja im Filter", versuchte er, die Simone zu beruhigen. Die aber schüttelte nur den Kopf.

„Meine Herren", sagte Gasperlmaier. „Ihr ... äh, Auftrag, der wartet unten beim Pool. Einen Stock tiefer. Und er soll ins Krankenhaus. Zur Obduktion." Er deutete auf die Treppe, die hinunter zum Spa-Bereich führte. „Obduktion?", fragte der alte Strnad. „Haben s' ihn leicht umgebracht?" „Wenn s' ihn umgebracht hätten, dann wär jetzt die Tatortgruppe da, Strnad, und alles wär abgesperrt. Und die schöne Frau Doktor Kohlross, die wär auch da!" Der Otto grinste breit und stieß den Strnad in die Rippen. „Es muss halt die Todesursache geklärt werden." Gasperlmaier wandte sich der Simone zu. „Und wenn's sein muss, können S' den Poolbereich dann reinigen lassen und wieder aufmachen. Das Zimmer von dem Toten bleibt einstweilen versiegelt, bis wir wissen, woran genau er gestorben ist." Die Simone nickte etwas eingeschüchtert. „Und Sie reden mit niemandem darüber, was hier heute passiert ist!", wiederholte er. „Außer mit Ihrem Chef, der weiß es eh schon", fügte die Manuela hinzu. „Macht uns da wer auf?", rief der Otto von unten herauf. „Ich geh schnell", verabschiedete sich die Simone.

8

„Ich brauch", sagte Gasperlmaier, „jetzt einmal eine Jause. Weil beim Frühstück bin ich unterbrochen worden, von dem Anruf aus dem Lakeview. Und es ist gleich Mittag, und seither hab ich nichts in den Magen bekommen." Die Manuela nickte. „Da bin ich dabei. Und wenn wir ohnehin nichts unternehmen sollen, bis die Kohlross da ist, dann ..." Gasperlmaier fand es ein wenig respektlos, dass die Manuela einfach von „der Kohlross" redete, sprach seine Kritik jedoch nicht aus. Im Laufe der Zeit hatte er die Erfahrung machen müssen, dass es oft gescheiter war, seine Meinung für sich zu behalten, wenn einem an gutem Einvernehmen mit den Mitmenschen etwas gelegen war. Das, so fand er, galt in der Familie ebenso wie im Freundeskreis oder auch im Beruf. Eine Ausnahme war hingegen der Doktor Altmann, der sich stets für seine, Gasperlmaiers, Ansichten und Meinungen interessierte, ja, ihn sogar herausforderte, sich zu öffnen. Manchmal tat das richtig gut. Vielleicht, so dachte Gasperlmaier bei sich, sollte er mit dem Doktor Altmann über diesen Fall reden, möglicherweise waren dem im Laufe seiner richterlichen Tätigkeit Fälle wie dieser untergekommen, wo man eigentlich an Unfälle glauben sollte, aber wegen der verdächtigen Umstände nicht recht daran glauben mochte.

„Du kannst gern im Auto sitzenbleiben", sagte Gasperlmaier, nachdem er die Autotür geöffnet hatte. „Passt", antwortete die Manuela, die gerade mit dem Tippen von Nachrichten beschäftigt war. Anscheinend, so dachte Gasperlmaier bei sich, war sie diesmal nicht beleidigt, weil sie annahm, dass er ihr Schonung verordnet hatte.

„Gell", sagte die Gerti, während sie Gasperlmaiers Leberkäsesemmeln herrichtete, „ihr habt's schon wieder einen Toten. Einer von den Chinesen soll's sein. Darf man sich nicht wundern, sag ich, wenn einer was gegen den gehabt hat! Magst einen scharfen?" Gasperlmaier seufzte. „Drei Semmeln, bitte. Und zwei mit dem scharfen." Da hatte wohl jemand aus dem Hotel nicht dichtgehalten und die Botschaft vom Toten im Pool hatte sich über die verschiedenen Nachrichtenkanäle bereits verbreitet. „Ganz rot soll das Wasser im Pool gewesen sein, alles voller Blut! Habt's schon einen Verdächtigen?" Sie legte die Leberkäsesemmeln, eingewickelt in Papier, auf den Tresen. Gasperlmaier seufzte erneut. „Was wir bisher wissen, Gerti", sagte er, „ist, dass jemand in einem Hotelpool tot aufgefunden worden ist. Und von Blut oder von einem Mord, da wissen wir überhaupt nichts!" Die Gerti lächelte wissend, während Gasperlmaier seine Semmeln nahm und zur Kassa ging. „Erstochen haben s' ihn, nicht?", fragte dort die Gabi, während sie die Semmeln kassierte. „Mit einem Küchenmesser! Wahrscheinlich war's der Koch!" Gasperlmaier schüttelte nur den Kopf und machte, dass er aus dem Geschäft kam.

„Das ist ein rechter Scheißdreck", sagte er kauend zur Manuela, „dass alle schon wissen, dass wir einen Toten gefunden haben. Wer hat denn da geplaudert?" „Also", antwortete die Manuela, nachdem sie einen Bissen hinuntergeschluckt hatte, „der Frau Lin Lien hab ich natürlich gesagt, dass sie alles für sich behalten soll. Und ich glaub auch nicht, dass die was verrät. Wem sollte sie denn was erzählen, und warum? Da glaub ich schon eher, dass entweder die Simone oder die Ivana es nicht lassen konnten, die Neuigkeit hinauszuposaunen! Oder vielleicht diese Berni. Obwohl ich der gar nichts von dem Toten erzählt hab. Sie hat übrigens nichts gesehen und auch nichts Auffälliges bemerkt." Es würde nicht lange dauern, so dachte Gasperlmaier bei sich, bis auch die Presse von der Sache Wind bekam, und die Maggie Schablinger würde hier bei ihnen auftauchen. Die Maggie war eine Reporterin von der Schillingzeitung, die stets Sensationen hinterher war und weder vor schamlosen Übertreibungen noch vor Verunglimpfung der Polizei zurückschreckte.

Als es an der Tür des Polizeipostens klingelte, stand allerdings nicht die Maggie Schablinger davor, sondern ein etwa 50-jähriger Mann, den Gasperlmaier nicht kannte. „Eine Anzeige möchte ich machen!", schnaufte er, nachdem er Gasperlmaier gegenüber Platz genommen hatte. „Ich bin der Niederecker, mir gehört die gleichnamige Baufirma. Ihr werdet's meinen Namen ja schon gesehen haben. Steht beinah an jedem Bauzaun hier in der Umgebung." Der Mann schwitzte stark und hatte Mundgeruch. Nicht nur deswegen war er Gasperlmaier instinktiv unsympathisch.

„Wen wollen S' denn anzeigen?", fragte er und zog seine Tastatur an sich heran. „Diesen Wurzacher, der da einen Wirbel macht!", schnaufte der Mann. „Und was hat der Wurzacher angestellt?", fragte Gasperlmaier. „Die Leut hetzt er auf, gegen die Chinesen, gegen meine Geschäfte und gegen mich!" „Da müssten wir schon Genaueres wissen!" Er schob die Tastatur wieder von sich. „Ja wissen S' denn nicht, dass wir eine chinesische Delegation da haben? Da gibt's große Pläne, vom Tourismusverband, wir müssen in größeren Zusammenhängen denken, die Zukunft absichern, wir müssen was tun für die Leute hier im Ausseerland! Damit sie auch eine Zukunft haben!" Der Niederecker war ziemlich laut geworden. Die Manuela schüttelte hinter seinem Rücken den Kopf und tippte mit einem Finger gegen die Stirn. Gasperlmaier konnte ein Grinsen nicht unterdrücken. „So ähnlich", sagte er, „erklären uns das auch immer wieder die Politiker. Aber ich frag Sie noch einmal: Was genau hat der Wurzacher getan, für das wir ihn verfolgen könnten?"

„Da gibt's überhaupt nichts zu lachen!", donnerte der Niederecker plötzlich. „Unterschriften sammelt er, und überall rennt er herum und stachelt die Leute an. Das ist ja direkt schon rassistisch! Wahrscheinlich hat er auch die zwei Chinesen umgebracht, die was ihr tot im Pool gefunden habt's!" „Herr Niederecker", versuchte Gasperlmaier zu beruhigen. „Wir hatten schon das Vergnügen mit dem Herrn Wurzacher. Und wir haben ihm klargemacht, dass er keine Veranstaltungen auf öffentlichem Grund durchführen darf, ohne das vorher zu melden. Hat er dagegen verstoßen?" Der Niederecker schien verunsichert. „Davon weiß ich nichts. Nur, dass ihr diesen Idioten stoppen müsst. Da wird's doch irgendwas geben, wegen dem man ihn drankriegen kann!"

Die Manuela stand auf. Gasperlmaier sah, dass in ihr die Wut hochstieg, sie hatte die Augen zusammengekniffen und eine steile Falte auf der Stirn. „Die Polizei ist nicht für den Schutz oder die Durchsetzung Ihrer persönlichen Interessen da, Herr Niederecker. Wenn der Wurzacher vielleicht eine Baustelle von Ihnen blockiert, oder wenn er meinetwegen die Hydraulikleitungen von einem Ihrer Bagger zerschneidet, dann können Sie wiederkommen. Aber Sie können doch nicht die Polizei dazu missbrauchen, andere Menschen mundtot zu machen! Das hier ist immer noch eine Demokratie! Und ein Rechtsstaat!" Gasperlmaier nickte. Er hätte es vielleicht vorsichtiger formuliert, aber die Manuela hatte natürlich völlig recht.

Der Niederecker stand auf. „Ich hab Verbindungen bis ganz oben!", schrie er mit hochrotem Gesicht. „Und die werden euch was erzählen, wenn ihr hier die wirtschaftliche Entwicklung blockiert. Nein, sabotiert!", brüllte er noch, bevor er sich zum Gehen wandte und die Tür hinter sich mit einem lauten Knall zuschlug.

„Jetzt sind's schon zwei tote Chinesen! Die Gerüchteküche brodelt nicht nur, die ist am Explodieren!" Die Manuela lachte auf. Gasperlmaier seufzte. „Wir haben es hier", sagte er, „mit allerhand schwierigen Leuten zu tun. Zuerst einmal die Chinesen, die wir nicht verstehen. Zumindest die zwei, die außer Lin Lien noch da sind. Dann auf jeder Seite der Debatte ein bisschen zweifelhafte Elemente – den Wurzacher und den Niederecker. Ich bin schon gespannt, was die Frau Doktor dazu sagt."

„Habt ihr gerade von mir geredet?" Schon stand die Frau Doktor mitten im Raum. „Was war denn das für einer, der mir da begegnet ist? Der hat ja ausgeschaut, als wäre er kurz vor dem Schlaganfall, mit seinem roten Gesicht?" Sie wartete keine Erklärung ab, sondern umarmte Gasperlmaier, drückte ihn fest und hauchte ihm Küsse auf beide Wangen. Mittlerweile hatte sich Gasperlmaier daran gewöhnt, dennoch fand er ihr Parfum nach wie vor ein wenig betörend und musste sich nach einer solchen Umarmung erst einmal wieder fassen.

Nachdem die Manuela auch begrüßt worden war, informierte Gasperlmaier die Frau Doktor über die Person des rotgesichtigen Besuchers. Danach berichtete er alles, was aus seiner Sicht zu dem Todesfall im Hotel Lakeview zu sagen war. Die Manuela fügte die Details hinzu, die er wegließ. „Jetzt ist schon die Rede von zwei Toten. Und der Pool war voller Blut!" Sie kicherte. „So ist das also!", sagte die Frau Doktor schließlich und setzte ihre Handtasche auf Gasperlmaiers Schreibtisch ab. „Gegen die Gerüchte sind wir machtlos. Und diesem Herrn Kröker ist es offenbar schon gelungen, Zwietracht zu säen unter den Ausseern!", konstatierte sie. „Na ja", schränkte Gasperlmaier ein. „Der Niederecker, dieser Bauunternehmer, der hat sich zwar hier breitgemacht, aber in Wirklichkeit kommt er aus dem Pinzgau." „Was aber an den Streitereien nicht viel ändern wird!", sagte die Frau Doktor und ließ sich Gasperlmaier gegenüber nieder, in dem Sessel, den der Niederecker eben freigemacht hatte.

„Also", sagte sie dann. „Was haben wir? Einen toten Chinesen, der halb Bayer war. Die Todesursache kennen wir nicht, aufgefunden wurde er im Pool. Zwei Tage zuvor hat genau derselbe Chinese einen Unfall gebaut, dessen Ursache ebenso mysteriös ist. Kennt ihr eigentlich den Film ‚Accident Man'?" Sowohl Gasperlmaier als auch die Manuela schüttelten die Köpfe. „Da geht es um einen Auftragskiller, der alle Aufträge so erledigt, dass die Morde wie Unfälle aussehen. Vielleicht haben wir es hier auch mit so einem ‚Accident Man' zu tun?" Sie lachte. „Das meinst du jetzt aber nicht ernst?", fragte Gasperlmaier vorsichtshalber nach. „Natürlich nicht!" Sie schüttelte den Kopf. „Wir sind ja hier nicht bei der Mafia. Sonst noch?" Die Manuela zählte an den Fingern ab. „Der Rinderer hat in seinem Hotel das Personal, also Frauen, belästigt. Die Fotos auf seinem Laptop ... die von der Hochzeit hat er nicht gelöscht, wie verlangt. Da sind Ihre Kinder drauf." „Frechheit!", warf die Frau Doktor ein. „Ihr wart an seinem Laptop? Wie habt ihr denn das gedeichselt?" „Er war ungeschützt. Wir waren in seinem Zimmer", erklärte die Manuela. Die Frau Doktor wiegte den Kopf und schnitt eine Grimasse. „Nicht ganz legal, würde ich sagen. Das kehren wir besser unter den Teppich. Wird man, falls es so weit kommt, Fingerabdrücke von euch im Zimmer finden?" Gasperlmaier schüttelte den Kopf. „Drittens!", setzte die Manuela ihre Aufzählung fort. „Der Rinderer hat auffallend oft Lin Lien fotografiert und die Fotos auf seine Festplatte kopiert. Viertens: Er hatte zwei Kondome in einer Tasche seines Bademantels." Sie hielt inne. „Fünftens", setzte Gasperlmaier fort, „unser neuer Herr Tourismusdirektor, der Herr Kröker, hat versucht, sich an Lin Lien heranzumachen. Angeblich hat er sich dafür aber entschuldigt." „Sechstens: Wir haben gestern eine Protestversammlung gegen die Chinesen aufgelöst, weil sie nicht gemeldet war. Ein gewisser Wurzacher, ein Lehrer, ist der Anführer."

„Alles interessant – aber nicht wirklich …" „Siebtens!", unterbrach Gasperlmaier die Frau Doktor mit erhobenem Zeigefinger. „Die Rezeptionistin des Hotels, in dem die Delegation wohnt, ist die Tochter von diesem Wurzacher." „Und, dass wir es nicht vergessen, achtens: Der Pool ist nur mit einer Zugangskarte erreichbar. Im Computer ist aber kein Eintritt verzeichnet zwischen dem Schließen des Pools gestern Abend und dem Eintritt der Putzfrau heute Morgen!"

„Noch was", sagte die Manuela, „wir haben auch mit den anderen Mitgliedern der Delegation gesprochen. Aus den beiden Männern war nichts Relevantes herauszubringen. Sie waren in der Nacht zuvor mit dem Ertrunkenen auf einer Sauftour, der Hausmeister des Hotels hat sie dann abgeholt, weil sie kein Taxi gefunden haben. Lin Lien war allein im Hotel, die war nicht dabei."

„Diese Wurzacher, die Rezeptionistin, die könnte die Daten gelöscht haben, wenn ihr Vater mit dem Rinderer …", begann die Manuela zu spekulieren. „Ihr habt bereits ziemlich umfassend ermittelt. Und umfangreich. Kompliment!" Die Frau Doktor ging nicht auf ihre Idee ein. „Die Frage ist, ob all diese Dinge irgendwie zusammenhängen, und, vor allem, ob überhaupt eine Straftat vorliegt, die Ermittlungen rechtfertigt." Kurz blieb es still, niemand wusste so recht, was noch zu sagen war.

„Und was ist mit der Leiche?", fragte die Renate schließlich. „Wo habt ihr die hinbringen lassen?" „Ins Krankenhaus", sagte Gasperlmaier. „Dort soll sie obduziert werden. Ich hab ganz vergessen. Mein Sohn, der Christoph, hat sich den Rinderer ja auch angeschaut. Er vermutet Ertrinken, es könnte aber auch ein sogenannter Badetod gewesen sein. Hinweise auf Fremdverschulden hat er nicht gefunden. Und er hat gemeint, dass er mindestens vier, fünf Stunden tot war, aber wegen dem warmen Wasser kann man nichts Genaues sagen." Die Frau Doktor seufzte. „Na, dann versuchen wir es einmal bei der Frau Doktor Wurm. Vielleicht weiß die schon was." Sie holte ihr Handy hervor.

Schon kurz nach Beginn des Gesprächs runzelte die Frau Doktor die Stirn. „Wie, keine Leiche? Aber Gasperlmaier hat sie doch vom Bestatter direkt …?" Gasperlmaier fuhr hoch. Hatte es da etwa ein Missverständnis gegeben, zwischen ihm und dem Strnad oder dem Otto? Hatte er die Leiche anderswohin geschickt oder waren die zwei einfach damit in die Leichenhalle gefahren? „Im Krankenhaus weiß man nichts von einer Leiche. Hat vielleicht irgendwer …?" Sie hielt die Hand vor das Mikrofon. „Wie heißt euer Bestatter?" „Strnad", half Gasperlmaier aus. „Und der Gehilfe heißt Otto." „Also, der Bestatter Strnad", sprach die Frau Doktor weiter am Handy, „der hat die Leiche nicht zum Krankenhaus gebracht?" Inzwischen hatte die Frau Doktor auf Lautsprecher geschaltet. „Was weiß denn ich? Ich steh da wie ein Trottel, erzähle denen, ich wär da, um einen ertrunkenen Chinesen zu obduzieren, und die erklären mir, einen Chinesen hätten sie zwar schon, aber nur einen, dessen Schienbeinbruch gerade eingegipst wird, weil er beim Wandern auf der Zimitzalm über eine Wurzel gestolpert ist. Von einem Ertrunkenen wussten sie nichts." „Okay, danke, wir kümmern uns darum. Es gibt jedenfalls einen ertrunkenen Chinesen, und ich hoffe sehr, dass wir den auch obduziert kriegen!" Damit legte die Frau Doktor auf. Gasperlmaier hatte schon die Nummer der Bestattungsfirma Strnad gewählt, dort aber meldete sich niemand. „Wahrscheinlich", sagte er, „sind die beiden unterwegs. Fahren wir einmal zum Krankenhaus, vielleicht klärt sich da alles." „Und zwar presto!", sagte die Frau Doktor und schnappte sich ihre Handtasche. „Ich halt die Stellung", sagte die Manuela. Gasperlmaier blieb nicht einmal mehr Zeit zu nicken, er musste die Frau Doktor einholen.

„Kohlross, Bezirkspolizeikommando Liezen." Die Frau Doktor drückte ihre Kokarde gegen die Plexiglasscheibe des Empfangs im Krankenhaus. „Wir suchen eine Leiche. Und zwar eine, die von der Bestattung Strnad hier angeliefert wurde. Wissen Sie was darüber?" Die Dame hinter der Scheibe sah gelangweilt von ihrem Monitor auf und schüttelte langsam den Kopf. „Keine Ahnung. Ich kenn den zwar, den Strnad, aber der war heute sicher nicht hier. Und sein kettenrauchender Kompagnon auch nicht, der wär mir aufgefallen." „Wir müssen", sagte die Frau Doktor, zu Gasperlmaier gewandt, „schnellstens diese Bestatter samt ihrem Leichenwagen finden. Wo könnten die denn sein?" „Sie sind allerdings nicht die ersten Polizisten, die heute hier auftauchen." Die Frau fuhr fort, ihre Maus zu bedienen und auf den Bildschirm zu starren. „So?", fragte die Frau Doktor. „Und Sie können mir sicher sagen, wann das war und wie die Beamten geheißen haben, denn das werden Sie sich ja notiert haben?" Die Frau Doktor war der Dame nur einen sehr kurzen Blick wert. Sie schüttelte den Kopf. „Geht mich ja nichts an. Bundes-irgendwas waren die. Ich hab sie zur Verwaltung geschickt, weil mit den medizinischen Aufgaben unseres Hauses hat die Polizei ja wohl nichts zu tun." „Und die Verwaltung finden wir wo?" Die Dame nickte nachlässig mit dem Kinn den Gang hinunter. „Erdgeschoß!", rief sie ihnen noch hinterher.

„Die war ja von einer überwältigenden Freundlichkeit", sagte die Frau Doktor. Gasperlmaier nickte. „Keine Hiesige. Aber wenn man ins Krankenhaus kommt, soll man sich wahrscheinlich gleich an die schlechte Stimmung gewöhnen." „Wo ist denn nun ...?" Die Frau Doktor wurde ungeduldig. „Ah hier!" „Betriebsdirektorin" stand auf einem Schild neben einer Tür unter einem Foto.

Die Frau hinter der Tür stand gleich auf, als sie eintraten, sah aber ganz anders aus als die Frau auf dem Foto. Jünger, und längere Haare hatte sie auch. „Bernadette Marxer" stand auf einem Schild auf ihrem Schreibtisch. „Ich bin die Sekretärin. Was kann ich für Sie tun?", fragte sie lächelnd, nachdem die Frau Doktor sie vorgestellt hatte. „Wir hören, es war heute schon Polizei da?" „Ja, vor ...", sie sah auf ihre Uhr, „eineinhalb Stunden, circa. Ich hab mich um sie gekümmert, sie haben mir erklärt, es sei eine Leiche auf dem Weg hierher, die müsse aber nach Wien, da habe es einen Irrtum gegeben." Die Frau Doktor schnaufte tief durch. „Haben sich die Beamten irgendwie ausgewiesen?" Die Frau Marxer nickte. „Sie haben mir auch so eine Marke gezeigt wie Sie. Und dass sie ... ich glaube, sie haben gesagt, sie kommen vom Bundeskriminalamt." „Bundeskriminalamt? Sind Sie sicher? Und haben sie ihre Namen genannt?", fragte die Frau Doktor und schüttelte leicht den Kopf. Die Frau Marxer legte eine Hand ans Kinn. „Hm", sagte sie. „Ich glaub schon, dass sie Namen genannt haben. Aber es ging alles so schnell, ich hab nicht einmal Zeit gehabt ... jedenfalls weiß ich sie nicht mehr." Sie machte eine schuldbewusste Geste. „Und bezüglich Bundeskriminalamt, da sind Sie sicher?" „Ziemlich. Sie haben erklärt, dass wir uns um nichts kümmern müssen, nur, dass vor dem Krankenhaus gleich ein Sarg umgeladen wird, und wir uns keine Sorgen machen müssen, dass da was nicht in Ordnung ist. Ist doch was nicht in Ordnung?" Die Frau Doktor schien verwirrt über die Frage. „Ja? Was? ... Nein, natürlich nicht. Nichts, was Sie betrifft. Da hat es wohl ein kleines ... Problem in der Kommunikation ... auf Wiedersehen!"

Erst, als die Tür hinter ihnen wieder ins Schloss gefallen war, hatte sie sich etwas gefasst. „Es soll ja in der Öffentlichkeit nicht der Eindruck entstehen, dass wir innerhalb der Polizei nicht miteinander reden, oder dass es da ein Durcheinander gibt. Ich brauch jetzt einen Kaffee, Gasperlmaier. Gibt es da eine Cafeteria? Normalerweise ist der Kaffee in einem Krankenhaus ja abscheulich, aber ..."

Wenige Minuten später saßen sie an einem recht engen Zweiertischchen im Krankenhauscafé vor zwei Tassen Verlängertem, der, wie Gasperlmaier fand, zumindest einmal ausgezeichnet duftete. „Mmm!", lobte die Frau Doktor den ersten Schluck. Leider saßen zwei Patienten in Bademänteln in Hörweite. Die Frau Doktor warf Gasperlmaier einen Blick zu und zeigte verstohlen auf die beiden, um ihm klarzumachen, dass sie erst dann Wesentliches besprechen würden, wenn die zwei sich verzogen hatten. „Und?", fragte sie deshalb. „Sind sie wenigstens was geworden, die Fotos, die ihr auf dem Laptop gefunden habt?" „Ganz ordentlich", sagte Gasperlmaier. „Aber ich hab halt ... also, bis ich meine Brille heraußen hatte ... und ich hab natürlich der Manuela auch gleich gesagt, dass sie wieder abschalten soll, weil ..." Auch Einzelheiten zu diesem Thema waren, so schien ihm, nicht für die beiden Patienten am Nebentisch geeignet. Die aber hatten soeben ausgetrunken. „Gehen wir noch eine rauchen?", fragte der eine, worauf der andere zustimmend nickte.

„Die liegen im Krankenhaus, um gesund zu werden, und dann gehen sie rauchen! Die würde ich gleich hinausschmeißen!", ereiferte sich die Frau Doktor. „Aber jetzt ..." Gasperlmaier sah um sich. Sie hatten Ruhe, um zu reden. „Ja", sagte die Frau Doktor, „was sagst du? Jetzt ist die Leiche auch noch weg. Und ob das tatsächlich Leute vom Bundeskriminalamt waren, das werden wir noch herausfinden!" „Zuerst das Autowrack, dann die Leiche verschwunden. Das Ganze wird immer komischer", fand auch Gasperlmaier. „Jetzt werden wir möglicherweise gar nicht erfahren, ob der Rinderer ertrunken ist, oder ob da vielleicht doch jemand nachgeholfen hat." „Ganz genau!", fügte die Frau Doktor hinzu. „Und die ganze Angelegenheit stinkt zum Himmel! Probierst du's noch einmal beim Bestatter?" Die Frau Doktor trank ihren letzten Schluck und stand auf, während Gasperlmaier nach seinem Handy griff. Tatsächlich meldete sich jetzt jemand. „Der Otto am Apparat, haben S' einen Auftrag für uns?" Gasperlmaier erklärte, er und die Frau Doktor würden gleich vorbeikommen.

Nur Minuten später parkte Gasperlmaier hinter dem Leichenwagen ein. Der alte Strnad und der Otto waren im Büro. Das, fand Gasperlmaier, war etwas gruselig. Fotos von Sargmodellen hingen an drei Wänden, und die vierte war gänzlich einer Galerie von Partezetteln gewidmet. Alles sah alt und verstaubt aus, der Boden war mit welligem Linoleum bedeckt und die Luft war vernebelt vom Qualm der Zigarette des Otto. Der alte Strnad beeilte sich, aufzustehen und der Frau Doktor entgegenzueilen, deren rechte Hand er gleich in beide eigenen nahm und kräftig drückte. „Liebe gnädige Frau!", säuselte er. „Was kann ich für Sie tun?" Die Frau Doktor lächelte. „Die Leichenbittermiene können Sie sich bei mir sparen, Herr Strnad, und die gnädige Frau auch. Mir wär nur recht, wenn Sie vielleicht einen Raum hätten, der nicht so verraucht ist?" „Im Schauraum, vielleicht!" Der Strnad eilte etwas bucklig an seinem Schreibtisch vorbei und öffnete eine Tür zu einem Raum, der Gasperlmaier noch gruseliger erschien als das Büro selbst. Es war das Sarglager. Links und rechts standen Särge, jeweils vier übereinander, von hinten schummerig beleuchtet. „Otto", rief der Strnad noch, „du bleibst im Büro, falls wer kommt!"

Der Strnad bot ihnen Platz auf zwei Stühlen vor einem Schreibtisch an. Er selbst ließ sich ächzend auf einem Drehstuhl dahinter nieder. Der Tisch, fand Gasperlmaier, hatte auch schon bessere Zeiten gesehen. Er sah einem verdammt ähnlich, den Gasperlmaier zusammen mit dem Christoph zum Altholzlager gebracht hatte, als der Christoph nach dem Studium endgültig ausgezogen war. Ob der Strnad ihn von dort geholt hatte?

„Also?", fragte die Frau Doktor. „Wie war das mit der Leiche des Chinesen?" Der Strnad zuckte mit den Schultern. „Also, wie wir da vor dem Krankenhaus angekommen sind, da hat uns einer abgepasst und eine Polizeimarke gezeigt. Er ist vom Bundeskriminalamt, hat er gesagt, und er hat den Auftrag, die Leiche nach Wien zu bringen, zur Obduktion. Ich hab ihm dann halt gesagt, dass unser Auftrag ist, den Toten hier abzuliefern. Und er hat mir erklärt, das wär ein Irrtum. Ich hab dann sicherheitshalber auch noch nach einem Ausweis gefragt, und den hat er mir gezeigt." „War da ein Name drauf?", fragte die Frau Doktor. „Sicher. Und ein Foto auch. Aber ich kann mich nicht mehr ..."
„... erinnern", nahm ihm die Frau Doktor seufzend das letzte Wort aus dem Mund. „Er hat dann zwei Leute hergewunken, zwei Männer, und die haben den Sarg in ihren Kombi geschoben." „Marke? Type? Kennzeichen?", wollte die Frau Doktor wissen. „Das war schon in Ordnung", erklärte der Strnad. „Das Kennzeichen war BP, also von der Bundespolizei. Ein weißer VW Passat war's, wenn ich mich recht erinnere. Sie sind dann auch gleich davongebraust. Anscheinend haben Sie's eilig gehabt. Und das war's!" „Wie hat denn der Mann ausgesehen?", fragte die Frau Doktor. „Groß, muskulös, ziemlich kurz geschorene Haare, Dreitagebart, kantiges Kinn." Der Strnad stöhnte und griff sich an den Rücken. „Das Kreuz, wissen S'. Das kommt vom jahrzehntelangen Sargtragen. Aber ich hab halt keinen Nachfolger, und der Otto ... ich weiß nicht. Der kann halt auch das Geschäft nicht übernehmen."

„Hat jemand von den dreien noch irgendwas gesagt, an das Sie sich erinnern können?" Der Strnad schüttelte den Kopf. „Nix. Die waren wortkarg, die zwei Sargträger haben gar nichts gesagt, und der andere nur das Notwendigste, ich hab Ihnen, glaub ich, schon alles gesagt, was der mit mir gesprochen hat. Möchten S' vielleicht einen Kaffee?" Die Frau Doktor schüttelte den Kopf und stand auf. „Danke, nein. Wir müssen weiter. Vielen Dank, Herr Strnad, und alles Gute für Ihren Rücken. Wird schon wieder!" Sie schüttelte ihm lächelnd die Hand, worauf der Strnad wiederum auch mit der Linken nach ihr griff und gar nicht mehr loslassen wollte.

Die Frau Doktor schüttelte sich, als sie draußen waren. „Das war gruselig, da drinnen, zwischen den Sargstapeln. Und seine Hände, wenn ich daran denke, dass die ständig an Leichen herumfingern, dann ... Brrr!" „Na ja", gab Gasperlmaier zu bedenken. „Wir haben's ja auch oft mit Leichen zu tun. Diesen Chinesen, den hab ich eigenhändig aus dem Wasser fischen müssen." „Ja, aber ... trotzdem!", verzichtete die Frau Doktor auf weitere Erklärungen.

Gasperlmaiers Handy läutete. „Gasperlmaier, Polizei Altaussee", meldete er sich. Dran war wieder die Simone Wurzacher aus dem Hotel Lakeview. „Gasperlmaier", jammerte sie, „da kommen ständig Anrufe. Von Zeitungen, vom Fernsehen und vom Radio, die wollen irgendwas wissen zu dem Mord hier bei uns im Hotel. Das ist ein Wahnsinn, mit den Gästen und so. Und eine sitzt auch schon hier in der Lobby, sie hat Leute angequatscht und ist richtig lästig ..." „Wir kommen vorbei", entschied Gasperlmaier. „Du hast ja mitgehört", sagte er zur Frau Doktor, nachdem er aufgelegt hatte. „Womöglich die Schablinger, wir müssen schauen, dass wir mit ihr reden, bevor sie wieder Schauermärchen verbreitet in ihrem Käseblatt."

Sie waren kaum durch die Tür des Lakeview getreten, als tatsächlich die Maggie Schablinger schon auf sie zugeeilt kam und ihnen ihr Handy entgegenstreckte. „Frau Doktor Kohlross, Inspektor Gasperlmaier!", japste sie. „Ein Statement zu diesem schrecklichen Mord im Ausseerland. Werden sich die Chinesen jetzt zurückziehen? Steckt da die Ausseer Mafia dahinter? Will man hier keine Fremden?" Gasperlmaier musste hinter vorgehaltener Hand grinsen. Die Schablinger hatte wenig dazugelernt, wenn ihr nicht klar war, dass sie auf solche Fragen keine Antworten erhalten würde. „Frau Schablinger", sagte die Frau Doktor und trat ein wenig zur Seite, sodass sie nicht direkt in der Tür standen. „Ich werde Ihnen jetzt die bisher bekannten Fakten mitteilen. Das ist eine absolute Ausnahme, die ich hier mache, nur, um Sie von wilden Spekulationen abzubringen. Hier gibt's nämlich keinen Fall, über den Sie berichten könnten." „Und warum sind Sie dann da?" Die Schablinger lächelte zynisch. „Um genau das festzustellen und Ihnen genau das mitteilen zu können. Hier ist eine Person im Pool zu Tode gekommen, ertrunken. Das ist tragisch genug, aber Sie werden beim besten Willen keinen sensationellen Kriminalfall daraus basteln können."

„Aber ist das nicht eine imagemäßige Katastrophe für das Ausseerland, wenn eine hochrangige chinesische Delegation hierherkommt, um wichtige Geschäftsverbindungen auszubauen, und dann sowas? Man hört, die Chinesen wollen ganz Altaussee nachbauen?" Die Frau Doktor blieb ruhig. „Frau Schablinger, über wirtschaftliche und Imagefragen kann ich Ihnen keine Auskunft geben, da bin ich die falsche Ansprechperson. Ich jedenfalls kehre jetzt in mein Büro in Liezen zurück, weil es für mich hier nichts mehr zu tun gibt. Außer, das Hotelpersonal hier vor Ihnen zu schützen." „Vor der freien Presse braucht man niemanden zu beschützen!", giftete die Maggie. Die Frau Doktor, so dachte Gasperlmaier bei sich, hatte es der Maggie gegenüber mit der Wahrheit nicht allzu genau genommen, aber das hatte die sich mit ihren dummen Fragen auch redlich verdient.

Der Zufall wollte es, dass genau in diesem Moment Frau Lin Lien aus dem Lift trat. Die Maggie stürzte auf sie zu. „Do you speak English?", rief sie schon von weitem. „Are you missing your friend? Who, do you think, killed him?" Bevor Gasperlmaier noch reagieren konnte, hielt sie der völlig verblüfften Lin Lien schon ihr Handy unter die Nase. Mit ein paar schnellen Schritten war Gasperlmaier bei ihr. „Sagen S' lieber nichts!", riet er Lin Lien. „Die Frau Reporterin ist sowieso nur hinter Sensationen her und dreht Ihnen das Wort im Mund herum." Die Schablinger versuchte, Gasperlmaier mit ihrem freien Arm beiseitezuschieben. „Behindern Sie hier nicht die Arbeit der freien Presse!", rief sie. Gasperlmaier leistete keinen Widerstand, denn er wusste nur zu gut, dass die Schablinger jede Bewegung seinerseits als Übergriff der Polizei werten würde. Aber schon war auch die Frau Doktor zu ihnen getreten. „Mein Kollege hat recht, Frau Lin. Frau Schablinger hat alle bekannten Tatsachen schon von uns bekommen, da gibt's nicht mehr zu sagen." Die Maggie ließ ihr Handy sinken.

„Kohlross, Bezirkspolizeikommando Liezen. Ich leite hier die Ermittlungen", stellte sich die Frau Doktor bei Lin Lien vor. „Aha!", schrie die Maggie. „Doch Ermittlungen!" „... die ich soeben zum Abschluss gebracht habe", setzte die Frau Doktor fort. Sie fasste Lin Lien um die Schultern und zog sie ein wenig beiseite.

„Können wir kurz in Ruhe sprechen? In Ihrem Zimmer vielleicht?" Lin Lien zeigte zum Eingang. „Ich muss aber ... Herr Kröker und meine beiden Kollegen ..." „Die werden zehn Minuten warten können, oder? Gasperlmaier, hol uns bitte den Lift." Er drückte den Knopf und breitete seine Arme aus, sodass Lin Lien und die Frau Doktor ungehindert einsteigen konnten. Die Schablinger hatte sich zwar ein wenig zurückgezogen, maulte aber in seinem Rücken immer noch herum. Endlich wurde es ruhig, als die Türen sich schlossen. „Das ist Frau Lin Lien", erklärte Gasperlmaier, während der Lift sich in Bewegung setzte. „Sie übersetzt für die Delegation aus China. Die beiden anderen Herren können nicht Deutsch." „Sehr erfreut", sagte die Frau Doktor und schüttelte Lin Lien die Hand.

In Lin Liens Zimmer nahmen sie wieder auf der Sitzgruppe Platz. „Frau Lin Lien", begann die Frau Doktor, „Sie sind ja schon befragt worden, zum Tod Ihres Kollegen. Ist Ihnen inzwischen noch etwas eingefallen, das uns interessieren könnte?" Sie schüttelte den Kopf. „Wie lange kannten Sie eigentlich den Herrn Rinderer schon? Sind Sie ihm hier auf dieser Reise zum ersten Mal begegnet?" Lin Lien schüttelte den Kopf, und Gasperlmaier meinte, leichte Unsicherheit in ihrem Gesichtsausdruck wahrnehmen zu können. „Ich kenne Ning Xiansheng schon lange." Die Frau Doktor runzelte die Stirn. „Das ist der chinesische Name des Toten", sprang Gasperlmaier bei. „Aha", sagte die Frau Doktor. „Und woher?" „Wir haben beide studiert in München. Ich kenne ihn aus dieser Zeit. Dann hat er mich angerufen und engagiert für diese Reise." „Machen Sie so was öfter? Also, ich meine, Delegationen begleiten auf Geschäftsreisen? Zum Übersetzen?" Lin Lien nickte. „Ich habe das studiert. Es ist mein Beruf. Ich war schon auf der ganzen Welt." Die Fragen, so dachte Gasperlmaier bei sich, schienen ihr unangenehm zu sein. „Warum wird der Besuch fortgesetzt, nach diesem Todesfall? Wäre es da nicht vernünftiger, abzubrechen und ein andermal wiederzukommen?" Die Frage, schien Gasperlmaier, war Lin Lien noch unangenehmer. Sie zögerte mit einer Antwort. „Man möchte, dass wir weitermachen und unsere Aufgabe zu einem Abschluss bringen. Unsere Vorgesetzten in Huizhou möchten das." „Und was möchten Sie?", fragte die Frau Doktor. Lin Lien starrte sie verständnislos an. „Ich muss machen, wofür ich bezahlt werde." „Ja", sagte Gasperlmaier, um die Situation ein wenig zu entspannen. „Müssen wir das nicht alle?" Lin Lien lächelte scheu.

„Was wollten Sie unten in der Lobby?", fragte die Frau Doktor. „Ich habe schon gesagt. Das Vormittagsprogramm ist gekürzt worden, wir hätten das Museum in Bad Aussee besichtigt. Wir müssen jetzt aufbrechen, zur Trachtenschneiderei um 14 Uhr und dann zur Lebkuchenfabrik. Ich fahre den Wagen, weil die beiden Herren das nicht möchten. Herr Kröker wird uns begleiten." „War's schön mit den Narzissenhoheiten?", fragte Gasperlmaier. Lin Lien lachte befreit auf. „Wir hatten sehr wenig Zeit, wegen unserer Verspätung. Nur guten Tag gesagt. Aber sie waren sehr nett. Und sehr schön. Ich hätte auch gern so ein Dirndl, das würde mir sehr gut gefallen!" „Ich glaube, es würde Ihnen auch ausgezeichnet stehen", sagte die Frau Doktor. „Danke, dass Sie mit uns gesprochen haben. Ich möchte Sie nicht länger aufhalten!"

„Was hältst du von ihr?", fragte die Frau Doktor, als sie im Lift hinunterfuhren. „Verunsichert", antwortete Gasperlmaier. „Was aber auch kein Wunder ist, in dieser Situation. Sie weiß offenbar nicht recht, wie sie sich verhalten soll. Weil sie ja nun die Einzige ist, die Deutsch kann." Die Frau Doktor nickte. „Da fühlt sie sich wohl überfordert", schloss Gasperlmaier, als sich die Lifttür öffnete. „Ich möchte mir einmal das Zimmer des Toten ansehen", sagte die Frau Doktor. „Ich besorge eine Zimmerkarte", bot Gasperlmaier an. Wenige Minuten später standen sie im verlassenen Zimmer des Toten. „Von hier aus", sagte die Frau Doktor, „ist er also im Bademantel aufgebrochen. Mit Badeschlapfen, Kondomen und seiner Zimmerkarte." Sie sah etwas versonnen aus dem Fenster. „Nicht die beste Jahreszeit, um hierherzukommen!", sagte sie, auf die dunklen Wolken starrend, die sich über dem von hier aus unsichtbaren Grundlsee zusammengezogen hatten. „Oft ist es im Oktober fast am schönsten!", widersprach Gasperlmaier. „Ja. Mag sein." Die Frau Doktor erschien ihm irgendwie abwesend. „Und wo sind seine Sachen?" „Keine Ahnung", musste Gasperlmaier zugeben. „Wir haben alles gelassen, wie es war. Da waren ein Handy und ein Laptop. Ein Riesenkoffer, und zwei Anzüge im Schrank." „Das müssen wir herausfinden", sagte die Frau Doktor und ging zur Tür. „Hier ist gründlich geputzt worden. Da finden wir nichts mehr. Außerdem – woher sollen wir eine Durchsuchungsanordnung bekommen?"

„Sag einmal", fragte Gasperlmaier die Simone an der Rezeption, „wo ist denn das Zeug von dem Rinderer? Das Zimmer ist leer?" „Das haben die anderen beiden Chinesen beansprucht, sie haben gesagt, sie werden sich darum kümmern und es für ihn mitnehmen." „Aha", sagte Gasperlmaier nur, weil ihm gerade etwas eingefallen war. „Der Rinderer" sagte er, der Frau Doktor zugewandt, „der hat doch gewiss noch Eltern gehabt, möglicherweise sogar eine eigene Familie. Müsste man die nicht dringend verständigen?" Die Frau Doktor nickte. „Darum sollten wir uns auf jeden Fall kümmern. Aber ..." „Was, aber?" Da gibt es noch jemanden, mit dem ich sprechen möchte. Euer Tourismusdirektor, der Herr Kröker. Er war ja hautnah mit der Delegation zusammen. Vielleicht ist ihm etwas aufgefallen?" „Da müssten wir ihnen nachfahren. Aber sollten wir nicht zuerst mit dem Hausmeister reden, der die drei Chinesen nach Hause gefahren hat, gestern Nacht?" „Richtig!", nickte die Frau Doktor. „Der war ja möglicherweise der Letzte, der den Herrn Rinderer lebend gesehen hat."

Gasperlmaier nickte der Simone zu, die die Unterhaltung verfolgt hatte, und die griff zum Telefonhörer. „Er ist im Garten draußen. Laub blasen." Sie zeigte hinter sich auf eine Tür, die in einen Gang führte, in dem Gasperlmaier schon das aufdringliche Geräusch eines Laubbläsers wahrnehmen konnte. Eine weitere Tür führte sie in den Garten des Hotels, wo erst einige wenige braune Blätter darauf warteten, irgendwohin geblasen zu werden, wo man sie dann aufsammeln konnte. Das Geheul des Bläsers war nun weithin zu hören und Gasperlmaier fragte sich, ob die Gäste des Hotels diese Lärmbelästigung einfach so hinnahmen. Er persönlich hielt die Erfindung des Laubbläsers für eine der unnötigsten der gesamten Geschichte der Technik. Gasperlmaier schritt auf den Urheber des Lärms zu und tippte ihm von hinten auf die Schultern. Der Mann fuhr herum und bewegte die Lippen, Gasperlmaier konnte aber kein Wort verstehen. Da der Mann Ohrenschützer und Schutzbrille trug, verzichtete Gasperlmaier auf eine Antwort und deutete auf das Gerät. Der Mann verstand und stellte ab. „Was wollen Sie denn?", fragte er etwas ungehalten mit, wie Gasperlmaier meinte, tschechischem Akzent. „Sie etwas fragen!" Die Frau Doktor war vorgetreten. „Ich bin aber sehr beschäftigt!" Gasperlmaier warf zweifelnde Blicke auf den dürftigen Haufen Laub, den der Mann bisher zusammengeblasen hatte. „Für uns müssen Sie sich schon Zeit nehmen!" Die Frau Doktor hielt ihre Kokarde hoch. Der Mann seufzte, legte Bläser, Brille und Ohrenschutz ab und reichte der Frau Doktor die Hand. „Viktor", stellte er sich vor. „Viktor Prskavec!"

„Herr Prskavec!" Gasperlmaier staunte, dass es der Frau Doktor gelang, den Namen auf Anhieb fehlerfrei auszusprechen. „Sie haben gestern Nacht, oder vielmehr heute Früh, drei Mitglieder der chinesischen Delegation abgeholt?" Der Viktor lachte. „Ja, stellen Sie sich vor. Die Simone hat mich aus dem Bett geholt, ich hab ein Zimmer da drüben!" Er deutete auf ein Nebengebäude, etwa hundert Meter entfernt. „Ich war zuerst stinksauer, aber dann habe ich mir gedacht, tust du der Chefin einen Gefallen, tut sie dir vielleicht auch einmal einen!" „Chefin?", fragte die Frau Doktor verblüfft. Der Viktor lachte. „Jeder im Hotel weiß, dass die Simone mit dem Chef vögelt! Deswegen sagen wir hinter ihrem Rücken ‚Chefin'." Der Viktor hatte ‚vegelt' gesagt, weshalb Gasperlmaier ein paar Sekunden gebraucht hatte, bis bei ihm der Groschen gefallen war. Die Frau Doktor ignorierte die Erklärung. „Können Sie uns erzählen, wie die Abholung abgelaufen ist? Vor allem, wann genau sie stattgefunden hat?" „Ich bin um Viertel nach drei ungefähr aufgeweckt worden, von meinem Handy. Um halbe viere war ich schon dort, es war ein bisschen schwierig, weil die drei nicht genau gewusst haben, wo sie sind. Bei einem Lederhosengeschäft, in einer Stadt, hat mir die Simone erklärt." Er lachte. „Sie wissen selber ... Lederhosengeschäft!" Gasperlmaier nickte verständnisvoll. Davon gab es eine ganze Reihe im ganzenAusseerland. „Dann hab ich die drei aber in Bad Aussee schnell gefunden, weil sie auf der Straße gestanden sind und gewinkt haben. Zwei von denen waren voll besoffen, der dritte hat nichts gesagt und böse geschaut. Ich hab gleich gesagt, wenn einer in mein Auto kotzt, dann können sie die Reinigung bezahlen. Aber nur einer hat mich verstanden, der war, glaube ich, am schwersten besoffen." „Haben sie sonst irgendwas gesagt?" Der Viktor lachte. „Eine ganze Menge. Aber alles auf Chinesisch. Mir haben schon die Ohren geklingelt, ich war froh, als wir beim Hotel waren. Aber der, der Deutsch konnte, hat mir ein gutes Trinkgeld gegeben. Hat sich ausgezahlt, mitten in der Nacht aufzustehen." „Wie viel denn?", fragte Gasperlmaier. „Er hat nur Hunderter gehabt. Da hat er mir einen davon gegeben." „Tatsächlich großzügig", bemerkte die Frau Doktor. „Hat er irgendwas davon gesagt, dass er noch in den Pool wollte? Zum Schwimmen?" Der Viktor schüttelte den Kopf. „Da hätt ich ihm gesagt, dass geschlossen ist. Keine Ahnung, wie der da hineingekommen ist." „Wo haben Sie denn den, der gezahlt hat, zuletzt gesehen?" „Wie er reingegangen ist. Er hat's noch geschafft, die Zimmerkarte vor den Sensor zu halten, aber das hat eine Zeitlang gedauert, und sie haben es sehr lustig gefunden. Bis auf den, der finster geschaut hat." Der Viktor zeigte auf seinen Laubbläser. „Ich muss dann wieder!" Die Frau Doktor nickte. „Schon gut!", sagte sie noch, aber das wurde schon vom Geheul des Geräts verschluckt.

„Jetzt", so meinte Gasperlmaier, „sind wir auch nicht viel gescheiter." „Leider", sagte die Frau Doktor. „Er hat uns nichts sagen können, was wir uns nicht ohnehin hätten denken können. Auffällig ist nur das großzügige

Trinkgeld." „Er hat von Hundertern geredet. Wo ist das restliche Geld hingekommen?" Die Frau Doktor zuckte mit den Schultern. „Das wird wohl in der Hand der beiden Kollegen sein, die haben ja auch sein Gepäck. Aber solang wir nicht wegen eines offensichtlichen Straftatbestands ermitteln, kommen wir da nicht ran."

„Ja, dann ... in eine Trachtenschneiderei wollten sie alle, und zum Lebzelter. Vielleicht weiß meine Schwiegertochter, zu welchem Schneider sie gefahren sind. Ich ruf sie gleich einmal an."

9

Die Richelle konnte tatsächlich aushelfen, und so dauerte es nicht einmal eine Viertelstunde, bis Gasperlmaier und die Frau Doktor in der Schneiderwerkstatt auftauchten. Gerade, als sie eintraten, kam Lin Lien in einem Ausseer Dirndl aus einer Umkleidekabine. Die beiden anderen Mitglieder der Delegation hielten Lederhosen in den Händen und unterhielten sich lachend auf Chinesisch über deren Vorzüge, soweit Gasperlmaier das beurteilen konnte. Seltsam, dass sie so unberührt vom Tod ihres Kollegen schienen. Lin Lien hingegen schien keine rechte Freude an ihrem Dirndl zu haben, obwohl es ihr ausgezeichnet stand. Sie nickte ihnen unsicher zu. Der Kröker hingegen schien mehr in die Begutachtung des Ausschnitts der recht üppigen Verkäuferin vertieft und schrak regelrecht auf, als die Frau Doktor grüßte.

„Guten Tag, Frau Lin, guten Tag, die Herren. Schon was Interessantes gefunden? Das Dirndl steht Ihnen ausgezeichnet!" „Finden Sie?" „Selbstverständlich ein Gastgeschenk, es gehört Ihnen!", beeilte sich der Kröker und wandte sich Lin Lien zu. „Das kann ich nicht annehmen", errötete die. „Doch, können Sie!", versicherte der Kröker, legte seinen Zeigefinger ans Kinn und beäugte Lin Lien von oben bis unten mit Kennermiene. „Herr Kröker", sagte die Frau Doktor, „Leutnant Kohlross, Bezirkspolizeikommando Liezen. Wir möchten gerne mit Ihnen sprechen." „Worüber denn?", fragte der Kröker, während er immer noch Lin Lien anstarrte. „Ist das nicht offensichtlich?", fragte die Frau Doktor. „Aber nicht hier, wir gehen nach draußen." Sie nickte in Richtung Tür und ging voraus. Während Gasperlmaier abwartete, bis sich der Kröker dazu bequemte, ihr zu folgen, beobachtete er, wie die beiden Chinesen sich Lederhosen vor die Beine hielten. Der eine lachte unaufhörlich, der andere, der dickere der beiden, blieb ernst und musterte den lachenden, wie Gasperlmaier schien, missbilligend. Wahrscheinlich, so dachte er bei sich, war das auch der, der gestern nicht betrunken gewesen war. Er fragte sich, ob der Kröker den beiden auch Lederhosen schenken würde, auf Kosten des Tourismusverbands, selbstredend.

„Gehen wir da hinauf!", sagte die Frau Doktor, auf eine ansteigende Gasse deutend, die von der Hauptstraße wegführte. „Da haben wir's ruhiger." Gasperlmaier fiel auf, dass der Kröker ein klein wenig hinkte. Ob das die Folgen des Fußtritts von Lin Lien waren? „Herr Kröker", sagte die Frau Doktor nach ein paar Schritten. „Wie haben Sie denn die gestrige Nacht erlebt?" „Warum wollen Sie das wissen?", fragte der Kröker etwas patzig zurück. „Meines Wissens gibt es keine Ermittlungen, weil kein Straftatbestand vorliegt." „Sie drücken sich recht juristisch aus", sagte die Frau Doktor. „Haben Sie etwa schon den Rat eines Anwalts eingeholt?" Der Kröker blickte unsicher zwischen Gasperlmaier und der Frau Doktor hin und her und entschied sich schließlich, eine Vase in Form eines Dirndlkleids in einem Schaufenster zu betrachten. „Warum sollte ich?", fragte er. „Das müssen Sie wissen", gab die Frau Doktor zurück. „Also, gestern Abend? Was war los?" Der Kröker zuckte mit den Schultern. „Offizielles Dinner im Kaiser Franz. Mit Bürgermeister, Obmann vom Narzissenfestverein, ein paar anderen Vereinsobleuten und, und, und. Der Niederecker war auch dabei." Gasperlmaier horchte auf. „Was hat der denn mit den Geschäften mit den Chinesen zu tun?", fragte er. „Baubranche", entgegnete der Kröker jovial. „Ist immer mit im Boot, wenn es um Ortsentwicklung geht." „Ortsentwicklung!", fauchte Gasperlmaier. Der Kröker grinste schief. „Nur keine Aufregung", sagte er.

„Zurück zum Thema", beharrte die Frau Doktor. „Wann hat das Essen geendet?" Der Kröker zuckte mit den Schultern. „So um elf, halb zwölf? Die im Hotel wollten Schluss machen." „Dann?" „Ja, die Herren aus China wollten noch etwas unternehmen, ich hab ihnen eine Bar empfohlen, und ihnen den Weg gezeigt." Gasperlmaier fiel ein, dass er die Frau Doktor noch gar nicht über den Vorfall zwischen Lin Lien und dem Kröker an diesem Abend informiert hatte. Aber vielleicht war es gar nicht schlecht, wenn die Frau Doktor dessen Version zu hören bekam. „Und Sie? Sie sind nach Hause gegangen?" Der Kröker nickte. „Ja. Ich war sehr müde. Anstrengender Tag." Gasperlmaier zog die Frau Doktor sanft am Ärmel und zwinkerte ihr zu. „Warten Sie bitte einen Moment, Herr Kröker", sagte sie und folgte Gasperlmaier ein paar Schritte bergab. „Er hat Lin Lien nach Hause gebracht. Und er ist zudringlich geworden. Sie hat ihm auf den Fuß treten müssen, um ihn abzuschütteln." Die Frau Doktor lächelte und begab sich zurück zum Kröker, der sich nervös durch die Haare fuhr und sich wieder der Auslagenscheibe zuwandte. „Was mit der Frisur nicht in Ordnung?", fragte die Frau Doktor ein wenig süffisant. Der Kröker schüttelte den Kopf, so, als fühlte er sich ertappt. „Herr Kröker, könnten Sie uns einmal Ihren linken Fuß zeigen?" „Warum denn das? Hier auf der Straße?" Die Frau Doktor runzelte die Stirn. „Entweder das, oder wir nehmen Sie mit auf die Dienststelle und schauen uns Ihren Fuß dort an!" „Ist ja schon gut!", beschwichtigte der Kröker. „Es hat da ein kleines Missverständnis gegeben, zwischen Frau Lin und mir. Ich hab sie nach dem Essen ins Hotel gebracht."

„Grüß dich, Gasperlmaier!" Die Gerti vom Supermarkt spazierte, eine Einkaufstasche am Arm hängend, an ihnen vorbei und lächelte vielsagend. „Grüß dich, Gerti", gab Gasperlmaier zurück und war sich sicher, dass man damit rechnen musste, dass bald das Gerücht in Umlauf geraten würde, dass die Polizei hinter dem Kröker her war und ihn für den Mörder hielt.

„Stellt sich natürlich die Frage", hakte die Frau Doktor nach, „warum Sie uns dieses Missverständnis zuerst verschweigen wollten." Der Kröker zögerte einen Moment. „Ich sag jetzt gar nichts mehr!", trotzte er schließlich. „Haben Sie in dieser Nacht noch irgendeinen Kontakt mit Rinderer gehabt?", fragte die Frau Doktor. Der Kröker nickte. „Ja, er hat mich aus dem Schlaf geklingelt, um drei Uhr früh. Es gab kein Taxi, und er wusste nicht, wie sie nach Hause kommen sollten. Er war sturzbesoffen. Ich hab dann das Lakeview erreicht, die haben den Hausmeister geschickt zum Abholen. Das hat ja, wir mir Frau Lin Lien versichert hat, funktioniert. Die drei sind angeblich wohlbehalten im Hotel angekommen." „Danke, Herr Kröker! Und vergessen Sie nicht, das Dirndl für Lin Lien zu bezahlen. Oder geht das auf's Konto des Tourismusverbands?" Die Frau Doktor grinste schelmisch. „Ich ... also ... vermutlich ..." Der Kröker fuhr sich erneut mit den Fingern durch die Haare. „Auf Wiedersehen. Komm, Gasperlmaier."

„Was hältst du von ihm?", fragte die Frau Doktor, als sie wieder im Auto saßen. „Nichts", gestand Gasperlmaier, „aber was er erzählt, stimmt mit allen anderen Aussagen überein. Da fällt mir gar nichts auf, jedenfalls nichts, was einen Verdacht auf ihn werfen könnte, was den Tod vom Rinderer angeht." „Außer, die beiden sind in Streit um eine Frau geraten. Lin Lien zum Beispiel", gab die Frau Doktor zu bedenken. „Der eine versucht sie anzugrabschen, der andere macht jede Menge Fotos von ihr ... da sehe ich schon ein gewisses Potential für Gewalt zwischen diesen beiden." „Aber Anhaltspunkte ..." Die Frau Doktor seufzte. „Genau. Keine Leiche, keine Todesursache, keine Zeugen, keine Beschuldigten, keine Ermittlungen. Ich denke, wir geben für's Erste einmal auf. Aber jedenfalls werde ich mich schlau machen und herausfinden, was mit der Leiche des Rinderer geschehen ist."

In diesem Moment läutete ihr Handy. Kaum hatte sie abgehoben, verdüsterte sich ihre Miene. Sie schloss die Augen und legte eine Hand vor den Mund. Als sie die Augen wieder öffnete, waren sie, man konnte es nicht anders beschreiben, schreckgeweitet. „Gasperlmaier", flüsterte sie, „du musst mich sofort zu meinem Auto bringen. So schnell es geht!" Sie begann zu zittern. „Was ist denn los?", fragte Gasperlmaier. „Ist was ..." Er mochte seine Frage nicht fortsetzen. „Bring mich nur zu meinem Auto", hauchte die Frau Doktor. „Aber in dem Zustand ... da kannst du doch nicht fahren!" „Doch, doch!", beharrte sie. „Das wird schon wieder." Den restlichen Weg bis zum Polizeiposten schwieg die Frau Doktor und krampfte ihre Hände um die Tragegriffe ihrer Handtasche. Nur aus dem Augenwinkel nahm Gasperlmaier wahr, dass ihre Füße nervös zuckten. „Soll ich dich nicht vielleicht doch lieber nach Liezen ..." Fast heftig unterbrach ihn die Frau Doktor. „Nein, auf keinen Fall!" Als er anhielt, sprang sie aus dem Einsatzwagen und stieg in ihren eigenen. Mit aufheulendem Motor brauste sie davon. Gasperlmaier machte sich ernsthafte Sorgen um sie, vor allem, weil sie mit keinem Wort angedeutet hatte, was passiert war. Es musste etwas mit ihrer Familie zu tun haben, dessen war er sich sicher. Eigentlich war es schon Zeit für den Feierabend, aber Gasperlmaier musste unbedingt der Manuela noch erzählen, was soeben vorgefallen war.

„Wenn einem ihrer Kinder was passiert wäre, oder dem Bernhard, dann hätte sie doch gesagt, was los ist", meinte die Manuela, nachdem Gasperlmaier sie informiert hatte. Er sah versonnen zum Fenster hinaus. Es hatte wieder zu regnen begonnen. „Ich weiß nicht", meinte er, „ich kann mir gar keinen Reim darauf machen. Auf ihr Verhalten, meine ich. Es muss was gewesen sein, was sie mit keinem teilen will." „Weißt du denn, wer dran war?", fragte die Manuela. Gasperlmaier strich mit dem Zeigefinger über seinen Nasenrücken. „Ich hab automatisch angenommen, dass es der Bernhard ist. Aber ..." „Aber?", half die Manuela nach. „Aber eigentlich ... gehört hab ich ihn nicht, und wenn ich's mir recht überlege, dann hat sie auch keinen Namen genannt. Kann also gut sein, dass es jemand anderer war." Die Manuela seufzte. „Da können wir jetzt gar nichts machen, Gasperlmaier. Ich war übrigens nicht untätig, während ihr weg wart. Ich hab mir gedacht, wenn der Rinderer Familie hat, dann müssten wir die doch verständigen." „Genau das hab ich mir vorhin auch gedacht, bevor das mit der Frau Doktor passiert ist." „Ich hab das schon erledigt!" „Da bin ich dir aber ein großes Danke schuldig", sagte Gasperlmaier, der schon bei dem Gedanken an die umständliche Recherche nach der Familie Rinderer erschrocken war.

„Die Eltern vom Rinderer sind geschieden, der Vater gestorben, erst vor kurzem, an einem Schlaganfall. Da gab es sogar Artikel in der Regionalpresse, er hat in der Nähe von Augsburg gelebt und im Vorstand einer

Brauerei gearbeitet. Er scheint so was wie ein Pionier der bayerischen Braukunst in China gewesen zu sein, der alte Rinderer." „Was ist mit der Mutter?" „Die ist nach der Scheidung zurück nach China gegangen. Mehr hab ich nicht herausfinden können. Ich bin mir auch gar nicht sicher, ob das in unsere Zuständigkeit fällt, ich meine, die Mutter in China ausfindig zu machen und zu verständigen." „Wird schwer!", sagte Gasperlmaier, der noch immer am Fenster stand und dem die Frau Doktor viel mehr im Kopf herumspukte als der Rinderer. „Frau und Kinder hat er nicht gehabt", schloss die Manuela. „Wir sind also irgendwie am Ende unserer Ermittlungen angelangt. Ohne Leiche …" Sie ließ ihren Satz ausklingen und stellte sich neben Gasperlmaier. „Ja, so ungefähr hat das die Frau Doktor auch gesagt." „Was gibt's da draußen zu sehen?" „Graue Wolken. Und Regen. Ich geh jetzt heim", antwortete er. „Was können wir auch sonst tun?" „Die Simone Wurzacher fragen, ob sie ihren Vater zum Pool hineingelassen und dann die Daten im Computer gelöscht hat, zum Beispiel." „Das", entschied Gasperlmaier, „hat aber bis morgen Zeit. Denn erstens haben wir gar keinen konkreten Ermittlungsauftrag, und zweitens kann uns die Simone auch morgen noch Lügengeschichten erzählen, wenn sie ihn tatsächlich hineingelassen hat."

Gasperlmaier hängte seine Kappe an einen Haken und warf sich stattdessen die Kapuze seiner Einsatzjacke über den Kopf, die besser vor Regen schützte. Ob er noch wo einkehren sollte? Essenszeit war es noch nicht. Als er an der Straße vorbeikam, in der sein Elternhaus lag, bog er kurzerhand ab, um der Richelle und dem Christoph einen kurzen Besuch abzustatten. Vielleicht wusste die Richelle etwas über den Kröker, das für ihn interessant war.

„Hallo, Papa!" Der Christoph trug noch seine Arbeitskleidung, als er öffnete. „Ich bin gerade heimgekommen. Was gibt's Neues von eurer Leiche?" Den letzten Satz hatte er geflüstert, denn hinter ihm war der Theo aufgetaucht. „Opa!", sagte der und grinste. Gasperlmaier nahm ihn in die Arme und hob ihn hoch. „Na?", fragte er. „Bist du brav gewesen im Kindergarten? Alles aufgegessen? Was hat's denn gegeben?" „Nix!", sagte der Theo. „Gar nix!" „Zu viele Fragen auf einmal", warnte der Christoph. „Geh schnell einmal hinein zu Mum und sag ihr, dass der Opa da ist!" Gasperlmaier setzte den Kleinen ab, der sich sofort auf den Weg machte und ins Wohnzimmer hineinplärrte: „Mum! Granddad's here!" Gasperlmaier wunderte sich immer wieder, wie es dem Buben gelang, die Muttersprachen seiner beiden Eltern auseinanderzuhalten. „Also?", fragte der Christoph noch einmal. „Also!", wiederholte Gasperlmaier. „Du weißt ja, was Schweigepflicht bedeutet, dir muss ich's ja nicht erklären. Unsere Leiche ist weg. Ein paar Typen vom Bundeskriminalamt haben sie abgeholt. Und wir haben noch nicht einmal herausfinden könne, wer die eigentlich waren, was sie mit der Leiche wollen und warum sie extra nach Aussee gekommen sind, um sie abzuholen. Eine ganz und gar mysteriöse Geschichte, das sag ich dir!"

Er zog seine Jacke aus und hängte sie an einen Haken im Vorzimmer. „Kann ich ein paar Worte mit der Richelle reden? Ich möchte sie was fragen, über ihren neuen Chef." Der Christoph nickte und gab der Tür ins Wohnzimmer einen Schubs, sodass sie aufschwang.

Drinnen kniete die Richelle auf dem Boden und legte der Elisa immer wieder Duplosteine in die Hand, damit sie was baute. Die Elisa lachte übers ganze Gesicht, benützte die Steine aber hauptsächlich dazu, sie gegen die Grundplatte zu schlagen. Das laute Klacken schien ihr Spaß zu machen. Die Richelle sah wie immer perfekt aus, heute trug sie ein buntes, besticktes Oberteil, das Gasperlmaier ein wenig an Indianerblusen erinnerte. Obwohl, das wusste er mittlerweile, dieser Begriff nicht mehr verwendet wurde, war er ihm spontan in den Sinn gekommen. Darüber trug sie ein graues Leinengilet, die Haare hatte sie zu einem dicken, glänzenden Zopf geflochten und im Ganzen sah sie aus, wie er sich eine kanadische Ureinwohnerin vorstellte. Eine solche hatte sie ja unter ihren Vorfahren, es war eine Urgroßmutter, glaubte Gasperlmaier sich zu erinnern. „Hi, Dad!", lachte sie, richtete sich auf und umarmte ihn. Sie roch nicht nach Parfum, wie sonst häufig, sondern nach Baby, ein bisschen sogar nach Windeln, aber das störte Gasperlmaier nicht.

„Ich wollte dich eigentlich nur ein bisschen wegen dem Kröker ausfragen", sagte Gasperlmaier. Der Theo war gerade wieder aus der Küche herangebraust und klammerte sich an Gasperlmaiers Hosenbein fest. „Opa, wann gehen wir Boot fahren?" Leichtsinnigerweise hatte Gasperlmaier dem Kleinen versprochen, er werde bald einmal eine Plätte mit Elektromotor mieten und mit dem Theo dann eine Seerunde drehen. Das hatte er auch nur getan, weil der Theo bei einem Spaziergang rund um den See so ausdauernd darum gebettelt hatte. „Ja, jetzt regnet es." Gasperlmaier zeigte nach draußen. „Aber wenn es vor dem Winter noch einmal schön wird, dann können wir fahren!" „Aber nur mit eine Life Vest!", lachte die Richelle. „Ich weiß noch nicht, wie das auf Deutsch heißt." „Schwimmweste", half Gasperlmaier aus.

„Komm!", sagte der Christoph zum Theo. „Wir gehen ein bisschen hinauf, spielen. Der Opa muss was mit

Mama besprechen." Nachdem der Theo dreimal nachgefragt hatte, was denn besprochen werden musste, trabte er endlich die Stiege hinauf. Die Elisa störte zwar mit ausdauerndem Gegeneinanderschlagen von Duplosteinen, aber man konnte sich neben ihr trotzdem unterhalten.

„Der Kröker ist unsympathisch", sagte die Richelle. „Er grinst immer so anzüglich, und er schaut einem über die Schulter, wenn man am Computer schreibt, direkt da hinein!" Sie deutete mit dem Zeigefinger in den Ausschnitt ihrer Bluse. „Und er macht auch Bemerkungen." „Was für Bemerkungen?", fragte Gasperlmaier. „Unangenehme. Dass der Christoph sehr glücklich sein muss, mit einer so schönen Frau. Einmal, als ich die Elisa mithatte, hat er sie gestreichelt und gesagt, dass er hofft, dass sie auch einmal so schön wird wie die Mama." „Aber das sind doch eigentlich Komplimente?", fragte Gasperlmaier nach. „Ja, aber es kommt darauf an, wie jemand das sagt. Und wer es sagt. Und der Kröker ist irgendwie creepy." „Creepy?", fragte Gasperlmaier nach. „Ja, so sagt man, wenn jemand einem Angst und Abscheu einjagt." „Hat er eine Freundin? Oder eine Frau?" Die Richelle zuckte mit den Schultern. „Gesagt hat er nichts davon, und ich hab ihn auch noch nie mit jemandem gesehen oder etwas davon gehört." „Wo wohnt er denn eigentlich?" „Er hat einmal erwähnt, dass er momentan noch in einer Ferienwohnung wohnt. Dass er noch nichts Endgültiges gefunden hat." „Und was weißt du über diese Geschichte mit den Chinesen?" „Er hat diese Kontakte von der Kreuzfahrtfirma, für die er einmal gearbeitet hat. Die haben schon viele chinesische Touristen für Kreuzfahrten nach Europa gebracht. Und es hat anscheinend gut geklappt. Venedig und so, du weißt ja." Gasperlmaier nickte.

„Hat dir der Christoph schon erzählt?", fragte er. „Wovon?" „Einer von den Chinesen ist in seinem Hotel im Pool ertrunken." „Oh my God!" Die Richelle schlug eine Hand vor den Mund. „Das ist ja schrecklich. Nein, Christoph hat nichts davon erzählt. Aber es war auch keine Zeit dazu, er ist direkt vor dir nach Hause gekommen." „Na ja, dann ..." Gasperlmaier stand auf. „Aber was hast du damit zu tun? Wenn jemand einen Unfall hat?" „Immerhin ist es ein ungeklärter Todesfall. Und jetzt ist auch noch die Leiche verschwunden." Das hätte er jetzt wohl nicht verraten sollen. „Du darfst aber mit niemandem darüber sprechen, hörst du? Schon gar nicht im Büro!", ermahnte Gasperlmaier die Richelle. „Ist schon klar, Dad", lächelte sie und umarmte ihn neuerlich. „Richte bitte der Christine schöne Grüße aus von mir. Und vielen Dank noch einmal für den guten Kuchen vom letzten Wochenende! Dieses Wochenende ich werde selber einen backen."

„Da fällt mir noch was ein!" Gasperlmaier drehte an der Haustür um. „Wenn ich es dir schon erzählt habe ... ich hab da so Gedanken ..." Die Richelle hatte die Elisa auf ihre Hüfte gesetzt. Die sah Gasperlmaier interessiert an und lutschte an einem Duplostein. „Der Rinderer, der ertrunken ist, der hat viele Fotos von Lin Lien gemacht, der Dolmetscherin. Und der Kröker, das hat sie uns selber erzählt, der hat sich an sie herangemacht, an einem Abend, als er sie heimgefahren hat. Wenn die beiden sich über Lin Lien in die Haare geraten sind ... da könnte doch der Kröker ..." „Ich weiß nicht!" Die Richelle kräuselte die Lippen. „Hat Lin Lien denn mit einem von den beiden tatsächlich was angefangen? Eine affair?" Gasperlmaier schüttelte den Kopf. „Wahrscheinlich nicht. Aber, wenn dieser Rinderer tatsächlich, also, ich meine, wenn da jemand nachgeholfen hat, bei seinem Tod, dann ..." Die Richelle lachte. „Also wenn, dann nicht der Kröker. Das ist ja ein coward, ein Angeber, wie sagt man?" „Feigling", half der Christoph aus, der soeben die Stiege heruntergekommen war. „Du sollst nicht auf das Boot vergessen! Wir müssen Boot fahren!", ermahnte der Theo, den der Christoph im Schlepptau hatte, seinen Opa. „Ja, ja! Ich kümmere mich darum!", versprach Gasperlmaier und trat ins Freie. Der Regen hatte noch immer nicht aufgehört.

Das mit den Kuchen, dachte Gasperlmaier bei sich, das war so eine Sache. Die Richelle war ein wenig unbegabt, was das Backen betraf. Und wenn, dann fabrizierte sie so klebrig-süße amerikanische Kuchen, in der Regel mit rosa Zuckerguss, die in Altaussee kein Mensch essen wollte. Da war es ein Glück, fand er, dass die Christine so gerne buk. „Ob ich jetzt einen oder zwei mache, das fällt arbeitstechnisch überhaupt nicht ins Gewicht", sagte sie meistens freitags, wenn es Zeit war, eine Mehlspeise fürs Wochenende zu backen. Allerdings hatte sie ihm angedroht, dass das nicht mehr lange so weitergehen würde, wenn er sich nicht mehr daran beteiligte. Entweder, so hatte sie gemeint, er sorge für das Abendessen am Freitag, oder er lerne, wie man gute Kuchen buk. Sonst wäre bald Schluss mit diesem All-inclusive-Paket, das er zu Hause genoss. Vielleicht, so dachte er bei sich, sollte er die Charlotte Altmann einmal bitten, ihm beizubringen, wie man ein Gulasch kochte, denn das, so behauptete sie wenigstens stets, sei eine völlig unkomplizierte Aufgabe, die jeder Trottel meistern konnte. Dabei schickte sie meistens ihrem Mann einen sarkastischen Seitenblick, der sich aber dadurch in der Regel gar nicht angesprochen fühlte. Gasperlmaier sah auf die Uhr. Er hatte immer noch

Zeit bis zum Abendessen und beschloss, dem Doktor Altmann einen Besuch abzustatten.

Diesmal begab er sich zur Haustür, denn bei diesem Regen wäre es nicht angenehm, dachte er, am Gartenzaun zusammenzustehen. Er musste mit dem Doktor Altmann die Einzelheiten dieses Falls besprechen, damit er einen klaren Kopf bekam. Die Charlotte öffnete. „Ja, servus, Franz! Was verschafft uns denn die Ehre?" „Grüß dich. Ich stör euch doch nicht beim Abendessen?" „Nein, nein. Wir haben mittags schon auf der Blaa-Alm gegessen, es gibt nur noch eine Kleinigkeit." „Ich brauch euren Rat." Gasperlmaier streifte sorgsam seine Schuhe ab und hängte seine Einsatzjacke an einen Haken. „Geh nur ins Wohnzimmer", forderte ihn die Charlotte auf. An der Tür kam ihm schon der Doktor Altmann entgegen. Wie immer in seiner Ausseer Lederhose. Er trug praktisch nichts anderes mehr. „Ja servus, Gasperlmaier, magst einen guten Rotwein kosten?" „Gern!", sagte der. Wenn sie sich am Zaun trafen, hatte der Doktor Altmann in der Regel einen Schnaps dabei, in seinem Flachmann, weil er ja nicht gut ständig eine Weinflasche mit sich herumtragen konnte. Im Haus drinnen bekam Gasperlmaier aber immer guten Rotwein zu kosten. „Ich hab grad etwas aufgemacht, einen Zweigelt Unplugged vom Reeh, das ist ein ganz besonderer Genuss, der Mann versteht sich auf's Weinmachen wie kein anderer!" Der Doktor holte ein Weinglas aus der Vitrine und goss ein. „Halt!", sagte Gasperlmaier, denn er wollte keinesfalls zu lange bleiben und zu viel trinken, die Christine würde es an seinem Atem sicherlich bemerken. „Was heißt denn das, unplugged?", wollte er wissen. „Keine Hefe, keine Schönung, Natur pur!", lobte der Doktor den Wein und hob sein Glas. „Und ein paar Monate im Barrique. Prost!" Gasperlmaier roch und kostete. Der Wein schmeckte tatsächlich fantastisch, nur fehlten Gasperlmaier die richtigen Worte, um ihn zu beschreiben. Der Doktor aber half gerne aus. „Ein Geschmack, ein Abgang, an den du dich noch am nächsten Tag erinnerst, so intensiv ist der!" „Das braucht's bei dir aber gar nicht." Die Charlotte hatte sich zu ihnen an den Tisch gesetzt. „Weil du dir sowieso jeden Tag eine Flasche aufmachst. Oder zwei!"

„Ich weiß nicht", wechselte Gasperlmaier das Thema, „ob du schon gehört hast davon." Der Doktor Altmann nickte. „Natürlich. Wir sind ja bestens vernetzt. Die Gerüchteküche spricht von zwei toten Chinesen im Hotelpool, es soll ein wahres Blutbad gegeben haben. Anderen Quellen zufolge sind die beiden ein Pärchen, der Küchenchef des Hotels hat sie in einem Anfall von Eifersucht erstochen." Der Doktor lachte und nahm noch einen Schluck. „Die etwas seriöseren Quellen sprechen lediglich von einem Hotelgast, der nachts im Pool ertrunken ist. Und es werden ein paar Fragen gestellt." „Welche denn?" Das interessierte Gasperlmaier. „Wer der Tote war, was er nachts im geschlossenen Pool gemacht hat, wer ihn da reingelassen hat, warum die Polizei hinter unserem neuen Tourismuschef her ist." „Das wisst ihr auch schon?", staunte Gasperlmaier. Der Bruno nickte. „Das kommt von den Angestellten des örtlichen Supermarkts. Die restlichen Infos stammen anscheinend von einer Hotelangestellten." Gasperlmaier seufzte. „Ich erzähl euch am besten die ganze Geschichte."

Gasperlmaier ließ kein Detail aus. Er erinnerte an die Sitzung im Volkshaus, berichtete über den mysteriösen Unfall, das Verschwinden des Autowracks, den Toten, die Übergriffe, die dieser und der Kröker sich geleistet hatten, die Fotos von Lin Lien auf Rinderers Computer, und schließlich über die Kaperung der Leiche durch das Bundeskriminalamt. Was er wegließ, war die Sache mit der Frau Doktor Kohlross, denn die, so dachte er bei sich, war wohl privat, wenn sie nicht einmal mit ihm darüber sprach.

„Der Frau Doktor Kohlross hat man ausrichten lassen, sie solle mit äußerster Zurückhaltung mit diesem Fall umgehen. Und wir haben bisher noch nicht einmal herausfinden können, wer die Leute waren, die die Leiche abgeholt haben, und warum." Er lehnte sich zurück und nahm noch einen Schluck Wein. „Die Geschichte", sagte der Doktor Altmann und schenkte sich nach, „lässt mich einigermaßen ratlos zurück. Kann sein, dass sie völlig harmlos ist: Dieser Rinderer mag irgendeine offizielle Funktion im Staat haben, seine Vorgesetzten vermuten, wohl zu Recht, er habe sich sinnlos betrunken und sei im Pool ersoffen. Das ist natürlich für das offizielle China furchtbar peinlich. Infolgedessen bemüht man die österreichischen Behörden, um die Sache zu applanieren." „Der Christoph hat gemeint, dass man den Alkohol riechen konnte. Dann haben wir auch noch die Aussage von einem Unfallfahrer, der den Zaun von der Villa Kirnberger umgefahren hat. Er hat behauptet, drei Chinesen wären auf der Straße herumgetorkelt. Das war aber in der Nacht davor, nicht in der Mordnacht." Der Bruno nahm einen Schluck, nicht ohne vor dem Hinunterschlucken andächtig an die Decke zu starren. „Aber spinnen wir die Geschichte einmal weiter. Die Chinesen – ich meine jetzt die in China – sind informiert worden, dass es da einen peinlichen Todesfall gibt. Sie versuchen also über das Außenministerium, unauffällig den Leichnam nach China bringen zu lassen, oder von mir aus auch in Wien einäschern zu lassen. Und damit möglichst schnell Gras über die Sache wachsen zu lassen." Der Doktor prostete ihm zu, und beide nahmen einen Schluck.

„Und jetzt", kündigte die Charlotte an, „kommt die Version Verschwörungstheorie." Sie lächelte und schlug die Beine übereinander. „Ich hänge keinen Verschwörungstheorien an", verteidigte sich der Doktor Altmann, „aber ich hab oft genug Chinesen vor dem Richterstuhl stehen gehabt, und ich weiß, wie schwierig das ist, aus denen verwertbare Aussagen herauszubekommen. Tatsächlich aber müssen wir einmal die Idee weiterspinnen, dass der Rinderer ermordet worden ist. Von jemandem, der es versteht, Spuren zu verwischen und einen Mord als Unfall zu tarnen. Da müssen wir uns fragen: Wer, und warum?" Gasperlmaier nickte. „So ähnlich hat das die Manuela auch schon gesagt", sagte er. „Weil die nämlich einen OFA-Kurs gemacht hat." Der Bruno nickte versonnen. „Auf eine Karriere aus, was? Aber, so hört man, sie wird in den nächsten Monaten eine zumindest kurze Karrierepause einlegen müssen, nicht?" Gasperlmaier nickte. „Bis Weihnachten ist sie noch im Dienst."

„Also, zurück zu der Mordvariante. Wer kann jemanden so ermorden, dass man es nicht nachweisen kann? Geheimdienste. Denen stehen alle technischen und finanziellen Möglichkeiten zur Verfügung. Durchaus möglich, dass ein Geheimdienstkommando hier angerückt ist, ohne dass es jemand gemerkt hat, und den Rinderer ins Jenseits befördert hat. Alles kein Problem!"

„Ob die auch Autos hacken können, sodass sie geradeaus fahren und nicht bremsen?" Der Bruno wiegte den Kopf. „Technisch bin ich da nicht so versiert, aber ich sage dir, die können alles."

Gasperlmaier sah auf die Uhr. Langsam wurde es Zeit, nach Hause zu gehen. Der Doktor Altmann aber war noch nicht fertig. „Also, nun warum? Da gibt es ein weites Feld von Möglichkeiten. Wenn der Rinderer was mit der chinesischen Partei oder der Politik zu tun gehabt hat, dann genügt ein geringfügiges Fehlverhalten, und ..." Er führte seinen Zeigefinger über den Hals vom linken zum rechten Ohr. Gasperlmaier brauchte keine Erklärung dieser Geste.

„Vielen Dank für alles, ich muss dann aber ..." Er machte Anstalten aufzustehen, aber der Doktor Altmann hatte noch etwas zu sagen. „Einen kleinen Schluck noch. Ich muss dir noch was über meine Erfahrungen mit Chinesen erzählen. Da stand einer vor Gericht, weil es in einem China-Restaurant eine Razzia gegeben hat, er vor der Polizei geflüchtet ist und erwischt wurde. Er heißt, sagen wir, Wong, und laut Firmenbuch ist er Geschäftsführer. Kommen tut er mit einem Dolmetscher. Die Anklage bezieht sich auf Steuerdelikte, arbeitsrechtliche Vergehen, kurz, die meisten haben in seiner Bude schwarz gearbeitet. Mit der Hygiene hat's auch gehapert. Bei der ersten Verhandlung erklärt der Dolmetscher, Herr Wong habe von alldem gar nichts gewusst. Er sei außerdem gar nicht der Geschäftsführer, das sei ein gewisser Herr Fang, von dem er nicht wisse, wo er wohne. Dass Wong als Geschäftsführer angesehen wurde, sei ein Übersetzungsfehler. Der Fang kommt aber nirgends vor – nicht im Melderegister, nicht im Firmenbuch, und auch sonst nirgends. Nur in Papieren, die mir in chinesischen Schriftzeichen vorgelegt werden. Am nächsten Verhandlungstag taucht derselbe Wong mit einem neuen Dolmetscher auf und behauptet, dass er gar nicht Wong heißt. Der Wong, der jetzt plötzlich doch Geschäftsführer war, der sei eine Woche vor der Razzia verreist. Er weiß natürlich nicht, wohin. Von einem Fang, behauptet er, weiß er nichts. Er selbst heißt jetzt plötzlich Cheng. Und er legt auch einen Pass mit diesem Namen vor. Dass man ihn als Wong angesprochen habe, sei ein Missverständnis. Warum er dann offenbar Post an Herrn Wong geöffnet habe, frage ich. Daraufhin erregte Diskussionen zwischen Wong oder Cheng und dem Dolmetscher. Schulterzucken. Ich schaue mir den Pass an und stelle eine gewisse Ähnlichkeit des Passfotos mit dem Mann vor mir fest. Ob er es tatsächlich ist, kann ich aber nicht sagen. Und so verläuft alles im Sand, nur das Restaurant wird zugesperrt. Was aber egal ist, weil der Herr Wong oder Cheng oder wie auch immer ein paar Straßen weiter gleich ein neues Lokal eröffnet, und zwar in einem Haus, das einem Herrn Wang oder auch Zhang oder Liu gehört."

Gasperlmaier hatte ausgetrunken. „Die Katharina sagt, dass die meisten Lebensmittel in den China-Restaurants direkt tiefgefroren aus China kommen. Und dass wir das, der Produktionsbedingungen wegen, eigentlich überhaupt nicht essen sollten." Er stand auf. „Da hat deine Tochter völlig recht!", sagte der Bruno. „Deswegen ziehe ich auch das Gulasch meiner lieben Charlotte jedem süßsauren Schweinefleisch bei weitem vor!" Er lachte. „Übrigens", sagte Gasperlmaier, zur Charlotte gewandt, „ich würd gern einmal lernen, wie man ein Gulasch kocht …" „Da schau her!", dröhnte der Bruno. „Darauf müssen wir einen trinken!" „Sehr gern!", sagte hingegen die Charlotte. „Wenigstens ein alter weißer Mann, der noch an seiner Persönlichkeit arbeitet!" Der Bruno stand schon an der Vitrine mit den Schnapsflaschen. „Lieber nicht!", meinte Gasperlmaier und verabschiedete sich.

„Spät bist du dran", sagte die Christine. „Und nach Rotwein riechst du. Warst beim Altmann?" Seiner Frau konnte er nichts, aber auch gar nichts verheimlichen. Deswegen war es besser, alles unbedingt Nötige sofort zu gestehen. „Er hat mir einen besonderen Roten angeboten. Und weil ich einen kleinen Gefallen von ihm gebraucht hab, hab ich nicht nein sagen können." „Es gibt eh nur eine Kürbiscremesuppe und Brot dazu. Trinkst besser jetzt einen Saft statt deinem Bier." Gasperlmaier setzte sich an den Tisch, verzichtete auf Widerspruch und sah der Christine dabei zu, wie sie zwei, drei Schöpflöffel in seinen Suppenteller füllte. „Ich werd dir jetzt demnächst", sagte er zwischen zwei Löffeln, „ein Gulasch kochen. Die Charlotte hat versprochen, dass sie's mir beibringt." „So?", fragte die Christine. „Braucht's dazu die Charlotte? Kannst dir das nicht von mir abschauen?" „Na ja", gab Gasperlmaier zu bedenken, „wenn ich's von dir lerne, hast erst einmal wieder du die Arbeit. Und wenn's dann nichts wird, wenn ich's koche, bist erst wieder du schuld, weil du's mir nicht gescheit beigebracht hast." Die Christine musste so plötzlich lachen, dass sie ein wenig Suppe zurück in den Teller spuckte. „Schön hast du dir das ausgedacht", prustete sie, „und ein wenig kompliziert. Aber mir soll's recht sein!"

„Wie war denn dein Tag?", fragte sie, als sie mit einem Stück Brot ihren Teller auswischte. Gasperlmaier erzählte das, was er schon der Richelle und dem Doktor Altmann erzählt hatte. „Was glaubst du?", fragte er. „Hat den Rinderer jemand umgebracht, oder ist er in den Pool gefallen und ersoffen?" Die Christine zuckte mit den Schultern. „Kommt schon vor, dass Betrunkene ins Wasser fallen und sich dann nicht mehr ans Ufer retten können. Aber in einem Hallenbad? Das würde ich nur glauben, wenn einer schon sehr alt und womöglich herzkrank ist." „Ob der herzkrank war oder nicht, das werden wir jetzt wahrscheinlich nie erfahren", gab Gasperlmaier zurück.

„Du, Gasperlmaier, ganz was anderes!" Die Christine legte ein paar Broschüren auf den Tisch. „Wir haben uns doch vorgenommen, in Zukunft mehr zusammen zu unternehmen. Und ich hätte da ein paar Vorschläge." „Haben wir das?", fragte Gasperlmaier. „Ja, haben wir!" Auf der Stirn der Christine erschien eine senkrechte Falte, sodass Gasperlmaier wusste, dass sie es sehr ernst meinte. Er erinnerte sich, dass er die Katharina hatte fragen wollen, was er denn gemeinsam mit seiner Frau unternehmen konnte, aber vor lauter Arbeit war ihm dieser Plan wieder entfallen.

Er nahm eine Broschüre zur Hand. „Theater in Hamburg", las er. „Hamburg?", fragte er, zur Christine aufblickend. „Warum ausgerechnet Hamburg?" Die steile Falte war noch nicht verschwunden. „Diese Frage würdest du bei jeder Stadt stellen. Hamburg, weil man mit dem Zug fahren kann und du dich weigerst, zu fliegen. Außerdem gibt's dort nicht nur Theater, sondern auch einen Hafen und sogar die größte Modellbahn Europas. Ich hab gedacht, da gibt's was für uns beide. Und wir müssen wieder einmal raus, zusammen was machen!" „Würdest du denn mit mir auch die Modellbahn ansehen?", fragte er. „Wenn du mit mir ins Theater gehst, dann schon. Ich würde schon lang gern wieder einmal ein zeitgenössisches Stück sehen, vielleicht im Deutschen Schauspielhaus. Oder eine Musikshow, zum Beispiel im St.-Pauli-Theater." Gasperlmaier seufzte. „Zeitgenössisches Stück?" Die Christine nickte. „Ja, etwas, wo wir danach auch darüber diskutieren können, wo wir Gesprächsstoff haben. Wir reden eh viel zu wenig miteinander." „Findest du?" „Ja. Jetzt wäre die günstigste Zeit. Es ist nicht mehr so heiß, und es gibt weniger Touristen." Gasperlmaier war klar, dass er einen Streit, zumindest aber eine grobe Verstimmung der Christine auslösen würde, wenn er nicht mehr Enthusiasmus zeigte. „Jetzt gleich?", fragte er trotzdem. „Na, vielleicht in zwei, drei Wochen. Ich hätte schon interessante Hotels, und günstige Zugtickets gibt's auch noch." Die Christine hatte also alles schon vorbereitet. Jetzt musste er vermeiden, seine Zustimmung so darzustellen, dass es aussah, als gebe er nur widerwillig nach. „Hamburg wäre vielleicht nett", rang er sich schließlich ab. Die Christine strahlte. „Jetzt hast du dir dein Feierabendbier aber verdient!" Sie ging zum Kühlschrank und kam mit Glas und Flasche zurück, schenkte ihm sogar ein.

„Und die Fenster", sagte die Christine dann, kaum, dass er den ersten Schluck genommen hatte, „die gehören auch wieder einmal gestrichen. Da blättert schon überall die Farbe ab." „Ist das jetzt auch was, das wir gemeinsam unternehmen können?", fragte Gasperlmaier. „Dabei hab ich eher an dich gedacht!" Sie drückte ihren Zeigefinger gegen seine Brust.

„Es gibt da noch was, das mir Kopfzerbrechen bereitet", sagte Gasperlmaier nach dem zweiten Schluck. „Wegen der Fenster?", fragte die Christine mit beunruhigtem Unterton. „Nein", sagte Gasperlmaier, „es hat mit der Frau Doktor Kohlross zu tun." Er berichtete, was heute Nachmittag passiert war und in welchem Zustand und welcher Hast die Frau Doktor Altaussee verlassen hatte. „Vielleicht", sagte er schließlich, „es kann ja sein, dass ich völlig danebenliege, aber es gibt eigentlich nur eine Sache, aus der sie ein Geheimnis gemacht hat. Und das ist dieser Grallitsch." Die Christine nickte. „Und irgendwas", sagte er, „muss er mit der Frau Doktor zu tun haben. Denn sonst hätte er sich nicht ins Auto gesetzt und wäre nach Altaussee gefahren, gerade am Tag vor ihrer Hochzeit. Ich sag dir, der hat die Frau Doktor damals verführt, und er ist auch der Vater von der Sophie. Er ist ja auch als Heiratsschwindler in Erscheinung getreten, da muss man schon über einen gewissen Charme verfügen." „Aber", gab die Christine zu bedenken, „sie hat doch alle Informationen über ihn gehabt, nicht? Wie kann es denn da passieren, dass ..." „Bei euch Frauen", sagte Gasperlmaier, „da gewinnen manchmal die Gefühle die Oberhand, und dann schaltet ihr euer Hirn aus, und ..."

Er konnte nicht weitersprechen, weil ihm die Christine ihren Ellenbogen so heftig in die Seite gestoßen hatte, dass ihm die Luft wegblieb. „Da nehm ich dir dein Bier gleich wieder weg!", schimpfte sie, doch Gasperlmaier merkte, dass sie es nicht ganz ernst gemeint hat. „Von wegen Hirn ausschalten! Denk doch einmal an die vielen Männer, die du schon vor dir sitzen gehabt hast, als Beschuldigte! Raufen, Saufen, Autos zu Schrott fahren, Frauen und Kinder verprügeln, das machen fast nur Männer! Und willst du vielleicht behaupten, dass die das bei eingeschaltetem Hirn machen? Das wär ja noch trauriger, als es so schon ist!"

Das, so dachte Gasperlmaier bei sich, klang jetzt mehr als ernst, und er musste der Christine recht geben. „Das hab ich ... also, da hab ich mich ... ich möchte das gerne zurücknehmen", sagte er schließlich. „Das ist auch gut so!" Die Christine war nicht ganz versöhnt. „Aber, was mich betrifft", verteidigte sich Gasperlmaier, „mir kann man doch nicht vorwerfen, dass ich mit ausgeschaltetem Hirn durch die Gegend renne, oder?" Jetzt lächelte sie. „Im Allgemeinen nicht", gab sie zu, „aber mir würden da schon ein paar Ereignisse einfallen, in deiner Vergangenheit!" „Die", entschied Gasperlmaier, „lassen wir jetzt lieber ruhen. Weil ich möchte lieber noch ein bisschen auf mein Sofa und fernsehen." Er langte mit der Hand nach dem Kater Schnurrli, der schon um seine Beine strich und, ganz seinem Namen gerecht werdend, laut schnurrte. Der Schnurrli lag gerne beim Fernsehen auf Gasperlmaiers Bauch und erinnerte ihn daran, dass es dafür höchste Zeit war.

10

„Schau dir einmal die Schillingzeitung an", forderte die Manuela ihn gleich auf, als er am Mittwochmorgen am Polizeiposten ankam. „Seite sieben!" Gasperlmaier grunzte unwillig. „Dieses Käseblatt interessiert mich nicht im Mindesten", sagte er. „Ermittlungstechnisch sollte es dich aber interessieren! Es ist nämlich ein Interview mit dem Lehrer Wurzacher drinnen. Und die Schlagzeile ist auch nicht ohne!" Gasperlmaier stöhnte. Was hatte die Schablinger da wieder fabriziert? Widerwillig nahm er das Blatt zur Hand.

„Ganz Altaussee fordert: Raus mit den Chinesen", stand in dicken Lettern über einem Foto, das den Wurzacher zeigte, der grinsend ein Schild in die Kamera hielt. „Kein Ausverkauf unserer Heimat" stand darauf. „Ganz Altaussee!", mokierte sich Gasperlmaier. „Was denken sich die? Haben sie alle Altausseer befragt?" „Du weißt ja, wie solche Aussagen zustande kommen. Erst wird maßlos übertrieben, damit man die Leute aufhetzt, und dann verteidigt man sich damit, das sei lediglich überspitzt formuliert gewesen und satirisch gemeint, und das sei ja schließlich nicht verboten."

Gasperlmaier lehnte sich zurück, um das ganze Interview zu lesen. Der Wurzacher, fand er, schoss weit übers Ziel hinaus. „Das Leben", so las Gasperlmaier der Manuela laut vor, „ist bei uns bereits jetzt unerträglich. Die alltäglichen Wege können nicht mehr zurückgelegt werden, weil die Autos der Touristen alle Straßen verstopfen. Rettung und Feuerwehr werden daran gehindert, Menschenleben zu retten, weil ihre Fahrzeuge im Stau steckenbleiben." Er ließ die Zeitung sinken. „Ob der das wirklich so gesagt hat? Oder hat sich das die Schablinger ausgedacht? Weil, so schlimm ist es ja wirklich nicht. Oder zumindest nur ganz selten." "Am schlimmsten finde ich", sagte die Manuela, "dass der Wurzacher so tut, als ob ganz Altaussee hinter ihm stünde." Gasperlmaier überlegte eine Weile. "Bist du denn dafür, dass die Chinesen unser Altaussee bei sich zu Hause nachbauen?" "Natürlich nicht!", antwortete die Manuela. "Aber es kommt halt schon auch darauf an, wie man etwas sagt. Diese Hysterie", sie wies auf die Schillingzeitung, die Gasperlmaier immer noch in Händen hielt, "ist völlig unangebracht. Das hetzt die Leute nur auf, und letztendlich haben wir dann eine gespaltene Bevölkerung, wo sich die jeweiligen Parteien spinnefeind gegenüberstehen. Das brauchen wir nicht, weil das niemandem hilft." Gasperlmaier nickte. Das war auch ungefähr seine Meinung, nur hätte er sie nicht so elegant formulieren können.

Der Wurzacher erklärte im Interview weiter, dass er dafür wäre, die Zufahrtsstraßen nach Altaussee und Grundlsee mit Schranken zu sichern und Maut für die Zufahrt zu verlangen. Und die Anzahl der Touristenautos sollte radikal beschränkt werden, Busse wollte er überhaupt aus dem ganzen Ausseerland verbannen, die sollten irgendwo in Kainisch draußen parken. "Von dort", erklärte der Wurzacher, "können sie ruhig mit der Bahn zu uns herfahren und dann in den guten alten Postbus steigen." Realistisch fand Gasperlmaier diese Pläne nicht, eher absurd.

Die Schablinger hatte den Wurzacher auch gefragt, was er denn fürderhin zu unternehmen gedachte, um seine Ziele zu erreichen. "Die Politik", so erklärte der, "muss auf unserer Seite sein, und wenn sie es nicht ist, werden wir auch vor radikaleren Formen des Protests nicht zurückschrecken." Gasperlmaier seufzte. Der Wurzacher behauptete, wenn die Klimaschützer sich auf die Straße kleben könnten, um ihre Ziele zu erreichen, dann könnten er und seine Mitstreiter das erst recht, vor allem, weil es ja nur wenige Zufahrten, zum Beispiel nach Altaussee, gäbe. Die könne man mit einfachen Mitteln tagelang blockieren, wenn es sein musste.

Gasperlmaier legte die Zeitung weg. „Da kommt ja einiges auf uns zu, wenn der Ernst macht!", sagte er. „Ich find's ganz schön pietätlos, am Tag nach dem Tod von einem von den Chinesen, dass da sowas in der Zeitung erscheint." Die Manuela nickte zustimmend. Gasperlmaier stand auf und begab sich zum Fenster. Es war noch kälter geworden, und der Regen peitschte gegen das Glas. Oben auf dem Loser, dessen war er sich sicher, schneite es gewiss schon. Die Schneefallgrenze war bei 1500 Metern angekündigt gewesen. An einem Tag wie heute verirrten sich gewöhnlich nur wenige Touristen nach Altaussee. „Bei diesem Wetter allerdings", meinte Gasperlmaier, „kann er sich ruhig auf die Straße kleben. Das wird keinem auffallen."

„Haben wir was Wichtiges zu erledigen? Hast du was von der Frau Doktor Kohlross gehört?", fragte die Manuela. Gasperlmaier schüttelte den Kopf. „Ich hab schlecht geschlafen, weil ich mir so viele Gedanken gemacht habe, was da wohl passiert ist, bei ihr zu Hause." „Ich sag dir, da hat es was mit diesem Grallitsch gegeben. Womöglich hat er die Sophie mit nach Hause genommen, oder er hat vor der Schule randaliert, weil er keinen Kontakt zu ihr haben darf." „Entführt, meinst du? Weil, wenn er sie mit nach Hause ..." Gasperlmaier wurde vom Klingeln seines Telefons unterbrochen. „Auf geht's, Gasperlmaier, Einsatz! Da ist was los, bei der Baustelle vom Niederecker, da müsst ihr einschreiten!" Es war der Friedrich Kahlß, sein ehemaliger Postenkommandant. „Wo denn?", fragte Gasperlmaier. „Ja, da, mitten im Ort, wo halt der Niederecker grad seine Häuser baut! Der Lehrer und der Baulöwe sind sich in die Haare geraten!" „Wir sind schon unterwegs", rief Gasperlmaier, steckte sein Handy wieder ein und fuhr in die Einsatzjacke. „Ein Problem gibt's, mit dem Wurzacher! Komm!", sagte er zur Manuela. „Wir nehmen den Wagen, weil mit Blaulicht, das beruhigt die Leute oft schon."

Die Fahrt dauerte nur ungefähr 30 Sekunden, und Gasperlmaier bremste erst knapp vor den Kontrahenten ab, die sich mehr oder weniger mitten auf der Straße im strömenden Regen gegenüberstanden. „Auseinander!", befahl Gasperlmaier, und tatsächlich zog sich der Wurzacher einen Schritt zurück. In der Hand hielt er einen Holzstock, an dem der klägliche klatschnasse Rest eines Transparents hing. Ihm gegenüber stand der Niederecker, hinter sich drei Bauarbeiter mit gelben Schutzhelmen, die finster dreinschauten. Einer davon hielt eine Eisenstange in der rechten Hand. „Den könnt's gleich mitnehmen!", röhrte der Niederecker mit hochrotem Kopf. „So schnell geht's nicht, Herr Niederecker, zuerst nehmen wir einmal auf, was hier überhaupt vorgefallen ist." Gasperlmaier rechnete fest damit, dass der Regen die Kontrahenten abkühlen und zum Rückzug bringen würde. „Uns wird hier das Recht auf freie Meinungsäußerung beschnitten!", keifte der Wurzacher, der hinter sich ebenfalls ein Grüppchen Anhänger geschart hatte.

„Herr Wurzacher", sagte die Manuela, „das ist jetzt das zweite Mal, dass wir Sie darauf aufmerksam machen müssen, dass eine Demonstration angemeldet zu werden hat. Und wieder haben Sie das unterlassen. Diesmal sogar auf öffentlichem Grund!" Sie zeigte auf die Straße vor sich. „Ich möchte gleich eine Anzeige machen! Wegen Köperverletzung!", gab der Lehrer zurück.

„Zuerst", sagte Gasperlmaier, „erkläre ich einmal diese Demonstration für aufgelöst." Er erhob seine Stimme, um auch die weiter weg Stehenden zu erreichen. „Ihr geht's jetzt alle nach Hause. Sonst nehmen wir eure Personalien auf und erstatten unsererseits Anzeige wegen Störung der öffentlichen Ordnung!" Zu seiner Überraschung wandten sich einige der Anhänger des Wurzacher ab und trotteten unter ihren Schirmen davon.

„Und wir gehen jetzt auch von der Straße weg!", befahl Gasperlmaier und zog den Wurzacher am Ärmel zum Straßenrand. „Ich will aber Anzeige erstatten! Wegen Körperverletzung!", keifte der und wies demonstrativ einen zerrissenen Jackenärmel vor. „Eins nach dem anderen", beschwichtigte Gasperlmaier. „Was ist denn vorgefallen?" „Die Narrischen haben ein Transparent aufhängen wollen, direkt an meinem Bauzaun! Ein fremdenfeindliches noch dazu!" Der Bauunternehmer deutete auf ein Stück Stoff, das jetzt zerknüllt und durchnässt am Straßenrand lag. Auch Gasperlmaier spürte schon, wie der Regen seine Hose durchweichte. „Was ist denn draufgestanden, auf dem Transparent?", fragte er. „Kein Ausverkauf der Heimat!", rief der Wurzacher und reckte die Faust in revolutionärer Pose hoch. „Kein Pardon für Beton!", begann die Gruppe nun zu skandieren. „Meine Häuser sind aus Holz, ihr Trotteln! Aus steirischem Holz!", schrie der Niederecker mit sich überschlagender Stimme, ohne dass die Demonstranten davon beeindruckt gewesen wären. „Kein Pardon für Beton!" Einer der Bauarbeiter näherte sich den Demonstrierenden und holte drohend mit seiner Stange aus. Jetzt wurde es Gasperlmaier aber zu bunt.

„Schluss jetzt!", schrie er und schloss drohend seine Faust um das Holster seiner Dienstwaffe. Der Arbeiter ließ überrascht seine Stange fallen und hielt die Hände hoch. „Ihr geht alle jetzt heim, sonst nehmen wir euch fest, wegen Störung der öffentlichen Ordnung! Und du, Wurzacher, und du, Niederecker, ihr kommt mit uns auf den Posten! Da nehmen wir dann ein Protokoll auf, und ihr könnt Anzeigen machen, soviel ihr wollt. Aber hier ist jetzt Ruhe!"

Murrend und langsam zerstreute sich die Menge nun vollends. Das Wasser lief Gasperlmaier mittlerweile über Stirn und Augen, nicht einmal die Dienstkappe half mehr etwas gegen den strömenden Regen. Die Manuela musste die drei Bauarbeiter noch auffordern, auf die Baustelle zurückzukehren, dann kehrte Ruhe ein. „So!", kommandierte Gasperlmaier. „Einsteigen!" Er deutete auf den Einsatzwagen. „Wieso?", wehrte sich der Niederecker. Der Kahlß Friedrich war plötzlich neben Gasperlmaier aufgetaucht, zuvor hatte er ihn gar nicht wahrgenommen. „Wenn du nicht einsteigst, Niederecker", flüsterte der Friedrich dem Niederecker zu, „dann kannst du auch keine Anzeige machen. Es fragt sich halt, weswegen du den Lehrer anzeigen willst. Er hat ja nicht einmal sein Transparent aufhängen können, da bist du schon da gewesen, mit deinen Gorillas."

Der Wurzacher sah auf seine Uhr. „Ich muss dann jetzt auch wieder in die Schule", sagte er. „So spät?", fragte der Friedrich. Der Wurzacher zuckte mit den Schultern. „Freistunde!", sagte er nur und klaubte sein durchnässtes Transparent vom Boden auf. „Anzeige?", fragte Gasperlmaier. Der Lehrer schüttelte nur den Kopf und trollte sich, während der Niederecker schon hinter dem Bauzaun verschwunden war. „Dann", meinte der Friedrich, „muss ich euch wohl Gesellschaft leisten und euch den Tathergang erzählen." Er öffnete ungefragt die Beifahrertür des Einsatzwagens.

Auf dem Polizeiposten entledigte sich Gasperlmaier zuerst einmal seiner durchnässten Jacke und hängte sie an die Garderobe. Unter der war zum Glück ein Heizkörper, der die Sachen in der Regel schnell trocknete. Die Manuela und der Friedrich folgten seinem Beispiel. „Ich bin nur zufällig vorbeigekommen", sagte der Friedrich, nachdem er auf Gasperlmaiers Stuhl Platz genommen hatte. „Wer geht schon freiwillig bei so einem Wetter aus dem Haus!" Er deutete zum Fenster hinaus. „Aber ich hab auf die Gemeinde müssen. Wegen dem Geländer am Fußweg an der Traun, bei meinem Haus in der Nähe. Da ist alles morsch, da braucht's einmal ein paar Meter neues Geländer, sonst fällt uns noch irgendjemand in die Traun. Und bei dem Wasserstand, den wir gerade haben, da ..." Er schloss den Satz mit einer resignierten Geste. „Warum rufst denn nicht einfach an, bei der Gemeinde?", fragte Gasperlmaier, „statt dass du dich bei einem solchen Regen auf den Weg machst?" „Mei, Gasperlmaier", seufzte der Friedrich, „Was glaubst, wie oft ich schon angerufen hab? Aber kommt einer und macht was? Da musst du persönlich vorstellig werden, sonst nehmen sie dich nicht ernst. Und außerdem muss man sowieso einmal hinaus, nicht. Die einen haben einen Hund, ich hab meine Beschwerden bei der Gemeinde."

„Und wie war das jetzt mit den beiden?", fragte die Manuela nach einer angemessenen Pause. Der Friedrich hob dozierend den Zeigefinger. „Ich hab's auch nicht von Anfang an gesehen. Der Niederecker hat den Wurzacher schon beim Krawattl gehabt und ihn ordentlich geschüttelt. Derweil ist eine von seinen Demonstrantinnen hinter den Niederecker hin und hat den an den Haaren gerissen. Nicht, dass es da noch viel zum Reißen gäb. Da hat der Niederecker dann nach seinen Leuten auf der Baustelle geschrien, und in dem Moment hab ich mir gedacht, bevor die Gewalt da eskaliert, holst du lieber den Gasperlmaier. Und, selbstverständlich, die charmante Manuela." Er schenkte ihr ein Lächeln. „Das fehlt mir noch, dass sich jetzt die unsrigen noch in die Haare kriegen", seufzte Gasperlmaier. „Zu der Geschichte mit dem toten Chinesen und noch dazu dem Problem von der Frau Doktor." „Gasperlmaier!", mahnte die Manuela ihn. „Du sollst doch nicht immer alles herumratschen!" Der Friedrich grinste. „Ja, ja", sinnierte er. „Da sagt man immer, die Weiberleut, die ratschen und ratschen und können kein Geheimnis für sich behalten, aber in Wirklichkeit sind's die Männer, die beim Bier im Wirtshaus ihren Mund nicht halten können." „So ganz stimmt das nicht", korrigierte Gasperlmaier. „Gestern zum Beispiel, da hat uns die Gerti vom Supermarkt gesehen, wie wir mit dem Kröker geredet haben. Und nur Stunden später hat das Gerücht die Runde gemacht, dass wir den in Verdacht haben, dass er den Chinesen umgebracht hat." „Ausnahmen bestätigen eben die Regel!", beharrte der Friedrich auf seinem Standpunkt. „Aber, du, was ist denn los mit der Frau Doktor?"

Gasperlmaier zuckte mit den Schultern. „Gestern ist ein Anruf gekommen. Und da war sie gleich ganz zittrig und wollte sofort nach Hause. Mehr weiß ich nicht. Aber wir glauben halt, dass das mit diesem Grallitsch zu tun hat." „Grallitsch?", fragte der Friedrich, und Gasperlmaier setzte ihn ins Bild, denn der Friedrich wusste ja noch nichts vom Auftauchen des Mannes in Altaussee. „Und jetzt haben wir halt spekuliert", schloss Gasperlmaier, „dass der Grallitsch der Vater von der Sophie sein könnte und seine Rechte geltend machen will, weil er wieder aus dem Häfen heraußen ist." Der Friedrich seufzte. „Wenn das stimmt, dann steckt sie in einem schönen Schlamassel. Ob wir ihr da heraushelfen können?", fragte er mehr sich selbst als Gasperlmaier. „Ich wüsste nicht, wie", antwortete der dennoch.

Gasperlmaiers Handy klingelte. „Du, Dad, ich ... also, ich weiß nicht, ob dich das interessiert, aber unser Chef ist heute nicht ins Büro gekommen. Und erreichbar ist er auch nicht. Und da habe ich mir gedacht ..." Es war die Richelle. „Richtig gedacht, Richelle. Und er hat auch keinen Termin auswärts, zum Beispiel mit den Chinesen ..." „Nein, eben, das ist ja das Komische. Die Burgl Zeitschner, meine Kollegin, ist heute mit denen unterwegs, weil der Kröker nicht gekommen ist. Sie sollen die neue Gondelbahn auf den Loser hinauf ausprobieren, dann zu einem Geigenbauer, und Mittag essen werden sie in der Knödelalm. Die haben zwar normalerweise zu Mittag gar nicht offen, aber ich habe sie überreden können, speziell für uns zu öffnen. Am Nachmittag besichtigen sie dann noch eine Handdruckerei." „Schon gut, Richelle, wir kümmern uns darum. Gut, dass du angerufen hast." Er legte auf. Der Friedrich grunzte. „Der sitzt wahrscheinlich beim Lewan auf ein Paar Würstel und ein kleines Bier", sagte der, mit einem gewissen verächtlichen Unterton in der Stimme. „Je schneller wir den wieder loswerden, desto besser. Und ob die Burgl", er lachte und schlug sich auf den Oberschenkel, „ob die die Richtige ist, um den Chinesen unser Ausseerland schmackhaft zu machen ... ich weiß nicht!" Er erhob sich ächzend. „Na, dann werd ich halt einmal bei der Gemeinde drüben vorbeischauen, wie ich's ursprünglich eigentlich vorgehabt hab", sagte er. „Vielleicht nachher auf eine Jause, beim Schneiderwirt?", fragte er, bevor er die Tür hinter sich zufallen ließ. „Schauen wir mal...", murmelte Gasperlmaier.

„Es hilft alles nichts", sagte er, als der Friedrich weg war, „ich muss jetzt einmal die Frau Doktor anrufen, weil wir ja wissen müssen, ob schon klar ist, wer den Rinderer von hier wegschaffen hat lassen und ob das alles mit rechten Dingen zugegangen ist." Seine Hand lag schon auf dem Telefonhörer, als dieser zu vibrieren begann. „Gasperlmaier, Polizei Altaussee", meldete er sich. „Ja, grüß dich Gasperlmaier!", schrie eine aufgeregte Frauenstimme in den Hörer. „Du, ich will grad auf die Weißenbachalm, zu meinen Kühen, gell, da steht da ein ausgebranntes Auto mitten auf der Forststraße. Ich glaub sogar, dass es noch raucht, und ich trau mich gar nicht in die Nähe, und vorbei kann ich auch nicht." „Wir kommen schon!" Gasperlmaier sprang auf. „Und nicht näher herangehen, man weiß ja nie!" „Aber tummelt's euch, meine Kühe, die warten schon sehnsüchtig auf mich, gell!"

Gasperlmaier schlüpfte in seine unangenehm feuchte Jacke. „Die Maresi war's, von der Weißenbachalm. Ein ausgebranntes Auto auf der Forststraße. Wir müssen hin. Dringend!" Verkehr war nicht viel, aber bei der Ampel in Bad Aussee war gerade rot, und ein entgegenkommender LKW verhinderte, dass sie weiterkonnten. So dauerte es knapp eine Viertelstunde, bis sie hinter dem Suzuki der Maresi anhielten. „Ich hab schon geglaubt, ihr kommt's gar nicht mehr!", beschwerte sich die, als sie ausstieg und gleich ihren Schirm aufspannte.

„Hast irgendwen gesehen? Ein Auto, vielleicht, Radfahrer oder Wanderer?" „Bei dem Wetter?" Die Maresi rollte die Augen. „Ist dir sonst was aufgefallen?" Sie schüttelte den Kopf. „Weißt was", schlug Gasperlmaier vor. „Ich fahr jetzt da nach hinten, in die Ausweiche, da kannst du dann auch umdrehen. Musst halt einen Umweg fahren. Aber wir kommen da schon allein zurecht." „Ist mir nur recht", sagte die Maresi, stieg in ihren Geländewagen und wartete, bis Gasperlmaier mit seinem Einsatzwagen zurückgestoßen hatte. Als sie weg war, fuhr Gasperlmaier dicht an den ausgebrannten Wagen heran. „Kennzeichen fehlen", sagte die Manuela, als er wieder ausgestiegen war. „Ob da einer versucht hat, seine Schrottlaube zu entsorgen?" Gasperlmaier wiegte den Kopf. „So blöd ist heute keiner mehr, dass er nicht weiß, dass das Abschrauben der Kennzeichen nicht genügt."

Rauch, wie die Maresi behauptet hatte, konnte er keinen mehr wahrnehmen, aber das Auto strahlte noch Wärme ab. Was für eine Marke oder Type es gewesen war, konnte man so ohne Weiteres nicht erkennen. Als Gasperlmaier auf der Fahrerseite nach vorne ging, prallte er zurück. Da lag etwas auf dem Fahrersitz. „Nicht, Manuela, nicht näherkommen!", rief er instinktiv. „Jetzt stell dich nicht schon wieder so an ..." Aber als die Manuela an seine Seite getreten war und sah, was da auf dem Fahrersitz lag, drehte sie sich um und übergab sich spontan in den Straßengraben. Gasperlmaier legte seine Hand um ihre Schultern und schob sie ein paar Schritte vom Auto weg. „Da, setz dich hin!", sagte er und zeigte auf einen Baumstumpf. Die Manuela folgte seinem Rat. „Ich hol eine Wasserflasche aus dem Auto." Die Manuela nahm gierig ein paar Schlucke, als er sie ihr hinhielt. „Ist das ..." Gasperlmaier nickte. „Ja, wahrscheinlich. Ich wüsst nicht, was das sonst sein könnte. Wir brauchen die Frau Doktor und die Tatortgruppe. Hoffentlich ist sie nicht in Krankenstand oder sonst wie verhindert." Gasperlmaier wandte sich von dem verbrannten Fahrzeug ab und wählte, mit viel Magenweh, die Nummer der Frau Doktor Kohlross. Da die Kennzeichen fehlten, war klar, dass hier noch jemand beteiligt gewesen war – denn die Leiche auf dem Fahrersitz konnte die Kennzeichen nicht vor dem Brand entfernt haben. Außer, was er für wenig wahrscheinlich hielt, sie lagen irgendwo im Inneren des Fahrzeugs.

An ihr Handy ging sie nicht, deswegen versuchte er es bei der Nummer ihrer Dienststelle. Sie meldete sich mit, wie Gasperlmaier fand, kraftloser Stimme. „Es tut mir furchtbar leid, aber wir haben hier ... also, da ist ein Auto ausgebrannt, und drinnen ist eine ..." „Gasperlmaier", sagte die Frau Doktor. „Ich kann jetzt nicht weg. Vielleicht erkläre ich euch alles ein andermal, aber jetzt verbinde ich dich mit einer Kollegin." Schon war er wieder in der Warteschleife. Vielleicht, hatte sie gesagt. Also war es nicht einmal gewiss, dass er jemals erfahren würde, was sie so aus dem Gleichgewicht gebracht hatte. „Abteilungsinspektorin Jovanovic?", meldete sich eine junge, energiegeladene Stimme. Gasperlmaier war wegen des abrupten Endes des Gesprächs mit der Frau Doktor ein wenig verunsichert. „Polizei Altaussee, Gruppeninspektor Gasperlmaier", meldete er sich. „Wir haben da einen Toten. In einem ausgebrannten Auto. Die Umstände ... also, wir sollten die Tatortgruppe ... vielleicht ..." „Verdächtige Umstände?", fragte die Jovanovic. „Sehr verdächtig!", bestätigte Gasperlmaier. „Und Ihre genaue Position?", kam eine weitere Frage. „Weißenbachstraße, zur Alm hinauf. Gemeinde Bad Aussee, aber schon näher bei Grundlsee." „Wir werden euch schon finden." „Ich komm hinunter, zur Grubenstraße ..." „Passt!"

Das war jetzt voreilig gewesen, denn er musste jetzt entweder die Manuela allein bei dem ausgebrannten Fahrzeug zurücklassen oder selber zu Fuß ... nein, es ging auch anders. „Sag einmal, Manu", fragte er. „Glaubst du, du kannst fahren? Hinunter zur Hauptstraße, damit die Neue hierherfindet, diese Jovanovic? Die Frau Doktor Kohlross kann nicht kommen." Die Manuela nickte. „Geht schon wieder!" Ein wenig schleppend war ihr Gang schon, als sie sich zum Auto begab. Aber sie schaffte es, den Wagen präzise und rasch auf der schmalen Straße zu wenden. Gasperlmaier sah auf seine Uhr. Selbst wenn die Frau Jovanovic mit Blaulicht fuhr, unter einer halben Stunde konnte sie es von Liezen hierher nicht schaffen. Er war mit dem Toten im Auto allein, und wohl war ihm dabei nicht. Er entschloss sich, das Auto ein wenig genauer unter die Lupe zu nehmen, vielleicht konnte er schon Wesentliches herausfinden, bevor die Tatortgruppe mit der Jovanovic eintraf. Was hatte die Frau Doktor gesagt? Sie könne nicht weg? Was war da bloß los? Warum hatte sie so entmutigt geklungen? Sie hatte nicht einmal erwähnt, ob sie schon herausfinden hatte können, wer die Leiche des Rinderer nach Wien schaffen lassen hatte. Gut, er hatte nicht danach gefragt, aber er war auch gar nicht dazu gekommen.

Hinter dem Auto lag etwas. Da war zwar auch eine dicke Schicht von Ruß und verbrannter, ausgeronnener Flüssigkeit, aber irgendwas Glänzendes war da definitiv auch, das Gasperlmaier leicht aufheben konnte. Zuvor streifte er Handschuhe über. Das Zeug, das hinter dem Auto auf dem Boden lag, war, so stellte er fest, großteils verbranntes und verschmortes Plastik von der Stoßstange, denn die fehlte völlig, das nackte Metall war sichtbar. Gasperlmaier hob das runde Ding auf, das zwar auch teilweise verschmort war, aber nicht zur Gänze. Auf der rechten Seite waren deutlich Reste einer grünen Schlange und die Buchstaben „EO" erkennbar. Gab es eine Automarke, bei der diese Buchstaben … Er war schon dabei, eine Suchanfrage bei Google einzutippen, als ihm einfiel, dass es eigentlich nur „Alfa Romeo" heißen konnte. Er suchte im Internet nach dem Logo der Marke, und die Reste, die er in Händen hielt, passten genau dazu. Ein Alfa Romeo also.

Gasperlmaier musste an den Anruf der Richelle denken. Der Kröker verschwunden, und hier war ein Brandopfer. Dass das zusammenhing, war vielleicht unwahrscheinlich, aber dennoch suchte er in seinen Kontakten nach der Nummer der Richelle. Er musste ihr ja nicht gleich von dem schaurigen Fund erzählen. „Hallo, Dad. Was gibt's?", meldete sie sich. „Du, Richelle", sagte er, „ich bin's, der Gasperlmaier. Ich hab da eine Frage. Weißt du zufällig, was der Kröker für ein Auto fährt?" „Einen Alfa Romeo", antwortete sie. „Warum?" Gasperlmaier wurde schwindelig. „Nur so!", krächzte er noch in sein Handy. „Falls wir einen sehen!" „Blau ist der, ein sehr schickes Auto, übrigens!" „Ja, danke!", sagte Gasperlmaier noch, bevor er auflegte. Dass die Richelle sich für Autos interessierte, hatte er gar nicht gewusst. Wahrscheinlich war das hier aber gar nicht das Auto vom Kröker, und der da drinnen, das war wohl … ja, ein Selbstmörder konnte es sein. Der konnte ja seine Kennzeichen abmontiert haben, bevor er hier heraufgefahren war. Ob das Wrack hier jemals blau gewesen war, würde keiner mehr herausfinden, und es gab schließlich unzählige Alfas auf den Straßen da draußen. Der Kröker, der saß sicher, so wie der Friedrich es vermutet hatte, gemütlich beim Lewan und war schon beim Verlängerten angekommen. Vielleicht mit einer Mehlspeise dazu. Ja, so war es bestimmt.

Gasperlmaier suchte seine Taschen nach einem Beutel für Beweisstücke ab, fand einen passenden und ließ das Logo hineingleiten. Er setzte sich auf den Baumstumpf, auf dem zuvor schon die Manuela gesessen hatte. Hoffentlich ging es der gut. Man durfte sie zwar nicht auf ihre Schwangerschaft ansprechen, aber das heute war einfach viel. Sie sollte ab nun, so beschloss er, lieber Innendienst machen. Aber ob die Manuela sich das so ohne Weiteres gefallen lassen würde? Sie war doch recht eigensinnig. Und jetzt, wo sie womöglich endgültig einen Mordfall am Hals hatten, würde sie ihm wieder mit ihren Profiler-Methoden auf die Nerven gehen. Wenn es denn ein Mord war, aber daran durfte man zum jetzigen Zeitpunkt nicht einmal einen Gedanken verschwenden.

Gasperlmaier nahm einen Schluck aus der Wasserflasche, die er bei sich behalten hatte. Je länger er hier saß, desto unangenehmer wurde der Gestank. Obwohl das Feuer längst erloschen war, nahm er Brandgeruch wahr, es räukelte, wie man im Dialekt sagte. Und da war auch noch etwas anderes, vielleicht ein bisschen, wie es roch, wenn man grillte ... Er würde nie mehr Grillfleisch essen und auf der Terrasse grillen können, das kam sowieso nicht mehr in Frage.

Die Minuten zogen sich zur Unendlichkeit. Sehnsüchtig blickte Gasperlmaier die Forststraße hinunter, ob nicht endlich ein Fahrzeug auftauchen wollte. Und dann kamen sie endlich. Voran ein rotes Auto, dahinter der Bus der Tatortgruppe. Das rote Auto surrte, sah sehr schick aus und hatte ein grünes Kennzeichen. Das musste ein Elektroauto sein. Wie sich eine Abteilungsinspektorin einen solchen Schlitten leisten konnte? Gasperlmaier stand auf und winkte, obwohl das, merkte er im gleichen Moment, völlig überflüssig war, denn das ausgebrannte Wrack war weithin sichtbar und blockierte ohnehin die Weiterfahrt. „Guten Morgen!" Die Frau Jovanovic lächelte und schüttelte ihm die Hand, mit einem viel kräftigeren Händedruck, als er das erwartet hatte. Sie hatte ein schmales Gesicht mit einer kräftigen, spitzen Nase darin. Die Augen waren ebenso dunkel wie ihr langes Haar, das sie mit einem bunten Band in Regenbogenfarben in einen strengen Pferdeschwanz zusammengebunden hatte. Sie trug sportliche Kleidung und sah insgesamt aus, als hätte sie sich auf eine längere Wanderung vorbereitet. „Eine Leiche, da vorn in dem Auto?" „Ja", nickte Gasperlmaier. „Kennzeichen fehlen. Und ich hab auch schon was gesichert." Er holte den Beutel aus einer Jackentasche. „Es war ein Alfa Romeo."

Die Frau Jovanovic nahm das Säckchen zur Hand und inspizierte den Inhalt. „Ich übergeb es gleich der Tatortgruppe. Sie hätten es lieber liegen lassen sollen. Gibt's ein Foto von der Auffindelage?" Gasperlmaier schüttelte den Kopf und räusperte sich. Die ging ein wenig streng mit ihm um, fand er. „Ich hab's eh nur mit Handschuhen angefasst", verteidigte er sich und entlockte der Jovanovic damit ein Lächeln. „Schon gut. Schauen wir einmal nach vorn?" Sie deutete in Richtung des Fahrersitzes. „Es sieht nicht schön aus!", warnte Gasperlmaier. Hinter ihm war urplötzlich die Manuela aufgetaucht. Er musterte sie skeptisch. Sie verengte die Augen zu Schlitzen, was nie etwas Gutes bedeutete. Gasperlmaier verkniff sich jede Bemerkung. Wenn sie unbedingt noch einmal die Brandleiche sehen wollte, dann sollte es wohl so sein.

„Sie haben recht!" Die Jovanovic fotografierte die Leiche durch das Fenster, dem das Glas fehlte, es lag zerbröselt und geschwärzt auf dem Boden neben der Fahrertür. „Es sieht nicht schön aus! Aber wenn es der Fahrzeughalter ist, wird es nicht lange dauern, bis wir die Identität haben. Und wenn nicht, dann helfen uns die Zähne weiter." Sie deutete dorthin, wo Gasperlmaier den Kopf der Leiche vermutete. Die Manuela war an ihm vorbeigegangen, stellte sich hinter die Jovanovic und blickte durch das Fenster ins Wageninnere. Gasperlmaier wollte hinter den beiden Frauen nicht zurückstehen und warf ebenfalls einen Blick auf das, was vom Fahrer noch übrig war. Obwohl, ob es tatsächlich der Fahrer gewesen war, musste man wohl erst herausfinden, und auch, ob es sich um eine männliche oder weibliche Leiche handelte. „Warum sind die Arme und Beine so komisch angezogen?", fragte die Manuela. „Man nennt das Fechterstellung", erklärte die Jovanovic. „Durch die Hitzeschrumpfung ziehen sich Muskeln und Sehnen zusammen, es kommt zu dieser typischen Beugung. Ihre erste Brandleiche?" Die Manuela nickte.

„So, dürfen wir?" Hinter Gasperlmaier waren zwei Mitglieder der Tatortgruppe in ihren weißen Overalls aufgetaucht. „Und die Damen und den Herrn ersuchen wir jetzt um ein wenig Abstand!" Mit Gesten wurden die Jovanovic sowie Gasperlmaier und die Manuela verscheucht.

„Kennzeichen fehlen?", fragte die Jovanovic nach und deutete auf das Heck des Wagens. „Leider", entgegnete Gasperlmaier. „Aber ich hätte da schon einen Ansatz, ich meine, wegen der Identität des Toten, und weil es doch ein Alfa Romeo ist ..." „Ja?", fragte die Jovanovic. „Wir hätten sonst eh nicht viel zu tun. Ich meine, bis die Tatortgruppe durch ist und wir wissen, wem das Auto zuzuordnen ist, gibt es kaum Handhabe, um zu ermitteln." „Also, der Chef meiner Schwiegertochter, der Kai Kröker, er ist der Chef des hiesigen Tourismusverbands, der fährt einen Alfa Romeo. Und er ist heute nicht in seinem Büro erschienen." Die Jovanovic nickte. „Das hört sich ja interessant an. Ich bin übrigens über alle Einzelheiten in Bezug auf die Ereignisse um die chinesische Delegation informiert. Der Name Kröker ist dabei mehrmals aufgetaucht. Eine so vielversprechende Spur sollten wir verfolgen, finden Sie nicht?" Gasperlmaier war es nicht gewohnt, nach seiner Meinung gefragt zu werden, sodass er zunächst nicht reagierte. „Und ob!", sagte stattdessen die Manuela. „Und wo finden wir Ihre Schwiegertochter?", fragte die Jovanovic. „In Bad Aussee. Im Büro des Tourismusverbands", erklärte Gasperlmaier.

„Ein Wahnsinn, Ihr Auto!", staunte die Manuela, als sie wieder zu dem feuerroten Elektroauto kamen. „Ein Ford Mustang, oder? Darf ich vielleicht mitfahren?" Die Jovanovic nickte. „Ich hab ihn erst ein halbes Jahr. Und ich mag ihn sehr!" „Ja, die Manu weiß eh, wo wir hinmüssen!", sagte Gasperlmaier und begab sich zu seinem Einsatzwagen. Es dauerte eine Weile, bis auch die Jovanovic abfahrbereit war, denn man musste zuerst den Bus der Tatortgruppe zurücksetzen, damit sie wenden und vorbeifahren konnte.

„Grüß dich, Richelle", sagte Gasperlmaier. Seine Schwiegertochter saß, mit einem Headset auf dem Kopf, vor dem Bildschirm und tippte. „Hallo Dad!", lachte sie und nahm das Headset ab. „Das ist die Frau Abteilungsinspektorin Jovanovic. Und wir sind wegen dem Kröker da. Weil er doch heute nicht gekommen ist. Habt ihr schon was von ihm gehört?" Die Richelle schüttelte den Kopf. „Wieso? Ist was passiert?" Gasperlmaier und die Manuela warfen einander Blicke zu, aber die Jovanovic kam ihnen zuvor. „Dazu können wir noch nichts sagen. Kommt das öfter vor, dass Herr Kröker nicht anwesend und auch nicht erreichbar ist?" Die Richelle schüttelte den Kopf, und ihr seidiges, schwarzes Haar schlug Wellen. „Normalerweise wissen wir, wo wir ihn erreichen, wenn er nicht da ist!" Sie nickte mit dem Kinn in Richtung Kaffeehaus Lewandofsky. „Da drüben ist der Lewan", erklärte Gasperlmaier. „Eine Institution hier in Aussee." Die Richelle nickte. „Er hat dort vormittags sehr häufig geschäftliche Besprechungen." Sie betonte die beiden letzten Wörter so, dass man wusste, um welche Art von Terminen es sich in Wirklichkeit handelte.

„Wie lange arbeitet er denn schon als Tourismuschef hier?" „Seit drei Monaten", sagte die Richelle. „Am 1. Juli hat er begonnen." „Kann ich seine Nummer haben?", fragte die Jovanovic. Die Richelle nickte und reichte ihr eine Karte. Als sie sie entgegennahm, rutschte der Ärmel der Jovanovic nach oben und entblößte einen muskulösen, sehnigen Unterarm mit ein paar Tattoos, deren Motive Gasperlmaier in der Eile nicht erkennen konnte. Er hatte bisher recht eindeutige Vorurteile gegenüber Menschen mit Tätowierungen gehegt. Man würde sehen, ob mit der Jovanovic gut auszukommen war.

Sie wählte die Nummer auf der Visitenkarte des Kröker sofort. „Nur Mailbox", sagte sie. „Genau wie bisher den gesamten Vormittag", kommentierte die Richelle. „Na, dann schauen wir uns doch einmal dieses berühmte Kaffeehaus an", entschied die Jovanovic. „Ich muss euch leider verlassen", erklärte die Manuela. „Ich hab auf dem Posten noch einige Berichte aufzuarbeiten. Das macht der Kollege eh nicht so gern." Sie lächelte zwar, dennoch aber kam sich Gasperlmaier vor der Jovanovic bloßgestellt vor. „So gern ich noch ein bisschen mit dem Mustang mitfahren würde, aber ..." Sie winkte ihnen zu und verschwand durch die Eingangstür.

Gasperlmaier nickte der Richelle zu und folgte der Jovanovic. Die hatte, so musste er feststellen, einen äußerst schnellen und raumgreifenden Schritt, er konnte kaum folgen. Vor dem Eingang des Lewan hielt sie inne. „Sie fragen, Herr Kollege. Sie sind doch hier bekannt?" „Freilich", sagte Gasperlmaier und stieß die Tür auf. „Grüß dich", sagte er und zog seine Kappe vom Kopf. Hinter der Theke stand die Rafaela, die hier schon jahrelang Kuchen und Torten auf Teller verteilte und servierte. „Sag, Rafi, hast du den Kröker heute schon gesehen?" Sie schüttelte ihre langen blonden Locken. „Sonst ist er ja fast jeden Tag da, aber heute ..." „Hat vielleicht jemand nach ihm gefragt?" „Das schon!", antwortete die Rafaela. „Da hinten sitzt der noch!" Da sie auf beiden Händen je einen Teller balancierte, musste sie mit dem Kinn in eine der hinteren Ecken des Cafés deuten. „Der Niederecker. Der hat gefragt, wo denn der Kröker heute bleibt." Gasperlmaier warf einen Blick in die Ecke, der Niederecker hatte sie schon entdeckt und grüßte mit einem Nicken. „Da hinten", flüsterte Gasperlmaier der Jovanovic zu, „sitzt der Niederecker. Das ist ein Bauunternehmer aus dem Salzburgischen, der aber jetzt ein paar Aufträge hier bei uns abarbeitet, Gott weiß, warum. Er macht sich hier breit und mischt sich in unsere Angelegenheiten ein, zum Beispiel, was diese Geschichte mit den Chinesen betrifft." Die Jovanovic zog die Augenbrauen hoch, in einer Art, die Gasperlmaier an die Frau Doktor Kohlross erinnerte. Womöglich hatte die Jovanovic sich das von ihr abgeschaut. „Wir wollen wissen, was er mit dem Kröker zu besprechen hatte", entschied sie und ging auf den Tisch zu. Noch bevor sie ihn erreichte, schnarrte ihr Handy, und sie warf einen kurzen Blick darauf. „Schauen Sie mal!" Sie zeigte Gasperlmaier das Display. „Der Alfa war ein Tonale, Farbe metallic blau", stand da. „Checken S' das, bitte!", trug ihm die Jovanovic auf. Gasperlmaier ging vor die Tür, denn er war sich sicher, dass der Niederecker nichts von dem Telefongespräch mitbekommen sollte. Es dauerte nur Sekunden, bis ihm die Richelle bestätigt hatte, was er geahnt hatte. Der Alfa des Kröker war tatsächlich ein Tonale gewesen. Jetzt war es wohl nur noch eine Frage von ein paar Stunden, bis man die Identität des Toten zweifelsfrei geklärt hatte.

Er begab sich zurück ins Café. Der Niederecker redete auf die Frau Jovanovic ein. „... und da gibt es natürlich wieder ein paar Querulanten", erklärte er, heftig gestikulierend, „die sich gegen den Fortschritt stemmen und sofort auf die Barrikaden steigen, wenn irgendwelche neuen Ideen aufkommen. So kann man nicht arbeiten, in einer Zeit wie dieser!" „Und Sie sind für den Fortschritt und haben Ideen?", fragte die Jovanovic, ohne dass Gasperlmaier einen ironischen Unterton erkennen konnte. „Natürlich!", antwortete der Bauunternehmer und holte zu einem längeren Vortrag aus, während Gasperlmaier es recht rasch aufgab, ihm zuzuhören. Augenzwinkernd trat die Rafaela an ihren Tisch und stellte einen Kaffee und ein Seidel Bier ab. „Deine Kollegin ..." Auf Gasperlmaiers fragenden Blick hin deutete die Rafaela auf die Jovanovic. Wie, so fragte Gasperlmaier sich, hatte die Jovanovic ahnen können, dass er Lust auf ein Seidel Bier gehabt hatte? „Haben Sie vielleicht Hafermilch?", fragte die Jovanovic. „Freilich", antwortete die Rafaela. „Ich bring's gleich." Die Abteilungsinspektorin, mutmaßte Gasperlmaier, war anscheinend Veganerin.

Er nahm einen Schluck Bier, während die Rafaela das Gewünschte auf dem Tisch abstellte. „Danke!", sagte die Jovanovic. Sie saß ganz entspannt da, schüttete die Milch und einen Löffel Zucker in ihren Kaffee und nickte dem Niederecker lächelnd zu, so, als ob sie mit allem, was er erzählte, gänzlich einverstanden wäre. „Mich würde es ja nicht wundern", sagte der gerade, „wenn diese Berufsprotestierer dahinterstecken, hinter dem Mord an dem Herrn Rinderer. Denn dass es ein Mord war, daran besteht ja nicht der geringste Zweifel!" „Nicht?", fragte die Jovanovic interessiert und schlug ein Bein über das andere. Am Knöchel, stellte Gasperlmaier fest, hatte sie ein Rennrad tätowiert, was er höchst ungewöhnlich fand, aber es verriet, dass sie wahrscheinlich Radsportlerin war. Der Niederecker schüttelte heftig den Kopf. „Ich bitte Sie! Da werden doch die Tatsachen vor uns verheimlicht! Mittlerweile weiß jeder, dass der Rinderer brutal abgestochen worden ist, die im Hotel sind immer noch dabei, den Pool zu reinigen. Tage wird das dauern, Tage!" Gasperlmaier konnte sich ein Kopfschütteln nicht verkneifen. „Ja, da schüttelt er den Kopf, unser Postenkommandant!", ereiferte sich der Niederecker und lief rot an. „Die Öffentlichkeit lässt man dumm sterben, und wir werden mit Fake News gefüttert!" Auf der Stirn des Niederecker standen Schweißperlen, und er atmete heftig. Gasperlmaier nahm einen Schluck Bier. „Dabei solltet ihr längst diesen Wurzacher verhaftet haben und nach allen Regeln der Kunst ausquetschen, dann wäre der Fall heute Abend schon gelöst! Weil es natürlich der war, zusammen mit seiner sauberen Tochter, die ihm im Hotel alle Türen aufgesperrt hat!" „Interessante Theorie!", nickte die Jovanovic lächelnd und nahm einen Schluck Kaffee. „Müssen wir unbedingt weiterverfolgen, nicht, Herr Gasperlmaier?" Es dauerte einen Moment, bis der sich angesprochen fühlte, denn „Herr Gasperlmaier" nannte ihn nur sehr selten jemand. „Auf jeden Fall", murmelte er, „unbedingt!"

„Wissen Sie vielleicht, wo sich der Herr Kröker aufhält? Wir können ihn nicht erreichen, und wir hätten ein paar Fragen an ihn." „Was weiß denn ich, wo der steckt!", schimpfte der Niederecker. „Er muss sich ja schließlich nicht abmelden bei mir, wenn er einmal was anderes zu tun hat." „Wie lange kennen Sie den Herrn Kröker denn schon?", fragte die Jovanovic weiter. „Wie meinen S' jetzt das?", fragte der Niederecker zurück und kratzte sich am Hinterkopf. „Na ja, genau so, wie ich's gesagt habe!" Sie nahm einen Schluck Kaffee. „Also, hier ist er, ich glaub, den ganzen Sommer schon. Da ist ja der Pesendorfer in Pension gegangen, der's vorher war, nicht?" „Wird schon so sein", entgegnete die Jovanovic. „Und seit Juli treffen Sie sich hier regelmäßig? Wie haben Sie denn den Herrn Kröker kennengelernt? Zufällig?" Der Niederecker schien zunehmend verunsichert und drückte sich um eine Antwort. Die Jovanovic tat, als merke sie nichts.

„Worüber, sagten Sie, haben Sie in den letzten Tagen bei den Treffen mit dem Kröker geredet?", erkundigte sie sich. „Wir", schnaufte der Niederecker, „wir Unternehmer, wir müssen unser Geld im Schweiße unseres Angesichts verdienen. Wir können unseren Arsch nicht auf einem Beamtensessel ausruhen und dann, wenn wir 40 Jahre nichts getan haben, eine fette Pension kassieren. Und genau darüber habe ich mit dem

Kröker geredet, dass wir was machen müssen, was tun, dieses verschlafene Dorf weiterentwickeln!" Gasperlmaier war drauf und dran, sich einzumischen, hielt sich zurück, ballte jedoch unter dem Tisch die Fäuste. „Also ich", sagte die Jovanovic, immer noch völlig ungerührt, „ruhe meinen Arsch nicht auf einem Beamtensessel aus. Sonst wäre ich nicht hierhergekommen, um mit Ihnen zu reden. Herzlichen Dank für das Gespräch!" Sie stand auf und hielt dem Niederecker die Hand hin, der sie überrascht ergriff und schüttelte. Ein paar silberne Armreifen am Handgelenk der Jovanovic klimperten.

„Ja, was ist jetzt mit dem Kröker?", fragte der Niederecker. „Das versuchen wir gerade herauszufinden. Wir Beamtenärsche!", rief Gasperlmaier und bereute seinen Ausbruch im gleichen Augenblick, weil die Jovanovic so sorgfältig darauf geachtet hatte, den Bauunternehmer nicht zu provozieren.

Draußen wartete sie unter dem Vordach. „Das haben wir gut gemacht, finde ich", sagte sie lächelnd. „Na ja", sagte Gasperlmaier. „Ich hätt mich halt lieber ein wenig zurückhalten sollen ..." „Das passt schon so", sagte sie. „Sie wundern sich vielleicht, dass ich ihm so lange zugehört habe. Und noch dazu in einer Haltung, als wäre ich auf seiner Seite." „Das ist fortgeschrittene Verhörtechnik, oder?", fragte er. Die Jovanovic lachte auf. „Eher Menschenkenntnis. Oder Männerkenntnis, wenn man es genau nimmt. Als Frau brauchst du nur ein interessiertes Gesicht machen, zuhören und freundlich nicken. Dann reden die Männer drauflos. Aber ist Ihnen das aufgefallen: Der kennt diesen Kröker schon länger, die haben sich nicht hier in Bad Aussee das erste Mal getroffen." „Den Eindruck hatte ich auch", sagte Gasperlmaier. Gleichzeitig nahm er sich vor, der Jovanovic auf keinen Fall sein Herz auszuschütten, auch wenn sie ihm noch so aufmerksam und freundlich zuhörte.

„Jetzt haben wir keinen Schirm", sagte sie und blickte hinaus in den Regen. Ohne Gasperlmaiers Reaktion abzuwarten, trat sie unter der Markise hervor und zeigte keine Anzeichen von Eile, zu ihrem Auto zu kommen, nicht einmal, als ihr das Regenwasser über das Gesicht rann. Gasperlmaier hatte wenigstens seine Dienstmütze und hätte sich lieber ein wenig beeilt, war aber ohnehin darauf angewiesen, dass die Jovanovic ihren roten Flitzer aufschloss. Als sie vor dem Auto standen, hörte Gasperlmaier es zwar klicken, die Jovanovic aber blieb vor der Fahrertür stehen, breitete die Arme aus und hob den Kopf, sodass der Regen direkt auf ihr Gesicht prasselte. „Die Natur, Herr Gasperlmaier", rief sie. „Die Natur! Ist sie nicht herrlich in all ihren Erscheinungen?" „Freilich!", brummte er und öffnete die Beifahrertür, um endlich ins Trockene zu kommen. Die Jovanovic war klitschnass, als sie sich neben ihm in den Fahrersitz fallenließ.

„Mir macht das überhaupt nichts", strahlte sie. „Es ist nur Wasser, und es trocknet wieder. Ich setze mich gern den Elementen aus!" „Ist eh schön!", kommentierte Gasperlmaier, als das Auto lautlos aus der Parklücke glitt. Die Jovanovic, so dachte Gasperlmaier bei sich, war ein bisschen komisch. Das Wasser aus ihrem Haar tropfte auf ihre Schultern und die Sitze. „Es ist so", sagte Gasperlmaier, während er in die Sitzpolster gedrückt wurde, weil der Wagen ebenso heftig wie lautlos beschleunigte, „dass ich, also, dass niemand Herr Gasperlmaier zu mir sagt. Ich bin mit allen per du, und die nennen mich einfach nur Gasperlmaier. Und weil Sie ja so viel jünger sind wie ich, habe ich mir gedacht, dass wir uns auch ..." „... duzen könnten", vollendete die Jovanovic seinen Satz. „Ich bin die Emina", sagte sie und streckte ihm die Hand hin. Gasperlmaier schüttelte sie etwas zaghaft, und die Emina deutete sein Zögern richtig. „Keine Angst", sagte sie, „das Auto findet seinen Weg von allein. Aber ich hab zur Sicherheit eh eine Hand am Lenkrad. Und, damit du gleich Bescheid weißt, ich habe, wie man so sagt, Migrationshintergrund. Meine Eltern sind vor dem Bosnienkrieg geflüchtet, damals war meine Mutter gerade schwanger mit mir. Und in mir, da ist so ein Gefühl gewachsen, das immer größer geworden ist. Dass ich meine Familie beschützen muss und deswegen zur Polizei gehen will. Inzwischen habe ich natürlich kapiert, dass ich für den Schutz und die Sicherheit aller in Österreich verantwortlich bin. Sogar für die, die mich am liebsten mit einem Fußtritt aus dem Land befördern würden, weil ich eine Tschuschin bin!" Die Emina sagte das ruhig und mit freundlichem Gesicht, und Gasperlmaier fragte sich, warum sie ihm das alles erzählte. Aber es war auch gut so, denn nun waren viele Fragen und etwaige Missverständnisse zwischen ihnen schon ausgeräumt.

„Also, was mich betrifft, ich hab gegen überhaupt niemanden etwas, egal woher", sagte er, „solange sie uns keine Schwierigkeiten machen und sich an die Gesetze halten." „Gut so!", antwortete die Emina. „Was wissen wir jetzt eigentlich über den Niederecker?", fragte er. „Sag selbst!" Gasperlmaier dachte nach. „Dass er sehr von sich eingenommen ist und starke Gefühle hat, was seine Konkurrenten oder Gegner betrifft. Dass er mit dem Kröker zusammen darauf aus war, irgendwie und irgendwo Gewinne zu machen." „Siehst du!", nickte die Emina. „Und wir wissen, dass er sehr impulsiv ist, sich leicht aufregt und wahrscheinlich auch vor unsauberen Mitteln nicht zurückschreckt, wenn es um seine Interessen geht. Das ist, finde ich, schon eine ganze Menge." „Könnte er den Kröker umgebracht haben?", fragte Gasperlmaier mehr sich selbst als die Emina. Die nickte. „Wenn sie miteinander in Streit geraten sind, sicher. Und die Erfahrung lehrt, wenn es um Profit geht, werden aus Kumpanen manchmal schnell erbitterte Feinde, weil sie einander jeden Hunderter neiden."

„Die Frage ist, ob das Opfer überhaupt der Kröker ist", seufzte Gasperlmaier, als sie vor dem Polizeiposten hielten. „Wie viele blaue Alfa Romeo Tonale gibt es in dieser Gegend, deiner Einschätzung nach?", gab die Emina zurück. „Sehr wenige!", antwortete Gasperlmaier und stieg aus. „Also", sagte die Emina, „ist es eine einigermaßen belastbare Hypothese, dass unsere Brandleiche euer Tourismusdirektor ist."

11

„Am besten, wir fangen gleich bei deiner Schwiegertochter an", sagte die Emina. „Die kann uns sicher etwas erzählen, damit wir ein Bild von diesem Kröker bekommen. Der Name macht mich schon etwas stutzig – der kann doch nicht aus der Gegend sein, oder?" Gasperlmaier erklärte, wie der Tourismusverband zum Kröker gekommen war. „Noch eine Frage", schloss er, bevor sie die Tür zum Büro der Richelle öffneten. „Darf sie erfahren, was wir vermuten? Dass der Kröker in seinem Auto verbrannt ist?" Die Emina legte einen Finger ans Kinn. „Ich lass es einmal offen. Überlass diesmal mir die Fragen."

Das war Gasperlmaier recht. „Wir sind's noch einmal, Richelle", sagte er, nachdem er geklopft hatte und eingetreten war. „Beim Lewan war er nicht, euer Chef." „Frau Fraser", fragte die Emina, „dürfen wir Ihnen ein paar Fragen stellen?" Einen Moment lang war Gasperlmaier überrascht, dass die Jovanovic den Namen der Richelle kannte, bis er wahrnahm, dass auf ihrem Revers ein Namensschild angesteckt war. Es zeigte außer dem Namen das Logo des Tourismusverbands, einen Ausseerhut. „Es ist doch etwas passiert, oder? Ich meine, wenn die Polizei extra zweimal kommt, dann …?", fragte die Richelle argwöhnisch. „Nun", sagte die Jovanovic, „wir finden es schon ein wenig ungewöhnlich, dass Ihr Chef nicht auffindbar ist. Und ich bin hergekommen, um mich darum zu kümmern." Die Richelle stand auf und zog zwei freie Sessel an ihren Schreibtisch heran. „Bitte!" Die Emina und Gasperlmaier setzten sich.

„Was können Sie uns denn über Ihren Chef so erzählen?", fragte die Emina. „Er war noch nicht lang da", sagte die Richelle. „Und ich hab ihn creepy gefunden, ich hab's Dad schon erzählt." „Creepy?", fragte die Emina nach. „Ja, unpassende Bemerkungen über mich, zu wenig Distanz, zu viele Berührungen ... das mag ich nicht." „Was wissen Sie sonst noch über ihn?" „Er war immer ziemlich exklusiv gekleidet, teure Sachen, auch teure Düfte, ich kenne mich da ein wenig aus." Gasperlmaier schien so, als erröte sie, als sie ihm einen Blick zuwarf. Vielleicht, überlegte er bei sich, dachte die Richelle, dass er glaubte, dass sie zu viel Geld für Kleidung und Kosmetik ausgab.

„Beschreiben Sie uns einmal den gestrigen Tag", sagte die Jovanovic. „Wann und wo haben Sie den Herrn Kröker gesehen?" Die Richelle zuckte unschlüssig mit den Schultern. „In der Früh war er kurz da, und dann ist er zum Lakeview, um die Chinesen abzuholen." „War er da mit seinem Alfa unterwegs?", fragte die Emina. „Das weiß ich nicht, aber ich vermute es. Er fährt überall mit dem Auto hin, auch kurze Strecken." Sie lächelte. „Und er lässt immer, wenn es möglich ist, den Motor laut aufheulen. Ein Vorbild für Nachhaltigkeit ist er nicht!" „Später?", fragte die Emina nach. „Er hatte Termine, mit den Chinesen, und ich habe ihn nicht mehr gesehen, bis ich nach Hause gefahren bin. Und ein wenig später ist auch Dad gekommen", sie deutete lächelnd auf Gasperlmaier, „und hat mich nach dem Kröker gefragt, wie er so ist." „Warum haben Sie sich ... Entschuldigung ... warum hast du dich für den Kröker interessiert?", fragte die Emina.

Gasperlmaier erläuterte seine Idee, wonach sowohl der Kröker als auch der Rinderer ein Auge auf Lin Lien geworfen hatten. Während er noch redete, erinnerte er sich daran, dass beide Männer jetzt tot waren. Das konnte kein Zufall sein. „Ja", sagte die Richelle, nachdem Gasperlmaier geendet hatte, „und ich habe Dad eben erzählt, dass der Kröker irgendwie unheimlich ist, unsympathisch." „Nicht nur das", ergänzte Gasperlmaier. „Er hat auch Lin Lien, die Dolmetscherin, belästigt. An einem Abend hat er sie heimgebracht, sie dann zu küssen versucht und wollte mit ihr auf ihr Zimmer. Sie hat ihm aber kräftig mit dem Absatz auf den Fuß getreten, am nächsten Tag ist er gehumpelt." Die Emina lächelte. „Gut. Da hat sich jemand zu wehren gewusst. Gab's noch irgendeinen telefonischen Kontakt, oder per Mail oder WhatsApp?" „Ja, ja, schon", antwortete die Richelle. „Dauernd. Dass wir uns darum kümmern sollen, dass die Termine klappen, und dass wir dort und dort anrufen sollen, dass sie sich verspäten, und irgendwelche Sonderwünsche ..." „Welche?" „Na, zum Beispiel, dass wir uns um die Rechnung für das Dirndl für Lin Lien kümmern sollen, und nachfragen, ob wir für die beiden Männer Lederhosen auftreiben können ... dauernd war irgendwas. Aber da müsst ihr eher die Lena fragen, die ist seine Sekretärin, ich bin ja für's Marketing zuständig. Aber seine Nachrichten gestern, die haben wir beide gekriegt, weil er sich nicht entscheiden konnte, wer das machen soll. Keine Ahnung, wer das jetzt bezahlen wird, weil eigentlich haben wir für teure Geschenke kein Budget."

Die Lena kannte Gasperlmaier, weil sie vor ein paar Jahren Narzissenprinzessin gewesen war. Recht geeignet für diese Aufgabe war sie nicht gewesen, weil sie vor öffentlichen Auftritten Angst hatte und sich davor drückte, wo es nur ging. Warum sie sich beworben hatte, war ihm ein Rätsel gewesen, und warum sie gewählt worden war, noch mehr. Wohl am ehesten wegen ihres Aussehens, denn auf den Fotos, das musste man zugeben, machte sie ordentlich was her.

„Und wo finden wir diese Lena?" Die Richelle deutete auf eine Tür im Hintergrund. „Back office", sagte sie. „Aber wollt ihr mir nicht endlich sagen, was los ist? Diese ganzen Fragen – das klingt ja so, als wäre der Kröker schon tot!" Sie lachte auf. Gasperlmaier bemühte sich auch um ein Lachen, es gelang ihm aber nicht ganz. Hoffentlich hatte die Richelle nicht gemerkt, wie nahe an der Wahrheit sie mit ihrer Bemerkung war.

Auch Richelles Kollegin Lena saß mit einem Headset auf dem Kopf an ihrem Computer und sah einigermaßen verstört aus. Sie schrak hoch, als die Emina und Gasperlmaier das Büro betraten. Sofort riss sie ihr Headset vom Kopf, was zur Folge hatte, dass ihre Haare ein wenig wirr ins Gesicht hingen. Sie strich sie mit beiden Händen sorgfältig zurück. „Die Polizei? Ist denn was passiert? Ist dem Kai etwas passiert?" Gasperlmaier fielen zwei Dinge auf, erstens, dass sie, im Gegensatz zur Richelle, den Kröker mit dem Vornamen nannte, und, dass ihre Augen gerötet waren, so als habe sie geweint. Noch bevor die Emina oder er Gelegenheit hatten, zu antworten, packte sie Gasperlmaier am Unterarm. „Er ist tot, gell, er ist tot, ich spür's!" Sie ließ Gasperlmaier los, schlug beide Hände vor ihr Gesicht und begann zu weinen. Die Emina warf Gasperlmaier einen vielsagenden Blick zu. Er zuckte mit den Schultern.

Er schielte nach ihrem Namensschild, konnte aber nur den Ausseerhut entdecken, den Rest des Schildes hatte sie mit ihren Unterarmen verdeckt. „Lena", sagte er deswegen beruhigend, „setzen Sie sich einmal hin, und hören S' auf zu weinen, weil ..." Ihm fiel kein vernünftiges Ende für den Satz ein. Das hier, so dachte er bei sich, war jetzt gänzlich anders gelagert als bei der Richelle. Die Lena ließ sich auf ihren Sessel fallen, und

Gasperlmaier fand es glaubwürdig, dass sie erschüttert war, so etwas konnte man nicht spielen. Die Lena trug ein Ausseer Dirndl, das eigentlich Standard beim Tourismusverband war. Nur die Richelle konnte sich nicht dazu entschließen, täglich im Dirndl zur Arbeit zu kommen, sie trug es nur bei offiziellen Anlässen außerhalb des Büros. Auch verheult und mit wirrem Haar, fand Gasperlmaier, sah die Lena noch gut aus. Er fragte sich, wie die Emina mit ihr vorgehen würde, schaute sich nach einem Sessel für sie um und stellte ihn der Lena gegenüber hin. Er selbst blieb stehen. „Was ist denn los, Frau Enthaler?", fragte die Emina. Es war ihr offenbar gelungen, das Namensschild zu lesen. „Nichts!", schluchzte die. „Es ist nur ... ich bin mir sicher, dass etwas passiert ist!" „Und warum regt Sie das so auf?" „Ja, der Kai ... er ist so ein lieber Mensch, und so ein guter Chef! Ich mag mir gar nicht vorstellen ... hat er sich umgebracht? Oder was? Können Sie mir ..." Sie fing wieder heftig zu schluchzen an. Das war jetzt ein ganz anderes Bild vom Kröker, als die Richelle oder die Lin Lien gezeichnet hatten. Die Lena war offensichtlich schwer verliebt in ihn. Gewesen, wahrscheinlich, dachte Gasperlmaier bei sich.

Das Handy der Emina zeigte mit einem Signalton den Eingang einer Nachricht an. „Einen Moment", sagte sie und kehrte ins Büro der Richelle zurück. Das war Gasperlmaier gar nicht recht, denn er war nur ungern allein mit weinenden Frauen in einem Raum. Dazu kam noch, dass er die Lena nicht anlügen wollte und daher einfach nichts Tröstliches zu sagen wusste. Dass der Kröker ein Schuft war, der jedem Rock hinterherhechelte, wäre wohl gerade unpassend. So beließ er es bei einem Seufzen. „Wird schon wieder!", sagte er dann, um die drückende Stille zu beenden. Gott sei Dank kam die Emina zurück und nickte Gasperlmaier verstohlen zu. Das konnte eigentlich nur eines bedeuten.

„Frau Enthaler, ich habe leider eine schlechte Nachricht für Sie. Das Auto von Herrn Kröker ist ausgebrannt aufgefunden worden." Gasperlmaier hatte mit einem hysterischen Anfall gerechnet, die Lena aber nickte nur stumm. „Jetzt haben wir wenigstens Gewissheit", hauchte sie. „Nicht ganz", widersprach die Emina. „Es gibt zwar im Zusammenhang mit diesem Brand ein Todesopfer, aber es ist noch nicht eindeutig identifiziert." Das hatte die Emina sehr schonend gesagt, statt von einer bis zur Unkenntlichkeit verbrannten Leiche sprach sie elegant von einem Todesopfer. Da brauchte man sich keine schrecklichen Bilder vorzustellen. Die Emina holte ein Notizbuch aus ihrer Handtasche und öffnete es. Es war ebenso regenbogenbunt wie ihr Haarband. „Frau Enthaler, wissen Sie zufällig, was für eine Uhr Herr Kröker trug?" Die Lena nickte. „Er war sehr stolz darauf. Eine Hamilton Khaki Aviation Zermatt. Er hat sie gern herumgezeigt und erklärt, was sie alles kann und wie teuer sie war. Eine sehr tolle Uhr", bestätigte die Lena mit tränenerstickter Stimme. Das entsprach wieder eher dem Bild, das Gasperlmaier vom Kröker hatte. „Dann habe ich wahrscheinlich eine weitere schlechte Nachricht für Sie, Frau Enthaler. Eine solche Uhr wurde bei dem Todesopfer gefunden."

Wieder blieb der Schock, mit dem Gasperlmaier gerechnet hatte, aus. „Ich hab es eh gewusst", hauchte sie. „Ich hab gespürt, dass er tot ist. Gleich heute Früh. Da war so eine Leere ..." Sie legte eine Hand an ihr Herz. „Können Sie uns noch ein paar Fragen beantworten?" Die Lena nickte. Tränen liefen über ihre Wangen, aber sie schien gefasst. „In welchem Verhältnis standen Sie denn zu Herrn Kröker?", fragte die Emina. „Ich habe ihn geliebt", sagte die Lena tonlos. „Schon seit dem ersten Tag, als er hier angefangen hat. Wir waren füreinander bestimmt." Das klang, fand Gasperlmaier, wie aus einem Kitschroman. Ob sich die Lena da nicht etwas einbildete. „Er ist aber doch noch gar nicht so lange hier in Bad Aussee", konstatierte die Emina. „Das ist ja völlig egal!" Die Lena brachte so etwas wie ein Lächeln zustande. „Das merkt man doch sofort, wenn man die Liebe seines Lebens findet. Merken Sie so was nicht?" Die Emina lächelte ebenfalls, blieb ihr aber eine Antwort schuldig.

„Haben Sie auch eine Beziehung geführt?" Die Lena schüttelte den Kopf. „Dafür war er noch nicht bereit." „Hat der Herr Kröker gewusst, dass Sie in ihn verliebt sind?" Wieder schüttelte sie den Kopf. „Es war mein Geheimnis. Aber früher oder später hätte er es gemerkt. Er hat mich auch immer so angesehen ... ich glaube, er war sich noch nicht sicher, aber es hätte nicht mehr lang gedauert, und ..." Sie hielt inne. Gasperlmaier war sich sicher, dass sich die Lena was zusammenfantasierte. Der Kröker hatte sich wahrscheinlich nur für die Lena interessiert, weil sie sehr attraktiv war, aber mehr als ein Abenteuer, so mutmaßte Gasperlmaier, war sie ihm wohl nicht wert gewesen.

„Ich habe mich ihm einmal hingegeben", sagte die Lena, ohne dass sie jemand danach gefragt hätte. Die Emina sah überrascht von ihrem Notizbuch auf, in das sie eben etwas eingetragen hatte. „Sie haben aber doch gesagt, Sie hätten keine Beziehung ..." „Es war keine Beziehung. Es ist einfach über uns gekommen, wir konnten uns beide nicht dagegen wehren." „Und warum war es keine Beziehung?" „Er war noch nicht dazu bereit, habe ich ja schon gesagt. Er hat gerade eine sehr belastende Trennung hinter sich, seine ehemalige Freundin ist eine Stalkerin, er kann sich noch nicht auf eine neue Beziehung einlassen. Wahrscheinlich hat ihn die umgebracht." Die Emina räusperte sich. „Frau Enthaler, von einem Mord ist einstweilen noch keine Rede. Es kann sich genauso gut um einen Unfall gehandelt haben." Da, fand Gasperlmaier, war die Emina nicht ganz ehrlich. Denn einen Unfall, fand er, konnte man angesichts der Situation am Tatort ausschließen. „Kennen Sie diese Ex-Freundin?" Die Lena schüttelte den Kopf. „Er hat nicht gern darüber gesprochen, und einen Namen hat er auch nicht genannt." Gasperlmaier war sich nicht sicher, ob die Lena jetzt gelogen hatte. Überhaupt klang vieles, was sie sagte, erstens widersprüchlich und zweitens völlig unglaubwürdig. Der Kröker hatte mit ihr ein kurzes Abenteuer gesucht und gefunden, und dann hatte er ihr eine ganze Menge Schmus aufgetischt, um sie wieder loszuwerden. Und die arme Lena hatte das alles geglaubt. „Ich möchte Sie nicht verletzen, Frau Enthaler. Aber glauben Sie, dass Herr Kröker immer aufrichtig war, Ihnen gegenüber?" Die Emina, erkannte Gasperlmaier, war denselben Gedankengängen gefolgt wie er selbst. Sein Magen knurrte plötzlich hörbar. Das war ihm zwar peinlich, erinnerte aber vielleicht auch die Emina daran, dass es schon Mittag vorbei war. „Der Kai war ein besonderer Mensch." Die Lena blickte an die Decke, so, als glaube sie, der Kröker wäre bereits im Himmel angekommen. Wieder strömten Tränen über ihre Wangen.

„Frau Enthaler", fragte die Emina, „wo waren Sie denn so heute Nacht und heute Morgen?" Die Lena wirkte kraftlos. „Ich weiß", sagte sie. „Ich kenn das aus Fernsehkrimis. Sie müssen das fragen, oder?" „Genau." „Ich war zu Hause. Ich wohne bei meinen Eltern. Also nicht in der gleichen Wohnung, wir haben ein großes Haus, und ich habe eine eigene Wohnung drinnen. Zum Frühstück war ich bei meiner Mama, und dann bin ich ins Büro geradelt", erzählte sie unter Schluchzen. Die Emina nickte. „Ich glaube, Frau Enthaler, Sie sollten sich den Rest des Tages frei nehmen", sagte sie und stand auf. „Sie wirken ziemlich geschockt. Und bitte, behalten Sie alle Informationen, die Sie heute von uns bekommen haben, für sich. Kein Wort zu irgendjemandem, keine Postings in sozialen Netzwerken. Haben wir uns verstanden?" Die Lena nickte, starrte aber weiterhin ins Leere. An der Tür drehte sich die Emina noch einmal um. „Übrigens, wer wird denn jetzt das Dirndl von Lin Lien bezahlen? Und haben Sie noch Lederhosen für die beiden Herren aus China auftreiben können?" Die Lena nickte. „Lederhosen haben sie. Und die Rechnungen hab ich einfach einmal per Mail an den Kai weitergeleitet ... keine Ahnung ..." Gasperlmaier fragte sich, ob diese Geschenke jemals bezahlt werden würden. Aber das war nicht seine Angelegenheit.

Als sie am Schreibtisch der Richelle vorbeikamen, hatte Gasperlmaier eine Idee. „Sag einmal, Richelle, hast du Zeit, mit uns Mittagessen zu gehen? Wir hätten da noch ein paar Fragen ..." Verstohlen deutete er mit dem Kinn in die Richtung, in der sich die Tür zum Büro der Lena befand. Die Richelle sah auf ihre Uhr. „Ihr habt Glück. Die Mittagspause hat gerade angefangen. Ich bin dabei." „Was wollt ihr denn noch wissen?", fragte sie, während sie die Fußgängerbrücke überquerten, um durch den Kurpark wieder zum Lewan hinüberzugelangen. „Ja, wegen der Lena, da drinnen", antwortete Gasperlmaier. „Aber wart einmal, bis wir uns hingesetzt haben."

Im Lewan war, wie zuvor, nicht viel los. Bei Schlechtwetter im Oktober kamen nicht so viele Ausflügler oder Touristen wie bei Sonnenschein. Der Niederecker war auch nicht mehr da. „Ich hab einen solchen Hunger!", kündigte die Emina an. „Hoffentlich gibt's was Gescheites!" Sie nahm die Speisekarte zur Hand. „Für Veganer, fürcht ich, schaut's eher schlecht aus", warnte Gasperlmaier. „Wie kommst du denn darauf, dass ich Veganerin bin?", grinste die Emina. Gasperlmaier spürte, wie Hitze zu seinen Ohren aufstieg. „Na, ich hab gedacht ... wegen der Hafermilch?", stotterte er. Die Emina lachte laut auf. „Nein, ich bin keine Veganerin. Mir graust's einfach vor Kuhmilch, ich bin nämlich fürchterlich heikel und kann den Geschmack auf den Tod nicht ausstehen!" „Aha!", sagte Gasperlmaier, dem es etwas peinlich war, dass er die Emina so falsch eingeschätzt hatte. „Ich nehm die Gulaschsuppe", sagte sie. „Wenn sie recht klein ist, muss ich halt danach noch eine Torte essen!" Die Richelle wollte einen Mozzarella mit Tomaten, und Gasperlmaier entschied sich für ein Paar Frankfurter. Mit Wohlwollen stellte er fest, dass sich die Emina auch ein Bier zur Gulaschsuppe bestellte.

„Richelle", sagte Gasperlmaier, nachdem ihn die Emina auffordernd angelächelt hatte, „die Lena hat sich ziemlich komisch verhalten, als wir sie befragt haben. Sie hat geweint, und ..." „Ich weiß schon. Sie himmelt den Kröker an. Keine Ahnung, wieso, aber anscheinend gibt es jemanden, der sogar den sympathisch findet." „Richelle, wahrscheinlich ist der Kröker tot. Wir haben ein ausgebranntes Auto gefunden, und darin ein Toter, und der hat eine Uhr an, die wahrscheinlich ihm gehört hat, und das Auto ist auch ..." Die Richelle schlug eine Hand vor den Mund. „Ist er verbrannt? Ich meine, weil du sagst, das mit der Uhr ... konnte man ihn nicht mehr erkennen?" Gasperlmaier hatte gedacht, er habe das Bild von der verbrannten Leiche elegant umschifft, aber dafür war die Richelle zu clever. „Ich glaube, mir ist gerade der Appetit vergangen", sagte sie.

Gasperlmaier räusperte sich. „Wegen der Lena noch einmal ... hat sie was gehabt, mit dem Kröker? Was sie uns erzählt hat, war ein wenig widersprüchlich und hat sich angehört wie aus einem Liebesroman ..." Die Richelle schmunzelte. „Sie ist nett, die Lena, wirklich, eine gute Kollegin, hilft immer aus, wenn sie gebraucht wird, aber ... ich fürchte, sie ist auch ein bisschen ... a bit simple, ich weiß nicht, wie man ..." „Naiv?", schlug die Emina vor. Die Rafaela stellte die Getränke auf den Tisch. „Bring mir bitte einen Spritzer", sagte die Richelle zur Kellnerin. „Ich brauch was Stärkeres als mein Wasser!" Nach einem Schluck Wasser sprach die Richelle weiter. „Ja, sie liest sehr viele Liebesromane, und zwar die von der ganz kitschigen Sorte. Wie der Kröker gekommen ist, war sie auf einmal wie ausgewechselt, sie hat ihn vom ersten Tag an verehrt wie *prince charming* – wie sagt man auf Deutsch?" „Märchenprinz", sagte die Emina. „Das ist dann ja ziemlich schnell gegangen?" „Oh ja!", sagte die Richelle. „Aber ich denke nicht, dass sie mit dem Kröker was gehabt hat. Dennoch ..." „Dennoch?", wiederholte Gasperlmaier. „Eigentlich ist sie genau sein Typ. Blond, üppig, sehr auf Äußerlichkeiten bedacht. Die Lena ist ein Modefreak, liebt Schmuck über alles und so. Und auch das Auto vom Kröker hat ihr sehr imponiert." „Sie behauptet", sagte die Emina, „und das muss streng vertraulich bleiben, bitte, dass sie sich dem Kröker einmal hingegeben hat, dass er aber für eine Beziehung noch nicht bereit sei." Die Richelle kräuselte die Lippen. „So er hat sie benutzt für einen One-Night-Stand und ihr dann Stories erzählt, warum er nicht mit ihr zusammen sein möchte?" „Genau das haben wir uns auch gedacht", sagte die Emina.

„Frau Enthaler hat behauptet, es gäbe eine Frau, eine frühere Freundin von Herrn Kröker, die ihn gestalkt hat? Wissen Sie was darüber?" „Da weiß Lena mehr als ich", sagte die Richelle. „Mir ist schon ein-, zweimal aufgefallen, dass Kröker ein Telefongespräch schnell beendet hat, das ihm unangenehm war, also dass da jemand angerufen hat, der ihm auf die Nerven ging. Aber das war auch schon alles." „Eine Frau?", fragte die Emina nach. Die Richelle legte die Stirn in ihre Hand. „Da war schon einmal was, es ist noch gar nicht lang her, aber ich kann mich im Moment nicht daran erinnern. Er hat ... nein, mir fällt jetzt gar nichts ein, gerade." „Wenn Ihnen noch was einfällt, Sie wissen, wo Sie die Infos loswerden?" Die Richelle nickte.

„Sag einmal, Richelle", fragte Gasperlmaier, „gibt es heute auch ein Programm für die Chinesen? Ich meine, die sind zu einem Arbeitsbesuch hier, da wird sich der Kröker was ausgedacht haben ..." Die Richelle nickte. „Ja, sie waren vormittags auf dem Loser, mit der neuen Gondelbahn, und danach bei einem Geigenbauer. Der hat nach dem Besuch angerufen und gefragt, warum wir mit diesem Blödsinn jetzt nicht Schluss machen, wo doch eh schon einer gestorben ist. Ich hab ihm keine Antwort geben können." Sie zuckte mit den Schultern. „Jetzt sind sie in der Knödelalm essen, und danach gibt es noch einen Termin beim Handdrucker. Der die Dirndlschürzen mit alten Modeln per Hand bedruckt." Die Emina zog die Brauen hoch, holte ihr Notizbuch heraus und trug etwas ein. „Um 16 Uhr sollten sie dann beim Almtanz auf der Blaa-Alm sein. Das ist extra für die Delegation arrangiert worden. Ich hoffe, es kommen ein paar Leute." „Wer spielt?", fragte Gasperlmaier. „Die Alt Badseer Musik", sagte sie. „Fein!", meinte Gasperlmaier. „Da könnten wir hinschauen. Wenn wir Zeit haben."

„Wo waren Sie heute Morgen?", fragte die Emina plötzlich. „Ich?", staunte die Richelle. Gasperlmaier machte eine beschwichtigende Geste. „Fragen wir alle!", erklärte er. Die Richelle nahm den Spritzer aus der Hand der Kellnerin entgegen und trank gleich davon. „Ah, gut!", sagte sie und tupfte sich den Mund vorsichtig mit einer Serviette ab. Damit, so dachte Gasperlmaier bei sich, sie sich den sorgfältig aufgetragenen Lippenstift nicht verschmierte. „Sechs Uhr aufgestanden, Kinder fertig gemacht, Theo in den Kindergarten gebracht, Elisa zur Tagesmutter, gewartet, bis sie aufhört zu weinen ..." „Weinen?", fragte Gasperlmaier dazwischen. „Ja, sie hat momentan eine schwierige Phase", sagte die Richelle. „Aber die Theresa, das ist die Tagesmutter, hat mich beruhigt. Nach fünf Minuten war alles vorbei." „Wann waren Sie bei der Tagesmutter?", fragte die Emina. „Um ... um halb acht", sagte die Richelle. „Dann bin ich hierhergefahren." Das Essen wurde serviert, und tatsächlich bestellte sich die Emina nach der Suppe noch eine Torte, während sich die Richelle gleich nach ihrem Tomaten-Mozzarella verabschiedete. „Ich werde heute wahrscheinlich länger bleiben müssen, wenn unser Chef tatsächlich ... also, wenn er nicht mehr kommt. Da wird viel zu tun sein. Ich rufe die Christine an, vielleicht sie kann abholen die Kinder, wenn ich im Office bleiben muss." „Das wird sie sicher machen", beruhigte Gasperlmaier. „Und, Richelle: Kein Wort über die ganze Geschichte. Zu niemandem, nicht einmal zum Christoph. Wir müssen schauen, dass nicht gleich die Presse über uns herfällt. Das wäre ein gefundenes Fressen, ein so dramatischer Todesfall." Die Richelle zeigte mit dem Daumen nach oben. „Top Secret!", sagte sie und verschwand.

„Nun", fragte die Emina und schlürfte den letzten Schluck ihres Kaffees, „was haben wir bisher? Wer kommt für den Mord am Kröker in Frage? Und wie hängt er mit dem anderen Mord zusammen? Waren es überhaupt Morde? Wir haben viele offene Fragen, Gasperlmaier!" „Viele Antworten haben wir leider nicht", erwiderte er. „Vor allem, solang wir nicht wissen, was die Todesursache ist." „Aber darauf werden wir nicht warten", sagte die Emina. „Ich möchte zuerst mit jemandem im Hotel reden. Und dann mit dieser Lin Lien. Und mit den beiden anderen. Wo immer sie auch gerade sind."

Als sie im Auto saßen, überlegte Gasperlmaier, ob er die Emina nach der Frau Doktor fragen sollte. „Die Frau Doktor Kohlross", sagte er schließlich, „ist gestern ziemlich überstürzt von hier weg. Sie war einigermaßen außer sich. Weißt du da was drüber?" Die Emina nickte. „Aber ich weiß nicht, ob es ihr recht ist, wenn ich darüber rede. Sie hat mir auch nichts gesagt. Aber ..." „Aber?", fragte Gasperlmaier nach. „Es gab einen Polizeieinsatz. In Zusammenhang mit ihrer Tochter. Dem Mädchen ist aber Gott sei Dank nichts passiert." Gasperlmaier fiel ein Stein vom Herzen. „War ein gewisser Grallitsch involviert?", fragte er. Die Emina sah ihn erstaunt an. „Woher weißt du ...?" „Es hat hier in Altaussee auch einen Vorfall gegeben. Einen Streit zwischen einem Autofahrer und der Frau Doktor Kohlross. Wir haben danach eine Halterabfrage des KFZ gemacht, und ..." "... und da habt ihr herausgefunden, wer dieser Grallitsch ist. Ich sage zu der Sache nichts mehr. Da muss die Renate dich schon selber ins Vertrauen ziehen, ich möchte nicht als Plaudertasche dastehen." "Klar." Gasperlmaier betrachtete das seltsame Tattoo auf dem Unterarm der Emina, das er sehen konnte, weil der Ärmel ihres Pullovers nach oben gerutscht war.

„Ironman!", sagte die Emina nach längerem Schweigen. „Was?" Gasperlmaier kam sich ertappt vor. Die Emina lächelte. „Ironman. Ich bin Triathletin. Ich habe beim Ironman in Hawaii mitgemacht." „Bist du deppert!", entfuhr es Gasperlmaier. „Das ist ja ... Extremsport. Extremer Extremsport!" „Und ich bin sogar ganz gut. 9 Stunden 40 ist meine Bestzeit." „Wahnsinn! Das ist ja Weltklasse!", staunte Gasperlmaier. „Nicht ganz", sagte die Emina. „Ich hab jetzt auch zu wenig Zeit zum Trainieren. Eine Weile hab ich das professionell gemacht, weil mich die Polizei großzügig unterstützt hat. Aber ..." Sie zuckte mit den Schultern. „Es gibt eben für alles eine Zeit."

Gasperlmaier besah sich die Tätowierung genauer. Sie stellte ein großes M dar, mit einem Punkt darüber. Im Buchstaben waren die drei Sportarten symbolisch dargestellt: links ein Schwimmer im Meer, in der Mitte ein Radfahrer und rechts ein Läufer. „Warum eigentlich ein M?", fragte Gasperlmaier. „Das soll ein I sein, überlagert von einem M. Steht natürlich für Ironman. Und das Ganze soll angeblich den Oberkörper eines Menschen darstellen." „Sollte es in deinem Fall nicht eher ‚Ironwoman' heißen?", fragte er. Die Emina lachte laut auf und bremste gleichzeitig vor dem Lakeview. „Ich hätte nicht gedacht, dass ich hier auf dem Land auf einen gendersensiblen Kollegen treffe!" Gasperlmaier zuckte mit den Schultern. „Ich habe eine Frau, die sehr gleichberechtigt ist", sagte er. „Und eine Tochter, die ist mehr oder weniger eine Aktivistin. Und von der Frau Doktor Kohlross hab ich auch hie und da ... da lernt man dazu." „Schön", sagte die Emina. „Ich sehe, wir verstehen uns. Du, über die Brandleiche sprechen wir mit dem Hotelpersonal nicht. Das halten wir erst einmal zurück. Nur über den Rinderer." Gasperlmaier nickte und hielt der Emina die Tür auf.

„Das ist die Simone Wurzacher", stellte er die Rezeptionistin vor. „Ihr Vater ... also, ich meine, der hat sich sehr gegen diese Deals mit den Chinesen ausgesprochen. Es hat da auch schon einen Zusammenstoß mit dem Herrn Niederecker gegeben, den du ja bereits kennengelernt hast." „Da hat aber mein Papa gar nichts dafür können!", schimpfte die Simone. „Der Niederecker ist auf ihn losgegangen!" „Ja", sagte Gasperlmaier, „da gibt's halt immer mindestens zwei Meinungen, wer angefangen hat mit dem Streit. Wie im Kindergarten kommt mir das vor." Die Emina hielt der Simone ihren Ausweis vor die Nase. „Würden Sie in diesem Streit auch Position beziehen, Frau Wurzacher? Sind Sie gegen oder für ein Engagement der Chinesen in Altaussee?" Die Simone schien überrascht, dass sie um ihre Meinung gefragt wurde. „Ich? Also ... die Chinesen sind unsere Gäste. Und außerdem ... heute ist eh der Herr Burger da, unser Geschäftsführer, eigentlich sollten Sie mit dem reden." „Ich frage aber Sie!", beharrte die Emina freundlich lächelnd. „Ich hab da überhaupt keine Meinung", sagte die Simone und kniff die Lippen zusammen. „Wir möchten gerne ein paar Worte mit Ihnen reden. Ungestört!" Die Emina hatte sich über den Tresen gebeugt. „Bitte!" Die Simone klang eingeschnappt, als sie auf eine Tür hinter sich zeigte.

„Frau Wurzacher", sagte die Emina, als sie sich im Büro hinter einen vollgeräumten Schreibtisch gesetzt hatten, „es ist ja so, dass niemand weiß, wie das Opfer in den Poolbereich gekommen ist. Und da kommen Sie ins Spiel. Sie können die Zugangslogs löschen, wie meine Kollegen bereits herausgefunden haben. Also: Haben Sie Daten manipuliert? Haben Sie die Daten gelöscht, die zeigen, dass der Rinderer den Poolbereich betreten hat? Und wenn ja, warum?"

„So eine Frechheit!" Die Simone sprang auf. „Ich hab gar nichts manipuliert! Seit diese Chinesen hier aufgetaucht sind, gibt es nichts als Ärger! Und jetzt will man hier mir auch noch etwas in die Schuhe schieben! Da..." Sie setzte sich wieder hin, stützte die Ellbogen auf den Schreibtisch und den Kopf in die Hände. „Da will man nur helfen!", rief sie weinerlich. „Und dann so was!" Gasperlmaier nahm an, die Emina würde jetzt die gleiche Taktik wie beim Niederecker anwenden. Also nichts sagen. Er hatte sich getäuscht. „Uns ist auch zu Ohren gekommen, dass Sie ein Verhältnis mit dem Direktor des Hauses haben. Kann es sein, dass Sie die Manipulationen auf seine Anweisung hin vorgenommen haben? Dass er Sie dazu genötigt hat?" Die Simone sah auf und schüttelte den Kopf. „Ich hab nichts manipuliert!" Sie unterdrückte mühsam ein Schluchzen. „Und das mit dem Chef, das sind böswillige Verleumdungen, sind das! Er ist doch verheiratet!" Die Emina lächelte süffisant. „Was selten einen Mann daran gehindert hat, eine Affäre mit einer hübschen jungen Frau zu beginnen!" „Ich sag jetzt gar nichts mehr!" Trotzig wischte sich die Simone über die Augen, wobei sie ihr Makeup verschmierte. „Ich seh sicher furchtbar aus", sagte sie gleich darauf. „Ich muss mich herrichten. Wollt's noch was?" Die Emina schüttelte den Kopf. „Danke,

Frau Wurzacher. Vielleicht werden wir noch einmal auf Sie zukommen müssen." Sie stand auf.

Draußen an der Rezeption trafen sie auf einen ziemlich geschniegelt aussehenden Herrn im grauen Anzug. Er sah irgendwie erschrocken oder ertappt aus, fand Gasperlmaier. Rosig im Gesicht und unsteten Blicks. Womöglich hatte der an der Tür gelauscht? Seine Haare waren graumeliert, kurz geschnitten und sehr sorgfältig frisiert. In der Brusttasche seines Sakkos trug er ein Einstecktuch, das das Karo der Krawatte wiederholte. Ein blütenweißes Hemd vervollständigte den Auftritt. Gasperlmaier kam sich angesichts dieser Perfektion richtig schäbig vor in seiner etwas ausgebeulten Uniform. Die Emina schien eher amüsiert von der Erscheinung.

„Wobei darf ich den Herrschaften behilflich sein?", fragte der Mann in sehr gepflegter Sprache. Gasperlmaier war sich sicher, dass er weder Ausseer noch Steirer war. „Burger, Geschäftsführung." Er streckte der Emina die Hand hin, die sie ergriff und schüttelte. Gasperlmaier konnte dem Gesichtsausdruck des Burger ansehen, dass er nicht mit einem so festen Händedruck gerechnet hatte. „Jovanovic, Abteilungsinspektorin", sagte die Emina. „Es haben sich neue Ermittlungsansätze ergeben, im Zusammenhang mit dem hier tot aufgefundenen Gast. Und in diesem Zusammenhang möchten wir weitere Gäste von Ihnen sprechen." „Jovanovic?", wiederholte der Burger mit zusammengekniffenen Augen. „Und Sie sind wirklich von der Polizei?" Die Emina zückte noch einmal ihren Ausweis. „Schau ich nicht aus wie Polizei?" Sie lächelte den Burger offen an, und der schien etwas verunsichert. „Also ... mir ist es wichtig, dass unsere Gäste nicht gestört werden. Auf keinen Fall dürfen sie auf den Todesfall gestern angesprochen werden." Das Wort „Todesfall" hatte er geflüstert. „Ja, im Falle der Gäste aus China wird das nur schwer möglich sein", gab die Emina zurück. „Soviel ich weiß", gab sich der Burger bockig, „war das in unserem Pool ein Unfall mit rein medizinischer Ursache." „Wir sind gerade dabei, zu klären, ob es wirklich ein Unfall war. Und das dürfen Sie ruhig uns überlassen!", konterte die Emina, in einem etwas schärferen Tonfall als zuvor. Die, so dachte Gasperlmaier bei sich, wusste sich durchzusetzen, daran bestand kein Zweifel. „Dennoch!" Der Burger rückte seinen Krawattenknoten zurecht. „Ich muss darauf bestehen, dass keine Gäste unnötig belästigt werden. Ich habe auf den Ruf unseres Hauses zu achten!"

„Sehen Sie, Herr Burger, da treffen wir uns. Ich muss auf den Ruf der Polizei achten." Die Simone kam, immer noch etwas verheult, aus dem Büro und warf dem Burger eindeutige Blicke zu. Der sah zu Boden. Gerade in diesem Moment kamen Lin Lien und die beiden Chinesen zur Tür herein. Lin Lien trug das Dirndl, bei dessen Anprobe Gasperlmaier gestern Zeuge geworden war. Inzwischen war dieses Kleidungsstück sicherlich bereits Gegenstand einer Diskussion im Tourismusbüro geworden, denn die Richelle hatte ja erwähnt, dass sie nicht recht wussten, wohin mit der Rechnung für das teure Stück. „Es steht Ihnen gut!", lobte Gasperlmaier trotzdem. Die Emina sagte nichts, als sich Lin Lien kokett im Dirndl um die eigene Achse drehte. „Frau Lin, haben Sie sich nicht gewundert, dass Herr Kröker heute nicht aufgetaucht ist?"

„Herr Kröker hat uns Frau Zeitschner geschickt." Lin Lien deutete hinter sich. Die Burgl Zeitschner tauchte mit einer Aktentasche und missmutigem Gesicht im Hoteleingang auf. „Wir sind mit der neuen

Gondelbahn gefahren, und dann waren wir bei einem Herrn, der Violinen baut, und in einer ... äh ... Firma, die Stoffe bedruckt. Es war alles sehr schön. Außerdem haben wir Knödel gegessen, auf einer Alm. Ich muss heute Abend viele Reports schreiben." "Reports?", fragte die Emina. „Was für Reports denn?"

„Selbstverständlich müssen wir unseren Auftraggebern berichten, was wir gesehen haben. Und unsere Einschätzung abgeben, ob wir so etwas bei uns in China umsetzen können." „Was jetzt konkret?" „Wir haben Handwerksbetriebe besichtigt und möchten solche auch bei uns aufbauen, in einem lebendigen Dorf, das so aussieht wie ein originales Dorf in den Alpen in Österreich. Wir könnten auch, zum Beispiel, Boote bauen, Lederhosen machen, Lebkuchen. Oder ein Dirndl wie dieses hier. Vielleicht wir könnten auch Leute von hier dafür gewinnen, bei uns in Huizhou zu arbeiten und uns beizubringen, wie man diese Dinge herstellt."

Vor Gasperlmaiers Auge tauchte eine schreckliche Vision auf. Altausseer Handwerker, eingesperrt in einem disneylandartigen Alpendorf in China, fabrizierten dort Lederhosen, Dirndl und Lebkuchen und durften erst dann wieder nach Hause, wenn sie die dortigen Einheimischen so weit angelernt hatten, dass die in der Lage waren, Kopien der jeweiligen Produkte herzustellen. Die würden dann womöglich zu Dumpingpreisen in Onlineshops auftauchen, und die Kirtagsbesucher würden dann mit Lederhosen und Dirndln aus dem Internet im Bierzelt sitzen. Er schüttelte sich, um diese grässlichen Gedanken möglichst schnell wieder loszuwerden.

Die Miene seiner Kollegin wurde ernst. „Sehen Sie, Frau Lin, es ist wieder etwas passiert. Herr Kröker wurde heute Morgen tot in seinem Auto aufgefunden, nicht weit von hier, auf einer Forststraße. Wir gehen davon aus, dass ihn jemand getötet hat." Die Emina, so dachte Gasperlmaier bei sich, hatte sich etwas weit vorgewagt, denn bisher konnte man einen Unfall nicht mit Sicherheit ausschließen, obwohl er selber nicht an diese Möglichkeit glaubte.

Lin Lien legte erschrocken beide Hände vor Mund und Nase und starrte sie mit aufgerissenen Augen an. „Das ist doch nicht möglich!", hauchte sie. „Wer sollte denn so etwas getan haben?" „Das fragen wir uns auch", sagte die Emina, „und deshalb sind wir hier. Wir hoffen, dass Sie Informationen haben, die uns weiterhelfen können." „Ja, aber, welche denn?" „Zum Beispiel, ob Sie gemerkt haben, dass es viele Menschen gibt, die gegen eine Zusammenarbeit mit China sind", sagte die Emina. „Hat es Vorfälle gegeben, hat man Sie angegriffen? Hat es Diskussionen gegeben mit diesen Gegnern? Hat man Sie beschimpft? Oder hat es Angriffe über soziale Netzwerke gegeben? Da könnten wir nämlich nach den Tätern suchen. Oder Täterinnen." Lin Lien schüttelte den Kopf. „Nein, gar nicht. Alle sind sehr nett zu uns gewesen. Warum könnte jemand etwas gegen uns haben? Oder gegen den Herrn Kröker?" Das war, fand Gasperlmaier, keine schwierige Frage. Sie hatte die Anfeindungen ja bei der Veranstaltung im Volkshaus selber miterlebt. Wenn sie nicht von selbst draufkam, dass viele etwas gegen den Kröker und die chinesische Delegation hatten, hatte es wohl auch keinen Sinn, es ihr zu erklären.

„Wo waren Sie heute Nacht und heute Morgen?", fragte die Emina. „Wieso fragen Sie das?" „Bitte beantworten Sie einfach meine Frage, dann sind wir schnell fertig", antwortete die Emina in beruhigendem Tonfall. „Ich war im Zimmer, und dann beim Frühstück. Danach war ich immer mit meinen Kollegen und Frau Zeitschner zusammen." „Kann ich bestätigen", murmelte die Burgl, die nicht gerade mitgenommen vom Tod ihres Chefs schien. „Frau Lin", sagte sie dann, „Sie wollten sich nur kurz frisch machen. Darf ich Sie daran erinnern, dass wir um 16 Uhr auf der Blaa-Alm erwartet werden?" Lin Lien nickte. „Einen Moment noch!", ging die Emina dazwischen. „Gestern Abend?" „Herr Kröker hat uns nach dem Tagesprogramm hierher begleitet. Dann ist er weggefahren, und wir haben im Hotel gegessen." „Gut!", sagte die Emina.

„Von der erfahren wir nichts!", schimpfte sie, als sie wieder auf dem Parkplatz waren. „Weißt du, wie das läuft? Die sitzen in ihrem Zimmer und schreiben ihre Reports, in denen natürlich alles so geschönt wird, dass von der Realität nichts übrigbleibt. Und dann warten sie, bis von den Oberbossen in China die Befehle eintrudeln. Kein Schritt darf selbständig gesetzt werden, kein Gedanke ohne Überwachung gedacht. Die können einem wirklich leidtun, das sage ich dir! Was ist übrigens mit den beiden Männern?" Gasperlmaier seufzte. „Kein Deutsch, kein Englisch. Wenn du sie befragst, hörst du wieder nur das, was Lin Lien zu sagen hat. Ich hab schon mit ihnen gesprochen. Alles ist sehr schön, alle sind furchtbar nett, und überhaupt ist es wunderbar, abgesehen davon, dass einer von ihnen tot ist. Schwierig!" „Die Simone hat übrigens, meine ich, zuerst die Wahrheit gesagt. Sie hat die Daten nicht manipuliert. Schließe ich zumindest aus ihrer Körpersprache." „Und die Affäre?", fragte Gasperlmaier. „Da hat sie gelogen!" In letzter Zeit, so dachte Gasperlmaier bei sich, wurden sehr viele Schlüsse aus der Körpersprache der Befragten gezogen. Ob das nur gutging!

„Die beiden Männer", fiel Gasperlmaier ein, „die hab ich ins Hotelcafé gehen sehen. Die sitzen jetzt da drinnen. In ihren Lederhosen." Er deutete auf ein großes Fenster rechts vom Eingang. „Weißt du was, Gasperlmaier, wir probieren's einfach einmal mit den beiden. Wie heißen sie denn?" „Keine Ahnung", musste er zugeben. „Ich hab's vergessen." „Egal", sagte die Emina und schritt wieder auf den Eingang zu. „Frau Wurzacher, wie heißen die beiden chinesischen Herren, die da gerade ins Café gegangen sind?" „Warten Sie einmal", sagte die Simone und tippte auf ihrer Tastatur herum. „Ich hab's! Der eine heißt Wang Baihu und der andere Chen Jian. Ich hoffe, ich hab's richtig ausgesprochen."

„Komm, Gasperlmaier!" Die Emina forderte ihn mit einer Geste auf, ihr zu folgen. Tatsächlich saßen die beiden Chinesen in Lederhosen in bequemen Sesseln direkt an einem Panoramafenster, das Aussicht auf den See und die Trisselwand gewährte. „Probieren wir's halt einmal auf Englisch", flüsterte die Emina. „Hello, gentlemen", rief sie freundlich. „My name is Jovanovic. I am a police officer." Sie hielt den beiden ihren Ausweis entgegen. „Can I talk to you?" Die beiden lachten und zeigten auf ihre Lederhosen. „Lederhose!", sagte der Schlanke, Größere mit einem so starken Akzent, dass Gasperlmaier das Wort kaum verstehen konnte. „No English, no German!" „You like the lake? The mountains?", probierte es die Emina und zeigte aus dem Fenster. „Mountain", wiederholte der Dünne grinsend. „Mountain good!" Er zeigte ebenfalls aus dem Fenster. Irgendwas schien er unglaublich witzig zu finden. Der Kleinere, Beleibtere blieb ernst und schien den Dünnen zu beobachten. „Any plans for today?", fragte die Emina noch, obwohl sie längst eingesehen haben musste, dass jede Hoffnung auf Verständigung vergeblich war. „Today", wiederholte der Dünne, immer noch lachend. „Today police!" Er zeigte auf Gasperlmaier. Die Emina warf den beiden sehr skeptische Blicke zu und stemmte die Fäuste in die Hüften.

„Gehen wir", sagte sie schließlich, als die Heiterkeit des Herren kein Ende nehmen wollte. Erst draußen vor der Eingangstür ergriff sie wieder das Wort. „Ich sag dir was, Gasperlmaier, die beiden spielen uns was vor. Die haben mich ganz genau verstanden!" „Echt?", staunte der. „Woran erkennst du das?" „Ihre Körpersprache und mein Gefühl", sagte die Emina. „Die beiden haben gelogen, ohne viel zu sagen. Das Wiederholen, das übertriebene Reagieren, das Gelächter, das Augenrollen – alles das sagt mir, der, der gesprochen hat, lügt, wenn er behauptet, nichts zu verstehen. Das Lachen war gezwungen, sie sind meinem Blickkontakt ausgewichen. Und der andere hat sich bedeckt gehalten, den Sprecher beobachtet."

Als sie im Auto saßen, ergriff Gasperlmaier das Wort. „Warum sollten sie das tun? Ich meine, warum täuschen sie vor, dass sie nicht Englisch können, wenn sie es doch können?" „Das macht man normalerweise, um Leute dazu zu verleiten, über Dinge zu sprechen, die man nicht hören soll. Weil man sie eben – angeblich – nicht versteht. Man kann mit dieser Taktik Menschen aushorchen." „Puh!", sagte Gasperlmaier. „Und warum schicken die Chinesen zwei herüber, die uns aushorchen sollen?" „Informationsvorsprung", sagte die Emina und gab Gas. „So erfahren sie mehr über die wahren Motive und Gedanken, in diesem Fall, der Österreicher. Zumindest dann, wenn die Übersetzerin außer Hörweite ist." „Ganz schön fies!", kommentierte Gasperlmaier, als das Handy der Emina läutete. Über die Autolautsprecher meldete sich die Frau Doktor Wurm. „Ich hab den Leichnam jetzt hier in Bad Aussee im Krankenhaus. Er liegt schon auf meinem Tisch, und es gibt erste Ergebnisse. Können Sie vorbeikommen?" „Wir sind schon unterwegs! Gasperlmaier, wo ist das Krankenhaus?"

Gasperlmaier erteilte die gewünschte Auskunft und überlegte gleichzeitig, wie er es vermeiden konnte, mit der Brandleiche noch einmal in Kontakt zu kommen. Da half, beschloss er, nur Ehrlichkeit. „Emina", sagte er, „ich hab die Brandleiche schon einmal gesehen. Und ich möchte sie mir nicht noch ein zweites Mal anschauen. Ich glaub, das ... also, das ist nichts für mich." „Ich glaub's ja nicht!", lachte die Emina, und Gasperlmaier erschrak. Lachte sie ihn etwa aus? „Dass ich das noch erleben darf! Dass ein Mann einmal einer Frau gegenüber eine Schwäche eingesteht! Das ist so selten, dass man praktisch die Fahne raushängen müsste!" „Ja", sagte Gasperlmaier, „ich bin halt so. Ich kann auch nichts dafür." „Und ich könnte dich küssen dafür!", antwortete die Emina. „Lieber nicht!", murmelte Gasperlmaier. „Ich glaub's auch so, dass ..." „Wo parken wir denn jetzt hier?" Die Frage entband Gasperlmaier von der Pflicht, noch weiter auf das Thema eingehen zu müssen. Er wies der Emina den Weg zum Parkplatz.

„Ich warte", sagte er drinnen, „beim Buffet auf dich. Ich kauf mir derweil einen Kaffee." Die Emina nickte, nicht ohne ein wenig belustigt zu nicken. „Da unten müsste das sein." Gasperlmaier wies auf eine Treppe ins Kellergeschoß, denn vor einiger Zeit hatte er hier zusammen mit der Frau Doktor Kohlross eine aufgetaute Leiche begutachten müssen, die man gefroren im Schnee gefunden hatte. Gott sei Dank hatten er und die Frau Doktor sich verabschieden können, bevor die Frau Doktor Wurm, die zuständige Pathologin, zum Skalpell gegriffen hatte. Schon hier oben meinte er, Brandgeruch wahrnehmen zu können.

Er hoffte, dass es schnell gehen würde, denn dann würden die Emina und er noch rechtzeitig zum Almtanz auf der Blaa-Alm sein. Vielleicht konnte man dort den beiden Chinesen näherkommen und doch noch etwas für ihren Fall Relevantes erfahren. Wo man doch jetzt wusste, dass sie ihre Sprachunkenntnis zumindest zum Teil nur vorgetäuscht hatten. Wenn man dem Urteilsvermögen der Emina Glauben schenken durfte.

Als Gasperlmaier seinen Kaffee erhalten hatte und, die Tasse vorsichtig balancierend, nach einem Sitzplatz Ausschau hielt, wurde er von hinten angesprochen. „Magst dich nicht zu mir hersetzen, Gasperlmaier? Hast keine Zeit für einen alten Freund?" Gasperlmaier fuhr herum, sodass der Kaffee in seiner Tasse gefährlich nah an den Rand schwappte. Der Friedrich saß da, in sportlicher Kleidung, vor sich ein großes Glas Saft und einen Salat. „Was machst du denn da?" Gasperlmaier zwängte sich auf den freien Sessel dem Friedrich gegenüber. „Ja", sagte der kauend, „ich war da, wegen einer Prostatauntersuchung. Dein Bub, der Christoph, hat gemeint, dass meine Werte zu hoch sind, und dass da einmal eine Biopsie gemacht gehört, damit man ausschließen kann, dass ich Prostatakrebs habe." „Prostatakrebs?", wiederholte Gasperlmaier entsetzt, aber der Friedrich winkte, Gabel in der Linken, beruhigend ab. „Nur eine Vorsorgemaßnahme. Weißt, mit dem Pieseln, da tu ich mir schon schwer, vor allem in der Nacht, aber seit dein Sohn da bei uns ordiniert, brauch ich keinen Urologen mehr. Der ist nämlich ein Kapazunder und viel einfühlsamer als der alte Doktor Kausch drüben in Ischl, zu dem ich früher immer gegangen bin." Gasperlmaier wurde nicht gern an dieses Thema erinnert, das er mit dem Doktor Altmann gerade erst hatte diskutieren müssen. Der Friedrich schob eine Gabel Salat in den Mund, Gasperlmaier nahm einen Schluck Kaffee. „Aber ich kann mir schon vorstellen", nuschelte der Friedrich mit vollem Mund, „dass es dir unangenehm ist, dass dein eigener Sohn dir mit dem Finger in den ..." Er brach ab, untermalte seine Worte mit einer entsprechenden Geste, sah sich um und grinste verschmitzt. Gasperlmaier musste nur nicken.

„Und wie ist das, so eine Biopsie?", fragte er, um das Thema zu wechseln. Der Friedrich lachte. „Ja, zuerst fahren sie dir mit so einem Gerät ...", sein Ton senkte sich auf ein Flüstern herab, und er beugte sich über den Tisch, um Gasperlmaier näher zu sein. „... in den Allerwertesten hinein, und dann schießen sie zuerst einen Betäubungspfeil ab, damit du nichts spürst." Gasperlmaier zuckte allein schon bei dem Gedanken zusammen und schloss die Augen. „Und dann schießen sie dir noch mehr so kleine Pfeile hinein, in die Prostata, die beim Herausziehen ein wenig Gewebe mitnehmen. Das ist alles hochwissenschaftlich, sage ich dir. Wenn wir die moderne Medizin nicht hätten!" Er lehnte sich wieder zurück und nahm die letzten Salatblätter auf. „Und dein Herr Sohn hat mich natürlich daran erinnert, dass ich mich weiterhin gesund ernähren und viel bewegen soll. Deswegen der Salat und die Wanderkluft!" Er zeigte auf seine Hose. „Was mich aber nicht daran hindern wird, auf meiner Seerunde hinten beim Pauli auf ein Bier einzukehren!", schmunzelte der Friedrich. „Und warum bist du da?"

Gasperlmaier deutete mit einer vagen Handbewegung in Richtung Keller, als ihm einfiel, dass er ja eigentlich nichts über den neuerlichen Leichenfund ausplaudern sollte. „Also ... es hat wieder einen Toten gegeben. Aber ich darf darüber nichts sagen." „Wenn du das ausgebrannte Auto vom Kröker meinst, das weiß ich schon. Die Maresi ..." Gasperlmaier seufzte. Anscheinend war es zwecklos zu versuchen, irgendwas vor den Altausseern geheim zu halten. „Die Neue, die Jovanovic, ist bei der Frau Doktor Wurm unten bei der Obduktion." „Und du bist da nicht mit dabei? Und überhaupt, wo ist denn die Frau Doktor Kohlross?" Gasperlmaier trank seinen Kaffee aus und schüttelte den Kopf. „Ich hab die verbrannte Leiche schon im Auto sitzen sehen", sagte er, „das hat mir genügt! Und die Frau Doktor ... da gibt's anscheinend ... na, sie ist halt im Büro, glaub ich." „Dass dir die Leiche im Auto genügt, kann ich gut verstehen. Und dass die Frau Doktor irgendwann einmal nicht mehr vor Ort ermittelt, wenn sie Karriere macht, das war auch zu erwarten. Was hältst du denn von dem ganzen Fall?" Gasperlmaier zuckte mit den Schultern. Der Friedrich beugte sich neuerlich über den Tisch, um nicht laut sprechen zu müssen. „Der ist natürlich umgebracht worden, der Kröker, der zündet sich doch nicht selber im Auto an. Oder hast du jemals davon gehört, dass sich einer auf diese Weise umbringt?" „Schon!", widersprach Gasperlmaier. Der Friedrich machte eine wegwerfende Handbewegung. „Aber nicht so einer wie der Kröker! Ich sag dir, die sind alle beide umgebracht worden! Da stecken die Chinesen dahinter, mit ihren Geheimdiensten, und was weiß ich mit was noch!"

„Aber geh, Friedrich! Was sollten denn die chinesischen Geheimdienste für ein Interesse am Kröker haben?" „Am Kröker nicht! Aber am Rinderer. Ich sag dir, der hat sich zu groß aufgespielt, vielleicht in die eigene

Tasche gewirtschaftet, und da hat ihm sein Vorgesetzter einen Auftragsmörder geschickt. Einen, der das beherrscht, dass alles aussieht wie ein Unfall." „Und was ist mit dem Kröker?", gab Gasperlmaier zu bedenken. „Kollateralschaden!", entschied der Friedrich. „Der hat irgendwas gehört oder gesehen, was er nicht mitbekommen sollte, und ist ein gefährlicher Zeuge geworden. Und gefährliche Zeugen überleben nicht lange, wenn es um Geheimdienste geht! Passt nur auf, dass euch nichts passiert!" „Ich weiß nicht", sagte Gasperlmaier, obwohl es ihm bei dem Szenario, das der Friedrich entworfen hatte, kalt über den Rücken rieselte. „Denk an den mysteriösen Unfall und das verschwundene Autowrack! Denk an die verschwundene Leiche! Und dann sag mir noch einmal, dass da alles mit rechten Dingen zugeht!" Der Friedrich stand auf. „Ich muss schauen", sagte er, „dass mir das Tageslicht nicht ausgeht, vor allem, weil ich ja auch noch ein, zwei Einkehrschwünge vor mir habe! Pfüat di, Gasperlmaier!" Er schritt zielstrebig auf die Portiersloge am Eingang zu. Gasperlmaier wunderte sich indes, woher der Friedrich von der verschwundenen Leiche erfahren hatte, denn er hatte ihm gewiss nichts davon erzählt. Und die Bemerkung darüber, dass die Frau Doktor Kohlross womöglich gar nicht mehr vor Ort ermitteln würde, hatte ihm auch zu denken gegeben.

Das Läuten seines Handys riss Gasperlmaier aus seinen Gedanken. Der Christoph war dran. „Hallo, Papa!", sagte er. „Ich bin gerade zwischen zwei Hausbesuchen. Wisst ihr schon Näheres über unsere Leiche? Ob da was gefunden worden ist, das ich übersehen habe?" Gasperlmaier zögerte, weil er überlegen musste, ob er dem Christoph sagen durfte, dass die Leiche des Rinderer quasi entführt worden war. „Du, Christoph, die Leiche von dem ist gar nicht hier obduziert worden", sagte er schließlich. „Die hat man nach Wien überführt." „Schade", sagte der Christoph. „Ich hab gehört, dass ihr heute schon mit der Richelle geredet habt, wegen dem Kröker. Hat sie euch helfen können? Schließlich hat sie auf der Uni ein paar Semester Mandarin gehabt!" Gasperlmaier verstand nicht gleich. „Mandarin?" „Ja, Chinesisch halt!", erklärte der Christoph. Gasperlmaier schossen sofort ein paar Ideen durch den Kopf. „Und warum hat sie uns das nicht gesagt?", fragte er. Der Christoph lachte. „Weil es ihr peinlich ist. Du kennst sie ja, die Richelle. Wenn sie etwas nicht perfekt kann, redet sie nicht drüber." „Gut", sagte Gasperlmaier, „aber vielleicht ... ich muss jetzt auflegen, Christoph, meine neue Kollegin braucht mich!" Er beendete das Gespräch und ging auf die Emina zu, die aufgetaucht war und energisch nach ihm winkte.

„Also", sagte die Emina, nachdem Gasperlmaier den Wagen gestartet hatte. „Die Identität des Toten steht nun eindeutig fest, Frau Doktor Wurm hat es über den Zahnstatus abklären können." „Sonst noch was?", fragte Gasperlmaier und schlug den Weg zum Tourismusbüro ein. „Das kann man so sagen! Der Tote ist nicht im Wagen verbrannt, also nicht durch den Brand zu Tode gekommen. Er hat bereits davor schwere Verletzungen erlitten und wurde tot ins Auto gesetzt. Also, zumindest zu einem Zeitpunkt, wo er nicht mehr geatmet hat." „Also Mord?", fragte Gasperlmaier. „Auf jeden Fall. Denn er kann sich nicht selbst mehrmals überfahren und dann tot ins Auto gesetzt haben", erklärte die Emina. „Überfahren?", fragte Gasperlmaier. „Ja, er ist zumindest zweimal überfahren worden und hat dabei tödliche Verletzungen erlitten. Danach hat man ihn ins Auto verfrachtet und es angezündet. Erste

Berichte von den Brandsachverständigen habe ich auch, alles deutet darauf hin, dass Benzin im Auto verschüttet wurde." „Also keine Spuren", schloss Gasperlmaier. „Das Problem ist", sagte die Emina, „dass wir dort, wo der Wagen stand, keine Spuren außerhalb des Fahrzeugs gefunden haben. Er muss also woanders überfahren worden sein. An einem Ort, den wir jetzt suchen müssen." „Wir?", fragte Gasperlmaier. Die Emina lachte. „Nein, das organisiert die Renate, die redet mit der Tatortgruppe. Die erledigen das so schnell wie möglich. Hoffentlich haben sie Erfolg, weil das hat natürlich auch für uns Bedeutung."

„Wo bringst du mich hin?", fragte sie, als Gasperlmaier vor dem Tourismusbüro hielt. „Gut, dass wir den Tatort nicht suchen müssen", sagte er. „Ich hab da nämlich einen Plan. Ich habe gerade erfahren, dass meine Schwiegertochter ein wenig Mandarin, also Chinesisch, kann. Wie wäre es denn, wenn wir sie zum Almtanz auf der Blaa-Alm mitbringen? Wir könnten einfach sagen, sie vertritt den Kröker. Das wäre ja nicht einmal gelogen. Und wenn die zwei Chinesen nicht wissen, dass da jemand ist, der sie versteht ..." Die Emina schlug ihm heftig auf den Unterarm. „Gasperlmaier, du bist aber ein ganz Ausgefuchster! Das ist ja eine Freude, mit dir zusammenzuarbeiten! Holst du sie? Ich hab noch ein wenig zu tippen!" Sie hielt ihr Handy hoch. Gasperlmaier nickte.

„Richelle", sagte er, als er sie in einem der hinteren Räume beim Öffnen von Paketen mit Tourismusprospekten gefunden hatte, „wir täten dich brauchen. Weil ... der Christoph hat mir verraten, dass du Chinesisch kannst. Und ..." „Moment!" Die Richelle hob den Zeigefinger. „Ich kann das nicht, ich habe an der Uni ein paar Semester lang Kurse belegt. Ich könnte nicht einmal eine Unterhaltung ..." „Richelle", sagte Gasperlmaier, „du sollst auch keine Unterhaltung führen. Du sollst nur zuhören. Es ist nämlich so, dass meine neue Kollegin den Verdacht hat, dass die zwei Chinesen zumindest Englisch verstehen und uns aushorchen. Indem sie vorgeben, nichts zu verstehen. Und jetzt fahren wir zu ihnen, zum Almtanz. Und wenn du, sozusagen als Vertretung vom Kröker, mitfährst und einfach nur zuhörst, was die beiden miteinander reden ... verstehen ist ja oft einfacher als selber reden, nicht?" Die Richelle schüttelte den Kopf. „Ich möchte da nicht hineingezogen werden, jemanden belauschen, und so ... außerdem muss ich die Kinder abholen, in einer halben Stunde!" „Das kann sicher auch die Christine machen, du hast ja ohnehin gemeint, dass du heute länger bleiben musst. Bitte, Richelle!" Da hatte er, so dachte er bei sich, einmal eine grandiose Idee, und dann sträubte sich die Richelle. Andererseits hatte er noch die Warnung des Friedrich im Hinterkopf. Alle, die mit der Sache zu tun hatten, seien dem chinesischen Geheimdienst ein Dorn im Auge, hatte der gemeint, und begäben sich in Gefahr. Das wollte er natürlich nicht, aber er war sich recht sicher, dass der Friedrich hier falschlag und einfach nur Flöhe husten hörte. Er merkte an Richelles Gesichtsausdruck, dass sie schwankte. „Und Mum hat tatsächlich nichts dagegen, dass ..." Gasperlmaier schüttelte energisch den Kopf. „Ganz sicher nicht, wir müssen sie nur anrufen!" „Na ja", sagte die Richelle, „wenn du unbedingt meinst, dann fahre ich halt mit." Ihm fiel ein Stein vom Herzen.

„Das hat aber lange gedauert", beschwerte sich die Emina, als sie endlich wieder im Einsatzwagen saßen. „Jetzt schnell zur Blaa-Alm", sagte Gasperlmaier. „Wir sind eh zu spät dran." Er trat, ganz gegen seine Gewohnheit, ordentlich aufs Gas. Während der Fahrt telefonierte die Richelle mit der Christine, und die zögerte nur kurz, bevor sie versprach, die beiden Kleinen verlässlich abzuholen und bei sich zu Hause zu beaufsichtigen, bis die Richelle zurückkam. Weil es immer noch nass war, war die Straße zur Blaa-Alm, die nicht asphaltiert war, schlammig, und der Dreck spritzte nur so durch die Gegend, als Gasperlmaier schwungvoll in die Zufahrtsstraße einbog. „Wär Zeit, dass hier einmal asphaltiert wird!", brummte er.

„Wie darf ich mir denn so einen Almtanz vorstellen?", fragte die Emina. „Sind da Kühe auch dabei?" Gasperlmaier schüttelte über so viel Unverstand den Kopf. „Natürlich nicht. Die Volkstanzgruppe. Da sind auch Kolleginnen von meiner Frau dabei, fast alle recht jung. Und sie tanzen Ausseer Landler, einen Schottischen, den Waldhansl und so." „Waldhansl?", fragte die Richelle vom Rücksitz belustigt. „Ihr werdet's dann eh selber sehen. Wir müssen uns noch etwas zurechtlegen", gab Gasperlmaier zu bedenken, „warum wir überhaupt da sind. Irgendeine Ausrede. Weil, dass die Polizei zum Almtanz kommt, das ist ja nicht selbstverständlich." „Wir sagen einfach, zur Sicherheit. Solang wir noch nicht wissen, was hinter den Todesfällen steckt, haben wir ein Auge auf die Delegation", sagte die Emina. „Gut?" „Sehr gut!", bestätigte Gasperlmaier. Der Parkplatz war voll, und es standen nicht nur PKW da, sondern auch zwei Busse mit niederösterreichischen Kennzeichen. „Oje!", jammerte Gasperlmaier. „Die Busse! Da wird's voll sein mit Pensionisten!" Er überfuhr das Fahrverbotsschild am hinteren Ende des Parkplatzes und blieb direkt vor dem Eingang zum Wirtshaus stehen. „Warum Pensionisten?", fragte die Richelle. „Wenn du unter der Woche", erklärte Gasperlmaier, „irgendwo einen Bus parken siehst, dann ist der fast immer voll mit Pensionisten. Oder es ist ein Schulausflug, das wär noch schlimmer. Aber hier, auf der Blaa, sind es hundertprozentig Pensionisten!"

Die Gaststube war, wie Gasperlmaier befürchtet hatte, gerammelt voll. Mit Mühe gelang es ihm, bis zur Schank vorzudringen. „Wo wird denn da heute getanzt?", fragte er die Ursula, eine Kellnerin, die schon Jahrzehnte hier tätig war. „Da!" Die Ursula zeigte auf ein bisschen freien Platz zwischen der Schank und der Garderobe. „Wir haben heut eh nur sechs Paare da, wird schon gehen. Magst ein Bier?" Ungefragt stellte sie eine Halbe vor ihn hin. „Du, Ursula", fragte er. „Sind eigentlich die Chinesen schon gekommen?" Die nickte. „Wir haben ihnen einen ganzen Tisch freigehalten, direkt bei der Musik. Wenn's wollt's, könnt ich euch auch noch dorthin setzen." „Das wär", sagte Gasperlmaier und nahm sein Bier von der Schank, „wunderbar. Wir haben nämlich eine Vertretung mit, vom Tourismusverband, für den … du hast es wahrscheinlich eh schon gehört, dass der Kröker tot ist." Die Ursula nickte. „Von mir aus hätt's genügt, wenn er zurück zu seinen Kreuzfahrten in Hamburg gegangen wär. Den Tod hab ich ihm nicht gewünscht!" Gasperlmaier sah sich um. Die Richelle und die Emina waren irgendwo im Gedränge stecken geblieben. Mit seinem Bier in der Hand drängte er sich noch einmal Richtung Eingang zurück, fand die beiden und geleitete sie, mit einiger Mühe und ohne sein Bier zu verschütten, zu dem Tisch nächst der Musik, wo Lin Lien mit ihren Begleitern Platz gefunden hatte. Sie lächelte ihn an. Leider war der Tisch voll besetzt – die Tanzpaare hatten alle freien Plätze in Beschlag genommen. „Wir müssten da …", begann Gasperlmaier und zeigte auf die Sitzbank. „Für dich immer,

Gasperlmaier!" Eine der Tänzerinnen sprang sofort auf und zog auch ihren Partner in die Höhe. Gasperlmaier war sich nicht sicher, ob es eine Kollegin seiner Frau oder eine ehemalige Schülerin war. Wahrscheinlich beides.

Nach einigem Hin und Her gelang es ihm, die Richelle direkt neben den beiden Chinesen unterzubringen, die Emina saß neben ihr, daneben Lin Lien, und er hatte auf der Kante der Sitzbank auch noch ein paar Zentimeter Platz ergattert. Gasperlmaier legte seine Kappe auf den Tisch und grüßte die Musiker. „Polizeischutz heute?", fragte der Ziehharmonikaspieler lachend. Gasperlmaier kam er bekannt vor, aber es fiel ihm kein Name zu dem Gesicht ein. Er nickte. „Wir müssen schon gut auf unsere Gäste aufpassen!", sagte er. „Wann fangt's denn an?" „Wir müssen noch ein bissl warten, auf die Narzissenkönigin." „Da schau her, die haben sie auch eingeladen?", staunte Gasperlmaier. Aus dem Augenwinkel konnte er wahrnehmen, dass die beiden Chinesen miteinander tuschelten, die Richelle aufmerksam die Ohren spitzte und die Emina Lin Lien in ein Gespräch verwickelt hatte. Wahrscheinlich erklärte sie ihr, warum sie hier war. Die Burgl Zeitschner, die eigentlich die Delegation hätte begleiten müssen, war nirgends zu sehen. „Wo ist denn Frau Zeitschner?", erkundigte er sich bei Lin Lien. „Nach Hause gefahren", antwortete die. „Sie sagt, irgendwann muss ein Tag auch einmal zu Ende sein!" Dafür hatte Gasperlmaier Verständnis.

„Jetzt!", rief der Kontrabassist, und die Musik spielte einen Tusch, während Applaus aufbrandete. „Unsere Narzissenkönigin!", hörte Gasperlmaier über die Lautsprecheranlage, ohne dass er was sehen konnte. „Sophie Schwarzenbacher aus Bad Ischl!" Gasperlmaier hatte die Sophie anlässlich ihrer Wahl zur Königin im Frühjahr schon kennengelernt, sie war groß, dunkelhaarig und überaus gesprächig. Soweit er sich erinnerte, hatte sie bei ihrer Wahl erzählt, dass sie irgendwas mit Marketing studierte. Marketing, fand er, war gleichzeitig alles und nichts, aber seit die Richelle auch in dieser Branche tätig war, hielt er sich mit seiner - Geringschätzung solcher Tätigkeiten vornehm zurück.

Als die Sophie mit einem strahlenden Lächeln auftauchte, entfuhren den beiden Chinesen Ausrufe der Bewunderung, man rückte zusammen, und wie durch ein Wunder wurde ein Platz für die Narzissenkönigin neben Gasperlmaier frei. Es blieb nur Zeit, ihr freundlich zuzunicken, bevor die Musik begann und die Tänzer zum ersten Tanz einmarschierten, einem Ausseer Landler, so, wie Gasperlmaier es angekündigt hatte. Er begann zu schwitzen. Normalerweise veranstaltete man einen Almtanz ja draußen auf der Terrasse, aber bei diesem Wetter hatte man auf die Gaststube ausweichen müssen, und das bedeutete drangvolle Enge. Kaum, dass der Tanz begonnen hatte, forderte einer der Tänzer die Sophie auf und ließ seine eigene Dame stehen, was diese aber lächelnd über sich ergehen ließ. Wahrscheinlich, so dachte Gasperlmaier bei sich, war das vorher so abgesprochen gewesen.

Er warf der Richelle gelegentlich verstohlene Blicke zu. Deren Miene verdüsterte sich zunehmend. Ob wegen der Tänze oder der Chinesen, das würde Gasperlmaier wohl erst später erfahren. Nach dem ersten Tanz bekamen die drei Chinesen ihr Essen serviert, alle drei hatten sich ein Blaa-Alm-Schnitzel ausgesucht, und allein wegen des Geruchs lief Gasperlmaier das Wasser im Munde zusammen. Das Schnitzel war eine Spezialität des Hauses, gefüllt und mit Kürbiskernpanier. Die beiden Männer schienen begeistert, Lin Lien aß nur zögerlich. „Wie war's so, bisher, als Narzissenkönigin?", fragte Gasperlmaier, als sich die Sophie wieder gesetzt hatte. „Anstrengend!", sagte sie. „Aber auch lustig. Ich hab viele interessante Leute kennengelernt. Zum Beispiel Polizisten!" Sie klimperte mit den Augenlidern, wobei Gasperlmaier auffiel, dass sie sicher aufgeklebte Wimpern trug, denn echte konnten nicht so lang und dicht sein. Ihm fiel keine passende Antwort ein, und deshalb war er nicht unglücklich darüber, dass die Sophie gleich weiterredete. „Mit dem Studium ist es natürlich schwer vereinbar. Ich hab schon einige Lehrveranstaltungen auslassen müssen, aber man kann bei uns ja vieles auch online ..." Gasperlmaiers Aufmerksamkeit schwand. Vor allem, weil sich das Gesicht der Richelle noch mehr verdüstert hatte. Offenbar verstand sie einiges von dem, was die Chinesen zu besprechen hatten, und es gefiel ihr nicht. Die beiden redeten viel, der Dünne lachten dabei immer wieder, der andere blieb ernst. Das war Gasperlmaier bisher schon aufgefallen, wann immer er auf die beiden getroffen war. Gasperlmaier kam es vor, als ob Wang Baihu besonders die Sophie und die Richelle immer wieder aufmerksam musterte.

Der nächste Tanz war ein Schottischer, und Gasperlmaier gab sich ganz der Musik hin, betrachtete versunken die Tanzpaare und tappte sogar mit einem Fuß den Rhythmus mit. Schön waren diese traditionellen Tänze. Obwohl es in der Gaststube der vielen Leute wegen unangenehm heiß und dampfig war. Er wurde unsanft aus seinen Betrachtungen gerissen, als der Tanz zu Ende war und die Musik verstummte. „Enough!", rief die Richelle plötzlich und schüttete ihren Apfelsaft ihrem Sitznachbarn ins Gesicht. Es war der Dünne, Wang Baihu, der immerzu lachte. Jetzt aber war ihm das Lachen vergangen. Sofort verstummte alles Geplauder im Saal. Die Richelle stieg auf die Bank und drängte sich hinter Lin Lien und der Emina vorbei, die beide noch gar nicht recht mitbekommen hatten, was passierte. Der Chinese wischte mit einer Serviette in seinem Gesicht herum. „Take me out of here, Dad!" Die Richelle zog ihn am Oberarm und die Sophie reagierte schnell, stand auf und machte den Weg frei. „Aber was ist denn ...", versuchte Gasperlmaier die Richelle anzusprechen, aber sie zog ihn energisch mit sich zum Ausgang. Die Leute, die im Weg standen, machten bereitwillig Platz. Immer, wenn sie sich sehr aufregte, dann fiel der Richelle auf Deutsch nichts mehr ein, und sie redete Englisch. Erst draußen im Vorraum ließ sie Gasperlmaier los und lehnte sich schwer atmend gegen eine Wand. „I've fucked everything up, haven't I?", fragte sie. Gasperlmaier verstand nicht, außer, dass es nicht fein war, was sie gesagt hatte. „Ich konnte mich nicht mehr zurückhalten. Ich hab ja nicht alles verstanden, aber der Typ war einfach ekelhaft. Er hat nur über die Frauen geredet. Vor allem mich und diese Narzissenkönigin." Die Tür zur Gaststube öffnete sich, die Emina kam heraus. „Was war das denn eben? Dafür hätten Sie nicht mitzukommen brauchen!" Sie schien verärgert.

„Anscheinend hat einer von denen beleidigende Sachen über die Richelle gesagt", verteidigte Gasperlmaier seine Schwiegertochter. Die Richelle nickte, während die Emina tief durchatmete und dann verständnisvoll dreinsah. „Kommen Sie", sagte sie. „Wir gehen zum Auto, und dann erzählen Sie alles." „Okay", nickte die Richelle. Sie schien sich etwas beruhigt zu haben. Gasperlmaier deutete mit dem Kinn in Richtung Ausgang.

Draußen war leider nicht alles okay. Eine große Gruppe Menschen, großteils unter Schirmen, stand hinter einem Transparent, das der Lehrer Wurzacher und eine junge Frau hielten. „Kein Ausverkauf unserer Heimat!", stand drauf. Das kannte Gasperlmaier schon. Darunter hatte der Wurzacher aber nun eine zweite Zeile gepinselt. „Kein Altaussee-Disneyland made in China!", stand da. Gasperlmaier nahm die Richelle beschützend am Arm und seufzte. „Herr Wurzacher", sagte er. „Es ist jetzt das dritte Mal, dass ich Sie darauf aufmerksam machen muss, dass Sie eine Demonstration anmelden müssen. Ich fordere Sie hiermit auf, diese nicht genehmigte Versammlung unverzüglich aufzulösen!" Er wollte sich vor der Richelle und der Emina keine Blöße geben und Entschlossenheit demonstrieren. „Wir haben uns hier nur zufällig getroffen", grinste der Wurzacher, „und bei uns herrscht immer noch Meinungsfreiheit!" Die Emina trat neben Gasperlmaier und zeigte ihre Kokarde vor. „Sicher", sagte sie, „aber unter bestimmten Regeln, die Sie anscheinend konstant missachten!"

Plötzlich löste sich die Maggie Schablinger aus der Gruppe und stellte sich ihnen in den Weg. „Herr Inspektor, auf ein Wort! Was geht da drinnen vor? Da werden die Chinesen hofiert und verwöhnt, und hier heraußen müssen die Einheimischen im Regen stehen? Wie kann denn sowas möglich sein?" „Liebe Frau Schablinger", sagte er. „Zuerst wird einmal diese Versammlung hier aufgelöst. Und dann können wir uns möglicherweise mit Ihren Fragen beschäftigen." „Bitte packen Sie Ihre Transparente zusammen!", unterstützte ihn die Emina. Tatsächlich kam Bewegung in die Gruppe, nur der Wurzacher blieb provokant mit seinem Stecken stehen, obwohl seine Helferin auf der anderen Seite das Transparent schon fallen gelassen hatte und auf dem Weg zum Parkplatz war.

„Komm!", sagte Gasperlmaier zur Richelle und suchte nach einem Weg an der Maggie vorbei, aber rechts war nur der Straßengraben, links der Wurzacher. Er entschied sich für links. Die Schablinger versperrte ihnen zwar nicht den Weg, lief ihnen aber nach. „Und was tun Sie, um den Mörder Ihres Tourismusdirektors zu finden?" Bis zur Schablinger war also die Nachricht vom Tod des Kröker auch schon durchgedrungen. „Sind nicht die Chinesen verdächtig?", rief sie laut. „Oder vielleicht die Leute, die hier gegen den Tourismus auf die Straße gehen?" Das hätte die Maggie nicht sagen sollen, denn jetzt hatte sie die Demonstranten gegen sich selbst aufgehetzt. Ein schwerer Fehler.

Manchen der Demonstranten, die sich bereits auf dem Heimweg befunden hatten, war die Anschuldigung der Maggie nicht entgangen, und sie drehten zu ihr um. Gasperlmaier nutzte die Verwirrung, um zum Einsatzwagen zu gelangen.

„Für die Maggie können wir jetzt nichts tun!", sagte er, nachdem er die Richelle auf den Rücksitz geschoben und sich selbst in den Fahrersitz hatte plumpsen lassen. „Kennen Sie die?", fragte die Emina, nachdem sie sich angeschnallt hatte. Gasperlmaier nickte. „Reporterin von einem Krawallblatt. Verfolgt uns schon seit Jahren mit ihrem Geschrei und ihren schäbigen Sensationsreportagen." Er wendete und fuhr auf die Gruppe der Demonstranten zu, die folgsam zurückwich, nachdem er Blaulicht und Folgetonhorn eingeschaltet hatte. Leider blockierte die Maggie die Straße. Breitbeinig stand sie da, ihr Handy im Anschlag, wie ein Cowboy auf der Hauptstraße der Westernstadt, der gerade auf einen Gegner anlegte. Gasperlmaier seufzte, hielt an und stieg aus.

„Frau Schablinger", versuchte er es im Guten, „machen Sie doch nicht so ein Theater. Wir sind ja nicht im Film. Wir haben da drinnen lediglich ein bisschen darauf geschaut, dass unseren Gästen nichts passiert. Sie wissen ja selbst, was die letzten Tage schon alles geschehen ist. Machen Sie's nicht noch komplizierter." Eine so ausführliche Rede hatte er lange nicht mehr gehalten, und sogar die Maggie schien beeindruckt und ließ ihr Handy sinken. „Aber ich brauch Stoff!", jammerte sie. „Wenn so was passiert, da müssen wir die Ersten sein, die Schnellsten, und ..." Ärgerlich schlug sie mit ihrem Handy gegen den Oberschenkel und stampfte mit dem Fuß auf. Die Emina war inzwischen ebenfalls ausgestiegen und ging auf die Maggie zu. „Jovanovic, Polizei!", stellte sie sich knapp vor und hielt der Maggie ihre Kokarde entgegen. „Was wollen Sie hier eigentlich? Wenn Sie über den Vorfall mit dem ausgebrannten Auto etwas hören wollen, dann fahren Sie morgen Früh nach Liezen zur Pressekonferenz. Sonst gibt's nichts, was wir für Sie tun könnten." Die Emina wandte sich ab. „Sind Sie jetzt für diesen Fall zuständig?" Die Maggie rannte ihr nach. „Was ist mit der Frau Kohlross? ist sie befangen?" Gasperlmaier ging zum Wagen zurück, aber die Maggie hinderte die Emina am Einsteigen. „Was ist eigentlich da genau passiert? Mit eurem Tourismusdirektor? Wenn ich keine Infos bekomme, muss ich spekulieren. Und ihr seht ja selbst, wie hoch sich die Emotionen schon geschaukelt haben." Sie zeigte auf die Demonstranten. „Fast hätten die mich gelyncht!" Gasperlmaier lachte. „Das ist bei uns noch nie vorgekommen! Das Allerhöchste ist eine Halbe Bier über den Kopf!"

Aus dem Augenwinkel sah Gasperlmaier Lin Lien aus dem Wirtshaus kommen, gefolgt von ihren beiden Kollegen. „Emina!", zischte Gasperlmaier und nickte in Richtung Lin Lien. „Wir sollten vielleicht ein bisschen auf die aufpassen." Die Emina nickte, schlug die Autotür wieder zu und machte sich auf den Weg zurück. „Ich sperr ab", sagte Gasperlmaier ins Auto hinein. „Wir müssen sicherstellen, dass die drei Chinesen unbehelligt zu ihrem Auto kommen!" Die Richelle nickte, und Gasperlmaier folgte der Emina. Von den verbliebenen Demonstranten machte allerdings niemand Anstalten, die drei Chinesen zu behindern oder anzugreifen.

„Wir begleiten euch zu eurem Auto", sagte Gasperlmaier zu Lin Lien. „Sicher ist sicher!" „Ich glaube nicht, dass das nötig ist", sagte Lin Lien. „Doch, doch!", widersprach Gasperlmaier und folgte ihr durch den Regen hinüber zum Parkplatz. Er hatte zwar keinen Schirm, aber das war jetzt auch schon egal, seine Jacke war ohnehin tropfnass. Lin Lien hielt einen Schirm über sich und einigen Abstand zu ihren beiden Kollegen. Ihre Schuhe hatten hohe und schmale Absätze und waren bereits schlammverkrustet. Für die Alm, fand Gasperlmaier, halt nicht geeignet. „Warten Sie einen Moment, Frau Lin!", sagte er, weil die beiden Männer ohnehin schon ein wenig Vorsprung hatten. „Was war denn da drinnen los? Haben Sie eine Idee, warum die Richelle Ihren Kollegen geohrfeigt hat?" Inzwischen hatte die Emina aufgeschlossen, sie nahmen Lin Lien zwischen sich. Lin Lien nickte. „Ich möchte aber nicht darüber sprechen. Ich möchte am liebsten nach Hause. Mir wird das alles hier zu viel!" Ihre Stimme zitterte, und instinktiv legte ihr Gasperlmaier beschützend einen Arm um die Schulter. „Alles wird gut", versuchte er sie zu beruhigen. „Leider können Sie momentan nicht abreisen", mischte sich die Emina ein. „Solange der Fall Kröker nicht abgeschlossen ist, müssen Sie hierbleiben. Sie und Ihre beiden Kollegen."

Lin Lien sah die Emina mit großen Augen an. „Aber am Samstag, da reisen wir ab. Nach München, zum Flughafen." Die Emina zuckte mit den Schultern. „Nur wenn wir, also die Polizei, unser Okay dazu geben." „Bin ich denn verdächtig?" Lin Lien begann zu schluchzen und drückte ihre Fäuste gegen die Augen. Gasperlmaier konnte den Anblick nur schwer ertragen und suchte in seiner Jacke nach einem sauberen Taschentuch, ohne fündig zu werden. „Aber Sie doch nicht!", beruhigte er Lin Lien. Anstatt seiner hielt die Emina ihr nun ein Taschentuch hin. Die Emina rollte die Augen und schüttelte kaum wahrnehmbar ihren Kopf. „Aber das ist halt so", erklärte Gasperlmaier. „Wenn Sie mit so einem Kriminalfall zu tun haben, dann müssen Sie sich zur Verfügung halten, bis er aufgeklärt ist. Wir können doch unsere Zeugen nicht einfach mit dem Flieger verschwinden lassen!" Sie waren beim Auto der Chinesen angekommen, wo die beiden Herren schon fröstelnd darauf warteten, dass Lin Lien aufschloss. Sie hatten über ihren Hemden nur dünne Anzugjacken an, die zu den Lederhosen lächerlich aussahen. Gasperlmaier gab sich Mühe, sie so finster zu mustern, wie er nur konnte. „Können Sie fahren? Sicher?", fragte er noch, bevor Lin Lien nickte, die Tür schloss, und der Wagen lautlos rückwärts aus der Parklücke glitt.

„Können Sie fahren?" Die Emina imitierte Gasperlmaiers Frage mit Fistelstimme und schüttelte gleichzeitig den Kopf. „Die hat dich ganz schön um den Finger gewickelt, wie?" Gasperlmaier sah trotzig zu Boden. „Nie im Leben!", sagte er. „Aber man kann sie nicht so grob behandeln, sie hat's ja eh nicht leicht, mit diesen Männern. Wer weiß ..." Er wollte seine Befürchtungen jetzt nicht vor der Emina ausbreiten, weil sie sich ohnehin schon über ihn lustig gemacht hatte. „Fahren wir heim!", sagte er schließlich.

„Also, was ist passiert?" Die Emina lehnte sich nach hinten, um mit der Richelle reden zu können, nachdem Gasperlmaier losgefahren war. „Ich habe nicht alles verstanden", sagte die Richelle. „Aber immerhin genug, um die Fassung zu verlieren." Die Emina sah wieder auf die Straße vor sich. „Er hat die ganze Zeit nur über die Frauen gesprochen. Über die Narzissenkönigin, vor allem. Auch über mich. Und Lin Lien." „Und was hat Sie daran so aufgeregt?" „Es war *vulgar*, wie sagt man es auf Deutsch?" „Vulgär", half die Emina aus. „Geht's ein bisschen genauer?" „Er hat nur über *fucking* geredet." Die Richelle verstummte, und Gasperlmaier wollte gar nicht mehr hören. „Und über alle möglichen Dinge, die er mit uns anstellen will, wenn er uns in seinem Zimmer hat. Es war richtig eklig. Der Mann ist ein Schwein. A Pig." Gasperlmaiers Sorge um Lin Lien wurde durch das, was die Richelle da erzählte, nicht geringer. „War das nur der eine, der Dünne?", fragte die Emina. Die Richelle nickte. „Der andere hat wenig gesagt. Ich habe das Gefühl gehabt, dass er seinen Kollegen zum Schweigen bringen will, er ist nicht eingegangen auf seine ... Bemerkungen." „Richelle, haben Sie auch irgendwas anderes gehört? Ich meine, wir sind da hingefahren, um vielleicht etwas Relevantes für unseren Fall zu erfahren. Mit Ihnen, sozusagen, undercover." „Und jetzt wissen wir, dass die keine netten Menschen sind. Die zwei, die schon gestorben sind, und einer, der noch da ist." Erst nach ein paar Sekunden Stille wurde Gasperlmaier bewusst, was er gerade gesagt hatte. „Three little pigs", flüsterte die Richelle. „Two of them dead." Das verstand sogar Gasperlmaier, und genau das war sein Gedanke gewesen. „Ob sie gestorben sind, weil sie Schweine waren?", fragte er, mehr sich selbst. „Jetzt halten wir uns einmal mit Spekulationen zurück. Ich baue meine Ermittlungen lieber auf Fakten auf", bremste die Emina.

Es war, so dachte Gasperlmaier bei sich, kein Wunder, dass sich Frauen vor manchen Männern richtiggehend ekelten. Da war zunächst der Kröker gewesen, der ein klares Nein von Lin Lien nicht hatte akzeptieren wollen, dazu hatte er noch die Lena an der Nase herumgeführt. Dann dieser unsympathische Rinderer, der das Hotelpersonal belästigt hatte. Und jetzt noch Wang Baihu, dem es nicht zu dumm war, dreckige Bemerkungen über die Narzissenkönigin und die Richelle zu machen, nur weil er dachte, niemand außer seinem Begleiter würde ihn verstehen. Manchmal schämte man sich direkt, ein Mann zu sein.

„Da war schon noch was", sagte die Richelle schließlich. „Zu Beginn, vor dem Tanz, haben sie von Berichten gesprochen, die sie schreiben müssen. Und dass die Chefs in China nicht davon begeistert sein werden, was hier geschehen ist. Und wie sie das wieder ausbügeln können. Viel mehr habe ich aber wirklich nicht verstanden. Da hat meist der Ältere gesprochen." Die Emina seufzte. „Das muss dann Chen Jian gewesen sein. Und an wirklich wichtige Informationen kommen wir in diesem Fall nicht heran. Erstens ist der Tod des Rinderer offiziell immer noch ein Unfall – und selbst wenn er sich als Mord herausstellen sollte – wir haben so gut wie keine Chance, an die Daten eines chinesischen Handys heranzukommen." „Und dazu müssen wir noch aufpassen, dass uns die Delegation nicht abhandenkommt", fügte Gasperlmaier hinzu. „So wie das Autowrack und die Leiche des Rinderer."

Das Handy der Emina läutete. „Die Renate", flüsterte sie, bevor sie abhob. „Ja?" „Emina, kannst du reden?", hörte Gasperlmaier. Die Stimme der Frau Doktor klang schon etwas fester als zuletzt, fand er. „Habt ihr irgendwas Relevantes, das ich noch nicht weiß?", fragte sie. „Leider nicht", antwortete die Emina, „außer ... das erzähl ich dir lieber später. Ich bin mit Gasperlmaier und seiner Schwiegertochter im Auto." „Gut", sagte die Frau Doktor. „Ich werde morgen selber nach Altaussee kommen. Wir machen das zusammen, Emina." Sie legte auf. Irgendwie war Gasperlmaier froh, dass die Frau Doktor wieder zuversichtlicher klang, auf der anderen Seite aber befürchtete er, dass er und die Manuela aus der Ermittlung abgezogen würden, wenn die Frau Doktor ohnehin die Emina dabeihatte.

„Wir müssen jetzt vor allem den Hintergrund des Kröker durchleuchten", sagte die Emina. „Können Sie da was für uns tun, Richelle?" „Hm", sagte die. „Ich habe ihn die letzten Tage kaum gesehen. Aber ..." „Ja?" „Aber mir ist etwas eingefallen, jetzt erst, das ich euch noch nicht erzählt habe. Also, gestern Vormittag, da ist er kurz reingekommen und hat im Büro vorne telefoniert, ich habe wenig hören können, und außerdem war ich gerade mit meiner Excel-Tabelle beschäftigt, ich hab nach einem Fehler gesucht. Deswegen ist es mir auch erst jetzt wieder eingefallen, ich habe es nur im Hintergrund wahrgenommen. Aber da war eindeutig eine Frau dran, und die Lena kann's nicht gewesen sein, die war ja hinten im Büro. Er hat genervt gewirkt, hat davon geredet, dass es jetzt ungünstig ist ... ich hab leider auch nicht so genau aufgepasst." „Na ja", sagte die Emina, „die Daten vom Handy des Kröker werden wir ja bald haben, dann werden wir auch herausfinden, wer diese Anruferin war. Und jetzt … Tschüss!" Sie stieg aus und gleich wieder ein, denn Gasperlmaier hatte neben ihrem Elektroflitzer eingeparkt.

„Wir fahren jetzt zu uns nach Hause!", sagte er zur Richelle. „Ob es da Ladestellen gibt, wo man das Auto wieder aufladen kann?" Er deutete auf den roten Ford, der vor ihnen die Hauptstraße hinunterfuhr. „Das ist übrigens ein Thema bei uns im Marketing. Wir haben keine Schnellladesäulen in Altaussee und in Grundlsee. Und in Bad Aussee nur eine. Das wird für den Tourismus zunehmend wichtig, dass wir auch damit punkten können", erklärte ihm die Richelle. „Bei der Losermaut hinten, da hab ich zwei Ladestationen gesehen", widersprach Gasperlmaier. „Ja, aber die laden nur mit elf Kilowatt, da musst du ein leergefahrenes Auto viereinhalb Stunden anhängen, bis die Batterie wieder voll ist! Außerdem sind die nur für Kunden des Chaletdorf da hinten." „Warum kennst du dich da eigentlich so gut aus?", fragte Gasperlmaier, als sie vor seinem Haus ausstiegen. Die Richelle lachte. „Erstens gehört es zu meinem Job, und zweitens überlegen der Christoph und ich, ob wir uns eine PV-Anlage aufs Dach stellen und ein E-Auto kaufen sollen. Man muss ja auch an die Zukunft denken! Vor allem, wenn man Kids hat!" Das war jetzt das passende Stichwort, denn der Theo kam aus der Haustür gestürmt. „Mum!" Er flog in ihre Arme. So eine Sehnsucht, dachte Gasperlmaier bei sich. Wo es ihm doch bei der Oma sicher auch gut gegangen war.

„Na?", fragte die Christine, als Gasperlmaier Jacke und Schuhe ablegte und sie aus der Küche kam. „Wie war der Tag?" „Schlimm!", antwortete Gasperlmaier wahrheitsgemäß. „Aber ..." Mit einem Blick auf die Kinder machte er der Christine klar, dass er momentan nicht über die Ereignisse des Tages reden wollte. „Soll ich euch noch heimfahren?", fragte er die Richelle, die gerade der Elisa ihre Schühchen anzog. „No, no!", sagte die. „We'll walk. It's good for us!" In Gegenwart der Kinder sprach sie immer Englisch, und die antworteten ihr auch in ihrer Muttersprache. Der Theo halt, die Elisa konnte bisher nur „Mum", „okay", „cat" und „no". Letzteres verwendete sie unter heftigem Kopfschütteln am häufigsten. „We're going home now", sagte die Richelle. „No!", kam es postwendend zurück.

„Ich leg mich schnell ein bisschen auf's Sofa", erklärte Gasperlmaier, denn der Tag war wirklich anstrengend gewesen. Der Schnurrli hüpfte ihm auf den Bauch, drehte seine Runden und ließ sich schließlich schnurrend nieder. Genau so, dass Gasperlmaier seine Schwanzspitze in den Nasenlöchern hatte. Er schubste den Kater ein wenig tiefer hinunter, was der damit quittierte, dass er seine Krallen in Gasperlmaiers Oberschenkel schlug. „Mistvieh!", schrie er auf, und der Kater sprang wieder hinunter.

„Es gibt Reis mit Gemüse und Hühnerfleisch", sagte die Christine. „Ich hab's für die Kinder gekocht, weil das geht immer. Und für uns ist auch noch was übrig." „Mhm", murmelte Gasperlmaier, denn seine Begeisterung hielt sich in Grenzen. Er griff nach der Fernbedienung, doch die Christine legte eine Hand auf seine und nahm sie ihm wieder ab. „Zuerst erzählst du einmal, was heute passiert ist. Dass wir einen neuen Tourismusdirektor brauchen, oder eine Direktorin, das weiß ich schon." Gasperlmaier seufzte. „Morgen erfährst du's dann ja doch", sagte er. „Der Kröker ist umgebracht worden, zuerst überfahren, dann tot ins Auto gesetzt.

Das hat der Mörder angezündet." Die Christine schlug eine Hand vor den Mund. „Das ist ja grauenhaft. Da vergeht mir gleich der Appetit. Aber, ich hab eh schon mit den Kindern gegessen."

„Und dann waren wir noch mit den Chinesen auf der Blaa-Alm." Er erzählte, kurz zusammengefasst, was dort passiert war. „Ich staune, was unsere Schwiegertochter alles kann!", sagte die Christine schließlich. „Hoffentlich hast du sie nicht in Gefahr gebracht." „Wie denn?" Gasperlmaier erschrak. „Na, wenn da Geheimdienste und Spione und so Zeug damit zu tun haben …" Er vollführte eine wegwerfende Handbewegung, die er sofort bereute, weil er in seiner Schulter einen schmerzhaften Stich verspürte. „Das ist ja alles nur Theorie. Das bildet sich zum Beispiel der Friedrich ein, aber das ist alles nur wilde Spekulation. Wir arbeiten mit den Fakten." Gasperlmaier war sich im Klaren darüber, dass er nachbetete, was die Emina gesagt hatte. „Und, wie ist sie so, die Frau Jovanovic?", fragte die Christine, so, als ob sie seine Gedanken lesen konnte. „Nett", sagte er. „Nett heißt gar nichts! Setzt dich jetzt an den Tisch?" Die Christine hatte ihm einen Teller hingestellt. „Ironman macht sie. Und eine Tätowierung hat sie am Arm." „Na", lachte die Christine, „aus dir krieg ich heute aber nicht viel heraus!" Sie schlug scherzhaft mit einem Geschirrtuch nach ihm. Gasperlmaier kostete, aber das Essen schmeckte nach gar nichts. „Hast noch ein bissl Chili, vielleicht?", fragte er.

12

„Ich bin euch zunächst einmal eine Erklärung schuldig", sagte die Frau Doktor und schlug die Beine übereinander. Gleich nach Dienstbeginn hatte sie Gasperlmaier, die Manuela und die Emina zu einer Besprechung gebeten. „Über das, was in den letzten Tagen in meinem Leben passiert ist." Ein bisschen zittrig war ihre Stimme, aber zumindest konnte sie wieder lächeln.

„Es geht um den Vater von Sophie. Gasperlmaier, du hast ihn schon getroffen. Er heißt Ronald Grallitsch, und ich habe ihn im Zuge einer Amtshandlung kennengelernt." Sie seufzte. „Jetzt wird's ein wenig privat. Mich mit ihm eingelassen zu haben, war der größte Fehler meines Lebens. Ich habe ... sagen wir es einmal zusammenfassend, eine katastrophale Fehleinschätzung unter Einfluss heftiger Gefühle getroffen." Das war, fand Gasperlmaier, sehr elegant und fast wissenschaftlich ausgedrückt. „Der Grallitsch", fuhr die Frau Doktor fort, „ist ein spielsüchtiger Betrüger, sogar ein Bankräuber. Er ist einmal ein Jahr eingesessen, später dann drei Jahre. Ich habe versucht, jeden Kontakt mit ihm zu vermeiden, und meiner Tochter verschwiegen, dass er ihr Vater ist." „Hat sie denn nie danach gefragt?", wollte die Manuela wissen. Die Renate schwieg und atmete tief durch. „Entschuldigung", sagte die Manuela, „ich wollte nicht ..." „Schon gut!" Die Frau Doktor streckte ihr die offene Handfläche entgegen. „Einmal muss es ja raus. Ich habe ihr Märchen erzählt, aber jetzt weiß sie leider die Wahrheit, und entsprechend gestört ist ihr Vertrauen zu mir momentan."

„Aber was ist denn eigentlich passiert, vorgestern?", fragte Gasperlmaier. Die Frau Doktor strich sich mit beiden Händen über das Gesicht, bevor sie fortfuhr. „Er hat die Sophie vor der Schule abgepasst. Und er hat sie entführt, anders kann man das nicht sagen. Allerdings hat er keine Gewalt angewendet, sie ist freiwillig mitgegangen. Was mir allein schon Zustände verursacht hat, wie ihr euch vorstellen könnt. Da bläut man einem Kind jahrelang ein, dass es mit keinem Fremden mitgehen soll, und dann das." Sie wischte sich eine Träne aus dem Augenwinkel. Niemand sagte etwas. „Das war der Moment, wo der Bernhard mich angerufen hat und ich sofort nach Hause wollte. Der Grallitsch hat mir dann SMS geschickt, dass er seine Tochter jetzt regelmäßig sehen will, und dass ich erst erfahren werde, wo sie sich aufhält, wenn ich zustimme." Wieder herrschte gebannte Stille, die Manuela reichte der Frau Doktor ein Taschentuch.

„Um es kurz zu machen, wir konnten sein Handy orten, es war in seiner Wohnung, genau da, wo er auch gemeldet war." Sie lächelte. „Er hat es uns nicht besonders schwer gemacht. Ich bin selber nicht reingegangen, zwei Kollegen haben das gemacht. Es hat keinen Widerstand gegeben, die Kollegin hat die Sophie rausgebracht, und der Kollege den Grallitsch. In Handschellen. Entsprechend traumatisch ist die Sache für die Sophie gewesen. Sie versteht überhaupt noch nicht, was passiert ist, und es wird mühsam, ihr alles zu erklären und ihr Vertrauen zu mir wieder aufzubauen." Jetzt begann die Frau Doktor zu schluchzen und benutzte das Taschentuch. Gasperlmaier fehlten die Worte, was bei ihm nichts besonders Außergewöhnliches war.

„Ich bin jetzt erst einmal in Teilzeit, ich möchte die Sophie jeden Tag von der Schule abholen, wenn der Bernhard nicht kann. Also bin ich heute Mittag weg, die Emina bleibt bei euch und wird weiter ermitteln." Sie stand auf und warf das Taschentuch in den Mülleimer. „So, und jetzt auf in die Wohnung vom Kröker. Wir müssen diese Sache möglichst schnell zu einem guten Ende bringen. Wo sind eigentlich eure Chinesen?" „Die haben Anweisung, das Ausseerland nicht zu verlassen. Sie wollten eigentlich morgen nach Hause fliegen", sagte Gasperlmaier. „Gut!", sagte die Frau Doktor. „Manuela, bitte fahren Sie zum Lakeview und reden Sie mit dem Hotelpersonal. Die sollen Aufzeichnungen machen, falls einer der drei das Hotel verlässt. Polizei können wir zur Bewachung nicht schicken, dafür gibt's kein Budget." Die Manuela nickte. Gasperlmaier war froh, dass nicht er selbst es gewesen war, der sie zum Zurückbleiben verdonnert hatte, denn daraus hätte die Manuela gleich wieder falsche Schlüsse gezogen.

„Konzentrieren wir uns jetzt also auf den Tod vom Kröker?", fragte Gasperlmaier. „Gezwungenermaßen", sagte die Frau Doktor achselzuckend. „Zum Fall Rinderer bekommen wir keinerlei Informationen, offensichtlich aufgrund von Interventionen von oben. Wir haben keine Leiche, keine Todesursache, keinen Fall. Also Kröker!" Obwohl ihre Augen noch etwas gerötet waren, strahlte sie nun Tatendrang aus. „Wo wohnt er denn, dieser Kröker? Beziehungsweise, hat er gewohnt?" Die Emina tippte auf ihrem Handy. „Ich hab die Adresse. Die Schwiegertochter vom Gasperlmaier hat sie mir gestern noch herausgesucht." Sie hielt einen Schlüssel hoch. „Zu unserem Glück war einer im Büro." „Aha!", sagte die Frau Doktor. „Die Emina hat mich schon ins Bild gesetzt über den temperamentvollen Auftritt von der Richelle." Sie grinste. „So war's eigentlich nicht gedacht", musste Gasperlmaier eingestehen. „Aber ein bisschen was hat sie schon mitbekommen. Von dem, was die Chinesen geredet haben." „Aber nichts, was kriminalistisch verwertbar wäre ... leider! Mit welchem Wagen fahren wir?" Gasperlmaier deutete auf seinen Einsatzwagen. „Alles einsteigen!", rief die Frau Doktor, und Gasperlmaier navigierte zu einem älteren Haus in der Altausseer Straße in Bad Aussee, das einen etwas vernachlässigten Eindruck machte.

Es gab drei Klingelschilder, alle waren unbeschriftet. „Klar", sagte Gasperlmaier. „Wenn es Ferienwohnungen sind, kann ja niemand permanent da wohnen." „Das trifft, wie wir wissen, leider nicht immer zu!", sagte die Frau Doktor und drückte die Haustür auf. „Weiß die Richelle auch, welches Stockwerk?" Gasperlmaier zuckte mit den Schultern. Der Schlüssel passte erst beim dritten Versuch in der obersten Etage. „Das hätte ich jetzt nicht erwartet, beim Zustand des Hauses!", staunte die Frau Doktor. Die Wohnung war hell, sauber und offenbar frisch gestrichen. Die Türrahmen, so stellte Gasperlmaier fest, zeigten keinerlei Gebrauchsspuren, alle Möbel waren aus hellem Holz. „Da ist kürzlich renoviert worden", meinte die Emina.

„Auf geht's! Was nimmst du, Gasperlmaier?" „Bad!", sagte der. „Klar. Das ist am wenigsten Arbeit." Die Frauen lachten. „Ich kann auch das Wohnzimmer ..." „Passt schon", sagte die Emina. Das Bad wirkte sehr aufgeräumt. Hinter dem Waschbecken befand sich ein Bord, auf dem Gasperlmaier die üblichen Utensilien vorfand: Zahnbürste, Rasiercreme und so weiter. Auch ein Kontaktlinsenbehälter stand da. Er warf einen Blick in die Schmutzwäschetonne, die neben dem Waschbecken stand. Ein klein gemustertes Herrenhemd war darin. „Dolce & Gabbana" stand im Kragen. Das Hemd, so stellte er fest, war über und über mit einem kleinen Logo der Firma bedruckt. Der Name kam ihm bekannt vor, er musste die Kolleginnen fragen, ob das ein besonderes Hemd war.

„Schau mal", sagte er also. „Das hab ich im Wäschekorb gefunden. Ein Hemd von Dolce und Gabbana." Die Frau Doktor pfiff durch die Zähne. „Der Wäschekorb war der richtige Platz dafür. Es riecht!" Sie rümpfte die Nase. „Und schau mal hier!" Sie deutete auf ein paar weiße Sneakers, die im Vorraum unter der Garderobe standen. „Christian Louboutin", sagte sie. „Ich schau gerade nach, was die kosten." „795 Euro!", rief sie nach kurzem Herumwischen auf ihrem Handy aus. „Lass mal das Hemd sehen!" Gasperlmaier hielt es hoch, sie recherchierte wieder. Dann ließ sie das Handy sinken. „Ebenfalls 795 Euro! Sag einmal, wie viel zahlt ihr euren Tourismusdirektoren eigentlich?" Gasperlmaier zuckte mit den Schultern. „Die Richelle hat sich noch nie beschwert, dass sie zu viel Geld bekommt", meinte er schließlich und ging wieder zurück ins Bad. Da gab es noch einen Schubladkasten neben dem Waschbecken. Ein paar Medikamente, eine Packung Pflaster und eine Packung Kondome. Sie war schwarz und offen. „Billy Boy, perlgenoppt, 100 Kondome, zarte Perlnoppen für intensive Stimulation" stand drauf. Gasperlmaier sah in die Packung. Viele schienen nicht zu fehlen. In der Lade darunter lag eine Parfumflasche. „Amouage Epic" stand darauf. Er würde selber googeln, wie viel das kostete. Nachdem er den Preis entdeckt hatte, schüttelte er den Kopf und verließ das Bad. „Ich hab auch ein Herrenparfum gefunden", sagte er. „361 Euro! Und eine Packung Kondome. Die waren aber sicher billiger." Das war jetzt zwar reine Vermutung, aber nicht einmal ein eingebildeter Affe wie der Kröker, dachte Gasperlmaier bei sich, kaufte sich teure Luxuskondome, sofern es sowas überhaupt gab.

Die Frau Doktor stand vor dem geöffneten Kleiderschrank. „Der Herr Kröker hat offensichtlich auf sehr, sehr großem Fuß gelebt", sagte sie. „Alles Designerware!" Sie strich mit einem Handrücken über die fein säuberlich auf Bügeln hängenden Hemden und Sakkos. „Was schließen wir daraus, Gasperlmaier?" „Dass er lange gespart hat, bis er sich die Sachen leisten konnte? Und dass er ein Angeber war." „Zweiter Versuch?" Die Frau Doktor tippte ihn gegen die Brust. „Dass er geerbt hat?" „Oder dass er noch eine andere Einnahmequelle gehabt hat!", nahm ihm die Emina das Wort aus dem Mund. „Genau!", pflichtete Gasperlmaier ihr bei. „Aber wie sollen wir herausfinden, was für eine Einnahmequelle das war?" „Auf jeden Fall eine, die auf seinem Konto bei der hiesigen Sparkasse keine Spuren hinterlassen hat", sagte die Emina. „Das haben wir schon überprüft." „Also hatte er noch ein anderes Konto. Oder andere Konten. Oder es waren Einnahmen in bar." Die Frau Doktor schloss die Türen des Kleiderschranks. „Wenn's in bar war, dann war es wohl Bestechungsgeld?", mutmaßte Gasperlmaier. „Aber wofür?" „Das gilt es jetzt herauszufinden. Hat jemand noch irgendwas anderes Interessantes gefunden?" „Ja", sagte die Emina. „Einen Laptop. Aber der ist vermutlich mit Fingerabdruck gesichert." Gasperlmaier musste an die verbrannte Leiche im Auto denken. Da würde es mit dem Fingerabdruck wohl schwierig werden.

„Wir müssen noch einmal mit seinen Mitarbeiterinnen beim Tourismusverband reden", schlug die Emina vor. „Vielleicht haben die etwas mitbekommen, bezüglich seiner Kontakte hier in Aussee." „Vor allem mit der Lena", sagte Gasperlmaier. „Mit der dürfte er ja einige Zeit verbracht haben. Die hat uns nämlich erzählt ..." Die Frau Doktor unterbrach Gasperlmaier. „Das habe ich alles schon gelesen. Die Frau Inspektorin Jovanovic nimmt es sehr genau mit ihren Berichten." Sie nickte der Kollegin zu. Gasperlmaier war sich nicht sicher, ob das eine versteckte Kritik an seiner Arbeitsweise gewesen sein sollte, denn er selbst schob das Schreiben von Berichten meist so lange hinaus, wie es irgendwie möglich war.

„Oder wir fahren zum Lewan", fiel ihm ein. „Dort hat er sich ja fast jeden Vormittag aufgehalten, wie wir wissen. Vielleicht hat er da auch Leute getroffen." „Einen ganz sicher", fiel der Emina ein. „Wie heißt schnell noch einmal dieser Bauunternehmer?" „Niederecker", sagte Gasperlmaier. „Gut möglich, dass die beiden unter einer Decke gesteckt sind, was die Geschäfte mit China anbelangt." Die Frau Doktor tippte mit einem Finger gegen ihre Lippen. „Meint ihr, wir sollen uns den einmal anschauen?" „Am besten gleich", schlug Gasperlmaier vor.

Während der Fahrt läutete das Telefon der Frau Doktor. „Wunderbar!", sagte sie, nachdem sie eine Zeitlang zugehört hatte. „Und die Spuren sind konsistent mit den Verletzungen? Und sie stammen sicher von unserem Opfer?" Nach einigen weiteren, eher einsilbigen Antworten legte sie auf. „Der Tatort ist gefunden worden", sagte sie. „Ein Parkplatz an der Grubenstraße, nicht sehr weit vom Fundort des Autos entfernt. Ungefähr eineinhalb Kilometer ist der Täter noch den Berg hinaufgefahren. Die Blutspuren sind zwar noch nicht analysiert, aber sie haben Stoffreste gefunden, die eindeutig zu Kröker gehören." „Stoffreste?", fragte Gasperlmaier. „Aber im Auto ist doch alles verbrannt? Woher stammen dann die Vergleichsproben?" „Unsere Forensiker schaffen es sogar in einem solchen Fall, Reste der Kleidung zu analysieren." Gasperlmaier mochte sich gar nicht vorstellen, wie die Kleinarbeit eines Forensikers an einer Brandleiche vor sich ging.

Als er die Tür zum Kaffeehaus öffnete, sah er zwar, dass es trotz der frühen Stunde bereits gut besucht war, der Niederecker saß aber an keinem der Tische. „War der Niederecker heute schon da?", fragte Gasperlmaier die Rafaela, die hinter dem Tresen stand und gerade ein frisches Tablett Apfelstrudel in die Kühlvitrine schob. Sie schüttelte den Kopf. „Gestern war er da. Er kommt meistens so um elf, halb zwölf. Ist noch ein bisschen früh für ihn." Sie leckte einen ihrer Finger ab, an dem anscheinend etwas Zucker vom Apfelstrudel kleben geblieben war. Plötzlich hatte Gasperlmaier eine Idee. „Sag einmal, Rafaela, wann hast du denn den Kröker zuletzt hier herinnen gesehen?"

„Furchtbar, nicht?", fragte die Rafaela anstatt einer Antwort. „Ich hab's gestern schon gehört, über WhatsApp. Und heute ist es ja auch in der Zeitung gestanden, ich hab's am Handy gelesen. Furchtbar!", wiederholte sie. Die Emina und die Frau Doktor waren ebenfalls an den Tresen herangetreten. „Und wann war er zuletzt hier herinnen?" „Vorgestern Abend", berichtete die Rafaela. „Mit einer Dame, die ich nicht gekannt habe." Die Frau Doktor hob die Augenbrauen. „Das ist ja interessant", sagte sie, zu Gasperlmaier gewandt. „Und wie hat sie ausgesehen, diese Dame?" „Entschuldigung, ich muss schnell ..." Die Rafaela deutete auf die Kaffeemaschine, die gerade piepte, weil zwei Kaffee fertig waren. „Könnten Sie vielleicht einmal ein bisschen zur Seite gehen? Ich möchte mir die Torten anschauen!" Eine ältere Dame mit violett-weißen Haaren klopfte Gasperlmaier energisch mit ihrem Gehstock gegen den Unterschenkel. Überrascht trat er zur Seite.

Es dauerte nicht lange, bis die Rafaela wieder zurück war. „Was darf's denn sein?", fragte sie die Dame. „Ist die Erdbeertorte auch frisch?", fragte die. „So geht's nicht", entschied die Frau Doktor. „Frau ... Rafaela", sagte sie, „können Sie vielleicht eine Kollegin holen, damit wir uns in Ruhe irgendwo unterhalten können?" Die Rafaela nickte. „Frau Schabreiter, ich hol schnell die Gabi. Die Polizei will kurz mit mir reden!" „Wer?", fragte die Frau Schabreiter mit an die Ohrmuschel gelegter Hand. „Die Polizei!", rief die Rafaela so laut, dass alle Gäste im Café aufschraken und zu ihnen hersahen. „Na super!", entfuhr es der Emina.

Es dauerte aber nur wenig mehr als eine Minute, bis die Kollegin da war und sie mit der Rafaela an einem ruhigen Tisch in der Nähe des Eingangs zur Küche saßen. „Also?", fragte die Frau Doktor. „Wie hat die ausgesehen? War sie von hier?" Die Rafaela schüttelte den Kopf. „Sie hat Deutsch gesprochen. Ich meine Deutsch-Deutsch, so wie der Kröker, wenn Sie verstehen, was ich meine." Die Frau Doktor nickte. „Können Sie sie beschreiben?" „Klar", sagte die Rafaela, „weil sie ziemlich auffällig war. Sehr groß, breiter Mund, strahlend weiße Zähne, dunkle Haare mit einem Knödel oben auf dem Kopf. Und sie hat ... ich weiß nicht, wie ich das beschreiben soll. Sie hat sehr viel herumgedeutet, sich beim Reden viel bewegt, einmal laut geredet, einmal leise, herumgefuchtelt ... eine auffällige Person halt. Zuerst hat sie auch oft gelacht, ziemlich laut. Die Gäste haben sich schon nach ihr umgedreht. Und auf den Fingern war sie tätowiert." „Auf den Fingern?", fragte die Emina. „Ja, so Pfeile, irgendwie." Die Rafaela zeigte mit Gesten, wie die Pfeile ausgesehen hatten. „Aber dann hat es eine Auseinandersetzung gegeben", sagte die Rafaela. „Leider nur geflüstert, und nach kurzer Zeit sind beide hinausgegangen, vor die Tür, um zu rauchen. Da sind sie dann wieder etwas lauter geworden." „Und? Weiter?" „Nur er ist wieder zurückgekommen, hat sich noch ein paar Achtel bestellt, schließlich einen Whisky. Und er hat die ganze Zeit auf seinem Handy herumgewischt." „Wann ist er gegangen?" „Wir schließen ja um sieben. So um halb acht hab ich ihn dann rausschmeißen müssen. Er hat aber keine Probleme gemacht." „War er noch fahrtauglich?" Die Rafaela schüttelte energisch den Kopf. „Nicht unterm Limit, sicher nicht. Aber ob er noch gefahren ist ... was weiß ich?"

„Wir müssen diese Dame unbedingt finden. So, wie die Rafaela sie beschrieben hat, müsste sie praktisch jedem auffallen, der sie gesehen hat.", sagte die Frau Doktor, als sie draußen unter der Markise standen. „Ich frage mich schon die ganze Zeit", sagte Gasperlmaier, „wer so einen Mord begeht. Und warum. Ich meine, die Manuela hat da so ein Seminar gemacht, OFA. Ihr kennt das sicher auch. Da muss man eine Hypothese erstellen, die was über die Täterpsychologie aussagt." Beide Frauen nickten. „In unserem Fall sehr schwierig", sagte die Emina. „Genau!", pflichtete die Frau Doktor ihr bei. „Warum?", wollte Gasperlmaier wissen. Die Frau Doktor setzte zu einer Antwort an. „Einerseits hat der Täter eine Methode gewählt, die alle Spuren fast vollständig zerstört. Und das hat er sehr geschickt gemacht, kein Teil des Autos oder der Leiche ist vom Feuer verschont geblieben. Das deutet auf genaue Planung hin, also keine gefühlsbetonte Tat, keine Beziehungstat." „Auf der anderen Seite", setzte die Emina fort, „könnte man auch davon ausgehen, dass der Täter – oder die Täterin – sehr starke Emotionen zeigt – mehrmaliges Überfahren kann auch Ausdruck überbordenden Hasses sein." "Und was ist", fragte Gasperlmaier, "wenn es beides ist? Sorgfältig geplant und ausgeführt, aber trotzdem aus Hass?" Die Frau Doktor piekste mit dem Zeigefinger gegen Gasperlmaiers Brust. "Eins zu null für dich!", sagte sie. "Und ich muss jetzt aufbrechen, nach Hause. Ich geh davon aus, dass wir nun diese Frau suchen, gebt ihre Beschreibung am besten deiner Schwiegertochter, Gasperlmaier, sie soll sie an alle Beherbergungsbetriebe verteilen. Pech haben wir natürlich gehabt, wenn sie bei ihm übernachtet hat, also beim Kröker." Die Emina schüttelte den Kopf. "So eine Frau hinterlässt Spuren. Spuren von Make-up, Duftspuren, Abschminkpads im Müll. Nichts davon haben wir gefunden." "Also: Beherbergungsbetriebe! Bringt mich bitte noch zu meinem Auto."

Als die Emina und Gasperlmaier wieder zu zweit unterwegs waren, hinunter nach Bad Aussee, begann Gasperlmaiers Magen zu rebellieren. Das Frühstück war lange her. "Sollen wir uns was zu essen besorgen?", fragte er. "Zuerst noch zum Tourismusbüro. Dann gerne." Damit hatte er nicht gerechnet. Das konnte sich ziehen. Heute war auch der zweite Schreibtisch im vorderen Büro besetzt, gegenüber der Richelle saß die Burgl Zeitschner, die gestern die Chinesen begleitet, aber nicht bis zum Schluss durchgehalten hatte. "Da habt's ja", empfing sie Gasperlmaier und die Emina, über ihre Lesebrille hinwegblickend, "einen schönen Pallawatsch beieinander. Gut für's Image ist das nicht!" Sie hielt die Schillingzeitung hoch, auf der groß ein ausgebranntes Autowrack zu sehen war. "Tourismuschef bei lebendigem Leib verbrannt!", lautete die Schlagzeile. Gasperlmaier kniff die Augen zusammen. "Gib einmal her!", sagte er zur Burgl und nahm die Zeitung an sich. "Das muss ich mir ..." "Nicht nötig", sagte die

Emina. „Das ist nicht das Wrack, das wir da oben vorgefunden haben. Da haben sie irgendein Stockfoto genommen." „Stockfoto?", fragte Gasperlmaier nach. Die Richelle lachte. „Das sind Fotos aus einer Datenbank, man kann sie ganz einfach online kaufen. Du bekommst praktisch jedes Motiv!" Gasperlmaier hatte inzwischen seine Lesebrille ausgepackt. „Solche Bäume gibt's bei uns ja gar nicht", staunte er. „Und ein Alfa ist es schon gleich gar nicht. Und das Auto da", er klopfte empört gegen die Titelseite, „das steht ja im Gras, nicht einmal auf einer Straße! Na, die trauen sich was!"

„Ja, was glaubst du denn, Gasperlmaier!", mischte sich die Burgl ein. „Heute wird doch überall gelogen, dass sich die Balken biegen! Wir sind auch nicht viel besser! Auf unseren Werbefotos siehst auch nur schöne Menschen und Sonnenschein. Dass es auch alte Schachteln wie mich gibt, die im Regen stehen, das zeigt die Werbung nicht!" Die Burgl lachte dröhnend. „Geh, Burgl!", widersprach Gasperlmaier. „Du und eine alte Schachtel!" Inzwischen hatte die Richelle einen veritablen Lachanfall bekommen. „Die Burgl", kicherte sie. „Ich kann oft gar nicht arbeiten, weil sie dauernd Witze reißt!"

Die Emina räusperte sich. „Ja, jetzt aber keine Witze mehr: Ihr müsst für uns eine Personenbeschreibung an die Beherbergungsbetriebe weiterleiten. Der Kröker ist nämlich vorgestern Abend mit einer unbekannten Frau gesehen worden." Die Emina wiederholte die Beschreibung, die sie von der Rafaela bekommen hatten. Die Burgl nickte. „Die hab ich gesehen. Weil sie auf den Kröker gewartet hat, vorgestern, bis er endlich hier aufgetaucht ist. Sie hat ihn regelrecht abgepasst, ist mir vorgekommen. Und einen halben Kopf größer als er ist sie gewesen, mit ihren hohen Absätzen. Eine schrille Lady, das kann ich euch sagen!" „Hast du sie auch gesehen?", fragte Gasperlmaier die Richelle. Die schüttelte den Kopf. „Die Burgl ist immer die Letzte, die geht. Ich mache schon früher Schluss." „Also, wie die ausgesehen hat – bei der kann ich mir gut vorstellen, dass sie dem Kai Feuer unterm Hintern gemacht hat, wenn er nicht gespurt hat!" Die Burgl ließ neuerlich ihren Lacher hören. Die Emina zog die Augenbrauen hoch.

„Übrigens, Frau Zeitschner: Haben Sie Unterlagen, die uns verraten, wie viel der Herr Kröker hier verdient hat?" „Freilich", sagte die Burgl. „Ich mach ja auch die Gehaltsabrechnungen. Aber ich weiß ja nicht, ob ich ...?" „Sie dürfen", beruhigte sie die Emina. „Da brauch ich gar nicht nachschauen", erklärte die Burgl. „3175 Euro und 57 Cent hat er letzten Monat bekommen, netto. Was da natürlich noch dazukommt, sind Diäten, wenn er wen bewirtet hat, zum Beispiel, und Sonderzahlungen für Einsätze am Wochenende, beispielsweise. Vielleicht gibt's sogar noch den einen oder anderen Bonus."

Gasperlmaiers Handy piepte, er hatte eine Nachricht bekommen. „Der Niederecker wär jetzt da", schrieb die Rafaela. „Der Baulöwe", sagte er, „der sitzt im Kaffeehaus. Wollen wir?" Die Emina nickte. „Du kennst den Niederecker ja schon", sagte er, als sie hinaus in den Regen traten. Wenn das so weiterging, dachte er bei sich, dann würde wohl bald wieder ein Hochwasser auf sie zukommen. Wie damals, bei diesem legendären Narzissenfest, als die Feuerwehr keinen Eintritt kassieren konnte, weil sie die ganze Nacht Sandsäcke gefüllt und aufgestapelt hatten. „Und wenn ich mich recht erinnere", sagte die Emina, „hast du ihn angeschrien, wegen dieser Geschichte mit den Beamtenärschen. Vielleicht hältst du dich diesmal ein bisschen zurück." Gasperlmaier spürte deutlich, wie Hitze zu seinen Ohren aufstieg. Das passierte immer, wenn ihm etwas peinlich war. „Ich werd mich bemühen!", brummte er. „Übrigens, vom Gehalt beim Tourismusverband … glaubst du, dass da solche Luxusgüter drin sind?", fragte die Emina. Gasperlmaier hatte keine Ahnung, weil er sich nicht mehr erinnern konnte, wie viel Geld er als Single damals gehabt oder ausgegeben hatte. „Eher nicht?", sagt er daher vorsichtig. „Das glaub ich auch!", bestätigte die Emina.

„Guten Tag, Herr Niederecker!", begrüßte sie den Bauunternehmer, die Freundlichkeit in Person. Gasperlmaier erinnerte sich, wie sie ihm erklärt hatte, dass man als Frau nur freundlich und interessiert dreinschauen musste, und die Männer schüttelten ihr Herz aus. „Dürfen wir bei Ihnen Platz nehmen? Wir hätten noch ein paar Fragen." Der Niederecker rückte bereitwillig zur Seite, offenbar, um auf der Bank Platz für die Emina zu machen. Die nahm das Angebot lächelnd an. Endlich, so dachte Gasperlmaier bei sich, war es Zeit für eine Jause. Er bestellte sich ein Paar Würstel, die Emina, genau wie zuletzt, eine Gulaschsuppe.

„Herr Niederecker", fragte sie dann, „wir wissen jetzt ein bisschen mehr über den Herrn Kröker. Nämlich, dass er auf ziemlich großem Fuß gelebt hat. Teures Auto, teure Kleidung und so weiter. Haben Sie denn eine Ahnung, wie er das finanziert hat?" Der Niederecker zuckte mit den Schultern. Sein Gesicht war krebsrot wie immer, daher konnte Gasperlmaier nicht erkennen, ob ihn die Frage aufgeregt hatte. „Woher sollte ich denn wissen, woher der Kröker sein Geld hat? Ich hab ihn ja kaum gekannt!" „Sie haben ihn doch regelmäßig hier getroffen? Gab es auch noch andere Treffen?" Der Niederecker schüttelte energisch den Kopf. „Wir glauben, dass Herr Kröker außer seinem Beruf noch andere Einnahmequellen gehabt hat", beharrte die Emina. „Vielleicht solche, die über ein Konto gelaufen sind, das wir noch nicht gefunden haben? Oder vielleicht Einnahmen in bar?" Gasperlmaier schien es, als ob der Niederecker noch etwas röter wurde. „Gnädige Frau", keuchte er, „das sind Unterstellungen! Da werde ich mich entschieden dagegen zur Wehr setzen! Das wird Folgen für Sie haben!" „Welche denn?" Die Emina ließ sich nicht aus der Ruhe bringen. „Ich kenne Leute! Bis zum Landeshauptmann hinauf! Da können Sie sich auf was gefasst machen!"

Die Gulaschsuppe kam, und die Emina pflückte schweigend ein paar Brocken von ihrer Semmel und ließ sie in die Suppe fallen. „Wahrscheinlich noch zu heiß", erklärte sie ruhig dem Niederecker, der schwer atmend neben ihr saß. Gasperlmaier biss in sein Würstel, das ebenso knackig wie saftig war.

„Herr Niederecker", sagte die Emina. „Es tut mir furchtbar leid, dass ich Sie so verärgert habe. Ich hatte ja keine Ahnung, dass Sie Fragen nach dem Herrn Kröker so aufregen." Sie nahm einen Löffel Suppe, blies vorsichtig darüber und führte ihn zum Mund. „Köstlich!", lobte sie. Der Niederecker wusste sichtlich nicht, wie er mit der Situation umgehen sollte, und schwieg. Gasperlmaier bewunderte inzwischen still die Emina. Sie war noch so jung, und dennoch strahlte sie eine Ruhe und ein Selbstbewusstsein aus, als ob sie schon jahrzehntelang gestandene Männer Verhören unterziehen würde. „Ich reg mich ja gar nicht auf", sagte der Niederecker schließlich. „Ich hab mir nur gedacht, dass ..." „Ja?" Die Emina schob eine Haarsträhne hinter ihr Ohr zurück. Auf der Seite, auf der der Niederecker saß. Gasperlmaier fiel jetzt erst auf, dass sie winzige Handschellen in ihren Ohrlöchern trug. Das, fand er, war für eine Polizistin schon sehr gewagt. Ob sie die dem Niederecker jetzt ganz bewusst gezeigt hatte?

„Ja? Was denn?" „Dass Sie mir da was in die Schuhe schieben wollen." „Aber wie käme ich denn dazu!" Die Emina aß seelenruhig weiter. „Wir haben nur gehofft, dass Sie, als Freund, etwas Licht in die Sache bringen könnten. Ich meine, woher der Kröker Geld hatte. Weil ...", sie lachte auf, „... von seinem Gehalt beim Tourismusverband ... da verdiene ja ich fast schon mehr!" Der Niederecker schien sich wieder gefasst zu haben. Die Emina hatte wirklich eine Art, mit älteren Männern umzugehen, die Gasperlmaier regelrecht verblüffte. Dennoch, dessen war er sich sicher, der Niederecker verbarg etwas vor Ihnen.

„Herr Niederecker", sagte die Emina schließlich, als sie aufgegessen und sich den Mund abgewischt hatte, „wir danken sehr für das Gespräch. Und falls Ihnen doch noch etwas einfallen sollte, zum Fall Kröker, dann ..." Sie zog eine Visitenkarte aus ihrer Handtasche. „Zahlen, bitte!", rief die Emina. „Nein!", widersprach der Niederecker. „Das geht auf meine Rechnung. Ich möchte euch einladen." Die Emina bedankte sich artig und stand auf, so schnell, dass Gasperlmaier kaum Zeit blieb, den letzten Schluck seines Biers auszutrinken.

„Wie du den ... also, wie du den sozusagen entschärft hast, das war ganz große Klasse", sagte Gasperlmaier. „Zuerst droht er dir noch, und dann lädt er uns sogar ein. Obwohl, wenn er ein Verdächtiger ist, dann ..." „Du meinst, wir hätten die Einladung nicht annehmen sollen?" Gasperlmaier nickte. „Ich zahl es ihm zurück. Ich hab das schon ein paarmal so gemacht. Ich finde einfach heraus, wo er sein Konto hat, und überweise es. Wenn dann meine Vorgesetzten fragen, erkläre ich, dass es in dieser Situation wichtig war, den Befragten bei Laune zu halten, und ich hab ja dann auch einen Beleg, dass ich das Geld zurückgezahlt habe." „Das find ich ... ziemlich genial", sagte Gasperlmaier. Die Emina, fand er, die kannte ein paar Tricks, da konnte sich sogar die Frau Doktor noch etwas abschauen.

„So, und jetzt wegen dem Geld." „Was für Geld?" Die Emina hatte sich in einen der Stühle unter dem Dachvorsprung des Cafés gesetzt, wo sonst bei Regen die Raucher saßen. Gasperlmaier setzte sich neben sie. „Wenn der Kröker Geld angenommen hat, Bargeld, dann muss noch irgendwas davon da sein. Weil keiner ist ja so clever, dass er sagt, heute Nacht, da werd ich wahrscheinlich umgebracht, da muss alles Bargeld verschwunden sein, damit man mir nicht auf die Schliche kommt." Sie lachte. „Wo würdest du denn Geld verstecken, wenn du zu viel davon hättest und es keiner finden soll?" „Ich weiß nicht", sagte Gasperlmaier, „meine Frau ... die findet alles, da gibt's kein sicheres Versteck. Aber ich hab einmal einen Haufen Geld im Spülkasten von einem Klo gefunden." Die Emina lachte und schlug sich auf die Schenkel. „Wie in einem Mafia-Film, was?" „Ja", sagte er, „aber gerade, weil es eben so ein Klischee ist, dass man fast nicht nachschauen mag, ist es dann doch ein einigermaßen sicheres Versteck."

„Also", sagte die Emina, „die unglaublichsten Verstecke sind unsicher, weil jeder Polizist denkt, dass die Ganoven so dumm sind, unglaubliche Verstecke zu wählen. Zum Beispiel die Tiefkühltruhe." „Ich versteh schon", sagte Gasperlmaier. „Also wählt ein kluger Ganove ein scheinbar unsicheres Versteck. Wo dann aber der ... die Polizistin auch wieder weiß, dass ein schlauer Verbrecher um die Ecke denkt, und ..." „Ganz genau", sagte die Emina. „Wenn wir also kein Konto finden, das wir dem Kröker zuordnen können, wo suchen wir dann?" „Er könnte es im Auto gehabt haben", mutmaßte Gasperlmaier. „Aber da finden wir es sicher nicht mehr." Die Emina nickte und schwieg. Anscheinend hatte sie auch im Moment keine zündende Idee. „In seinem Gewand, das im Kasten hing ... haben wir da geschaut?", fragte Gasperlmaier. Die Emina nickte. „In den Taschen schon ... aber wenn er was eingenäht hatte ... aber das gibt's ja auch nur im Film."

„Haben wir uns eigentlich schon Gedanken gemacht, also, wenn der Kröker von jemandem Geld genommen hat, wofür? Und von wem?" Die Emina seufzte. „Ich sag dir, der Niederecker da drinnen, der lügt wie gedruckt. Körpersprache. Ich hab's dir ja schon erklärt, woran man das erkennt. Und wie glücklich der war, wie ich ihn wieder vom Haken gelassen habe!" Sie lachte. „Also, nehmen wir einmal an, er hat es vom Niederecker. Wofür?" „Dafür, dass er ihm hier Wege ebnet, Kontakte knüpft, Infos vermittelt. Wo er bauen kann, mit wem, was weiß ich. In der Wirtschaftskriminalität bin ich nicht so ganz firm. Aber dass er diese chinesische Delegation hierherbringt, dass er da Geschäfte anleiert, das macht ihn schon verdächtig." „Und warum sollte er dann ausgerechnet seinen Geschäftspartner umbringen, der Niederecker?" „Das ist jetzt einfach", meinte die Emina und schlug die Beine übereinander. Gasperlmaier ärgerte sich ein wenig über den Dieselgestank, der von der Straße herüber zu ihnen herdrang. Es war nämlich so, dass die sogenannte Raffler-Eng, eine Engstelle in der Straße nach Grundlsee, durch eine Ampel geregelt war, seit mehr als 50 Jahren schon. Und die Autos, die nach Grundlsee wollten, mussten ausgerechnet vor dem Gastgarten des Lewan warten und stießen ihre Abgaswolken mehr oder weniger direkt zu den Kaffeehaustischen hin aus. Warum man da nicht schon vor Jahrzehnten zumindest eine Glasscheibe aufgestellt hatte, um die Gäste vor den Auspuffgasen zu schützen, war ihm ein Rätsel, aber es war halt immer schon so gewesen und würde wohl auch noch ein paar Jahrzehnte so bleiben. Bis alle mit solchen Elektroflitzern herumbrausten wie die Frau Abteilungsinspektorin Jovanovic.

„Der Kröker wollte vielleicht abspringen, dem Niederecker das Geschäft versauen, vielleicht sogar reinen Tisch machen und zur Polizei gehen. Weil er kalte Füße bekommen hat. Sowas gibt's. Und was bleibt dir dann als Komplize anderes übrig, als den Verräter aus dem Weg zu räumen?" „Nicht viel, wenn du nicht selber im Gefängnis landen willst!", bestätigte Gasperlmaier.

„Bleibt noch sein Büro", fiel ihm dann ein. „Vielleicht findet sich da ein Ort, an den man nie denken würde." Sein Handy läutete. Es war die Richelle. „Dad, wir haben die Frau. Es war sehr einfach – sie ist standesgemäß abgestiegen, im Kaiser Franz!" „Das ist ja schnell gegangen", sagte er. „Danke dir. Und wie heißt die Dame?" „Sie heißt Hartmann-Lampe, Caroline Hartmann-Lampe. Caroline mit C. Ich hab schon ein bisschen recherchiert. Sie ist Schauspielerin, 30 Jahre alt, aber ihr Wikipedia-Eintrag zeigt nicht besonders viele Engagements. Sie wird durch eine Künstleragentur vertreten." „Das ist ja ... gründlich, Richelle. Du solltest dich vielleicht bei der Polizei bewerben." Die Richelle lachte. „Lieber nicht, Dad!" Sie legte auf. „Du hast mitgehört?", fragte Gasperlmaier die Emina. Die nickte und sah auf ihr Handy, das gerade das Eintreffen einer Nachricht angezeigt hatte. „Die Renate schreibt mir. Bis jetzt ist kein zusätzliches Konto gefunden worden, das dem Kröker zugeordnet werden kann."

„Dann werden wir dieser Dame einmal einen Besuch abstatten, nicht, Gasperlmaier?" Die Emina stand auf. „Wir haben's ja nicht weit!" Gasperlmaier deutete auf das Hotel Kaiser Franz direkt gegenüber. Aus Erfahrung wusste er, dass dort Diskretion eine große Rolle spielte und die Leute an der Rezeption stets darauf bedacht waren, die Gäste vor Unannehmlichkeiten zu schützen. Man würde sehen.

„Es ist, sozusagen, das erste Haus am Platz", erklärte Gasperlmaier, als sie die Straße überquerten. „Damals, beim Narzissenfest, als die Narzissenkönigin ermordet wurde, das war in diesem Hotel. Zuerst haben wir ja geglaubt, sie ist bloß vom Balkon gestürzt, aber dann ..." Er schob die Tür auf und ließ die Emina zuerst eintreten. Die machte dabei gar keine Umstände, wie zum Beispiel die Frau Doktor, die ihn schon öfter darauf aufmerksam gemacht hatte, dass sie durchaus in der Lage war, Türen selber zu öffnen. „Du redest!", sagte die Emina. „Dich kennen sie hier." Gasperlmaier seufzte innerlich und begab sich zur Rezeption, wo ein älterer Herr mit einem silbernen Haarkranz Dienst tat. Die Emina, dachte er bei sich, die konnte doch so gut mit älteren Männern. Da wäre es vielleicht besser gewesen, sie vorzuschicken.

„Grüß Gott", sagte Gasperlmaier und nahm seine Kappe ab. „Abteilungsinspektorin Jovanovic, Gruppeninspektor Gasperlmaier. Es geht um einen Gast. Wir möchten gern ein paar Worte mit ihr sprechen." Der Rezeptionist sah Gasperlmaier ein wenig hochnäsig an. „Wir geben grundsätzlich keine Auskunft über Gäste", näselte er. „Es sei denn, es liegt ein richterlicher Beschluss vor." Der war, dessen war Gasperlmaier sich sicher, auf jeden Fall nicht von hier. Die Emina hielt sich vornehm zurück, ein ganz feines Lächeln hatte sich in ihr Gesicht geschlichen, sie nickte Gasperlmaier zu. „Wir wollen ja gar keine Auskunft über einen Gast. Es geht nur um eine informelle Befragung", setzte der fort. „Und wenn Sie uns helfen, geht das ohne Aufsehen." Der Rezeptionist sah ihn interessiert, aber ungerührt an. „Wir wissen, dass die Dame hier ein Zimmer hat. Und wir können natürlich auch eine Vorladung herschicken und vielleicht sicherheitshalber gleich mit zwei Autos und vier Mann in Uniform anrücken, um sie abzuholen. Das wäre dann bei weitem weniger diskret." „So ist es!", fügte die Emina hinzu. Der Mann seufzte. Nagl hieß er, wie man auf einem silbernen Schild auf dem Tresen lesen konnte. „Um wen handelt es sich?" Gasperlmaier zögerte, weil ihm der Name gerade nicht einfiel. „Caroline Hartmann-Lampe", half die Emina aus. Der Nagl griff zum Telefon und wählte eine Nummer. „Nicht auf ihrem Zimmer." Er zuckte mit den Schultern und legte auf. „Kann ich sonst noch was für Sie tun?", fragte er, süffisant lächelnd.

Gasperlmaier holte tief Luft. „Ja", sagte er schließlich. „Es geht hier", er senkte die Stimme zu einem Flüsterton ab, um zu signalisieren, dass er durchaus zur Diskretion bereit war, „um eine Mordermittlung. Wenn Sie irgendwelche Informationen haben, die uns helfen, diese Dame zu finden, dann wäre es jetzt Zeit, damit herauszurücken. Es gibt nämlich auch den Straftatbestand der Behinderung polizeilicher Ermittlungen!" Bei seinen letzten Worten hatte er die Stimme wieder gehoben. Bisher hatte solche Unterhaltungen immer die Frau Doktor übernommen, aber die Emina schien ihm gern einmal den Vortritt zu lassen. Er hatte selber nicht gewusst, dass er so scharf sein konnte, wahrscheinlich hatte er doch einiges von der Frau Doktor gelernt. „Sie ist abgeholt worden", sagte der Nagl mit steinerner Miene. „Von einem Kleinbus. *Sky School Salzkammergut* stand drauf." „Na, sehen Sie. Geht doch. Vielen Dank!" Die Emina verabschiedete sich mit einem breiten Grinsen. „Das dauert immer, wenn man aus den Leuten was herauskriegen will!", brummte Gasperlmaier auf dem Weg zum Einsatzwagen. Die Emina war schon am Telefon. „Caroline Hartmann-Lampe", sagte sie. „Ja. Heute Vormittag. Sie ist vom Hotel Kaiser Franz in Bad ... Ja? Auf dem Loser? Wann? Aha, gut, danke!"

„Die Hartmann-Lampe hat einen Tandemflug gebucht, vom Loser herunter. Die Dame am Telefon hat gesagt, dass sie um drei losfliegen wollten, wenn das Wetter passt." Sie beugte sich vor, um durch die Windschutzscheibe nach oben blicken zu können. „Ein paar blaue Lücken in der Wolkendecke. Könnte schon sein, dass sie fliegen!" Gasperlmaier nickte. Es war gerade drei Uhr vorbei. „Dann fahren wir zur Landewiese", schlug er vor. „Da können wir sie in Empfang nehmen." „Gut!", sagte die Emina und lehnte sich wieder zurück. „Es war das erste Mal", gestand Gasperlmaier, „dass ich, sozusagen, alleine so ein Gespräch geführt habe. Das hat die Frau Doktor immer selber gemacht." „Ach, ich dachte, wir sind ein Team. Und ein Einheimischer hat auch seine Vorteile, denke ich." „Ja, wenn man es mit Einheimischen zu tun hat, dann schon. Aber der Herr Nagl, der war sicher nicht von hier."

„Ich bin schon gespannt auf diese Hartmann-Lampe", wechselte die Emina das Thema. „Soll ja, wenn man unserer Kellnerin glauben darf, eine recht schrille Person sein." „Ja", nickte Gasperlmaier. „Die Richelle hat gesagt, sie hat nicht viele Engagements. Also wahrscheinlich auch nicht viel Geld. Aber so ein Tandemflug ist teuer. Gar nicht zu reden von einem Zimmer im Kaiser Franz." „Na ja", meinte die Emina. „Eventuell ist sie gerade dabei, das Geld vom Kröker zu verprassen. Vielleicht suchen wir einmal bei ihr!" „Ins Zimmer kommen wir jedenfalls nicht ohne richterlichen Beschluss, so viel ist sicher!", sagte Gasperlmaier und bog auf die Zufahrtsstraße ein, die zur Landewiese der Gleitschirmpiloten führte.

„Da vorne!" Gasperlmaier zeigte auf die Wiese, auf der ein Windsack schlaff an seinem Mast baumelte. „Da müssen sie landen!" Die Emina hielt eine Hand vor die Stirn und blickte zum Loser hinauf. „Da seh ich zwei ... nein, drei! Hoffentlich ist eine davon ... ja, da hängen zwei dran, an einem Schirm! Das müssen sie sein!" Gasperlmaier folgte mit seinen Blicken ihrem ausgestreckten Finger, konnte aber beim besten Willen nicht erkennen, an welchem der drei Schirme ein Paar hing. Vielleicht sollte er wieder einmal zum Optiker, es war schon Jahre her, dass er einen Sehtest gemacht hatte.

Es dauerte nur wenige Minuten, bis der Tandemflug zur Landung ansetzte. Kaum hatten die Füße der beiden Fliegenden den Boden berührt, begann eine der beiden zu kreischen. „Das war ja mega, einmalig, können wir gleich noch einmal? Dieses Gefühl, wie man da schwebt und kreist und so hoch ..." Die Frau wollte gar nicht mehr aufhören zu reden, während sie von der Fluglehrerin aus den Gurten befreit wurde. Gasperlmaier war der Schirm direkt vor die Füße gefallen. Diesmal schickte ihn die Emina nicht vor. „Frau Hartmann-Lampe?", fragte sie. „Polizei. Wir möchten mit Ihnen reden." Sie zeigte ihren Ausweis.

„Mann, oh Mann! Haben Sie so etwas schon einmal gemacht? Das ist mit das Größte, das ich jemals ..." „Frau Hartmann-Lampe", sagte die Emina, „bei allem Verständnis für Ihre Euphorie – aber es geht um Herrn Kröker. Beziehungsweise um seinen Tod." Die Fluglehrerin öffnete noch einen Karabiner. „So, frei!", sagte sie. „Kommen Sie bitte mit mir?", fragte die Emina. Die Hartmann-Lampe folgte ihr, aber nicht ohne einen Wortschwall, der von ausufernden Gesten begleitet wurde.

„Ich bin froh, dass ich herunten bin", sagte die Fluglehrerin zu Gasperlmaier. „Die hätte mir beinahe den Nerv gezogen. Keine Sekunde hat sie den Mund gehalten." Jetzt erst, als sie den Helm abnahm, erkannte Gasperlmaier die Frau. „Du bist doch die Marlene, die Reiter Marlene? Kannst dich noch erinnern? Du bist mit unserer Tochter in die Schule gegangen, mit der Katharina, du warst oft bei uns zu Hause." „Ah ja, Gasperlmaier!" Die Marlene strich sich eine Haarsträhne aus der Stirn und schüttelte ihm die Hand. „Wie geht's denn der Kathi?" „Gut", sagte Gasperlmaier. „Verheiratet ist sie, und in Wien wohnt sie." „Schön", sagte die Marlene. „Richt ihr bitte Grüße von mir aus." „Sag einmal", fragte Gasperlmaier, „was hat sie denn so erzählt, die Frau, während dem Flug?" Die Marlene schüttelte den Kopf. „Ich hab noch nie so einen Gast erlebt. Gezappelt hat sie, dass ich Mühe gehabt hab, den Schirm stabil zu halten, und dauernd mit dem Selfie-Stick herumgefuchtelt. Und ununterbrochen gequatscht ..." „Worüber denn?" „Ja, hauptsächlich darüber, wie wunderbar das ist, und über sich selbst ... da hab ich allerdings schon alles gewusst, wie wir oben auf dem Loser waren. Ich hab sie ja hinaufgefahren. Warum willst du denn das alles wissen?" „Das darf ich dir nicht sagen,

Marlene. Was hat sie denn über sich selbst erzählt?"
„Sie ist Schauspielerin und Model, und Sängerin und Songwriterin, und was weiß ich noch alles. Und dass sie jeden Moment den großen Durchbruch erwartet, es gibt jede Menge tolle Angebote, und sie kann sich gar nicht entscheiden ... mir haben schon die Ohren geklingelt, als wir oben waren. Gott sei Dank hör ich beim Fliegen nicht so gut!" Sie lachte und deutete auf ihren Helm. „Hat sie irgendwas über den Kai Kröker gesagt?" „Ist das nicht der, der die Tage im Auto verbrannt ist?" „Ja", gab Gasperlmaier zu. „Und sie hat sich am Tag vor seinem Tod mit ihm getroffen. Behalt das aber bitte für dich." Die Marlene nickte. „Den Kröker hat sie nicht erwähnt. Aber dass sie einer großen Liebe hinterhergereist ist, aus der jetzt nichts mehr werden kann. Besonders viel ausgemacht scheint es ihr nicht zu haben." „Danke, Marlene! Ich muss jetzt zu meiner Kollegin." Er winkte ihr noch zu und sah, wie sie begann, den Schirm einzusammeln. Die Emina und die Hartmann-Lampe standen am Rand der Wiese auf dem Zugang zum Parkplatz.

„Wir fahren auf den Posten", entschied die Emina, als Gasperlmaier bei ihr angelangt war. „Es gibt doch allerhand zu besprechen." „Das kann ich Ihnen alles auch hier sagen, Herr Inspektor!" Die Hartmann-Lampe lachte schrill auf. „Dass er mich verraten, enttäuscht und erniedrigt hat, der Kai! Das kann ruhig jeder hören! Und deswegen tut es mir auch gar nicht leid um ihn!" Sie sprach ziemlich laut und gestikulierte raumgreifend. Gasperlmaier war klar, warum die Emina auf einer Vernehmung auf dem Posten bestand. Hier würden sie nur unnötig Blicke und Ohren auf sich ziehen.

„Frau Hartmann-Lampe", setzte die Emina an, nachdem sie angekommen waren und alle drei Platz genommen hatten, „fangen wir doch noch einmal ganz von vorne an. Warum sind Sie dem Herrn Kröker hierher nach Bad Aussee gefolgt?" „Weil er mir noch etwas schuldete!", rief die Hartmann-Lampe. Gasperlmaier gewann den Eindruck, sie wolle auch hier auf dem Wachzimmer gleich ihre Schauspielkünste demonstrieren. „Was denn?", fragte die Emina ungerührt. „Alles!", fauchte die Hartmann-Lampe. „Seine Zeit, mir zuzuhören, sich meinen Gefühlen zu stellen, seine Fehler einzugestehen. Und, glauben Sie mir, die waren zahlreich!" „Zum Beispiel?", fragte die Emina. „Ach! Was der mir alles versprochen hat! Engagements hier in Österreich, ich sollte als Moderatorin zu diesem Scheiß-Narzissenfest, bei den Operettenfestspielen in Bad Ischl wollte er mich unterbringen! Und was weiß ich noch alles! Beste Verbindungen hätte er, überallhin! Nur, damit ich mit ihm vögle! Es ist mir ja wie Schuppen von den Augen gefallen, als ich ihn hier wiedergesehen habe. Er hat meine Liebe in den Schmutz getreten!"

Gasperlmaier hatte das Gefühl, als müsse er unbedingt ein Fenster aufmachen, damit die Lautstärke dieser Stimme wenigstens teilweise ins Freie abgeleitet wurde, aber das hatte wohl wenig Sinn. „Das Narzissenfest ist kein Scheiß!", brummte er stattdessen nur. Die Emina nickte ihm auffordernd zu. Sollte er etwa übernehmen? Er atmete tief durch. „Sie wollten ihn also zur Rede stellen?" „Darauf können Sie Gift nehmen! Und ich hab es auch getan!" Die Hartmann-Lampe schlug mit der flachen Hand auf den Tisch, ihr Haarknödel zitterte gefährlich. Dass sich der Kröker mit einer so temperamentvollen Frau eingelassen hatte, kam Gasperlmaier fast unglaubwürdig vor.

„Sie haben sich vorgestern, so ein bisschen vor sieben, von ihm getrennt, vor dem Café Lewandofsky.

Was haben Sie denn danach gemacht?", erkundigte er sich. „Pfah!", zischte die Hartmann-Lampe, und ihre Hand fuhr haarscharf vor Gasperlmaiers Gesicht pfeilschnell durch die Luft. „Hotelbar, Zimmer, Minibar. Was weiß ich. Wenn ich aufgewühlt bin, dann weiß ich nicht mehr, was ich tue!" Gasperlmaier warf der Emina einen vielsagenden Blick zu. Wenn die in ihrer Aufregung nicht mehr wusste, was sie tat, dann konnte es auch gut sein, dass sie vor lauter Wut den Kröker überfahren und danach sein Auto angezündet hatte. „Gibt es dafür Zeugen", fragte er also, „dass Sie die Nacht im Hotel verbracht haben?" „Zeugen? Was denn für Zeugen? Glauben Sie, ich organisier mir hier einen Bauernlümmel, der sich in meinem Zimmer aufs Sofa setzt und mich beobachtet, damit ich morgens ein Alibi habe?" In Gasperlmaier stieg Zorn hoch. Die Frau legte es darauf an, die Ausseer zu beleidigen, und hielt sich anscheinend für etwas Besseres.

„Bleiben wir doch bei den Tatsachen, Frau Hartmann-Lampe", mischte sich die Emina wieder ein. „Kai Kröker wurde gestern in den frühen Morgenstunden getötet. Sie haben den Abend davor mit ihm verbracht. Sie können uns keine Zeugen nennen, die Sie danach noch gesehen haben. Sie hatten eine Auseinandersetzung, das haben Sie soeben selbst zugegeben. Da ergeben sich für uns fast zwingende Schlussfolgerungen …"

Die Hartmann-Lampe sprang auf. „Sie können schlussfolgern, was Sie wollen!" Sie begann, zwischen Fenster und Schreibtisch auf- und abzugehen. Wann immer sie die Stimme erhob, wurde das von raumgreifenden Gesten begleitet. Gasperlmaier fielen nicht nur ihre tätowierten Finger, sondern auch die überlangen, bunt lackierten Fingernägel auf. Ob das nicht ein Hindernis bei möglichen Engagements war?

„Ich hab diesen Mann nicht getötet! Obwohl er es verdient hätte!" Als die Hartmann-Lampe gerade wieder einmal zum Fenster hin unterwegs war, sah ihn die Emina an und rollte mit den Augen. „Setzen Sie sich bitte wieder hin!", sagte sie. Die Hartmann-Lampe ließ sich theatralisch auf ihren Stuhl fallen. „Was hat Kröker gemacht, nachdem Sie sich getrennt haben? Ist er zu Fuß weg? Oder zu seinem Auto?" „Was weiß denn ich? Ich hab ihm weder eine Träne nachgeweint noch hab ich ihm nachgesehen." „Hat er gesagt, was er vorhat?" Die Hartmann-Lampe schüttelte den Kopf, und der Knödel auf ihrem Haupt begann sich aufzulösen. Einzelne Strähnen fielen heraus und über die Schultern herab.

„Sagen Sie, Frau Hartmann-Lampe, ist Ihnen eigentlich aufgefallen, dass Herr Kröker sehr exklusive Kleidung trug?" „Na ja. Er hat ja auch gut verdient, nicht wahr? Hat er zumindest behauptet!" Sie löste das Band, mit dem der Haarknödel befestigt war, und bemühte sich, die herabgefallenen Strähnen wieder einzufangen. Ihre Haarpracht, einmal freigelassen, war tatsächlich beachtlich, fand Gasperlmaier. „Was Sie tragen, das würde ich auch nicht gerade als Billigware bezeichnen." Die Emina musterte die Hartmann-Lampe. „Und das, obwohl Sie für's Paragleiten angezogen sind. Allein die Schuhe ... genau solche haben wir auch in Krökers Wohnung gefunden." Zum ersten Mal sah die Hartmann-Lampe ein wenig verunsichert aus. „Ja, die Schuhe. Die hat er mir ... also, das war ein Geschenk von ihm." „Hat er für Sie auch das Zimmer gebucht? Den Tandemflug?" „Das Zimmer natürlich nicht, sonst hätte ich ihn ja nicht überraschen können. Für den Tandemflug hatte er einen Gutschein, den hat ihm wahrscheinlich die Flugschule ins Büro geschickt.

Den hat er mir gegeben." Sie drückte an ihrem Haarknoten herum, als wolle sie überprüfen, ob er richtig saß. „Bin ich Ihnen darüber denn Rechenschaft schuldig?" „Noch nicht", sagte die Emina. „ich würde auch gerne wissen, worüber Sie sich mit Kröker gestritten haben." „Gestritten?" Die Hartmann-Lampe, so dachte Gasperlmaier bei sich, wurde langsam nervös. Sie fingerte diesmal am Kragen ihrer Bluse herum. Die war rot mit einem Blumenmuster, sicherlich nicht das, was man so normalerweise für einen sportlichen Ausflug anzog. „Sie waren nicht gerade diskret, im Café Lewandofsky, und danach auf der Terrasse."

„Nun, ich habe darauf bestanden, dass er seine Versprechen einhält. Mit Jobs, und so. Und ich habe ihn daran erinnert, dass er versprochen hat, mich zu heiraten, sobald ..." „Sobald?", fragte die Emina nach. „Ja, sobald er sich hier eben etabliert hat. Er wollte ein Haus kaufen, er hat sich schon ein paar angeschaut ... Er hat ja, wie gesagt, sehr gut verdient!" Die Emina schickte Gasperlmaier einen Blick mit hochgezogenen Augenbrauen. „Und?", fragte sie, als die Hartmann-Lampe verstummte. „Ausflüchte!", rief sie. „Nichts als Ausflüchte!" Sie begann wieder mit ihrer Schauspielerinnen-Routine und fuchtelte wild mit den Händen herum. Gasperlmaier hatte ein wenig Angst, dass sie ihn mit einer ihrer Klauen streifen würde. Es wäre nicht die erste Verletzung gewesen, die er im Dienst davontrug.

„Er hat versucht, mich zu vertrösten! Hat gemeint, ich solle vorerst wieder nach Berlin zurück, er werde sich ehestmöglich wieder melden, hat sogar von einem Kurzurlaub in Berlin geredet. Aber ich habe den Kerl durchschaut! Der wollte mich abwimmeln!" Die Frau, fand er, war zwar rein äußerlich eine überaus attraktive Person, dennoch aber eine veritable Nervensäge. Er konnte sich gut vorstellen, dass der Kröker mit der Zeit Angst vor einer dauerhaften Beziehung mit ihr bekommen hatte.

„Und Sie sind sich sicher, dass wir keine Zeugen auftreiben werden, die Sie später noch mit dem Kröker gesehen haben? Vielleicht haben Sie sich ja doch noch einmal getroffen? Und wenn Sie mir die Bemerkung erlauben, Frau Hartmann-Lampe, jeder, der Sie gesehen hat, wird sich an Sie erinnern!" Die Emina grinste breit. „Finden Sie?" Gasperlmaier hatte den Eindruck, als verbuche die Hartmann-Lampe die Bemerkung als Kompliment. „Also gut. Ich hab vorher gelogen. Ich hab mir gedacht, es macht mich verdächtig, wenn ..." „Am verdächtigsten macht Lügen!", unterbrach die Emina. „Ja, ja. Er hat mich dann noch zum Essen eingeladen. Vielleicht hat er gedacht, dass er alles damit wiedergutmachen kann. Ich war in meinem Zimmer, und er hat angerufen und geredet und geredet. Ich solle doch nicht so misstrauisch sein und ihm noch eine Chance geben. Er hat mich dann abgeholt. Wir sind an einen See gefahren, aber ich glaube, das war nicht hier. Da war so ein Hotel, direkt an der Straße, und wir sind im Restaurant gesessen, direkt am See."

„An der Straße, sagen Sie?", mischte Gasperlmaier sich ein. „Könnte das Seehotel am Grundlsee gewesen sein." „Ja, ich denke, so hieß es!", nickte die Hartmann-Lampe. „Bis wann waren Sie denn dort?", fragte die Emina. Die Hartmann-Lampe zuckte mit den Schultern und schob die Unterlippe vor. „So zehn, halb elf?" „Wir werden das überprüfen, Frau Hartmann-Lampe." Die Emina stand auf. „Bis dahin halten Sie sich zu unserer Verfügung. Das heißt, keine plötzliche Abreise." „Kann ich jetzt gehen?", fragte die Hartmann-Lampe etwas überrascht. „Sicher. Eine Frage hätte ich aber noch", sagte die Emina, als die Hartmann-Lampe sich zum Gehen wandte. „Hat Ihnen Herr Kröker Bargeld angeboten? Dafür, dass Sie ihn in Ruhe lassen? Oder hat er Ihnen vielleicht sogar Bargeld übergeben?" Die Hartmann-Lampe zögerte, und Gasperlmaier war, als stiege unter ihrem üppigen Make-up ein wenig Röte auf. „Geld?", fragte sie zurück. „Wieso denn Geld? Natürlich nicht! Mich kann man doch nicht kaufen!"

Gasperlmaier fiel noch etwas ein, von dem er fand, dass die Emina darauf vergessen hatten. „Darf ich auch noch was fragen?", sagte er deshalb schnell, als die Hartmann-Lampe die Türschnalle schon in der Hand hatte. „Wenn Sie ... also, wenn Sie den Kröker nicht umgebracht haben, dann muss er nach diesem Essen im Seehotel noch jemanden getroffen haben, nicht?", fragte er. Die Hartmann-Lampe wirkte verunsichert. „Ja, und?", fragte sie. „Ist Ihnen irgendwas aufgefallen, als Sie das Restaurant verlassen haben? Irgendwas Besonderes? Was Ungewöhnliches? Jemand, der draußen gewartet hat?" „Nichts!", schüttelte sie den Kopf. Dann trat sie durch die Tür und warf sie, ein wenig heftig, ins Schloss. Nur Sekunden später öffnete sich die Tür wieder. „Doch!", sagte sie. „Da war was. Der Kai hat gezuckt, als wir raus sind. Und da ist ein Auto gestanden, dunkel. Es war ja finster, keine Ahnung, was für eines es war. Aber ich hab gesehen, dass sich in dem Auto was bewegt hat. Und ich hab mir einen Moment gedacht, das ist wer, den der Kai kennt. Vielleicht eines seiner Weiber, das ihn verfolgt." Grußlos warf sie die Tür wieder zu.

Die Emina grinste übers ganze Gesicht. „Volltreffer!", sagte sie. „Zuerst einmal: Sie hat gelogen. Hast du's gemerkt?" Gasperlmaier nickte. „Sie hat Geld genommen. Da bin ich mir fast sicher. Wissen wir allerdings genau, wofür?" „Genau dafür, was ich ihr schon gesagt habe: Dass sie ihn in Ruhe lässt. Gasperlmaier, ich habe das Gefühl, dass diese Frau auf jeden Fall genug Power hat, um vor lauter Wut den Kröker zu überfahren und sein Auto in Brand zu stecken. Wir müssen nur noch Beweise finden." „Und die Geschichte mit dem Auto und der Person darin, die hat sie sich gerade ausgedacht, um den Verdacht von sich abzulenken", sagte Gasperlmaier. „Gut möglich. Würde alles ins Bild passen." „Ja aber!", gab Gasperlmaier zu bedenken. „Mit den Chinesen hat sie gewiss nichts zu tun. Glaubst du denn, dass der Tod vom Rinderer tatsächlich ein Unfall war?" Die Emina ließ sich in ihren Stuhl fallen. „Da muss ich dir recht geben. Aber vielleicht ... nein, das ist zu weit hergeholt. Weißt du was? Wir schauen zuerst einmal ins Seehotel und hören uns an, ob dort jemandem etwas aufgefallen ist. Und dann schauen wir noch einmal in die Wohnung vom Kröker, vielleicht haben wir dort eine Idee, wo Geld versteckt sein könnte." „Ich tippe da eher auf die Handtasche von der Hartmann-Lampe", meinte Gasperlmaier. „An die werden wir vorläufig nicht herankommen. Aber für eine weitgehend auftragslose Schauspielerin gibt sie ganz schön viel Geld aus, finde ich."

„Vom Seehotel", sagte Gasperlmaier, als sie auf dem Weg nach Grundlsee waren, „führt eine Straße direkt zum Lakeview hinüber. Und da kommt man auch, na ja, es ist in der Nähe von der Stelle, wo der Wagen gebrannt hat. Also ... sie könnten auf jeden Fall zusammen dahin gefahren sein." „Wie wäre dann die Hartmann-Lampe von dort wieder in ihr Hotel gekommen?", fragte die Emina. „Zugegeben", sagte Gasperlmaier. „Da müssen wir uns noch was überlegen. Vielleicht hat sie ein Fahrrad geklaut? Es geht ja von dort eigentlich nur bergab, bis nach Bad Aussee hinein." „Dünn!", antwortete die Emina, als sie vor dem Seehotel ausstiegen.

„Die Stimmung war nicht so entspannt", erklärte ihnen die Kellnerin, die den Kröker und die Hartmann-Lampe bedient hatte. „Da war allerhand Geflüster, das vorwurfsvoll geklungen hat. Und die Dame hat auch öfter ziemlich laut geredet und herumgefuchtelt. Wir haben uns hinter der Bar schon ein wenig lustig gemacht über sie." Das Mädchen kicherte. „Haben Sie was verstanden?", fragte die Emina. „Nur ‚so stellst du dir das vor!' und so ähnliche Sachen. Sie haben beide ordentlich gespachtelt, alles aufgegessen. Und getrunken. Eine Flasche Wein, davor noch den Aperitif, einen Schnaps hintennach ... ich glaube nicht, dass einer von den beiden noch fahrtauglich war." Gasperlmaier musterte die Bilder an den Wänden, und plötzlich fiel ihm etwas ein, das er der Emina unbedingt erzählen musste, sobald sie wieder im Auto saßen. „Wie hat er denn bezahlt?", fragte die Emina. „Bar. Das ist mir aufgefallen, weil er das Geld aus einem ganzen Packerl Hunderter herausgezogen hat. Das ist eher ungewöhnlich." „Interessant!", sagte die Emina.

„Da drinnen haben wir jetzt nichts wirklich Interessantes erfahren. Außer, dass die beiden zusammen zeitlich und räumlich viel näher am Tatort waren, als wir vorher geglaubt haben. Und dass er über einiges an Bargeld verfügt hat, was wir ja schon vermutet haben." „Und jetzt wissen wir's", ergänzte Gasperlmaier. „Mir ist da noch was eingefallen", fuhr er fort er. „Da drin, im Seehotel, da sind Bilder gehängt, so Fotos auf einem Holzrahmen. Und wenn man die aufhängt, da ist dahinter ein Hohlraum. Ich hab der Christine einmal solche Fotos machen lassen, und in dem Hohlraum haben wir damals ein Kuvert mit einem Gutschein versteckt." „Und? Weiter?", fragte die Emina. „Ja, mir ist eben im Seehotel eingefallen, dass in der Wohnung vom Kröker auch solche Bilder auf Holzrahmen hängen. Ich hab mir noch gedacht, immer das Gleiche, der Altausseer See und der Loser, aber ..." „Gasperlmaier", sagte die Emina. „Gib Gas! Ich möchte schnell herausfinden, ob du vielleicht recht hast!"

Gasperlmaier sah auf die Uhr. „Es wird dann langsam aber Zeit ... ich mein, es ist schon halb sechs!" „Wir schauen uns das noch rasch an", entschied die Emina. „Dann machen wir Feierabend." Gasperlmaier nickte. So lang konnte es ja nicht dauern, in der Wohnung des Kröker die Stellen abzusuchen, die sie noch nicht kontrolliert hatten.

„Hier riecht es aber ..." Gasperlmaier war sich sicher, dass es anders roch als beim ersten Besuch in dieser Wohnung. Gleich nach dem Aufsperren hatte ihn dieses Gefühl beschlichen. „Das riecht irgendwie ... parfümiert", sagte die Emina und schnupperte. „Aber unangenehm!", meinte Gasperlmaier. „War da jemand herinnen, seit wir die Wohnung inspiziert haben?" „Ein Siegel haben wir nicht aufgeklebt", sagte Gasperlmaier. „War ja kein Tatort!" „Aber jetzt ist es einer!" Die Emina deutete auf die teuren Schuhe, die noch immer unter den Garderobehaken standen. „Was?" Gasperlmaier verstand nicht ganz. Ein Tatort? Er nahm die Schuhe, auf die die Emina gezeigt hatte, genauer in Augenschein. Irgendwas war da nicht in Ordnung. „Rasierschaum, vermute ich!" Die Emina deutete auf eine weiße, schon etwas eingetrocknete Substanz in den Schuhen. „Da hat jemand Rasierschaum hineingesprüht", sagte sie. „Daher kommt auch dieser Geruch!" Gasperlmaier nahm seine Lesebrille aus der Brusttasche und kniete sich hin. Er schnupperte. „Könntest recht haben", sagte er und rappelte sich mühsam wieder hoch. „Auf jeden Fall jemand mit einem Schlüssel", sagte die Emina, die gerade dabei war, die Wohnungstür zu inspizieren. „Da gibt es keine Spuren von gewaltsamem Eindringen."

„Wer, in Gottes Namen, könnte hier hereingekommen sein und Rasierschaum in die Schuhe vom Kröker gesprüht haben? Und vor allem, warum?", überlegte Gasperlmaier. Die Emina aber stand gar nicht mehr hinter ihm. „Komm einmal hierher!", rief sie aus dem Schlafzimmer. Sie stand vor dem geöffneten Kleiderschrank und deutete hinein. „Schau dir das einmal an!" Gasperlmaier blieb der Mund offenstehen. „Die ganzen teuren Sachen!", flüsterte er. In den Ärmeln der Hemden und Sakkos klafften lange Schnitte. Fast jedes der Kleidungsstücke, so sah es zumindest auf den ersten Blick aus, war zerstört worden. Mit einer Schere, oder vielleicht einem scharfen Messer. „So was ... also, ich kann mir das nicht erklären!", sagte die Emina. „Das muss jemand gemacht haben, der nach uns hier war, als längst schon bekannt war, dass der Kröker tot ist. Wie kommt man auf die Idee, die Sachen eines Toten zu zerstören? Da kommt ja Rache als Motiv gar nicht mehr in Frage, oder?" Gasperlmaier zuckte mit den Schultern. Von heftigen Gefühlen wie Rache verstand er, das musste er sich eingestehen, nur wenig.

„Schauen wir uns noch einmal genauer um. Aber lassen wir alles so, wie es ist. Ich möchte die Tatortgruppe herschicken. Man weiß ja nie. Vielleicht hat das der Mörder angestellt. Um uns irgendwie zu verwirren." „Ich schau im Bad", bot Gasperlmaier an, denn da kannte er sich schon aus. „Der Rasierschaum steht auf dem Bord", rief er der Emina zu. „Genauso wie heute Morgen." Da musste jemand, so dachte er bei sich, bei aller Wut auch sehr umsichtig vorgegangen sein. Er selbst hätte sich im Zorn sicher nicht daran erinnert, wo er den Rasierschaum vorgefunden hatte. Das Waschbecken allerdings sah nicht so aus wie noch am Vormittag. Da lagen jede Menge dunkelblaue, zerschnittene Kondome. Und ob da nicht auch ein Tropfen Blut am Beckenrand zu sehen war? „Kommst du mal?", rief er durch die geöffnete Tür.

„Schau, schau!", grinste die Emina und machte gleich ein paar Fotos von der Bescherung im Waschbecken. „Ob wir es da nicht mit einem Beziehungsmotiv zu tun haben, zumindest zum Teil?" Gasperlmaier nahm seine Kappe ab und kratzte sich am Kopf. „Also ... was könnte jemand denn ausdrücken wollen, mit dem Zerschneiden von ... übrigens, da ist ein Blutstropfen am Rand!" Er zeigte darauf, und auch den fotografierte die Emina. „Nimm ein Stück Klopapier, Gasperlmaier, und tupf den Blutfleck auf. Dann steckst du das Papier in einen Beutel." Gasperlmaier nickte und erledigte den Auftrag. Die Emina steckte den Beutel in ihre Handtasche. „Ja, da werden wir wohl keine großen Schwierigkeiten haben, den Täter, oder die Täterin herauszufinden!", sagte sie. „Wenn wir eine Vergleichsprobe haben!", warnte Gasperlmaier. „Spielverderber!", schalt ihn die Emina.

„Ja, also", sagte sie. „Wenn jemand Kondome zerschneidet, dann würde ich sagen, das ist stellvertretend für, na ja ..." Sie deutete mit zwei Fingern eine Schere an und führte sie gegen ihren Unterleib. Gasperlmaier erschauerte. „Du meinst ...?" „Ganz genau!", sagte die Emina grinsend. „Das war entweder eine Frau, die ihm sein bestes Stück abschneiden will, weil sie sich betrogen fühlt. Diese Dinger da", sie deutete auf die Kondome, „haben stellvertretend daran glauben müssen." „Oder es war ein Konkurrent", schlug Gasperlmaier vor. „Einer, dem der Kröker eine Frau ausgespannt hat." „Beides gut möglich. Aber weswegen sind wir eigentlich hierhergekommen?"

„Geld", sagte Gasperlmaier. „Wir wollten hinter den Bildern schauen, ob er da Bargeld versteckt hat." „Genau! Komm!" Sie deutete ihm mit dem Zeigefinger, ihr zu folgen. „Nimm einmal den Berg da herunter!", sagte sie und deutete auf ein Bild über dem Sofa. Es war das größte von allen in der Wohnung. „Das ist der Loser", sagte Gasperlmaier, „und der Altausseer See davor." „Mag sein", sagte die Emina. „Für mich ist es nur ein Berg. Auf den man vielleicht hinauflaufen kann!" „Hinauflaufen?", wunderte sich Gasperlmaier, dem es soeben gelungen war, das Bild von den Haken zu lösen. Es war erstaunlich leicht, und auf der Hinterseite fand sich nichts außer Spinnweben.

„Da würdest du hinauflaufen?" Er versuchte, das Bild wieder an den beiden Schrauben zu befestigen, die den Rahmen gehalten hatten. Die Emina musste ihm zu Hilfe kommen, weil er auf dem Sofa einen unsicheren Stand hatte. „Hinauflaufen?", wiederholte er. „Wie viele Höhenmeter sind es denn?", fragte die Emina. „Na ja", erwiderte Gasperlmaier, „von der Talstation gut 1000!" „Machbar!", sagte sie. Gasperlmaier hatte zwar schon von derartigen Bergläufen gehört, aber wie man sich so etwas antun konnte, war ihm ein Rätsel. Er geriet schon beim ganz normalen Anstieg von der Loserhütte aus gehörig ins Schwitzen. Und im heurigen Sommer hatte er es gar nie bis ganz hinauf geschafft.

„War wohl nichts", sagte die Emina, als sie auch das letzte Bild heruntergeholt und hinter dem Rahmen nachgesehen hatten. „Entweder es gibt kein Bargeld, oder er hat es doch im Auto versteckt gehabt. Oder die Hartmann-Lampe hat es." „Oder der Rasierschaum-Sprüher!" Gasperlmaier deutete auf die Schuhe, die immer noch diesen gewissen unangenehmen Duft verströmten.

„Na ja", sagte die Emina, „dann fahren wir halt wieder. Ich muss sowieso noch trainieren." „Trainieren?", fragte Gasperlmaier interessiert. „Ja, ich geh noch laufen und mach ein bisschen Hanteltraining danach." „Aber es wird doch bald finster?" „Noch nie was von Stirnlampen gehört?" Die Emina lachte. „Schon!", verteidigte sich Gasperlmaier. „Aber das ist doch etwas … mühsam." „Ja, Ausreden finden sich immer! Und Dunkelheit ist eine davon!" Gasperlmaier fühlte sich plötzlich müde und antriebslos. Was manche Menschen so in ihrer Freizeit trieben! Er verbrachte sie am liebsten auf dem Sofa. Und gerade jetzt fiel ihm ein, dass er mit der Christine nach Hamburg musste. Was seine Sofazeit wieder erheblich einschränken würde. Er warf einen Blick auf die Küchenuhr. Schon … was? „Schau einmal!" Er zeigte auf die Keramikuhr, die in der Küche an der Wand hing. Sie zeigte halb vier, das war ganz gewiss falsch. Und der Sekundenzeiger bewegte sich nicht. „Die Uhr schaut aus wie ein Teller, aber mit dem Rand zur Wand. Dahinter …" So schnell konnte er gar nicht reagieren, schon war die Emina auf einen Küchensessel gestiegen und hatte die Uhr von der Wand genommen.

„Hoppla!", rief Gasperlmaier aus, als ein Bündel Geldscheine zu Boden flatterte. „Gutes Auge!", lobte die Emina. „Da war tatsächlich ein Hohlraum!" Sie hielt ihm die Rückseite der Uhr entgegen, an der noch ein loses Stück Klebeband baumelte. Gasperlmaier hob die Scheine auf, es waren lauter Hunderter. „2500 Euro", zählte er. „Nicht gerade aufregend viel!" Die Emina hielt ihm einen Plastikbeutel entgegen. „Aber immerhin ein Anhaltspunkt. Wenn er Geld versteckt hat, müssen wir davon ausgehen, dass es nicht ganz sauber ist. Sonst hat man's auf der Bank. Jetzt sind allerdings deine Fingerabdrücke drauf. Hinein damit!" „Tut mir leid!" Gasperlmaier ließ die Banknoten in den Beutel fallen. „Warum", überlegte er laut, „macht er sich die Mühe, das Geld zu verstecken? Vor wem?" Die Emina zuckte mit den Schultern. „Vielleicht hat er Angst gehabt, dass es eine Frau findet? Er hat ja anscheinend häufig wechselnde Bekanntschaften gepflegt. Oder vielleicht hat er eine Putzfrau gehabt, die es nicht finden sollte." „Da wäre", lächelte Gasperlmaier, „die Uhr aber eine schlechte Idee. Wenn sie gründlich abstaubt ..." „Wir machen für heute Schluss", sagte die Emina, ohne auf seinen Einwand einzugehen.

„Wo machen wir denn morgen weiter?", fragte er, bevor sie aus dem Einsatzwagen stieg. „Wir überlegen, wer nach seinem Tod noch Interesse haben könnte, die Wertsachen des Verblichenen zu zerstören. Bis morgen!" Und tatsächlich wurde Gasperlmaier den Gedanken an den Täter oder die Täterin nicht los, bis er vor seiner Haustür stand. War es die Hartmann-Lampe gewesen? Oder am Ende gar die Lena, die so heiße Tränen um den Verstorbenen vergossen hatte? Aber warum bloß?

„Hallo! Spät kommst!" Die Christine stand am Herd, und zu Gasperlmaiers Überraschung war die Katharina gerade dabei, den Tisch zu decken. „Du bist schon wieder da?", fragte er wenig geistreich. „Wonach schaut's denn aus?", gab die Katharina frech zurück. „Die Steffi auch?" Die Katharina nickte. „Gehen wir dir etwa schon auf die Nerven?" Sie lächelte. „Nein, nein!", beschwichtigte Gasperlmaier. „Ich hab mich nur gewundert ..." „Wir machen wieder Homeoffice", erklärte die Kathi.

„Vor allem, solange du deinen Fall noch nicht gelöst hast!" Sie kicherte. Insgeheim dachte Gasperlmaier, dass er die zwei nicht unbedingt brauchte, um seine Fälle zu lösen, seine drei Kolleginnen reichten da völlig aus.

„Es gibt Spaghetti aglio olio", mischte sich die Christine ein. „Magst du dir ein wenig Speck dazu braten?" Gasperlmaier schüttelte den Kopf. „Brauch ich nicht. Passt schon so." Die Katharina grinste. „Faulheit oder Einsicht?" „Ich mag's nicht so, dass es da herinnen nach Speck riecht, wenn ihr beim Essen da seid. Das wär ..." „... rücksichtslos?", half die Kathi aus und legte das Besteck auf die gefalteten Servietten. „Die Steffi ist auch da!", kündigte sie an. „Und nach dem Essen gibt es eine Überraschung für dich. Wir haben nämlich recherchiert!"

Gasperlmaier sah die Chance auf einen gemütlichen Abend vor dem Fernseher mit dem Schnurrli auf dem Bauch dahinschwinden. Wenn die beiden was recherchiert hatten, dann dauerte es meistens, bis sie ihm alles ausführlich und in Einzelheiten dargestellt hatten.

„Grüß dich, Gasperlmaier", sagte die Stefanie, drückte ihn fest und strahlte ihn an. „Wir haben Neuigkeiten für dich!" „Die Kathi hat's schon angekündigt", sagte er. Die Spaghetti rochen gut, und Gasperlmaier rieb sich ausgiebig Käse darüber, denn so mochte er Nudelgerichte am liebsten.

„Wie geht's denn deiner Kollegin?", fragte die Kathi unvermittelt, als Gasperlmaier gerade die erste Gabel Spaghetti im Mund untergebracht hatte. „Die macht heute noch einen Berglauf, glaube ich. Mit der Stirnlampe." „Obwohl sie schwanger ist?", staunte die Stefanie. „Ach so, nein, die nicht, also ... ich habe gemeint ... also, der Manuela, der geht es sehr gut. Nur darf man sie überhaupt nicht ansprechen auf ihren Zustand. Weil da wird sie gleich übernervös." „Zustand?", fragten die drei Frauen fast unisono. „Eine Schwangerschaft ist kein Zustand", erklärte die Christine. „Und wenn du jetzt glaubst, dass du sie unter einen Glassturz stellen musst, um sie zu beschützen, dann wird das mit euch bis Weihnachten nicht gutgehen!" Um die Spaghetti nicht kalt werden zu lassen, verzichtete er vorerst auf eine Entgegnung. Außerdem musste er sowieso erst überlegen, was er sagen wollte, sonst fielen alle gleich wieder über ihn her.

„Also!", sagte Gasperlmaier nach der letzten Gabel Nudeln und dem letzten Schluck Bier. „Ich stell die Manuela nicht unter einen Glassturz. Ich hab das schon kapiert, dass sie selber entscheiden will, was sie machen kann und was nicht. Aber ich hab als Vorgesetzter ja auch eine Verantwortung. Und in gefährliche Situationen, da schick ich sie sicher nicht. Weil, wenn was passiert, bin doch ich einfach verantwortlich!" Er war, so stellte er fest, etwas laut geworden und hatte seine Familie offensichtlich überrascht, weil ihm niemand was entgegnete.

„Kaffee?", fragte die Christine. „Bitte!", sagte Gasperlmaier. Alle schlossen sich ihm an. „Ich mach ihn." Die Stefanie stand auf. „Das ist selten, dass der Papa so entschlossen reagiert. Und noch dazu einen klaren Standpunkt hat." Die Kathi kicherte. „Und jetzt", sagte Gasperlmaier, um der Situation die Spannung zu nehmen, „lass hören, was ihr habt!" „Und die Mama macht ganz allein die Küche sauber, was? So hast du dir das vorgestellt!" Auf keinen Fall wollte Gasperlmaier zugeben, dass er sich das sehr wohl so vorgestellt hatte. Schließlich war es nicht er gewesen, der großartige Neuigkeiten nach dem Essen angekündigt hatte. Aber, so dachte er bei sich, ein wenig Bewegung beim Einräumen des Geschirrspülers würde ihm wohl auch nicht schaden.

„Also!", sagte er, nachdem er den Startknopf des Spülers gedrückt hatte, nun schon zum zweiten Mal nach dem Abendessen. „Jetzt aber heraus mit der Sprache!" Die Stefanie hatte bereits ihren Laptop aus dem Wohnzimmer geholt und aufgeklappt. „Zum Kröker haben wir nichts Neues gefunden, und zu deinen Chinesen leider auch nicht. Aber dafür zu diesem Niederecker, dem Bauunternehmer, der sich hier im Ausseerland breitzumachen scheint." „Und das, was wir gefunden haben, macht ihn, finden wir, höchst verdächtig!" Die Katharina hob ihren Zeigefinger. Was in der Regel bedeutete, dass sie etwas Wichtiges zu sagen hatte. „Der Niederecker ist mindestens einmal in einen Bestechungsskandal verwickelt gewesen", erklärte sie. „Vor zehn Jahren etwa, da hat er bei sich zu Hause im Pinzgau mehrere Bürgermeister geschmiert, damit sie Umwidmungen durchführen und Baugenehmigungen ausstellen. Der Skandal damals hat ziemlich weite Kreise gezogen, drei Bürgermeister wurden verurteilt und mussten zurücktreten." „Und was war mit dem Niederecker selber?", fragte Gasperlmaier. „Der ist ungeschoren davongekommen, weil seine Prokuristin und ein Buchhalter die ganze Schuld auf sich genommen haben. Die sind dann auch verurteilt worden." „Der Niederecker hat sie also als Strohmänner missbraucht?", fragte er. „Genau. Einer davon hat sich dann auch gerächt, das war der Buchhalter. Der hat, ganz Mafia, einen Rehbock im Revier vom Niederecker gewildert und ihm den Kopf dann auf die Türschwelle gelegt." „Hat es denn keine Beweise gegeben", fragte Gasperlmaier, „dass die zwei im Auftrag vom Niederecker gehandelt haben?"

Die Stefanie schüttelte den Kopf. „Anscheinend nicht. Darüber haben wir aber auch nichts Genaues gefunden. Die Darstellung in den Medien ist halt oft doch sehr oberflächlich, und bis zu den Gerichtsakten haben wir uns noch nicht durchgehantelt."

„Ich frage mich", sagte Gasperlmaier, „ob er hier im Ausseerland auch so vorgegangen ist. Ob vielleicht der Kröker als Strohmann irgendwelche krummen Dinger für ihn drehen sollte. Und dabei ist dann etwas schiefgegangen." „Das halten wir durchaus für möglich", sagte die Katharina. „Weil wir eben noch was gefunden haben." „Ja", nickte die Stefanie. „Schau einmal, Gasperlmaier!" Sie drehte ihren Laptop so, dass er auf den Bildschirm sehen konnte. Was er erkannte, war ein offensichtlich abgebrannter Bagger. Es war nur mehr das Skelett der Maschine erkennbar. „Den hat der Niederecker angezündet?", fragte er erstaunt. „Ganz so einfach ist es nicht", sagte die Stefanie. „Der Bagger gehört einem Konkurrenten des Niederecker, da ging es um ein Projekt im Flachgau in Salzburg. Es hat mehrere Bewerber um einen Großauftrag gegeben, und wie durch ein Wunder sind bei zweien der Mitbewerber Baumaschinen durch Brände schwer beschädigt worden. In diesem Fall", sie zeigte auf den Bildschirm, „ein Totalschaden."

„Und was ist mit den Tätern?", fragte Gasperlmaier. „In dem Fall, den du hier siehst, konnte kein Täter ermittelt werden, aber es war eindeutig Brandstiftung. Im anderen Fall hat man einen Mitarbeiter des Niederecker verhaftet, der angeblich aus Rache eine Baumaschine angezündet hat, weil er eine Wut auf seinen ehemaligen Chef gehabt hat. Eine Verbindung zum Niederecker hat nicht nachgewiesen werden können, aber dem Täter soll es, nachdem er seine Haftstrafe verbüßt hatte, finanziell auffallend gut gegangen sein – und rate mal, wer ihn wieder eingestellt hat?" „Der Niederecker!", tippte Gasperlmaier. „Ganz genau! Und all das", wieder hob die Kathi ihren Zeigefinger, „lässt doch den Schluss zu, dass dieser Niederecker auch hier bei uns nicht sauber arbeitet. Der hat den Kröker in der Tasche gehabt. Und unsere Theorie ist ..." Gasperlmaier unterbrach. „Dass der Kröker aussteigen wollte, dass es einen Streit gab und dass der Niederecker den Kröker beiseitegeschafft hat. So ähnlich haben wir das, ich meine, ich mit der Frau Doktor und der Emina, auch schon besprochen. Dass das so gewesen sein könnte." „Echt?", fragte die Stefanie. „Ja", nickte Gasperlmaier, „aber jetzt haben wir ja allerhand Tatsachen, die für diese Theorie sprechen. Allein schon, dass da auch ein Fahrzeug gebrannt hat ..." „Aber der Niederecker", gab die Kathi zu bedenken, „der macht sich sicher nicht selber die Hände schmutzig. Der schickt jemand anderen." „Aber ob er wen hat, der für ihn einen Mord begeht? Das ist doch etwas ganz anderes als bloße Sachbeschädigung!", wandte die Stefanie ein.

„Habt ihr auch irgendeinen Hinweis gefunden, dass das alles etwas mit unseren Chinesen zu tun haben könnte?", fragte Gasperlmaier. Die Kathi seufzte. „Leider noch nicht. Aber wir bleiben dran. Es könnte ja sein, dass dieser Rinderer auch mitgemischt hat bei diesen Geschäften, unsympathisch, wie der war."

„Mir fällt gerade ein", sagte Gasperlmaier, „da hat es ja einen Vorfall gegeben, zwischen dem Niederecker und diesem Protestierer, dem Wurzacher. Da ist einer von den Arbeitern von der Baustelle vom Niederecker mit einer Eisenstange in der Hand bereit gestanden ..." „Siehst du!", sagte die Katharina. „So fügt sich eins ins andere!" „Ich werd das alles morgen der Frau Doktor und der Emina erzählen. Könnt ihr denen das schicken, ich meine, was ihr recherchiert habt?" „Schon", lächelte die Stefanie, „aber nur, wenn wir im Austausch dafür auch von euch Infos kriegen. Das könnte nämlich eine super Story für uns werden, wenn wir das alles als Erste bringen können."

„Versprechen kann ich da nichts", seufzte Gasperlmaier. „Das entscheide nicht ich, wisst ihr!" „Schon klar", sagte die Stefanie und klappte ihren Laptop zu. „Wir bleiben ja noch ein paar Tage. Schauen wir einmal, wie sich die Geschichte entwickelt."

Die Katharina beugte sich vor, um nach einem Saftglas zu greifen, und plötzlich sah Gasperlmaier auf ihrem Rücken etwas Blaues hervorblitzen, weil das T-Shirt ein wenig nach unten gerutscht war. Hatte die Kathi sich etwa tätowieren lassen? „Was starrst du mich denn so an?", fragte die Kathi, der nicht entgangen war, wohin er seine Blicke gerichtet hatte. „Äh, nix, gar nix!", versuchte er abzulenken. „Du hast mein Tattoo entdeckt, nicht wahr, Papa? Ich weiß eh, wie du dazu stehst. Du brauchst dich gar nicht bemühen, es zu verbergen. Aber es ist ganz dezent, schau einmal!" Sie drehte ihm den Rücken zu und zog ihr T-Shirt nach unten. Gasperlmaier sah drei Halbkreise zwischen den Schulterblättern. Auffällig, so dachte er erleichtert bei sich, war das wirklich nicht. Gerade gestern war ihm auf der Straße ein Mädchen entgegengekommen, trotz der Kälte mit nackten Armen, und die hatte einen Totenschädel tätowiert gehabt, aus dessen Augen Schlangen krochen. Mit so was auf der Haut hätte er selber nicht mehr einschlafen können, dessen war er sich sicher.

„Was stellt denn das dar?", gab er sich interessiert. „Einen Regenbogen", erklärte die Kathi. „Das Symbol ...

na ja, ein Symbol für die Vielfalt in der Gesellschaft. Du hast ja sicher schon von Regenbogenparaden und Regenbogen-Zebrastreifen gehört." Gasperlmaier schien es, als scheue sie davor zurück, ihm zu erklären, dass der Regenbogen auch ein Symbol für lesbische und schwule Beziehungen war. Natürlich wusste er das, er war ja nicht auf der Nudelsuppe dahergeschwommen, wie man so sagte. Aber dass die Kathi ein Symbol für ihre Sexualität auf der Haut trug, das hielt er für unklug, nachgerade gefährlich. Schließlich gab es Zeitgenossen, die Homosexuelle mit Hass und Feindseligkeit verfolgten. Und war es dann nicht so, dass man sich denen mit so einer Tätowierung leicht zu erkennen gab? Aber es war wohl gescheiter, diese Überlegungen für sich zu behalten.

„Die Stefanie hat genau das gleiche. Und damit du gleich alles siehst ..." Die Kathi zog das T-Shirt über den Kopf und stand im BH vor ihm. Mit den Fingern der rechten Hand zeigte sie auf ein weiteres Tattoo auf ihrer linken Schulter, es stellte ineinandergeschlungen zweimal das Zeichen für „Frau" dar. „Das hat die Steffi auf der rechten Schulter. Man nennt es auch Venussymbol oder Venusspiegel, es symbolisiert das weibliche Geschlecht." „Wenn man einmal damit anfängt, dann hört man nicht mehr auf!", warnte Gasperlmaier, während die Kathi ihr T-Shirt wieder überstreifte. „Ach was!", verteidigte sich die Katharina. „Dabei bleibt's. Wir haben nur überlegt, ob wir den Regenbogen auch noch mit Farbe ausfüllen lassen sollen." „Seid's vorsichtig!", sagte Gasperlmaier. „Denk an euren Hassposter! Der hat es besonders auf ... also, auf Frauenpaare abgesehen gehabt."

Im Jahr zuvor nämlich hatten die Steffi und die Kathi mit den Angriffen eines besonders unangenehmen

Frauenfeindes zu tun gehabt. Die Christine war inzwischen hereingekommen. „Geht dir das Wort ‚lesbisch' nicht über die Lippen, Gasperlmaier?", grinste sie. „Und wenn du jetzt recht ein Theater machst, dann lass ich mir auch gleich eines stechen, damit du's nur weißt!" „Ich?", stellte sich Gasperlmaier unschuldig. „Ich mach doch kein Theater! Meine neue Inspektorin, die Emina Jovanovic, die hat sogar ein buntes!"

Endlich, so dachte Gasperlmaier bei sich, war es Zeit, es sich auf dem Sofa bequem zu machen. Der Kater lag mitten drauf, so, als habe er schon auf ihn gewartet. Gasperlmaier schob ihn beiseite, und noch bevor der Schnurrli es sich auf seinem Bauch wieder bequem gemacht hatte, fielen Gasperlmaier die Augen zu. Nicht einmal für den Griff nach der Fernbedienung hatte es gereicht.

Zu seinem Glück weckte ihn die Christine wieder auf, bevor sie selber zu Bett ging. „Bevor du mir hier zu schnarchen anfängst!", hatte sie ihn sanft gerüttelt. Und als er im Bad stand, mit der Zahnbürste im Mund, fiel ihm ein, dass er der Christine noch gar nicht erzählt hatte, warum die Frau Doktor vorgestern Hals über Kopf aus dem Ausseerland geflüchtet war.

Als er ihr danach, schon im Bett, davon berichtete, war seine Müdigkeit für einen Moment verflogen. „Schon schwierig, sehr schwierig", sagte die Christine schließlich. „Sie muss der Sophie jetzt erklären, warum sie keinen Kontakt zu ihrem Vater haben kann. Und wie man das gut macht ..." Sie ließ den Satz ausklingen. „Aber sie hat doch den Bernhard. Der ist ja ein mustergültiger Vater!", wandte Gasperlmaier ein. „Das ist nicht dasselbe", sagte die Christine. „Und um das zu verstehen, ist sie schon alt genug. Noch schwieriger wird das in der Pubertät. Glaub mir, ich kenn mich da aus. Ich hab ja selber in der Schule genug Fälle gehabt, wo der Vater nicht greifbar ist oder, noch schlimmer, Probleme verursacht. Alkoholismus, Gewalt, das gibt es auch hier bei uns im Ausseerland, da sind wir keine Insel der Seligen." Gasperlmaier musste an den Grill-Buben denken, der den Zaun der Villa Kirnberger umgefahren hatte. Der hatte seinen Eltern sicher auch nicht nur Freude gemacht, aber wer konnte wissen, was da alles dahintersteckte.

„Übrigens!", sagte die Christine, als er gerade seine Leselampe abschalten wollte. „Das mit Hamburg, das hab ich jetzt fix gemacht. Sonst wird wieder nichts draus. Am 25. Oktober fahren wir, weil da sind unsere Herbstferien. Und Musicalkarten habe ich auch schon." Gasperlmaier lag, obwohl er todmüde war, noch lange wach.

13

Auf dem Weg zum Polizeiposten am nächsten Morgen fuhr Gasperlmaier der Kahlß Friedrich über den Weg, natürlich im Sportdress und auf seinem E-Bike. „Servus, Gasperlmaier", grüßte er, nachdem er scharf abgebremst hatte und direkt neben Gasperlmaier zum Stehen gekommen war. „Wie geht's denn eurem Fall? Kann man irgendwie behilflich sein?" Gasperlmaier schüttelte den Kopf. „Wüsste nicht, wie!" „Und was, wenn ich ein paar interessante Neuigkeiten für dich hab?" Gasperlmaier seufzte. „Was wären denn das für Neuigkeiten?", fragte er. „Also erstens", ließ sich der Friedrich Zeit, „hat der Wurzacher jetzt auch noch eine Online-Petition gestartet, zusätzlich zu seinen Unterschriftenlisten. Und die haben schon mehr als tausend Leute unterschrieben. Deine gesamte Familie auch." „So?", fragte Gasperlmaier. „Reden die mit dir nicht über so was?", grinste der Friedrich. „Ich sag halt immer, als Polizist musst du neutral bleiben, deine Meinung für dich behalten und für alle da sein, beziehungsweise für das Gesetz. Das hab ich übrigens von dir. Und wahrscheinlich haben sie das endlich einmal kapiert", verteidigte sich Gasperlmaier. „Wie dem auch sei", sagte der Friedrich, „vielleicht schaut ihr euch die Liste einmal an. Da habt ihr sicher Spaß daran, wenn ihr alle Unterzeichner überprüft." „Jetzt machst aber einmal einen Punkt!", schimpfte Gasperlmaier. „Man ist doch nicht gleich verdächtig in einem Mordfall, wenn man etwas unterschreibt, gegen den Ausverkauf unserer Heimat!" „Na ja", sagte der Friedrich und klickte den linken Fuß in sein Pedal. „Und dann wollt ich dir noch sagen, dass der Chef vom Lakeview anscheinend dem Wurzacher seine Tochter hinausgeschmissen hat, weil die die Petition auch unterschrieben hat." Gasperlmaier staunte. „Woher weißt denn das schon wieder?" „Ich bin halt gut vernetzt. Und du", sagte der Friedrich, „solltest dir auch einmal so ein E-Bike zulegen. Weil du kommst schön langsam in das Alter, wo du dringend mehr für deine Fitness tun musst als das bisschen Spazierengehen auf Streife. Pfüat di!" Er trat in die Pedale und schnurrte in Richtung Loserstraße davon.

Gasperlmaier musste der Frau Doktor nicht erst erklären, was gestern in ihrer Abwesenheit noch alles vorgefallen war, denn sie wusste es schon. Wieder einmal hatte die Emina bereits alles, was sie gestern ermittelt hatten, verschriftlicht und der Frau Doktor geschickt. Und das offenbar noch nach ihrem Nachtlauf. Und auch die Kathi und die Stefanie waren offenbar nicht untätig gewesen. „Deine Schwiegertochter hat mir gestern Abend noch alles gemailt, was sie und die Katharina über den Niederecker herausgefunden haben." „So?", fragte Gasperlmaier. „Äußerst hilfreich, die beiden!", lobte die Renate. „Sie haben uns eine Menge Arbeit abgenommen. Wollen sie auch was dafür?" „Na ja", druckste Gasperlmaier herum, „sie haben schon so etwas in die Richtung gesagt, dass sie hoffen, dass wir ihnen Informationen überlassen, für eine Geschichte, die sie über diesen Fall planen." Hoffentlich, so dachte er bei sich, würde die Frau Doktor über die Steffi und die Kathi nicht so denken wie über die unsägliche Maggie Schablinger, die ihnen mit ihren halberfundenen Sensationsgeschichten gewaltig auf die Nerven ging.

Auf jeden Fall war Gasperlmaier verstimmt, weil es schien, als ob alle um ihn herum mehr wussten und herausfanden als er selbst. „Ich hab gerade", sagte er deshalb, „auf dem Weg hierher den Kahlß Friedrich getroffen. Und der hat mir verraten, dass der Wurzacher eine Online-Petition gegen die Chinesen gestartet hat, und dass seine Tochter ihre Arbeit beim Lakeview verloren hat, weil sie auch unterschrieben hat. Schaut so aus, als wäre der Chef dort nicht begeistert von dieser Geschichte." Die Frau Doktor hob die Augenbrauen. „Schau, schau!", sagte sie. „Da haben wir ja allerhand zu tun heute, wenn wir dem allen nachgehen wollen." Immerhin, so dachte Gasperlmaier bei sich, hatte sie diese beiden Neuigkeiten noch nicht von jemand anderem zugeflüstert bekommen.

Irgendwie, fand er, hatte sich der Kleidungsstil der Frau Doktor verändert, seit sie Kinder hatte, vor allem seit dem Max. Früher war sie oft mit eleganten Kostümen und hochhackigen Schuhen aufgetaucht, in der letzten Zeit trug sie hauptsächlich Jeans, Turnschuhe und T-Shirts, wenn auch in aufeinander abgestimmten Farben. Und manchmal, so wie heute, waren auch Flecken auf den Jeans. Wahrscheinlich, so vermutete er, vom Frühstück mit den Kindern. Die patzten nämlich, wie er aus eigener Erfahrung nunmehr wusste, oft ganz gewaltig, und wenn man mit ihnen am Tisch saß, bekam man auch selber oft etwas ab.

Die Frau Doktor stand auf. „Erstens müssen wir herausfinden, wer die Sachen vom Kröker zerstört hat. Offenbar jemand, der über einen Schlüssel verfügt. Dann brauchen wir den Niederecker, die Jasmin Wurzacher und ihren Chef. Vielleicht kommt damit ein bisschen mehr Klarheit in unseren Fall." „Für mich kommt da zum Beispiel Lena Enthaler in Frage. Sie arbeitet beim Tourismusverband, da könnte sie im Büro ihres Chefs vielleicht einen Schlüssel gefunden haben. Und eifersüchtig war sie auch." Die Emina hatte ihr Notizbuch konsultiert. „Du hast das Protokoll ihrer Befragung schon gelesen?" Die Frau Doktor nickte. „Das ist die

Kollegin von deiner Schwiegertochter, nicht? Die sich dem Kröker einmal hingegeben hat?" Sie betonte das Wort „hingegeben" so, dass der Sarkasmus überdeutlich wurde.

„Die Lena", erklärte Gasperlmaier auf dem Weg nach Bad Aussee, „war einmal Narzissenprinzessin. Aber sie hat keine recht gute Figur dabei gemacht." „Wieso denn?", fragte die Frau Doktor. „Ich würde sagen, die ist doch ausgesprochen gutaussehend?" „Ja", sagte Gasperlmaier. „Aber mit dem Reden, da hat sie sich schwergetan. Vor allem in der Öffentlichkeit. Sie war halt dann eher auf den Fotos." „Aha!", kommentierte die Frau Doktor.

„Die Lena ist nicht da", informierte sie die Richelle. „Die ist bei einem Fotoshooting. In einem Trachtengeschäft. Gleich gegenüber." Die Richelle grinste. „Mir hat man's auch angeboten. Aber ich ... also, das ist nichts für mich. Ich möchte nicht in einem Trachtenkatalog abgebildet sein." „Na ja", sagte die Frau Doktor und blickte, etwas verärgert, auf ihre Uhr. „Dann schauen wir halt hinüber ins Geschäft. Die Zeit drängt!" Gasperlmaier konnte mit ihr und der Emina auf dem Weg zum Geschäft gegenüber kaum Schritt halten. „Doktor Kohlross, Bezirkspolizeikommando Liezen", hielt sie der etwas erschrockenen Frau an der Kassa ihren Ausweis entgegen. „Wir suchen Lena Enthaler. Die ist angeblich hier für ein Fotoshooting." Die Frau deutete auf die Stiege. „Oben!", sagte sie. „Kommt!" Die Frau Doktor war schon auf dem Weg in den ersten Stock. Am oberen Ende der Stiege stand eine junge Frau im Ausseer Dirndl. „Es tut mir leid, der Bereich ist für Kunden momentan ..." Die Frau Doktor war schon an ihr vorbei, als Gasperlmaier am Absatz der Treppe ankam. „... geschlossen", sagte das Mädchen verblüfft. „Ich

weiß", schnaufte Gasperlmaier. „Polizei, siehst ja eh."
Er deutete auf seine Uniform. „Wir suchen die Lena
Enthaler. Ist die da?" Das Mädchen nickte.

Die Frage, so dachte Gasperlmaier bei sich, hätte
er sich ohnehin sparen können. Die Frau Doktor und
die Emina standen bereits vor einer Umkleidekabine.
„Frau Enthaler", rief die Frau Doktor. „Ziehen Sie sich
bitte was an. Wir müssen mit Ihnen sprechen." „Also,
so geht das aber nicht!", empörte sich eine sehr dünne,
dunkelhaarige Frau, die gerade eine schwere Kamera
auf einem Stativ festschraubte. Ein junger Mann trat
in Unterhosen aus einer zweiten Umkleidekabine, verschwand aber sofort wieder, als er den ungebetenen
Besuch erblickte. „Wir haben hier zu arbeiten. Und die
Zeit ist knapp." „Ja, unsere auch. Frau Enthaler?", wiederholte die Frau Doktor. Die Lena streckte ihr Gesicht
heraus, hielt aber den Vorhang der Umkleidekabine
vor ihren Körper. „Ich hab gerade nichts an." „Dann
hinein in Ihr Dirndl. Und zwar flott!", herrschte die
Renate sie an. Es dauerte zum Glück nur wenige Minuten, bis die Lena in einem eleganten und sehr tief
ausgeschnittenen Dirndl vor ihnen stand. „Wo können
wir reden?", fragte die Frau Doktor. Die Lena deutete
auf einen breiten, hellgrauen Vorhang, der die ganze
hintere Wand des Raumes abdeckte. „Dahinter ist das
Büro. Das können wir sicher nutzen."

„Aber beeilen Sie sich!", rief ihnen die Fotografin
noch nach. Gasperlmaier war sich nicht sicher, ob das
Fotoshooting fortgesetzt werden würde, wenn sich herausstellte, dass die Lena für das Chaos in der Wohnung des Kröker verantwortlich war. Er folgte den drei
Frauen in das Büro, das so klein war, dass sie alle stehen
mussten, und zwar auf recht engem Raum. Die Frau
Doktor nickte mit dem Kinn zur Emina. Die nickte

zurück. „Machen Sie das öfter, Frau Enthaler? Fotoshootings, meine ich." Gasperlmaier war überrascht, dass alle Hast der letzten Minuten offenbar gar keinen Einfluss auf die Emina gehabt hatte. Sie hatte sich, sichtlich entspannt, an eine Wand gelehnt und redete so, als ob es sich hier um einen gemütlichen Kaffeehausplausch handelte. Die Lena lächelte. „Schon. Ich werde öfter gebucht." Wahrscheinlich, so dachte Gasperlmaier etwas hämisch, weil man dabei nicht reden musste. „Und, macht es Spaß? Oder ist es eher stressig?" „Kommt darauf an, mit wem. Die Anne, unsere Fotografin, die schafft eine gute Atmosphäre. Dass man sich wohl fühlt", sagte die Lena. „Was wird denn heute fotografiert?", fragte die Emina weiter. Gasperlmaier konnte spüren, dass die Frau Doktor etwas ungeduldig wurde, aber schließlich hatte sie die Befragung selbst an die Emina abgegeben.

Die Lena zog mit beiden Händen ihren hellblauen Dirndlrock auseinander. „Eine junge Designerin aus Bad Aussee. Mit neuen Ideen." Die Dirndlschürze war sehr bunt, der Leib hellgrau, die Bluse weiß. Es war kein klassisches Dirndl, aber die Lena, konnte Gasperlmaier nicht umhin festzustellen, sah prachtvoll darin aus. „Frau Enthaler", sagte die Emina, weiterhin ganz im Plauderton. „sind Sie in die Wohnung des Herrn Kröker eingedrungen und haben seine Sachen zerschnitten?" Aus dem Gesicht der Lena wich alle Farbe. „Ich ... nein ... wie kommen Sie denn ...", stammelte sie. „Darf ich Ihr Gestotter als Geständnis werten?", fragte die Emina jetzt scharf, und die Frau Doktor lächelte. Das Gesicht der Lena verzog sich zu einer Grimasse, und sie begann zu weinen. Da es keinen Sessel gab, auf den sie fallen konnte, rutschte sie an der Wand hinunter, bis sie auf dem Boden kauerte. Sie legte den Kopf auf die verschränkten Arme und schluchzte. Die beiden Frauen nickten einander zu. Eine Sache, die sie zu klären hatten, war nun bereits erledigt, dessen war Gasperlmaier sich sicher.

„Ich war das nicht!", wimmerte die Lena. „Ich hab überhaupt nichts getan!" Die Frau Doktor hielt ihr ein Taschentuch hin. „Jetzt reißen Sie sich einmal zusammen, Frau Enthaler. Natürlich waren Sie's. Sonst hätten Sie doch nicht so heftig reagiert!" Die Lena sah kurz auf, und Gasperlmaier stellte fest, dass das mit dem Fotoshooting heute wohl nichts mehr werden würde. Sie hatte verquollene Augen, und schwarze Striche liefen von ihren Augen aus über die Wangen hinunter bis zum Kinn.

„Haben Sie ihn auch umgebracht?", fragte die Emina, scheinbar teilnahmslos. Die Lena sprang auf. „Das können Sie mir nicht in die Schuhe schieben! Ich habe ihn doch geliebt!", fauchte sie. „Natürlich. Und deshalb haben Sie auch Rasierschaum in seine sündteuren Schuhe gesprüht!" Die Frau Doktor, merkte Gasperlmaier, verlor langsam die Geduld. Die Emina dagegen schien ihm nach wie vor gelassen. „Das war aber doch nur wegen diesem Weibsbild!", zischte die Lena. „Wegen dieser Caro! Die hat ihn verhext! Und verfolgt!"

„Wie sind Sie denn in seine Wohnung gekommen?", fragte die Emina. Jetzt erst nahm die Lena das Taschentuch der Frau Doktor an und wischte ein wenig, ohne großen Erfolg, in ihrem Gesicht herum. „Das Haus gehört meinem Onkel", sagte sie. „Ich hab mich um die Ferienwohnungen gekümmert. So ist ja auch der Kai ..." Sie brach ab, schlug die Hände vors Gesicht und begann wieder zu schluchzen. Das Taschentuch taumelte zu Boden. „So ist der Herr Kröker auch zu dieser Wohnung gekommen. Sie haben sie ihm vermittelt. Und jetzt beim Onkel den Schlüssel geholt, um sie zu verwüsten. Aber warum nur?", fragte die Frau Doktor. Gasperlmaier wurde es langsam zu warm in dem engen Raum.

Die Lena ließ die Hände sinken. „Damit diese Bitch sich auch noch seine teuren Sachen krallt, wie? Und sie dann verkauft oder ihrem neuen Lover schenkt? Nein! Da war mir schon lieber, dass alles ..." Die Hände wanderten wieder vor das Gesicht. „Und wo waren Sie in der Nacht von Dienstag auf Mittwoch?" „Ich hab Ihnen doch schon gesagt", schluchzte die Lena, „dass ich mit seinem Tod nichts zu tun habe! Wieso hätte ich ihn denn ermorden sollen, wenn ich ihn doch geliebt habe?" Die Frau Doktor zuckte mit den Schultern. „Kommt öfter vor, als Sie vielleicht glauben! Also?"

Die Blicke der Lena wanderten von ihr zur Emina, dann zu Gasperlmaier. „Zu Hause war ich, wo sonst? Mitten unter der Woche? Ich muss schließlich arbeiten in der Früh!" „Gibt's dafür Zeugen?", fragte die Emina. Die Lena schüttelte den Kopf. „Ich war allein in meiner Wohnung." Sie sah zu Boden und strich sich mit zwei Fingern über den Nasenrücken. „Die ganze Nacht?", fragte die Emina. „Ja, wieso?" Der Blick der Lena flackerte unstet herum. Mittlerweile hatte Gasperlmaier gelernt, dass das ein Zeichen für eine Lüge war. Aber er hätte auch so gemerkt, rein seinem Gefühl nach, dass die Lena nicht die Wahrheit sagte. „Besser heraus mit der Wahrheit", empfahl die Emina. „Wir kommen sowieso drauf, wenn Sie was mit der Sache zu tun haben. Woher haben Sie überhaupt davon erfahren, dass Frau Hartmann-Lampe hier in Bad Aussee ist?"

„Hartmann-Lampe? Ist das diese Caro? So heißt die?" Die Emina nickte. „So heißt die", wiederholte sie. „Die Rafi vom Lewan ist eine Freundin von mir. Die hat's mir erzählt, dass er mit einer Frau bei ihnen im Café war. Und dass er sie Caro genannt hat. Mehr hab ich eh nicht gewusst." „Sie wollten also mit dieser Aktion erreichen, dass Frau Hartmann-Lampe die Sachen des Kröker nicht erbt. Wie kommen Sie denn darauf, dass die sie geerbt hätte?" Die Lena zuckte mit den Schultern. Nun, so schien Gasperlmaier, waren die Tränen endgültig versiegt. „Keine Ahnung", sagte sie kraftlos. „Ich hab's mir halt so gedacht." „Gedacht, Frau Enthaler, haben Sie bei dieser Aktion nicht viel. Ich hätte gute Lust, Sie nach Liezen mitzunehmen und dem Untersuchungsrichter vorzuführen." Die Lena ließ die Kinnlade hängen. „Untersuchungsrichter?", hauchte sie. „Na ja!" Die Frau Doktor zuckte mit den Schultern. „Kein Alibi für die Tatzeit, ein starkes Motiv, dann noch der Gewaltausbruch gegenüber der Kleidung des Opfers ... sieht nicht gut für Sie aus!" „Aber ich war's nicht!", beteuerte die Lena. „Ich könnte gar niemanden umbringen! Ich bin doch ein friedlicher Mensch!" „Die Sakkos vom Herrn Kröker sagen uns was anderes", gab die Emina zurück. „Lassen wir's für's Erste gut sein", entschied die Frau Doktor. „Aber halten Sie sich zu unserer Verfügung, wie es so schön heißt!"

„Um Gottes willen!", stöhnte die Fotografin, als sie wieder aus dem Büro kamen. „Wie soll ich denn mit dieser Trauerweide Fotos machen?" „Nicht unser Problem", lächelte die Frau Doktor und marschierte die Stiegen hinunter.

„Zu Hause war die nicht", erklärte die Frau Doktor, als sie wieder vor dem Geschäft standen. „Die lügt wie gedruckt. Wir müssen herausfinden, wo sie war, ob jemand sie gesehen hat, et cetera." „Aber mit dem Rinderer ..." Die Frau Doktor tat Gasperlmaiers Einwand mit einer Handbewegung ab. „Der Rinderer ist mir jetzt wurst, den hat uns das BKA weggeschnappt, sollen die sich darum kümmern. Ich hab hier einen Mord, nur einen!" Sie streckte den Zeigefinger hoch. „Und den werden wir jetzt klären!" Gasperlmaier war sich nicht sicher, ob das so einfach werden würde. Und ob es klug war, den Tod des Rinderer jetzt einfach auszublenden.

„Mir fällt da gerade was ein", sagte er. „Erinnert ihr euch an die Aussage von der Hartmann-Lampe? Die hat doch gesagt, dass der Kröker beim Hinausgehen aus dem Seehotel gezuckt hat, und dass da ein Auto war, mit jemandem drinnen. Zuerst haben wir gedacht, sie hat sich das zusammenfantasiert, aber könnte das nicht die Lena gewesen sein, die den Kröker verfolgt hat?" „Guter Gedanke", sagte die Frau Doktor. „Ist die Manuela auf dem Posten? Wenn ja, dann soll sie herausfinden, ob die Lena Enthaler ein Auto hat. Und wir fragen die Hartmann-Lampe, ob sie sich vielleicht doch erinnern kann, was für ein Auto das war."

Wenige Minuten später hatten sie die recht unbefriedigenden Antworten. „Die Lena Enthaler hat einen Fiat 500. In Pink", sagte Gasperlmaier, nachdem er das Gespräch mit der Manuela beendet hatte. Die Frau Doktor seufzte. „Die Hartmann-Lampe meint, dass das Auto groß gewesen ist. Sonst fällt ihr nichts ein. Aber ein Fiat 500 ..." „... ist alles andere als groß", beendete die Emina ihren Satz. „Und ein Kleinstwagen in Pink wäre ihr sicher aufgefallen. Also wahrscheinlich keine wirklich heiße Spur", schloss Gasperlmaier. „Und jetzt besuchen wir den Niederecker, nicht?" Die Frau Doktor nickte. „Wo finden wir den?"

Es kostete Gasperlmaier einen weiteren Anruf, um herauszufinden, dass der Niederecker noch nicht beim Lewandofsky saß. „Schauen wir auf der Baustelle?", fragte er deshalb. „Schauen wir auf der Baustelle", wiederholte die Frau Doktor. „Wahrscheinlich finden wir dort auch den Typen mit der Eisenstange, von dem du uns erzählt hast."

Tatsächlich war der Mann, der am Mittwoch die Demonstranten mit der Eisenstange bedroht hatte, der Erste, der ihnen auf der Baustelle begegnete. „Unbefugten ist der Zutritt verboten!", knurrte er. „Könnt's nicht lesen?" Die Frau Doktor hielt ihm ihren Ausweis entgegen. „Befugter als wir kann gar niemand sein. Ist der Chef da?" Der Bauarbeiter musterte sie ein wenig ratlos. „Im Baubüro!", sagte er schließlich, zeigte auf einen grauen Container, der auf einer geschotterten Fläche stand, und wandte sich ab.

„Soll ich?", fragte die Emina, bevor sie die Türschnalle hinunterdrückte. Die Frau Doktor nickte. „Probier's einmal!" Gasperlmaier war gespannt, ob die Emina wieder ihre spezielle Taktik anwenden würde, die sie schon mehrmals, auch beim Niederecker, ausgepackt hatte.

„Guten Morgen, Herr Niederecker!", strahlte sie. „Wir kennen uns ja schon. Das ist die Frau Doktor Kohlross vom Bezirkspolizeikommando in Liezen, meine Chefin." Sie deutete auf die Frau Doktor, die ein Nicken andeutete. „Schöne Häuser haben Sie da. Wann werden die denn fertig?" Der Niederecker schien verblüfft. Dann stand er auf. Sessel gab es im Container außer seinem keine, stellte Gasperlmaier fest. „Ja ... im Frühjahr, hoffen wir. Wenn der Winter nicht zu streng wird und wir durcharbeiten können." „Wow!", sagte die Emina. „In so einem Haus, da würd ich auch gern wohnen. Kann ich mir sowas wohl leisten?" Der Niederecker lächelte. „Für eine Woche oder zwei sicher. Die werden nämlich vermietet." „Ach so!", gab sich die Emina erstaunt. „Na, dann ... kann schon sein, dass ich da einmal darauf zurückkomme." Sie stellte sich an das kleine Fenster des Containers und deutete auf ein Holzhaus, dessen Rohbau schon fast fertiggestellt war. Dachdecker tummelten sich auf dem Dach. „Und wie viele Leute haben da Platz?", fragte sie. Der Niederecker grinste noch breiter als zuvor. „Drei Schlafzimmer. Sauna, zwei Bäder. Alles da." „Sehr schön!", sagte die Emina.

„Herr Niederecker", sie wandte sich ihm zu und wechselte abrupt die Gangart. „Haben Sie eigentlich damals die Aufträge erteilt, die zwei Baumaschinen abzufackeln?" Der Niederecker schnappte nach Luft. Die Emina setzte gleich nach: „Ich mein nur, weil eben auch der Herr Kröker angezündet wurde. Beziehungsweise sein Auto. Und da haben wir uns gedacht, vielleicht, dass Sie schon Erfahrung damit haben, wie man sich lästige Konkurrenten oder Zeugen vom Hals schafft." Gasperlmaier war sich sicher, dass der Niederecker kurz vor einem Schlaganfall stand, so rot war sein Kopf angelaufen. „Raus!", brüllte er. „Verlassen Sie sofort meinen Grund und Boden! Das ist ja eine bodenlose …" Er schnappte erneut nach Luft und öffnete den obersten Hemdknopf. Jetzt war es so weit, dachte Gasperlmaier bei sich. Der Niederecker aber plumpste in seinen Sessel. „… Unverschämtheit!", vollendete er seinen Satz. Für weitere Worte, so schien es, fehlte ihm der Atem. „Brauchen S' einen Schnaps?", fragte die Emina ungerührt und zeigte auf einen Kasten an der Wand. „Ich bin mir sicher, da drin finden wir was!" Gasperlmaier hatte den Eindruck, dass der Niederecker röchelte. Auch die Frau Doktor sah etwas beunruhigt drein. Die Emina aber ging um den Schreibtisch herum, öffnete den Kasten und warf einen prüfenden Blick hinein. „Da haben wir ihn ja!", sagte sie und nahm eine Flasche von einem Regalbrett. „Ist zwar nur ein Weinbrand, aber der wird's auch tun!" Sie stellte ein Stamperl vor den Niederecker hin und schenkte ein. Tatsächlich goss der gierig den Inhalt hinunter.

„Nun?", fragte die Emina weiter. „Was ist jetzt mit den Brandstiftungen?" „Sie wissen ganz genau", ächzte der Niederecker, der sich anscheinend etwas erfangen hatte, „dass damals zwei Angestellte von mir verurteilt wurden. Die haben auf eigene Faust gehandelt, wahrscheinlich haben sie sich eingebildet, sie retten damit ihren Arbeitsplatz, was weiß ich." Die Emina grinste über das ganze Gesicht. „Da haben Sie aber was verwechselt, Herr Niederecker. Die zwei Angestellten haben drei Bürgermeister bestochen, in Ihrem Auftrag, aber keine Bagger angezündet! Zum Brandstifter kommen wir schon noch. Alles nach der Reihe."

Der Niederecker goss sich noch ein Stamperl ein. Dann tauchte ein schiefes Grinsen auf seinem Gesicht auf. „Ich war völlig unschuldig!" Er streckte ihnen beide Handflächen entgegen. „Wie schon gesagt!" „Der Mann, der für die Brandstiftung eingesessen ist, hat später bei Ihnen eine Anstellung bekommen", stellte die Emina fest. „Resozialisierung!", trumpfte der Niederecker auf. „Noch nie davon gehört? Jeder verdient eine zweite Chance!" „Der Kröker anscheinend nicht!", widersprach die Emina. „Das lasse ich mir nicht in die Schuhe schieben!", brüllte der Niederecker plötzlich, sodass Gasperlmaier zusammenzuckte. Ganz im Gegensatz zur Emina, die sich wieder dem Fenster zuwandte und hinaussah. Ohne den Niederecker anzusehen, sagte sie: „In den Unterlagen des Herrn Kröker werden wir allerhand finden. Wir haben sogar schon etwas gefunden, um präzise zu sein. Wir werden vermutlich auch

Beweise dafür finden, dass Sie ihn bestochen haben. Oder dass er für Sie den Strohmann gemacht hat." Sie drehte sich wieder um. Gasperlmaier beobachtete genau, wie der Niederecker reagierte. Verunsichert, war sein Eindruck. Er vermied Augenkontakt, nahm einen Kugelschreiber zur Hand und tippte mit dessen Spitze im Stakkato gegen seinen Schreibtisch.

„Sonst haben Sie uns nichts zu sagen?", mischte sich die Frau Doktor ein. „Sie wissen ja, wenn Sie Informationen zurückhalten, die eine Straftat betreffen, machen Sie sich selbst strafbar. Andererseits, Kooperation mit den Behörden kann vor Gericht als mildernder Umstand gewertet werden." „Was heißt denn hier mildernder Umstand!", begehrte der Niederecker auf. „Ich scheiß auf eure mildernden Umstände!" Die Emina seufzte. „Aber, aber, Herr Niederecker! Diese Sprache in der Gegenwart von Damen! Ich bitte Sie!" Sie zog ihr Notizbuch hervor. „Der Brandstifter von damals, der jetzt in Ihrer Firma arbeitet, hieß Jakob Unterluggauer. Wo können wir den finden?" „Was wollt's denn von dem?", fragte der Niederecker und schenkte sich ein drittes Stamperl Weinbrand ein, ohne jemandem etwas anzubieten. „Befragen", antwortete die Emina. „Kann nie schaden. Einer, der Erfahrung mit Brandstiftung hat … vielleicht kann uns der weiterhelfen!" Die Emina, stellte Gasperlmaier fest, hatte den Bogen überspannt. „Jetzt schleicht's euch aber ganz schnell hinaus und von meiner Baustelle! Ich hab mit dem Mord an diesem Kröker nichts zu tun, und Geld hat er von mir auch keines gekriegt!" Der Niederecker sprang auf und schubste Gasperlmaier in Richtung Tür. Der hatte damit nicht gerechnet, stolperte und schlug der Länge nach hin. Weil so wenig Platz war, rammte er dabei einen Kleiderständer, ein paar übelriechende Jacken fielen auf ihn. „Herrschaftszeiten!", schimpfte er. „Jetzt ist es aber genug!" Er rappelte sich auf und war knapp davor, dem Niederecker eine Ohrfeige zu verpassen, als sich die Emina ihm in den Weg stellte. „Tätlicher Angriff auf einen Exekutivbeamten", stellte sie lakonisch fest. „Werden wir vor Gericht bringen, oder, Renate?" Die Frau Doktor nickte. „Aber jetzt gehen wir, Herr Niederecker. Vielen Dank für Ihre Auskünfte!" Sie öffnete die Tür. Draußen stand der Bauarbeiter, der sie willkommen geheißen hatte. Er hielt ein Eisenrohr in der einen Hand, das er drohend in die offene Handfläche der anderen schlug.

Die Frau Doktor ließ sich davon nicht einschüchtern. „Herr Unterluggauer?", fragte sie. „Wer will das wissen?", fragte der Mann und verbarg das Rohr hinter seinem Rücken, wo er es mit beiden Händen festhielt. „Die Polizei", sagte die Frau Doktor. „Und wenn Sie glauben, hier den Helden spielen zu müssen, dann haben wir Sie ganz schnell in Handschellen zu einer Befragung in Liezen, auf dem Bezirkspolizeikommando. Für 24 Stunden. Und bei Ihrer Vorgeschichte ... wer weiß?" Sie trat einen weiteren Schritt auf den Unterluggauer zu, der verunsichert von einem Fuß auf den anderen trat. „Lassen Sie Ihre Eisenstange schön hinter dem Rücken. Dass sie nur nicht in meine Richtung zuckt. Dann sind Sie nämlich fällig!" Sie war ihm noch näher gekommen. Zu nahe, fürchtete Gasperlmaier. Aber der Unterluggauer ließ seine Stange fallen, klimpernd schlug sie auf einer Betonplatte hinter ihm auf. „Was wissen Sie über den Tod von Kai Kröker? Über das Feuer, das sein Auto vernichtet hat? Sie kennen sich doch aus mit Brandstiftung!" Der Unterluggauer wich einen Schritt zurück und stolperte dabei über die Kante der Betonplatte, die hinter ihm lag. Er taumelte, konnte sich aber aufrecht halten. „Ich? Gar nichts! Ich hab doch mit dem nichts zu tun! Ich hab meine Strafe abgesessen, und seither hab ich mir nichts mehr zu Schulden kommen lassen!" „Und was ist mit dem Rohr? Wollten Sie uns damit bedrohen?"

„Verdammt noch einmal!", schimpfte er. „Ich mach hier nur meine Arbeit! Und die ist hart genug! Ich weiß gar nicht, was ihr Schlampen von mir wollt!" „Oh, oh!", sagte die Emina. „Das hören wir gar nicht gern. Sie wissen schon, dass Beleidigung von Exekutivbeamten ein Straftatbestand ist?" „Exe... was?" Der Mann schien verwirrt. „Ich geb Ihnen einen Tipp, Herr Unterluggauer: Lassen Sie sich ja nicht von Ihrem Chef für illegale Aktionen missbrauchen! Am Ende zahlen nur Sie selber drauf! Das erste Mal hätte Ihnen schon Lehre genug sein sollen!" Sie ließ den Mann stehen und stapfte auf das offene Tor im Bauzaun zu. Gasperlmaier folgte ihr.

„Wie bist du denn darauf gekommen", fragte Gasperlmaier im Auto, „dass das dieser Unterluggauer ist? Der ist ja gar nicht von hier?" „Bauunternehmer bringen oft ihr eigenes Personal auf die Baustellen", sagte sie. „Und der Rest war einfach geraten. Gut geraten!", lachte sie. Die Frau Doktor drehte sich zur Emina um. „Das hast du übrigens toll gemacht! Ich selber falle bei den Befragungen oft viel zu sehr mit der Tür ins Haus, aus lauter Ungeduld. Da kann ich von dir noch was lernen!" Die Emina lächelte, was Gasperlmaier ein Blick in den Rückspiegel verriet. „Aber wir haben nicht den Hauch eines Beweises gegen ihn", sagte die Emina. „Eine ganze Menge Indizien und Vermutungen, aber keinen Beweis." Die Frau Doktor seufzte. „Das hat so ein Fall vermutlich so an sich. Kaum forensische Spuren ... nur die Handydaten vom Kröker müssten bald kommen. Das Handy ist übrigens im Auto mit verbrannt, die Kriminaltechniker haben die kläglichen Reste davon gefunden." „Wo war es denn?", fragte die Emina. „Vermutlich in einer Tasche seines Sakkos. Aber viel war davon nicht übrig."

Gasperlmaier erschauerte bei dem Gedanken an die Arbeit, die die Spurensicherer an der Leiche des Kröker erledigen hatten müssen. Er wäre dazu nicht in der Lage gewesen, allein schon die Vorstellung ließ ihn befürchten, dass ihn heute Nacht Alpträume heimsuchen würden. „Wir fahren jetzt noch einmal in dieses Hotel. Ich möchte mit dem Chef reden, herausfinden, warum es ihm so wichtig war, die Simone Wurzacher loszuwerden", entschied die Frau Doktor.

Als Gasperlmaier vor dem Lakeview einparkte, war der Hoteldirektor gerade dabei, einen Koffer aus einem Audi auszuladen. „Das ist der Chef", erklärte Gasperlmaier der Frau Doktor. „Komisch, dass der persönlich das Gepäck der Gäste auslädt. Dafür hat man doch einen Hausmeister oder sowas, nicht?" „Normalerweise schon", sagte die Frau Doktor. „Fragen wir ihn halt!"

„Grüß Gott", grüßte Gasperlmaier, dem sofort auffiel, dass das Auto ein einheimisches Kennzeichen hatte. Womöglich war es sein eigenes Auto. Aber warum dann der Koffer? „Kohlross, Bezirkspolizeikommando Liezen. Wir, die Frau Jovanovic und ich, leiten die Ermittlungen in den Todesfällen der letzten Tage. Die Frau Jovanovic kennen Sie ja schon." Der Burger stellte seinen Koffer ab, verbeugte sich und schüttelte Hände. Er sah, fand Gasperlmaier, heute eine Spur weniger perfekt aus als bei ihrer letzten Begegnung, aber er konnte nicht sagen, woran genau das lag. War es die Frisur, die ein wenig verrutscht war, oder ein etwas schlampig geknüpfter Krawattenknoten?

„Sie kümmern sich persönlich um das Gepäck Ihrer Gäste?" Die Frau Doktor hatte ihr charmantestes Lächeln ausgepackt. Der Burger schien verunsichert. „Nicht direkt", sagte er schließlich, hob den Griff des Koffers hoch und zog ihn Richtung Eingang. „Wir hätten ein paar Fragen", sagte die Frau Doktor. „Sie haben sicher einen Moment Zeit für uns, oder?" Der Burger nickte. „Aber nicht viel!"

An der Rezeption stand heute ein junger Mann, und Gasperlmaier war sich fast sicher, dass es das männliche Model war, das er beim Fotoshooting im Trachtengeschäft kurz in Unterhosen gesehen hatte. „Das ist Karel", erklärte der Burger. „Er hat heute die Rezeption übernommen." Karel lächelte so, als ob er Gasperlmaier wiedererkannte und ihm die Begegnung ein wenig peinlich wäre. „Guten Morgen!", sagte er mit deutlich tschechischem Akzent. Gasperlmaier folgte seinen Kolleginnen und dem Hoteldirektor in das Büro hinter der Rezeption.

„Bitte!" Der Burger wies auf eine Sitzgarnitur, auf der sie alle bequem Platz fanden. „Zuerst einmal", begann die Frau Doktor, „möchten wir gerne wissen, ob Ihre Gäste aus China noch im Haus sind." Der Burger nickte. „Soweit ich weiß, schon. Aber sie sind ja schließlich keine Gefangenen, nicht?" Er rang sich mühsam ein Lächeln ab. Irgendwas, dessen war Gasperlmaier sich sicher, stimmte mit dem nicht. Er war gespannt, ob die Frau Doktor auch die Taktik der Emina anwenden würde, nämlich zuerst ein wenig Smalltalk zu machen. Das, so stellte sich schnell heraus, hatte sie nicht vor.

„Herr Burger, haben Sie irgendwelche Geschäftsbeziehungen zu den Herren Niederecker und Kröker unterhalten?" Der Burger atmete hörbar aus und nestelte an seinem Krawattenknoten. „Ich wüsste nicht, welche", sagte er schließlich. „Nun", setzte die Frau Doktor nach, „es liegt ja auf der Hand. Herr Niederecker ist sehr interessiert an Geschäften mit den Chinesen, wir vermuten sogar, dass er daran beteiligt war, sie einzufädeln. Mit Hilfe des Herrn Kröker und des Herrn Rinderer. Beide nun tot." Es entstand eine Pause. Der Burger fühlte sich sichtlich unwohl, zog ein Taschentuch aus seiner Hose und entschuldigte sich zuerst, bevor er sich diskret über die Rückenlehne des Sofas beugte und schnäuzte. „Nun?", erinnerte ihn die Frau Doktor an ihre Frage. „Also", sagte der Burger, „da wurde schon was erwähnt, bei einer Besprechung beim Tourismusverband, wir waren schließlich auch in die Planung des Besuchs eingebunden, nicht?" „Was wurde erwähnt?" Der Burger zuckte mit den Schultern. „Ich weiß nicht mehr so genau. Wer hört bei solchen Sitzungen schon dauernd zu?" Er versuchte sich wieder an einem Lächeln, das sehr bemüht ausfiel, fand Gasperlmaier.

„Denken Sie ein bisschen nach", forderte die Frau Doktor ihn auf. „Ich habe es ja schon erwähnt: Zwei der an den China-Geschäften Beteiligten sind tot. Haben Sie keine Angst, der Dritte zu sein?" Der Burger fuhr hoch. „Wie? Warum? Ich …" Er rang nach Worten, fand aber keine. „Nächste Frage", sagte die Frau Doktor. „Sie haben Frau Wurzacher entlassen. Was waren die Gründe dafür?" „Da bin ich Ihnen aber keine Rechenschaft schuldig!", begehrte der Burger auf. „Sicherlich nicht. Noch nicht." Die Frau Doktor lächelte. „Aber warum wollen Sie ein Geheimnis daraus machen? Das würde doch höchstens unseren Argwohn schüren." Der Burger stand auf, weil, so dachte Gasperlmaier bei sich, er es im Sitzen nicht mehr aushielt.

„Da hat es einen Vertrauensverlust gegeben, wegen …" Er stockte. „Wegen ihrem Vater, der ganz gegen unsere Interessen … und dann hat sie auch noch diese Petition … das geht so nicht, in unserem Geschäft!" Plötzlich fiel Gasperlmaier etwas ein, das den Koffer erklären konnte. „Darf ich was fragen?" Er wandte sich eher an die Frau Doktor als an den Burger. „Nur zu!", sagte die. „Der Koffer", sagte Gasperlmaier. „Warum haben Sie einen Koffer dabei? Werden Sie verreisen? Oder nehmen Sie sich ein Zimmer in Ihrem eigenen Hotel?" „Das ist ja …" Der Burger hielt inne und ließ sich auf das Sofa sinken. „Ist ja egal!", sagte er seufzend. „Sie erfahren es ja sowieso. Ich ziehe in ein Zimmer im Hotel, weil mich meine Frau hinausgeworfen hat. Die Simone … Frau Wurzacher … hat nach ihrer Entlassung nichts Besseres zu tun gehabt, als meiner Frau Fotos zu schicken. Fotos …" „… die beweisen, dass Sie ein Verhältnis mit Simone Wurzacher hatten?", fragte die Frau Doktor. Der Burger nickte. „Dann war die Entlassung vielleicht keine so geniale Entscheidung?", mischte sich die Emina ein. „Was hätte ich denn machen sollen? Das Luder hat mich erpresst! Ich sollte mich scheiden lassen und sie heiraten! Ich musste einen Schlussstrich ziehen! Wer konnte denn ahnen, dass das so endet!" „Haben Sie ihr so etwas denn in Aussicht gestellt? Ich meine, Scheidung von Ihrer Frau, und so?" Der Burger wand sich wie ein Wurm am Haken. „So direkt nicht, aber … ich hab halt schon so was von einer möglichen gemeinsamen Zukunft … aber eben nur unter Vorbehalt …" „Sie haben ihr also, vereinfacht gesagt, das Blaue vom Himmel herunter versprochen, um sie ins Bett zu kriegen?", fragte die Frau Doktor in völlig nüchternem Ton. „Also, so kann man das nicht sagen!", wehrte sich der Burger. „Warum nicht?", fragte die Frau Doktor ungerührt zurück. Der Burger stützte seine Ellbogen auf die Knie und schüttelte den Kopf, der tief hinuntergesunken war. Er hatte, so stellte Gasperlmaier fest, schon eine kleine kahle Stelle auf dem Hinterkopf.

„Sind die Herrschaften aus China momentan im Hotel?", erkundigte sich die Frau Doktor, als sie den Burger verlassen hatten und wieder an der Rezeption vorbeikamen. „Ich glaube, die Dame ist heute Morgen ausgegangen. Die beiden Herren habe ich noch nicht gesehen. Aber ich bin leider auch nicht immer hier vorne am Tresen." Der Karel lächelte schüchtern, und die Frau Doktor lächelte freundlich zurück. Bestimmt war es ihm peinlich, dass ihn auch die Renate in der Unterhose gesehen hatte.

„Wo wird die wohl hin sein?", fragte die Frau Doktor, als sie ins Auto stiegen. „Na ja", entgegnete Gasperlmaier, „so schön die Zimmer auch sind, da kannst du nicht ewig drin hockenbleiben." „Aber der Wellnessbereich?", gab die Emina zu bedenken. „Ich glaub", sagte Gasperlmaier, „dass sie einmal gesagt hat, dass das Schwimmen und Saunieren nicht so das Ihre ist." „Wie auch immer", schloss die Frau Doktor das Thema. „Sie wollen morgen abreisen, hast du gesagt? Das werden wir kaum verhindern können. Aber vielleicht versuchen wir doch noch einmal ein Gespräch, möglicherweise erfahren wir was, was wir noch nicht wissen."

Gasperlmaier sah auf die Uhr. „Ich möchte ja nicht jammern, aber es ist bald eins. Vielleicht sollten wir uns doch einmal etwas zu essen besorgen?" „Ich hätt Lust auf Chinesisch", sagte die Emina. „Ich weiß auch nicht, wieso. Vielleicht, weil gerade die Rede davon war." Gasperlmaier sah auf die Uhr. „In Bad Aussee gibt's einen Chinesen mit Mittagsbuffet. Liegt direkt auf unserem Weg. Wenn wir uns beeilen, dann schaffen wir es noch." „Dann", sagte die Frau Doktor, „drück ein bisschen aufs Gas."

Gasperlmaier lief beim Gedanken an die scharfe Suppe schon das Wasser im Mund zusammen. Endlich einmal etwas Ordentliches zu Mittag. „Der Burger hat gelogen", stellte die Emina vom Rücksitz aus fest. „Und zwar, als es um die China-Geschäfte ging. Der weiß jedenfalls mehr, als er uns erzählt hat." Die Frau Doktor nickte. „Stimmt. Als er die Geschichte mit seiner Frau und der Simone erzählt hat, da hat er authentisch geklungen, das glaub ich ihm." „Wär auch völlig unsinnig gewesen, uns da eine Lügengeschichte aufzutischen", bemerkte Gasperlmaier.

„Und ein Trottel ist er außerdem", sagte die Emina. „Das kann er sich ja ausrechnen, dass sich die Simone rächt, wenn er sie rausschmeißt. Und dass er die Affäre nicht durch eine Kündigung beenden kann." Sie schüttelte den Kopf. „Männer sind da halt manchmal unbedarft. Aus den Augen, aus dem Sinn, meinen sie. Und bilden sich noch ein, dass sie weiß Gott wie schlau sind." Beide Frauen lachten. Gasperlmaier kam sich ein wenig ausgeschlossen vor. Er hielt vor dem Chinarestaurant an. „Buffet ist noch geöffnet", stellte er fest, als sie eintraten.

„Also", sagte die Frau Doktor zwischen zwei Frühlingsrollen, „nehmen wir einmal an, der Burger war mit den drei anderen – Niederecker, Kröker und Rinderer – in irgendwelche nicht ganz offiziellen Geschäfte verwickelt. Wer hat dann warum den Rinderer und den Kröker umgebracht? Ich blick da noch nicht ganz durch!" „Also, du hast selber gesagt", erinnerte Gasperlmaier sie, „dass der Kröker womöglich abspringen wollte. Das hätte den Niederecker wahrscheinlich vernichtet, wenn der Kröker zu uns gekommen wäre, mit einem Geständnis." „Aber warum dann der Rinderer?" Gasperlmaier beobachtete mit Bewunderung, wie die beiden Frauen ihr Gemüse mit den Stäbchen zum Mund führten. So geschickt, als hätten sie ihr Lebtag nichts anderes getan. Er selber blieb lieber bei Gabel und Löffel, ein Messer war hier überflüssig, denn es gab nichts zu schneiden. Wahrscheinlich, so dachte er bei sich, waren deswegen so viele Eltern mit ihren Kindern im Lokal.

„Vielleicht doch ein Unfall, was den Rinderer angeht?", überlegte die Emina. „Und die Leiche lässt man verschwinden, um Gesichtsverlust zu vermeiden – ein stockbetrunkener Delegationsleiter, der im Hotelpool ertrinkt, ist nicht gerade ein gutes Renommée." „Wer könnte die Person in dem Auto gewesen sein, die die Hartmann-Lampe gesehen haben will?", fragte Gasperlmaier, um sich gleich selber eine Antwort zu geben. „Der Niederecker? Oder sein Schläger, der Unterluggauer?" Die beiden Frauen nickten. „Gut möglich!", sagte die Frau Doktor. „Ein großes Auto hat der Niederecker sicher. Müssen wir einmal schauen, welches. Vielleicht können wir der Hartmann-Lampe ein paar Fotos von Autos vorlegen, und sie erkennt eines wieder?" „Vielleicht aber war es doch diese Lena", brachte die Emina eine neue Variante ins Spiel. Gasperlmaier stand auf, um sich noch ein paar gebackene Bananen zu holen, denn die Frau Doktor würde sicher bald zum Aufbruch drängen. Wahrscheinlich würde sie gleich nach dem Essen nach Liezen eilen, um sich um die Sophie zu kümmern.

„Ihr werdet jetzt zur Simone Wurzacher fahren?", fragte die Frau Doktor tatsächlich, als sie wieder aufbrachen. Die Emina nickte. „Ich möchte mir schon gerne ihre Version der Geschichte anhören." "Und ich setz die Manuela auf das Auto vom Niederecker an. Vielleicht kann sie uns ein paar Fotos schicken, die wir der Hartmann-Lampe vorlegen können. Möglicherweise kommt da doch was raus", sagte Gasperlmaier. "Sehr gut!", sagte die Frau Doktor, als Gasperlmaier sie vor dem Posten absetzte. "Ich muss jetzt, ich bin eh schon spät dran."

"Wohin jetzt?", fragte die Emina, nachdem sie es sich auf dem Beifahrersitz bequem gemacht hatte. "Wo die Wurzachers wohnen, das weiß ich", sagte Gasperlmaier und fuhr los. "Die wohnen in Aussee, in der Bahnhofpromenade. Ob die Simone allerdings noch bei den Eltern wohnt, das weiß ich nicht." Die Frau des Wurzacher war zu Hause, er selber angeblich noch in der Schule. Die Simone, so erfuhren sie, war ja seit heute arbeitslos und daher eine Freundin besuchen gefahren, die in der Jausenstation Kahlseneck am Altausseersee arbeitete. "Vielleicht", sagte die Mutter, "haben die dort auch einen Job für sie. Übergangsweise." "Was denken Sie denn über die Protestaktionen Ihres Mannes?", fragte die Emina. Die Frau Wurzacher seufzte und fuhr fort, Blätter vom Weg zu fegen, der von der Gartentür zum Haus führte. "Prinzipiell", sagte sie, "bin ich seiner Meinung. Aber ich halt mich aus dem Ganzen raus. Ich hab auch nichts unterschrieben, und ich wär froh, wenn er sich mehr ums Haus kümmern würde als um seine Protestiererei. Die Fenster gehören gestrichen, die Dachrinne ist verstopft ... aber das kümmert den Herrn ja nicht, das sind Sachen, die ihm zu unwesentlich sind, als dass er seine kostbare Zeit damit verschwenden würde!" Die Wurzacherin, fand Gasperlmaier, war regelrecht zornig geworden, was der Besen büßen musste, der mit Wucht geführt wurde, dass es nur so aufstaubte. „Was wollt's denn von der Simone?", fragte die Frau Wurzacher noch. „Ein paar Fragen. Wegen ihrem Chef und der Kündigung und so", sagte Gasperlmaier.

„Das ist auch so ein Hallodri!", bemerkte die Wurzacherin, also sie sich schon zum Gehen wandten. „Wie meinen S' denn das?", fragte die Emina interessiert, kehrte um und lehnte sich auf den Gartenzaun. Die Frau Wurzacher seufzte. „Ich weiß ja schon lang, dass die Simone einen Narren an dem gefressen hat. Weil das Mädel auch alles glaubt, was man ihr erzählt. Hundertmal sag ich ihr, lass die Finger von dem, der will nur in dein ... also, der interessiert sich nicht wirklich für dich, der will nur seinen Spaß haben. Aber wissen S' eh, wie die Jungen sind. Alles wissen's besser, und die Eltern haben von nix eine Ahnung. Jetzt steht's da, ohne Arbeit. Das hätt ich ihr gleich sagen können, aber ... was red ich denn!" Sie machte eine wegwerfende Handbewegung und fuhr mit dem Kehren fort. „Aber wenn ich den einmal erwisch!" Sie hob ihren Besen in einer drohenden Geste. „Dann wird der was erleben, das können Sie mir glauben." „Das hat er schon", sagte Gasperlmaier. „Seine Frau hat ihn hinausgeschmissen." „Wunderbar!", sagte die Wurzacherin mit einem schiefen Grinsen. „Jetzt wird er's wahrscheinlich bei der Simone wieder probieren!" „Schauen wir mal!", sagte die Emina und wandte sich endgültig ab. „Wiederschauen, Frau Wurzacher", grüßte Gasperlmaier und folgte ihr.

„Wieder einmal einen Weg umsonst gemacht", sagte Gasperlmaier, als sie zurück nach Altaussee fuhren. Auf der schmalen Straße nach hinten zum Kahlseneck musste er auf der Höhe vom Friedhof heftig abbremsen, sodass der Schotter aufspritzte, weil ihnen zwei E-Biker in hohem Tempo entgegenkamen. „Himmelherrgott!", fluchte er. "Die haben wir gerade noch gebraucht. Weißt, hinten am See entlang ist ja Radfahren verboten. Aber praktisch jeden Tag haben wir Anrufe, dass wieder welche mit ihren E-Bikes auf dem Wanderweg unterwegs sind. Aber was können wir zu zweit schon machen? Wenn wir uns beim Fahrverbotsschild hinstellen, drehen natürlich alle um." "Kamera", sagte die Emina nur. "Wär nicht schlecht!" Gasperlmaier parkte ein und stieg aus.

Beim Kahlseneck hielten sich, was des Wetters wegen wenig verwunderlich war, keine Gäste im Freien auf. Nur die Simone und ihre Freundin saßen, in Steppjacken gehüllt, auf einer Bank und rauchten. "Grüß dich, Simone", sagte Gasperlmaier. "Wir möchten dir noch ein paar Fragen stellen. Geht's unter vier Augen?" Er warf dem anderen Mädchen einen Blick zu. "Ich geh schon", sagte die und dämpfte ihre Zigarette im Aschenbecher aus. "Habt's den Mörder immer noch nicht gefunden?" Gasperlmaier zuckte nur mit den Schultern.

"Wie war denn das mit der Kündigung genau?", fragte die Emina, nachdem sie sich zur Simone auf die Bank gesetzt hatten. "Getobt hat er, und geschrien. Dass er sich doch nicht von seinen eigenen Angestellten auf der Nase herumtanzen lässt. Und dass wir gefälligst loyal zu sein hätten. Und alles nur, weil er erfahren hat, dass ich auch unterschrieben habe, gegen die Chinesen." "Warum ist er denn plötzlich so nervös geworden?", fragte die Emina. "Ich weiß nicht. Herumtelefoniert hat er, ich glaub, mit dem Konzern, zu dem wir gehören, und mit dem Niederecker auch, aber ich hab da gar nicht hingehört und auch nichts verstanden." "Gar nichts?", fragte die Emina. "Ja, nur, dass man jetzt nicht genau weiß, wie es weitergeht. Und dass zuerst

Gras über die Sache wachsen muss." „Welche Sache?" „Hab ich nicht mitbekommen." Die Emina warf Gasperlmaier einen vielsagenden Blick zu.

„Hat Ihr Chef auch mit dem Mordopfer, mit dem Herrn Kröker, geschäftlich zu tun gehabt?" Die Simone zuckte mit den Schultern und zog den Reißverschluss ihrer Jacke zu. „Kalt ist es", sagte sie. „Mit dem Kröker, ich weiß nicht. Natürlich haben sie sich gelegentlich getroffen, allein schon wegen dem Tourismusverband. Aber Geschäfte ..." „Und wie kommt es, dass der Herr Burger von seiner Frau hinausgeworfen worden ist?" Die Simone lachte auf. „Da hat es nur ein paar Fotos gebraucht, die ich seiner Frau geschickt habe. Ich lass mich doch nicht für dumm verkaufen! Wenn der glaubt, dass er mich kündigen muss, dann hat das Folgen. Das hab ich ihm auch gesagt, aber er hat mir nicht zugetraut, dass ich seiner Frau ..." Sie brach ab. „Sie haben also tatsächlich ein Verhältnis mit ihm gehabt?" Die Simone fauchte: „Das war mehr als ein Verhältnis. Von meiner Seite. Ich hab ihm geglaubt, was er mir alles versprochen hat. Karriere und so. Stellvertretende Hoteldirektorin. Und über seine Ehe hat er gejammert. Seine Frau versteht ihn nicht, und mit mir kann man viel besser reden." Sie legte die Hände vors Gesicht. „Mir ist das alles so peinlich, dass ich so naiv war. Die Mama hat's ja eh vorhergesehen ... aber Eltern, die reden dir jeden schlecht, der ihnen nicht gefällt." Sie hob den Kopf wieder. „Na ja. Jetzt ist ja eh alles vorbei."

14

Gasperlmaier sah auf den See hinaus. Hinter den Bäumen und Büschen hörte er es platschen, so, als ob da jemand im Wasser wäre. „Ich muss einmal nachschauen, da ist vielleicht jemand ..." Er sprang auf. „Nein, lass, Gasperlmaier, das sind nur ... da ist so eine Damenrunde, die gehen jetzt noch baden", sagte die Simone. Sie erschauerte und legte die Arme um ihren Oberkörper. „Nichts für mich!" Unten auf der Wiese tauchten nach und nach Frauen in Badekleidung auf, darunter eine schlanke Dunkelhaarige in einem roten Badeanzug. An irgendwas erinnerte Gasperlmaier die Frau, an irgendwas Wichtiges, das mit ihrem Fall zu tun hatte, aber er kam nicht darauf.

Die Frauen fielen, plaudernd und ihre Haare mit den Handtüchern rubbelnd, auf die Bänke vor dem Kahlseneck ein. „Ihr geht's jetzt noch baden?", fragte Gasperlmaier verwundert. „Wie kalt ist denn das Wasser?" Eine rundliche Frau mit grauen Haaren, sie mochte um die 70 sein, antwortete. „So 13, 14 Grad. Aber wir bleiben eh nur 20 Minuten drinnen." Gasperlmaier fröstelte, vor allem auch, weil die Frauen keinerlei Anstalten machten, sich anzuziehen. Die im roten Badeanzug näherte sich. „Macht's ihr das öfters?", fragte er. Keine der Frauen kam ihm bekannt vor, es musste sich um Urlauberinnen handeln. „Wir haben in diesem Herbst noch 14 Seen auf unserem Programm, in den nächsten zehn Tagen. Der hier ist der vierte." Sie lachte und drückte Wasser aus ihrem Haar. Gasperlmaier schüttelte verständnislos den Kopf.

„Das ist das Gesündeste, was es gibt", mischte sich die Emina ein. „Ich hab's auch schon probiert, das Eisbaden. Es ist wunderbar erfrischend, für den Körper und die Seele." „Wir haben da", sagte Gasperlmaier, „auch so einen Narrischen. Der organisiert sogar Meisterschaften im Eisschwimmen am Hallstättersee drüben. Und im Fernsehen hat er sich einmal eine ganze Stunde in eine Badewanne mit Eiswasser gelegt." „Das", gab die Emina zu, „ist vielleicht doch ein wenig übertrieben."

Gasperlmaier kramte in seinen Gedanken immer noch nach der Erinnerung, die die Frau in Rot bei ihm angeregt hatte, aber er bekam sie nicht zu fassen. Ob er diese Frau schon einmal auf einem Foto gesehen hatte? Zu allem Überfluss begann es nun auch noch zu regnen, und er machte seinen Platz auf der Bank frei für die Gruppe der Schwimmerinnen, denn dass sie jetzt auch noch im Regen stehen sollten, war ihm selber unangenehm. Die Emina schien ohnehin keine Fragen mehr an die Simone zu haben. „Gehen wir?", fragte er deshalb. Die Emina nickte. In dem Moment läutete Gasperlmaiers Telefon, und er begab sich Richtung Auto, um in Ruhe telefonieren zu können. Die Manuela war dran.

„Wegen des Autos", sagte sie. „Der Niederecker fährt einen Mercedes, S-Klasse, aber was Älteres, Baujahr 2005. Ein sehr großes Auto, das wäre der Hartmann-Lampe sicher aufgefallen." „Also nichts", antwortete Gasperlmaier. „Das würde ich so nicht sagen", gab die Manuela zurück. „Ich hab natürlich vollständig recherchiert. Und da ist mir aufgefallen, dass der Vater von der Lena Enthaler einen Skoda Octavia Kombi hat. Den kann man durchaus auch als ‚groß' bezeichnen." „Ja, aber ...", widersprach Gasperlmaier. „Lass mich doch ausreden. Der Fiat 500 von der Lena Enthaler, der war am fraglichen Abend in der Werkstatt, den hat sie also gar nicht benutzen können. Wenn sie also den Kröker und die Hartmann-Lampe mit dem Kombi von ihrem Vater verfolgt hat, dann ..." „Danke, Manuela! Vielen Dank! Vielleicht ist das die entscheidende Spur!" Wieder einmal, so dachte er bei sich, hatte die Manuela mit ihrer Gründlichkeit einen entscheidenden Beitrag zur Klärung des Falles geleistet. Und das, ohne dass sie sich dazu aus der Dienststelle begeben hatte müssen. Er war mit ihr und sich selbst sehr zufrieden.

„Was Neues?", fragte die Emina. Gasperlmaier nickte. „Die Lena Enthaler könnte den Kombi von ihrem Vater benutzt haben, um dem Kröker und der Hartmann-Lampe zu folgen. Fahren wir hin?" „Und zwar sofort!", antwortete die Emina. „Wahrscheinlich", sagte Gasperlmaier, „ist sie im Büro. Beim Tourismusverband." „Dann dorthin!"

„Grüß dich", sagte Gasperlmaier zur Burgl Zeitschner, als sie das Büro des Tourismusverbands betraten. „Wo ist denn die Richelle?" Ein rascher Blick zu ihrem Arbeitsplatz hatte ihm verraten, dass der leer war. Die Burgl warf Gasperlmaier einen skeptischen Blick über den Rand ihrer Lesebrille hinweg zu. „Die ist heute schon Vormittag weg. Der Theo hat sich anscheinend im Kindergarten wehgetan, und sie hat ihn abholen müssen. Wahrscheinlich sind sie zum Christoph in die Ordination." „Um Gottes willen!", rief Gasperlmaier. „Was ist denn dem Buben passiert?" „Nix Schlimmes, sicher nicht. Brauchst dich nicht aufregen, Gasperlmaier." „Ich reg mich aber auf!", rief er und suchte hektisch nach seinem Handy.

Zum Glück hob die Richelle gleich ab. „Was ist mit dem Theo?", rief Gasperlmaier aufgeregt ins Telefon. Die Burgl schüttelte den Kopf. „Alles wieder gut" versicherte ihm die Richelle. „Er hat einen Baustein an den Kopf bekommen und ziemlich geblutet. Aber der

Christoph hat die Wunde nicht einmal nähen müssen, ist unter dem Haaransatz. Er spielt schon wieder." „Gott sei Dank!", schnaufte Gasperlmaier und legte auf. „Da machst du dir was mit!", sagte er zur Burgl. „Warum seid's ihr eigentlich da?", fragte die. „Wollt's was von mir?" „Nein." Gasperlmaier schüttelte den Kopf. „Von der Lena." Er deutete auf die Tür zum hinteren Büro. „Wer ist denn eigentlich momentan der Chef?", fragte er noch, Hand an der Türschnalle. „Ich, wenn's recht ist. Chefin." Die Burgl lachte, sodass ihr ganzer Oberkörper ins Beben geriet.

Die Emina berührte ihn sanft am Oberarm, als sie eintraten, und zeigte auf sich, als er ihr einen Blick zuwarf. Gasperlmaier nickte. Er war gespannt, ob sie ihrer bewährten Taktik treu bleiben würde.

Die Lena aber verzog das Gesicht, als sie ihrer ansichtig wurde. „Ihr schon wieder? Was ist denn jetzt los?" „Wie geht's Ihnen denn, Frau Enthaler?", fragte die Emina und ließ sich auf dem Besucherstuhl gegenüber dem Schreibtisch nieder. „Wie soll's mir schon gehen?", fragte die Lena ein wenig mürrisch zurück. Sie sah die Emina gar nicht an und beschäftigte sich mit irgendwas auf ihrem Bildschirm. „Tut's Ihnen schon leid, was Sie angerichtet haben, in der Wohnung vom Herrn Kröker?", fragte die Emina teilnahmsvoll. Die Lena antwortete nicht und schob ihre Tastatur von sich. „Was wollt's denn wirklich? Ich hab ja eh schon alles gesagt, was ich weiß. Und zugegeben." „Festnehmen wollen wir Sie, und für 24 Stunden bei uns behalten", sagte die Emina so gelassen, als hätte sie über das Wetter geredet. Die Lena riss die Augen auf. Gasperlmaier war ebenso überrascht. Was hatten sie gegen die Lena in der Hand? Oder bluffte die Emina? „Verhaften?", hauchte die Lena. „Nein, nur festnehmen.

Das ist ein entscheidender Unterschied. Wenn wir binnen 24 Stunden keinen Haftbefehl erwirken können, dann dürfen Sie wieder gehen." Die Lena schluckte und brachte kein Wort hervor. „Haftbefehl?", krächzte sie schließlich. „Aber ich hab doch gar nichts getan?" „Doch!", beharrte die Emina. „Sie haben in der Nacht, als Kai Kröker ermordet wurde, vor dem Seehotel in Grundlsee auf ihn und seine Begleiterin gewartet. Und dann sind Sie ihm nachgefahren. Und nachdem er Frau Hartmann-Lampe abgesetzt hatte, haben Sie ihn konfrontiert, schließlich aus Wut und Eifersucht überfahren und sein Auto in Brand gesteckt."

„Nein!", schrie die Lena. „Das hab ich nicht getan! Ich hab ihn nicht umgebracht! Warum hätte ich das tun sollen?" „Eifersucht", sagte die Emina lakonisch. „Wäre nicht der erste Mord mit diesem Motiv." Gasperlmaier versuchte, sich die Lena als Mörderin vorzustellen, wie sie den Kai Kröker mehrmals überfuhr, dann zum Auto schleifte, in den Fahrersitz setzte und das Auto anzündete, und zwar an mehreren Stellen und so gründlich, dass keine Spuren zurückblieben. „Wahrscheinlich sind Sie ihm nachgefahren, sobald er allein war, und dann haben Sie ihn gerammt, damit er stehen bleibt und aussteigt. Ich bin mir fast sicher", sagte die Emina, „dass wir am Wrack des Alfa noch Spuren vom Auto Ihres Vaters finden werden. Oder umgekehrt, Spuren des Alfa am Skoda Ihres Vaters."

Damit hatte die Emina wohl ins Schwarze getroffen. „Das war alles ganz anders!" Die Lena brach in Tränen aus. „Ganz anders! Und ich hab ihn nicht umgebracht! Das müssen Sie mir glauben!" „Müssen wir gar nicht", entgegnete die Emina. Plötzlich sprang die Lena auf und streckte die Arme nach vor, um die Emina zu packen. „Du, du ...", schrie sie. Weiter kam sie nicht. Ihre

Unterarme waren im eisernen Griff der Emina gefangen, die sie, obwohl die Lena sich wehrte, so gut sie konnte, wieder auf ihren Stuhl zurückdrückte. „Kann ich loslassen?", fragte die Emina, und die Lena nickte.

„Es wird Zeit, dass Sie uns genau erzählen, was an diesem Abend passiert ist." Die Lena sackte auf ihrem Sessel zusammen. Alle Wut schien aus ihr gewichen. „Es stimmt", sagte sie. „Ich habe die beiden verfolgt. Und weil mein Auto in der Werkstatt war, habe ich mir das vom Papa ausgeborgt. Ich war total verzweifelt. Die ganze Zeit turtelt er mit dieser hysterischen Kuh herum!" „Vorsicht!" Die Emina hob warnend den Zeigefinger. Gasperlmaier konnte sich vorstellen, was kommen würde, und war in Gedanken immer noch beim Theo, der wahrscheinlich mit einem Verband um den Kopf zu Hause saß. Wie gern hätte er ihn jetzt getröstet.

Die Emina reichte der Lena ein Taschentuch, und sie schnäuzte sich kräftig. „Ich war so zornig, und ich bin mit Papas Auto zu seiner Wohnung gefahren. Da hab ich gewartet." „Worauf?" „Ich wollte wissen, ob diese Caro bei ihm ist. Es war jedenfalls Licht, oben in der Wohnung." „Und dann?" „Dann ist er herausgekommen, allein, und ins Zentrum gefahren. Dort, bei der Post, hat er die Caro abgeholt. Ich war so zornig, ich hätte sie auf der Stelle ..." „Ja?" Die Lena ließ die Hände in den Schoß sinken. „Ich hab mir alles Mögliche ausgedacht, aber ich hab nichts getan, außer ihnen nachzufahren. Beim Seehotel in Grundlsee haben sie eingeparkt, und ich bin vorbeigefahren, damit sie mich nicht sehen. Aber dann bin ich zurück und hab auf dem Parkplatz gewartet. Zweieinhalb Stunden. Bis sie wieder herausgekommen sind. Ich wollte einfach wissen, ob sie die Nacht miteinander verbringen. Damit ich weiß, woran ich bin!"

„Und? Woran waren Sie?", fragte die Emina. „Ich bin ihnen auch am Rückweg gefolgt. Er hat vor dem Kaiser Franz geparkt, und sie sind zusammen ausgestiegen. Ich habe schlecht gesehen, ich war zu weit weg. Aber dann ist er allein beim Auto wieder aufgetaucht." „Und wohin gefahren?" „Zu sich nach Hause. Ich bin hinter seinem Auto stehengeblieben und hinausgesprungen. Gerammt hab ich ihn nicht, obwohl ich kurz daran gedacht hab. Sein Auto war ja sein Ein und Alles. Ich hab ihn angeschrien. Was er will mit dieser ... Caro. Ob ich ihm nicht gut genug bin. Ob die besser ist als ich ... was weiß ich. Er hat gesagt, ich soll nicht so zickig sein, und er ist jetzt müde und muss morgen arbeiten. Dann hab ich einen Stein gegen sein Auto geworfen, damit er weiß, was passiert, wenn man mich ... also, wenn man mich nicht respektiert. Es hat eine ordentliche Delle gegeben, aber er hat's nicht einmal mehr mitbekommen, er war schon drinnen. Dann bin ich nach Hause. Ich hab die ganze Nacht nicht schlafen können."

Für Gasperlmaier klang das alles sehr glaubwürdig. Vor allem war er sich sicher, dass die Lena eine ganz schlechte Lügnerin war. Wo sie sich doch ohnehin mit dem Reden ein wenig schwertat. Und das alles war jetzt ganz flüssig herausgekommen. Sie hatte kein einziges Mal nachdenken müssen oder irgendwelche anderen Signale gesetzt, die auf eine Lüge hingedeutet hätten. „Wenn das stimmt, was Sie uns erzählen, dann waren Sie wohl die Letzte vor dem Mörder, die den Kröker lebend gesehen hat. Wann war denn das, dass er in seine Wohnung gegangen ist?" Die Lena zuckte mit den Schultern. „Ich weiß nicht mehr. Nur, dass ich zweieinhalb Stunden gewartet habe. Und so um sieben sind sie ins Seehotel gegangen." „22 Uhr?", fragte die

Emina. „Kann sein. Ich bin zu Hause gleich ins Bett und hab geheult. Keine Ahnung, wie spät es da war."

„Na ja", sagte die Emina. „Das können wir ja mit Hilfe Ihrer Handydaten rekonstruieren. Geben Sie mir freiwillig Ihr Handy? Wenn Sie die Wahrheit sagen, dann helfen die Daten, Sie zu entlasten." „Jetzt, gleich?", fragte die Lena. „Ja, jetzt gleich!" Die Emina lächelte und hielt die Hand auf. Die Lena kramte in ihrer Tasche, die mit allerhand Glitzerzeug verziert war, und holte schließlich ein Handy heraus, dessen Hülle im Stil der Tasche gehalten war. „Sie bekommen es spätestens morgen zurück", sagte die Emina. „Ich werde jetzt einmal von einer Festnahme absehen", sagte sie und stand auf.

„Da ist es ja ordentlich zugegangen, da drin", bemerkte die Burgl. „Wenn Sie was verstanden haben, behalten Sie's für sich", sagte die Emina kurz angebunden und öffnete die Tür.

„War sie's, oder war sie's nicht?", fragte sie Gasperlmaier, als sie draußen standen und in den Regen schauten. „Ich glaub nicht", sagte Gasperlmaier. „Ich glaub, sie ist jetzt mit der Wahrheit herausgerückt. Es sei denn ..." „Es sei denn, was?" „Sie hat weiter gewartet. Der Kröker ist ja offensichtlich noch einmal herausgekommen und weggefahren, und sie könnte ihn wieder verfolgt haben. Und dabei den Mörder gesehen." „Spekulation", antwortete die Emina. „Aber eine Möglichkeit. Definitiv. Dann wäre sie aber in Gefahr? Vielleicht hat der Mörder sie ja gesehen und erkannt?" Gasperlmaier seufzte. „Auf den Verdacht hin werden wir keinen Polizeischutz für sie bekommen", sagte er. „Wohl wahr", sagte die Emina. „Aber warnen könnten wir sie!" Sie verschwand wieder im Tourismusbüro. Während sie drin war, klingelte Gasperlmaiers Handy.

Es war die Manuela. „Du, Gasperlmaier", sagte sie, „da ist gerade was Komisches passiert. Der Karel von der Rezeption im Lakeview hat mich angerufen. Die zwei Chinesen waren bei ihm, bei der Rezeption, und haben nach Lin Lien gefragt. Und wie sie erfahren haben, dass die nicht im Haus ist, sind sie ganz nervös geworden und haben angefangen, auf Chinesisch miteinander zu schnattern." „Schnattern?", fragte Gasperlmaier nach. „So hat er sich ausgedrückt. Und da ist ihm noch etwas eingefallen. Und zwar, dass Lin Lien ihn nach einem Turm gefragt hat, einem möglichst hohen. Das ist ihm schon komisch vorgekommen. Und dann hat er ihr erklärt, dass es auf dem Tressenstein einen gibt, ganz einsam gelegen, und dass man da eine Stunde hinaufsteigen muss, vom Parkplatz aus. Sie hat sich bedankt und gesagt, sie freut sich schon darauf, von dort oben das ganze Ausseerland überblicken zu können." „Hat er das den Chinesen erzählt?", fragte Gasperlmaier, in dem Argwohn aufkeimte. „Nein, hat er nicht", sagte die Manuela. „Weil ihm die zwei nicht ganz geheuer waren. Und schließlich geht es die ja nichts an, was die Lin Lien macht. So hat er das erklärt." „Danke, Manuela. Wir werden uns das gleich anschauen."

Er legte auf. Und noch während er auf die Emina wartete, fiel es ihm wie Schuppen von den Augen. Endlich wusste er, warum der rote Badeanzug heute Morgen irgendeine Erinnerung angestoßen hatte. Gerade kam die Emina wieder aus dem Tourismusbüro. „Schnell!", sagte er. „Wir müssen auf den Tressenstein hinauf. Zum Aussichtsturm!" „Was ist denn los?", fragte sie. „Ich erklär's dir im Auto!" Gasperlmaier warf sich in den Fahrersitz und brauste mit aufheulendem Motor los, noch bevor die Emina Zeit gehabt hatte, sich anzuschnallen. „Die Lin Lien", erklärte er, „ist auf dem

Weg zum Aussichtsturm auf dem Tressenstein. Und ich glaub, ich weiß, warum!" "Klär mich auf!", bat die Emina, während er schwungvoll in die Bäckergasse einbog. Hoffentlich kam ihm nicht gerade jetzt einer entgegen, denn hier war es schmal. "Über Obertressen, mein ich, geht's am schnellsten!", brummte Gasperlmaier. Dann erklärte er der Emina, trotz der schmalen, steilen Straße, die seine ganze Konzentration erforderte, was ihm die Manuela gerade mitgeteilt hatte. "Und dann", sagte er schließlich, "ist mir endlich eingefallen, worüber ich die ganze Zeit gegrübelt habe. Vor allem, seit uns die Frau mit dem roten Badeanzug begegnet ist." "Roter Badeanzug? Ich versteh nur Bahnhof! Achtung!", schrie die Emina, als ein Mountainbiker vor ihnen auftauchte. Gasperlmaier überholte, ohne abzubremsen, obwohl die Sicht nach vorne begrenzt war. "Puh!", schnaufte die Emina.

"Wir haben die Lin Lien einmal befragt. Im Frühstücksraum vom Hotel Lakeview. Wegen dem Tod vom Rinderer. Und ich erinnere mich genau, da hat sie gesagt, sie war nie im Pool im Lakeview, schon gar nicht mit dem Rinderer, und dass sie kein großes Interesse am Schwimmen hat. Und jetzt ist mir eingefallen, dass wir auf dem Laptop vom Rinderer ein Foto von Lin Lien gefunden haben, ich meine, da waren viele Fotos von ihr, was allein schon verdächtig war, aber da war eines, wo sie in einem roten Badeanzug irgendwo schwimmt! Ich weiß nicht, wie wir das haben übersehen können! Da muss ich rechts rauf, Achtung!" Er bremste scharf ab, um die enge Kurve nehmen zu können. "Aber das muss ja nicht zwangsläufig im Lakeview aufgenommen worden sein", beschwichtigte die Emina. "Bitte ruf die Frau Doktor an. Oder sonst jemand in Liezen, sie müssen ja noch den Laptop haben. Sie sollen sich dieses Foto heraussuchen und versuchen, ob sie das herauskriegen. Ob es aus dem Lakeview ist!" Gasperlmaier war in seiner Aufregung laut geworden. Das war sonst nicht seine Art. Er bemühte sich um einen sachlicheren Ton, obwohl er zu schwitzen begonnen hatte, denn das konzentrierte Fahren, die Aufregung, all das war anstrengend. Die Emina wählte, und noch während sie telefonierte, kamen sie am Wanderparkplatz auf dem Tressensattel an.

„Da steht das Auto! Also ist sie tatsächlich da hinauf", rief er und deutete auf einen blauen Audi, der unordentlich und offenbar in aller Eile abgestellt worden war, ganz schräg und mit dem Heck noch auf der Straße. Er lief zum Auto hinüber. „Sie hat nicht einmal abgesperrt!" Er öffnete die Fahrertür und spähte ins Wageninnere, wo er aber nichts Bemerkenswertes entdeckte.

„Eine gute halbe Stunde ist es von hier!", schnaufte Gasperlmaier, als sie sich rasch Richtung Aufstieg wandten. „Da hinauf! Was das Schwimmen angeht, hat uns die Lin Lien angelogen! Also war sie womöglich mit dem Rinderer im Pool, und dann hat sie ihn womöglich auch umgebracht! Und vielleicht sogar noch den Kröker auch! Und jetzt hat sie nach einem hohen Turm gefragt, am Ende will sie sich hinunterstürzen!"

„Also haben wir es eilig", sagte die Emina. „Ein Problem für dich, wenn ich vorausgehe?" Gasperlmaier schüttelte den Kopf. Die Emina verfiel sofort in Laufschritt, und es dauerte nur Sekunden, bis sie nach einer Wegbiegung im Wald verschwunden war. Gasperlmaier hatte sich auf den ersten paar Metern so verausgabt, dass er nur noch langsam gehen konnte. Zudem war es rutschig vom vielen Regen, und seine Schuhe waren auch nicht wirklich für den Waldweg hinauf zum

Tressenstein geeignet. Er musste kurz stehenbleiben, um Atem zu holen. Sein Herz klopfte so stark, dass er es in den Ohren pochen spürte. Die Emina, so schätzte er, würde mindestens zehn Minuten vor ihm oben ankommen. Trotzdem musste er sich beeilen. Aber wenn er hetzte und hastete, würde er den Aussichtsturm nie erreichen.

Immer wieder rutschte Gasperlmaier auf dem schlüpfrigen Untergrund aus. Und außer Atem war er bald, obwohl er sich vorgenommen hatte, ruhig bergan zu steigen. „Emina?", rief er, weil er dachte, er habe etwas oberhalb gehört. Wanderer, so dachte er bei sich, würden bei dem Wetter im Oktober nicht viele unterwegs sein. Aber sein eigener Atem ging so laut, dass er nichts hören konnte, auch, als er kurz stehen blieb. Was hatte denn die Lin Lien da angerichtet, und warum, wenn sie es denn gewesen war, hatte sie den Rinderer und womöglich auch den Kröker umgebracht? Sie war doch so eine freundliche, zurückhaltende Frau. Niemals hätte er ihr einen Mord zugetraut, noch dazu einen so brutalen wie den am Kröker. Ein einziges Mal hatte er von so einem Mord gelesen, in Amerika war das passiert. Da hatte die Frau ihren Mann überfahren, danach aber noch zusätzlich erstochen. Die Christine hatte ihn gescholten, weil er auf seinem Handy immer wieder Meldungen über grausame Mordtaten anklickte. „Je öfter du das Zeug anklickst, desto mehr solche Geschichten bekommst du serviert!", hatte sie erklärt. „Und am Ende glaubst du dann, die Welt ist voller mordender Ehefrauen, obwohl es in Wirklichkeit gerade umgekehrt ist."

Hoffentlich, so dachte er bei sich, hatte die Lin Lien keine Waffe bei sich, nicht, dass der Einsatz dann auch noch auf eine Schießerei zwischen den Frauen hinauslief, man konnte ja nie wissen. Schließlich hörte er trotz des eigenen Keuchens doch etwas von weiter oben. „... herunter, Frau Lin. Das lässt sich alles sicher aufklären. Und Sie müssen ja ..." Der Rest von dem, was die Emina sagte, wurde vom Rauschen der Bäume verschluckt, in die ein heftiger Windstoß gefahren war. „Wie schaut's aus? Wie lang bist du schon da?", japste Gasperlmaier, als er sich neben die Emina hinfallen ließ, die am Fuß des Aussichtsturms stand, die Handfläche über die Stirn gehalten, sodass sie besser nach oben sehen konnte. Ihre Jacke glänzte nass. Eine kurze Außentreppe führte in das Innere des Aussichtsturms. Hinter ihnen war ein Gitter angebracht, das vor dem Absturz über eine Felskante bewahren sollte. An dieser Stelle gab es kein Dach, das sie vor dem Regen schützte. „Als ich gekommen bin, war sie ungefähr in der Mitte vom Turm. Ich hab sie angesprochen, sie gefragt, was sie da macht. Sie hat es mir nicht gesagt, sie hat nur gemeint, ich soll sie in Ruhe lassen. Jetzt ist sie ganz oben", flüsterte die Emina. „Und sie will nicht herunterkommen. Ich glaube, sie will springen. Allem ein Ende machen. Was tun wir?" „Ich ... ich weiß auch nicht. Was sagt sie?" „Dass alles keinen Sinn mehr hat, dass es keine Lösung gibt für ihr Problem, dass ihr niemand helfen kann ... sowas."

„Ich geh hinauf", sagte Gasperlmaier. „Dann springt sie aber!", widersprach die Emina. „Ich ... es muss einen Weg geben!" Gasperlmaier stand auf. „Frau Lin!", schrie er. „Ich bin's, Gasperlmaier. Ich komm jetzt hinauf zu Ihnen. Ich tu Ihnen aber nichts. Ich will nur mit Ihnen reden." „Es gibt nichts zu reden!", kam es leise von oben. „Ja, für Sie vielleicht nicht. Aber ich muss Ihnen was erzählen." Er schickte sich an, die Außentreppe hinaufzusteigen. „Wenn jemand heraufkommt, dann springe ich!", hörte er Lin Liens Stimme von oben. Er stieg langsam, denn erstens wollte er hören, was oben passierte, und zweitens musste er darauf achten, noch Atem zu haben, wenn er auf der Plattform ankam.

„Herr Inspektor, sind Sie das?" Offenbar hatte eine Treppenstufe unter seinem Gewicht geknarrt. „Ja", gab er zurück, „aber ich komme Ihnen nicht näher. Nur so nahe, dass ich nicht schreien muss. Also, noch eine Treppe!" „Wenn Sie hier heraufkommen, dann springe ich!" „Ich bleib unter Ihnen stehen. Da setz ich mich dann hin. Dann können wir reden. Und wenn Sie wirklich springen wollen, dann kann ich Sie eh nicht aufhalten." Oje, dachte er bei sich, es war nicht klug gewesen, das zu sagen.

Gasperlmaier tat, was er versprochen hatte, setzte sich auf den feuchten Bretterboden, ein Stockwerk unter der Stelle, an der er Lin Lien vermutete. „Ich sitz jetzt da", sagte er. „Ich muss noch ein bisschen verschnaufen." Vielleicht beruhigte das Lin Lien. „Warum eigentlich sind S' denn da heraufgekommen?", fragte er. Keine Antwort. „Haben Sie was angestellt?", fragte er. „Angestellt?", kam unsicher die Frage von oben zurück. Gott sei Dank. Noch war nichts passiert. „Ja. Was Böses getan", versuchte er es mit einer anderen Formulierung. „Was sehr Böses", gab Lin Lien zurück. Stille. „Was denn?", fragte Gasperlmaier. „Ich habe Ning Xiansheng getötet. Und Kai Kröker. Es ging nicht anders."

Gasperlmaier seufzte. Darauf hätten sie eigentlich viel früher kommen müssen. Wenn sie nur diesem Foto Beachtung geschenkt hätten, das bewies, dass Lin Lien bei ihrer Befragung gelogen hatte. „Frau Lin Lien", sagte er. „Darf ich Ihnen was erzählen?" „Ich weiß nicht", kam es leise von oben. „Heute habe ich einen Riesenschock erlebt. Stellen Sie sich vor, mein

Enkel hat einen Baustein an den Kopf bekommen, im Kindergarten. Und er hat so stark geblutet, dass meine Schwiegertochter in den Kindergarten kommen hat müssen, damit sie ihn zu meinem Sohn bringt. Der ist nämlich ein Doktor. Ich hätte gar nicht gedacht, dass man sich über sowas so aufregen kann." Er räusperte sich. Stille. Er hatte gedacht, wenn er von seinen Sorgen erzählte, würde das Lin Lien von ihrem Vorhaben ablenken. Hauptsache, er hielt ein Gespräch am Laufen. „Wenn Sie nicht springen, dann können Sie auch Kinder und später Enkel haben. Das ist ein schönes Leben." „Aber nicht, wenn ich im Gefängnis bin", drang es durch die Decke. Es schien Gasperlmaier, als ob Lin Liens Stimme von Tränen fast erstickt war. Ob es jetzt gut oder schlecht war, dass sie weinte, das wusste er nicht. „Das wird sich alles klären", versprach er. „Vielleicht war's ja auch nur Notwehr!" Stille. „Frau Lin Lien, hören Sie mich?", fragte er. Ein zaghaftes „Ja". „Frau Lin Lien, ich wäre einmal fast gestorben, wissen Sie das? Und es war nicht angenehm, das kann ich Ihnen sagen!" „Warum denn?", kam die Stimme von oben. Das war gut, dachte Gasperlmaier bei sich. Sie interessierte sich für seine Geschichte.

„Das war vor ... beinahe zehn Jahren. Ein Mann hat mich an ein Denkmal gefesselt, an einen Stein. Und dann hat er hinter mir seine Motorsäge gestartet. Ich hab gedacht, er will mich damit umbringen. Ich hab die Augen ganz fest zugemacht, und da hab ich plötzlich meine Kinder vor mir gesehen. Und meine Frau. So, als ob sie ganz wirklich da wären." Die Emina tauchte vor ihm auf, ohne dass er sie hören hatte können. Sie legte den Zeigefinger vor ihre Lippen. Dann drehte sie ihre Hand, wie ein Rad. Er sollte weitersprechen. „Und ich hab solche Sehnsucht nach ihnen gehabt. Und gefürchtet, dass ich sie nie mehr wiedersehen werde. Sie haben doch sicher auch Menschen, die Sie unbedingt wiedersehen wollen, oder nicht?" Gasperlmaier warf einen Blick in die Richtung, wo man den Loser sehen konnte. Normalerweise. Heute war er von dichten Wolken verhüllt. Vorsichtig betrat die Emina die erste Stufe, die nach oben auf die Plattform führte. Die konnte schleichen wie eine Katze.

„Ja", kam es von oben. „Meine Eltern. Sonst habe ich niemanden." Gasperlmaier ging durch den Kopf, dass in China seit langem ja nur ein Kind pro Familie erlaubt war. „Und dann", sprach er weiter, „habe ich einen furchtbaren Schmerz in meiner linken Hand gespürt, und geglaubt, der Mann hat sie mir abgesägt. Da hab ich geglaubt, dass ich jetzt sterben werde. Und das war ... also, ein schönes Gefühl war es nicht." Gasperlmaier hatte schon jahre-, wenn nicht jahrzehntelang nicht so viel ohne Pause geredet. Aber er durfte jetzt auf keinen Fall damit aufhören. „Gleich darauf bin ich ins Wasser gestürzt, und alles war schwarz, und ich hab gedacht, jetzt bist du tot. Aber ich war nicht tot, und als ich aufgewacht bin, war sogar meine Hand noch dran, und ich bin auf einer Trage gelegen, mit einem Verband, und ..."

Von oben hörte Gasperlmaier ein Rumpeln, dann einen Aufschrei. Oh Gott. War Lin Lien gesprungen, als sie die Emina erblickt hatte? „Gasperlmaier, ich hab sie!", kam es von oben. Er stürmte die Stiege hinauf. Da saßen beide Frauen auf dem Boden, die Emina hatte Lin Lien um die Mitte gepackt und hielt sie mit beiden Armen fest, die Arme vor deren Bauch verschränkt. Aber die Chinesin leistete ohnehin keinen Widerstand, wie ein Häufchen Elend saß sie mit vornübergebeugtem Kopf auf dem Boden, die Hände vor das Gesicht geschlagen, und schluchzte. Gasperlmaier setzte sich ebenfalls hin, er hatte vor Aufregung ganz weiche Knie. Lange Zeit sagte niemand etwas, dann musste Gasperlmaier husten und Lin Lien sah auf zu ihm. „Es wäre besser gewesen, ich wäre gesprungen", sagte sie tonlos. „Sagen S' das nicht, Frau Lin Lien. Auch wenn die Situation noch so beschissen ausschaut, es gibt immer eine Lösung." „Beschissen?", fragte Lin Lien zurück. Vielleicht bildete er es sich ein, aber er hatte den Eindruck, als husche ein zaghaftes Lächeln über ihre Lippen.

Gerade, als Gasperlmaier zu frösteln begann, brach die Sonne durch die Wolken und wärmte das Holz der Plattform, auf der sie saßen. Hoffentlich, so dachte er bei sich, kommt jetzt niemand herauf, bevor sie uns erzählt hat, was eigentlich passiert ist. Die Emina blinzelte in die Sonne. „Wollen Sie uns sagen, warum Sie hier heraufgekommen sind?", fragte die Emina leise. „Das ist eine lange Geschichte", antwortete Lin Lien. Gasperlmaier seufzte. „Wir haben Zeit, dass wir sie uns anhören."

„Ich habe es schon gesagt. Ich habe Ning Xiansheng und Kai Kröker getötet", sagte sie. Gasperlmaier und die Emina warteten ab. Tatsächlich begann Lin Lien nach längerem Schweigen stockend zu erzählen. „Es hat alles in München begonnen, als ich studiert habe. Das war vor ungefähr zehn Jahren. Ich habe Deutsch studiert. Es ist in China nicht so einfach, dass man ins Ausland darf. Ich war sehr gut in meinem Studium in Huizhou. Ich habe dort am Department für Tourism studiert. Wenn du ins Ausland willst, dann muss alles stimmen, deine Eltern dürfen keine Fehler gemacht haben und müssen loyal zur Partei stehen. Du selbst darfst natürlich erst recht keine Fehler gemacht haben, du darfst der Polizei und der Partei nie aufgefallen sein, du darfst keine Strafen haben. Ich war eine Musterschülerin, sagt man so?" Sie lächelte. Es tat ihr gut, sich zu erinnern.

„Dann bin ich nach München geschickt worden, um Deutsch zu studieren. Man darf die Stadt nicht auswählen, sie wird von der Leitung der Universität bestimmt. Und bevor ich nach München gefahren bin, habe ich einen Termin mit der Partei gehabt, wo man mir erklärt hat, was ich tun und was ich nicht tun darf, in Deutschland. Und man hat mir geraten, dass ich Reports erstellen soll, über die anderen Chinesen, die ich dort treffe. Ob sie sich loyal zur Partei verhalten." „Das heißt, man hat Sie für geheimdienstliche Aktivitäten angeworben?" Lin Lien nickte. „Und ich war sehr, wie sagt man, naiv? Ich habe gedacht, das ist alles gut und richtig, und habe Reports über Studienkollegen geschrieben. Ganz harmlos, habe ich gedacht, aber ich war sehr dumm. Ich habe darüber berichtet, mit welchen Deutschen oder internationalen Studenten sich die Chinesen angefreundet haben. So viele Chinesen hat es an der Universität in München ja nicht gegeben, ich habe bald fast alle gekannt und mich gelegentlich auch mit ihnen getroffen. Und alles berichtet, weil ich gar nicht begriffen habe, dass ich eine Spionin bin. Das ist mir erst klar geworden, als einer der Studenten plötzlich verschwunden ist, der eine amerikanische Freundin gehabt hat und mit ihr zusammengelebt hat. Er war ein Musikstudent, hat Violine gespielt, sie das Cello. Da ist mir zum ersten Mal bewusst geworden, was ich angerichtet habe." „Ich bin mir sicher, dass die Behörden in China auch andere Quellen gehabt haben, wahrscheinlich hat man Ihre Reports nicht einmal gelesen", versuchte die Emina zu beruhigen.

Gasperlmaiers Rücken begann zu schmerzen, aber er wollte das Geständnis der Lin Lien nicht durch unbedachte Bewegungen unterbrechen. „So etwas Ähnliches hat es bei uns auch gegeben", sagte die Emina. „Zumindest haben es mir meine Eltern erzählt. Bei uns in Bosnien wollten die Behörden immer genau wissen, welche Bosnier mit Serben zu tun haben. Also, wenn eine Bosnierin zum Beispiel einen serbischen Freund gehabt hat. Meine Mutter ist so ein Fall. Sie ist Bosnierin, mein Papa Serbe. Das ist sogar heute noch so, dass es Leute in der Community gibt, die mit meiner Mama nichts zu tun haben wollen, weil man Frauen, die Serben geheiratet haben, ausgrenzt. Serbenhure hat man sie genannt."

Gasperlmaier fand es gut, dass auch die Emina etwas aus ihrer Familiengeschichte erzählte, das konnte die Lin Lien beruhigen, und sie fand sich nicht so sehr in einer Verhörsituation wieder. Gott sei Dank wurde es jetzt richtig warm, sodass sie sich keine Gedanken darüber zu machen brauchten, wie lange sie hier noch sitzen würden.

„Wie ist es dann weitergegangen?", fragte die Emina. „Ich habe mich bei meinen Reports zurückgehalten und einfach nichts Auffälliges mehr über meine Kollegen herausgefunden." „Ich bin mir sicher, die haben genau das Gleiche gemacht wie Sie", sagte die Emina. „Schon möglich", sagte Lin Lien. „Und dann habe ich zu meinem Unglück Ning Xiansheng kennengelernt. Er hat auch in München gelebt, und er hat mir nachgestellt, behauptet, er hat sich in mich verliebt. Ich habe aber von anderen gehört, dass er hinter allen Frauen her ist, und ich habe ihn nicht gemocht, ein Angeber war er." Lin Lien atmete tief durch und wischte sich Tränen aus den Augen. „Aber Ning Xiansheng hat mich bedrängt. Und er hat auch gute Kontakte nach China gehabt. Wenn ich nicht mit ihm ausgehe, dann wird er dafür sorgen, dass ich wieder nach China zurückmuss. Oder dass meine Eltern ihre Wohnung verlieren, oder ihre Arbeit. Ich habe nicht gewusst, ob er das wirklich machen kann, aber mit der Zeit ist meine Angst immer größer geworden. Vor allem, als meine Mutter dann angerufen und erzählt hat, dass Leute von der Partei da waren und nach mir gefragt haben. Sie haben nicht extra drohen müssen, meine Mutter hat gewusst, worum es geht."

Gasperlmaier schwieg, denn er ahnte, was kommen würde. Vielleicht wollte es die Lin Lien nicht vor ihm erzählen, aber nachdem ihr die Emina ein Taschentuch gereicht hatte und sie sich die Tränen aus den Augen gewischt hatte, redete sie doch weiter. „Ich habe mit Ning Xiansheng geschlafen. Aber ich habe mich geekelt. Er war auch grob, er hat ..." Sie brach ab. „Als ich einmal nicht mehr wollte, hat er mich geschlagen und gezwungen." Sie begann wieder zu weinen. Die Emina drückte den Kopf der Lin Lien gegen ihre Schulter und strich ihr über die Haare. „Er hat Sie vergewaltigt. Anders kann man das nicht sagen", sagte die Emina. Lin Lien nickte und schnäuzte sich. „Ja, er hat mich vergewaltigt. Und da ist etwas in mir zerbrochen, und bald danach habe ich mir gesagt, dass ich seine eigenen Waffen gegen ihn anwenden muss. Als ich nach dem Studium zurück nach China gegangen bin, nach Huizhou, da habe ich mich ganz bewusst an die Partei gewandt und habe gesagt, dass ich gerne für sie arbeiten möchte, auch im Ausland, weil ich ja perfekt Englisch und Deutsch spreche. Und man hat mich in eine Ausbildung geschickt." Sie brach ab.

„Über diese Ausbildung möchten Sie nicht reden?", fragte die Emina. Lin Lien schüttelte den Kopf. „Ich habe sehr viel gelernt, es hat sich herausgestellt, dass ich vor allem im Bereich Computer und Elektronik sehr begabt war und schnell begriffen habe. Man kann dabei kreativ sein, es hat mir Spaß gemacht. Ich meine, das Entwickeln von Software und so. Man hat mich auch gut bezahlt und meine Eltern in Ruhe gelassen, das war mir das Wichtigste." „Und Rinderer?", fragte die Emina. „Ich habe mich bemüht, ihn nicht aus den Augen zu verlieren, ohne dass er das merkt. Und als ich dann erfahren habe, dass eine Delegation hierher reisen soll, da habe ich mich beworben." „Was war eigentlich Ihr Auftrag?", fragte die Emina. „Ning Xiansheng zu beobachten und Reports über ihn anzufertigen, damit man beurteilen kann, ob er vertrauenswürdig ist. Jemand mit einem ausländischen Vater ist prinzipiell verdächtig. Ich sollte überwachen, ob er das tut, was von ihm verlangt wird. Es geht darum, möglichst genau zu berichten, wie der Tourismus in Österreich organisiert ist. Wo man lernen kann, wie man es macht. Ihr Land gilt bei uns als sehr gut organisiert." Sie wischte erneut über ihre Augen. „Na", sagte Gasperlmaier, „da würden Sie viele finden, die das ganz anders sehen!" „Was ist mit den beiden anderen?", fragte die Emina. „Wang Baihu und Chen Jian?" Gasperlmaier hatte die beiden Namen längst wieder vergessen und war erstaunt, dass die Emina sie behalten hatte. „Darüber möchte ich nicht sprechen", sagte Lin Lien. Die Emina nickte. Wahrscheinlich, so dachte Gasperlmaier bei sich, waren das auch bloß irgendwelche Geheimdiensttheinis, die Lin Lien und wohl auch einander beobachten sollten. So, wie es der Herr Doktor Altmann vermutet hatte.

„Kommen wir zu Ihrem Aufenthalt hier", sagte die Emina. „Der Unfall auf der Loserstraße?" „Dafür war ich verantwortlich. Ich habe meinen Laptop dabeigehabt, auf dieser Fahrt. Dem Kai Kröker habe ich erzählt, dass ich Mails beantworte. In Wirklichkeit habe ich das Auto gehackt und die Lenkung außer Kraft gesetzt. Mein Laptop ist ein Hochleistungsgerät, in dem sich mehr verbirgt, als man von außen sieht." „Wir haben so etwas vermutet", sagte Gasperlmaier. „Ich meine, wir haben mit Experten gesprochen. Die haben zwar Zweifel gehabt, es aber nicht ausgeschlossen, dass so etwas möglich ist." „Es ist möglich", nickte Lin Lien. „Das ist auch der Grund dafür, warum die Amerikaner keine chinesische Software für Autopiloten oder autonomes Fahren mehr wollen. Die sind ja auch nicht dumm und wissen, dass man Möglichkeiten einbauen kann, Fahrzeuge zu manipulieren. Zum Beispiel könnten wir erreichen, dass amerikanische und europäische Fahrzeuge öfter ausfallen oder Unfälle haben. Dann würden Statistiken beweisen, dass chinesische Autos zuverlässiger sind. Das haben die Amerikaner schon begriffen."

Vor Gasperlmaier tat sich eine ganz neue Welt auf. Auf diese Weise konnte man die Weltwirtschaft manipulieren, dachte er bei sich. Und zwar so gründlich, dass letzten Endes Produkte aus Europa gar nicht mehr gekauft würden, weil sie sich als unzuverlässig herausstellten. Das hatte man davon, wenn man jede Kleinigkeit aus China kaufte. Vor kurzem erst hatte er nach Schuhbändern gesucht, weil welche gerissen waren. Und da hatte sich herausgestellt, dass es ausschließlich Schuhbänder aus China zu kaufen gab.

„Sie waren mit Rinderer im Pool?", wollte die Emina wissen. Lin Lien nickte. „Zuerst einmal während der

Öffnungszeiten, damit ich die Situation kennenlerne. Dann in dieser Nacht. Als er gestorben ist." „Kollege Gasperlmaier ist auf Sie gestoßen. Es ist ihm ein Foto aufgefallen, auf dem Laptop des Rinderer, wo Sie im Badeanzug zu sehen sind. Dabei haben Sie uns erklärt, dass Sie nicht gerne schwimmen, und vor allem nicht mit dem Rinderer." „Ich habe das übersehen", gab Lin Lien zu. „Ich habe zwar die Speicherkarte aus seinem Telefon genommen und die Fotos aus der Cloud gelöscht, aber nicht daran gedacht, dass er die Fotos auf seinem Laptop schon gesichert haben könnte." „Dank meinem Kollegen sind Sie jetzt noch am Leben. Ihm ist rechtzeitig ein Licht aufgegangen, könnte man sagen." Die Emina lächelte. Gasperlmaier war das Lob ein wenig peinlich. Wer konnte wissen, was Lin Lien jetzt alles bevorstand, wo sie dabei war, zu gestehen. Wahrscheinlich hatte sie sich durch einen Sprung vor dem in Sicherheit bringen wollen, was ihr in China bevorstand, wenn sie zurückkehren musste.

„Was Sie mir erzählen", sagte die Emina, „das klingt so, als wäre alles geplant gewesen, also nicht im Affekt. Sie wissen, was das bedeutet?" Lin Lien nickte. „Ning Xiansheng war betrunken. Und ich habe gelernt, wie man jemanden tötet und es wie einen Unfall aussehen lässt. Ich habe Ning Xiansheng mit einem Badetuch unter Wasser gedrückt, sodass er nicht mehr atmen konnte. Es war sehr einfach, er war wegen des Alkohols so schwach. Das Badetuch habe ich in mein Zimmer mitgenommen, damit es nicht auffällt, dass ein einzelnes unten am Pool liegt. Es ist über Nacht getrocknet, am nächsten Morgen hat das Zimmermädchen es mitgenommen."

„Wissen Sie irgendetwas darüber, warum das Autowrack und die Leiche des Rinderer so schnell verschwunden sind?" Lin Lien schüttelte den Kopf, aber ihr Gesichtsausdruck machte Gasperlmaier klar, dass sie es zumindest ahnte.

„Kai Kröker?", fragte die Emina jetzt. Lin Lien seufzte. „Das hat begonnen am Montag. Nach diesem Essen. Ich habe Ihnen nicht die ganze Wahrheit gesagt. Kröker hat mich erpresst. Er hat behauptet, dass er ganz genau weiß, dass ich das Auto manipuliert habe. Weil er gesehen hat, dass ich keine E-Mails beantworte, sondern ganz was anderes mache. Alles andere stimmt, was ich gesagt habe. Er wollte mit mir aufs Zimmer, und er hat versucht, mich zu küssen. Weil er dann den Mund hält, hat er versprochen. Aber ich ... er war so widerlich, und da bin ich ihm fest auf den Fuß getreten und er hat Ruhe gegeben. Am Dienstag hat er dann wieder angerufen."

„Das muss aber spätnachts gewesen sein, wir haben seine Bewegungen in der Nacht bis ungefähr 22 Uhr rekonstruieren können. Obwohl wir immer noch keine Handydaten haben." Lin Lien nickte. „Ja, ich habe schon ... also, ich habe noch geschrieben. Reports verfasst. Kröker hat gesagt, er will jetzt endlich zu mir aufs Zimmer kommen. Und dass er nicht mehr länger warten wird, wenn ich nicht mit ihm schlafe, dann geht er zur Polizei. Ich wollte ihn auf gar keinen Fall in meinem Zimmer haben, ich habe gesagt, ich komme hinunter. Es ist so eine schöne Nacht, wir könnten ein bisschen spazieren fahren." „Es war aber keine schöne Nacht", entgegnete die Emina. „Kalt war's, und windig." „Kröker hat gar nicht nachgefragt, er war sofort einverstanden. Bis er gekommen ist, habe ich einen Plan gemacht. Ich habe ihn gefragt, ob ich einmal mit seinem Auto fahren darf, das wäre so ein toller Wagen. Dann werde ich mit ihm in seine Wohnung kommen."

Gasperlmaier konnte sich denken, wie es weitergehen würde. „Ich bin dann gefahren, und ich habe eigentlich vorgehabt, einen Unfall zu bauen. Dabei war es mir fast egal, ob wir beide sterben oder nur er. Aber es gibt natürlich schon Möglichkeiten, einen Unfall so zu arrangieren, dass der Beifahrer stirbt und der Fahrer nicht schwer verletzt wird. Man kann zum Beispiel den Gurt des Beifahrers anschneiden, sodass er nur noch an einem kleinen Stück hängt." Sie brach ab.

„Haben Sie das gemacht? Unsere Kriminaltechniker haben das nicht mehr herausfinden können." Lin Lien schüttelte den Kopf. „Ich wollte es tun. Aber es war gar nicht nötig. Ich habe Glück gehabt. Auf einem kleinen Parkplatz hat Kröker plötzlich gesagt, er muss aufs Klo, ich soll stehenbleiben. Und dann können wir's seinetwegen gleich im Auto machen. Ich habe keine Luft mehr bekommen, als ob mich jemand würgt. Ich habe auch schon Sehstörungen gehabt, so schlecht war mir. Als er dann dort vor dem Auto stand, habe ich einfach Gas gegeben. Er ist nach hinten gestürzt, direkt auf die Motorhaube. Er hat mich angesehen, geschrien, ob ich denn verrückt bin. Ich bin zurückgefahren, damit er hinunterfällt. Dann habe ich ihn überfahren. Ich habe danach in den Rückspiegel geschaut, und er hat sich noch bewegt. Ich war ganz verrückt vor Angst. Da bin ich im Rückwärtsgang noch einmal über ihn drübergefahren." Lin Liens Stimme hatte immer mehr zu zittern begonnen, und ihre letzten Worte waren kaum verständlich gewesen. Eigentlich, so dachte Gasperlmaier bei sich, hatte sich die junge Frau in einer ausweglosen Situation befunden. Das würden hoffentlich auch die Richter so sehen, wenn sie denn vor Gericht kam. Gescheiter wäre es natürlich gewesen, sie hätte sich der Renate oder ihm anvertraut. Aber was hätten sie tun können, wenn keine Beweise gegen den Rinderer und den Kröker vorlagen? Es war eine echte Katastrophe.

„Sie haben ihn dann auf den Fahrersitz gezerrt?" Lin Lien schüttelte den Kopf. „Zuerst auf den Beifahrersitz. Dann bin ich noch ein Stück den Berg hinaufgefahren, weil ich Angst hatte, dass dort am Parkplatz jemand vorbeikommen könnte. Dort oben habe ich ihn dann auf den Fahrersitz geschoben und das Auto angezündet." Das, so war sich Gasperlmaier sicher, war Täterwissen. Die Tatsache, dass der Tatort und der Auffindungsort nicht identisch waren, hatte man der Öffentlichkeit nicht mitgeteilt. „Wie?", fragte die Emina. „Ich weiß, wie man Benzin aus dem Tank entnimmt. Und wie man an einen Funken kommt. Aber das war nicht nötig, Kröker hat ein Feuerzeug dabeigehabt." „Damit ich das richtig verstehe: Sie hatten einen Schlauch dabei, mit dem Sie Benzin aus dem Tank absaugen konnten?" Lin Lien schüttelte den Kopf. „Ich hab mein Kleid ausgezogen und es in den Tank gestopft, damit es sich mit Benzin vollsaugt."

„Wie war das mit den Zugangsdaten zum Poolbereich?", fiel Gasperlmaier ein. „Es waren keine Zutritte registriert, im Computer vom Hotel. In der Nacht, wo der Rinderer gestorben ist." Lin Lien lächelte. „Glauben Sie nicht, dass man auch solche Logs löschen kann, wenn man ein Auto hacken kann? Das ist sehr einfach gewesen!" Na, dann war zumindest die Simone Wurzacher aus dem Schneider, dachte Gasperlmaier bei sich.

„Wie war denn das möglich", fragte er, „den Kröker ins Auto zu zerren? Sie sind doch ... also, so kräftig sind Sie doch nicht!" Lin Lien lächelte hintergründig. „Kampfsportausbildung. Sie würden sich wundern, wie viel Kraft ich habe." „Und wie sind Sie ins Hotel zurückgekommen?", fragte die Emina. „Zu Fuß. Es war nicht einmal eine halbe Stunde." „Ohne Kleid?", fragte die Emina. „Ich hätte es ohnehin nicht mehr tragen können, es war Blut von Kröker drauf. Und es ist ja mit dem Auto verbrannt." „Sie sind dann in der Unterwäsche ins Hotel zurück?", staunte Gasperlmaier. „Hat Sie denn da niemand gesehen?" Lin Lien schüttelte den Kopf. „Ich hatte einen Rock und ein T-Shirt in meiner Handtasche", sagte sie. „Das haben Sie vorher geplant?", fragte Gasperlmaier. Lin Lien nickte. „Meine Ausbildung war sehr gut."

„Noch einmal zu Ihren beiden Kollegen, Frau Lin", sagte die Emina. Lin Liens Blick begann unsicher zu flackern. „Was für eine Rolle spielen die eigentlich in dieser ganzen Geschichte?" „Darüber kann ich nicht sprechen", sagte sie mit zitternder Stimme. Es war klar, dass sie etwas vor der Emina verbarg. „Haben die beiden gewusst, dass Sie den Rinderer umgebracht haben?", fragte sie. Lin Lien schüttelte den Kopf. „Hatten sie nicht einmal einen Verdacht? Die müssen sich doch gefragt haben, wie das passieren hat können!" Lin Lien zuckte mit den Schultern. „Ning Xiansheng war sehr betrunken, Wang Baihu auch. Vielleicht haben sie geglaubt, er ist einfach ins Wasser gefallen und ertrunken. Ich glaube nicht, dass er gut schwimmen konnte."

Lin Lien verfiel in Schweigen. Es gab auch nicht mehr viel zu sagen, fand Gasperlmaier. Die Emina, so schien es, wollte ihr noch etwas Zeit geben. Zeit in Freiheit. Dann aber, nachdem sie alle ein wenig der Stille gelauscht hatten, fiel ihm doch noch etwas ein, das er fragen musste. „Haben Sie irgendwas mit diesem Bauunternehmer zu tun, dem Niederecker? Wir vermuten, dass er den Kröker geschmiert hat." „Geschmiert?", fragte Lin Lien zurück. „Bestochen", präzisierte die Emina. „Es sieht so aus, als ob Kröker Geld genommen hat, um die Interessen dieses Bauunternehmers zu vertreten." Lin Lien schüttelte den Kopf. „Davon weiß ich nichts." Sie hätte, fand Gasperlmaier, keinen Grund gehabt, Kontakte zum Niederecker zu verheimlichen, jetzt, wo sie zwei Morde gestanden hatte.

Wieder entstand Stille. Ein wenig Wind brachte die Bäume ins Wanken, und rot und gelb gefärbte Blätter taumelten zu Boden. Ein paar landeten direkt vor Gasperlmaiers Füßen. „Ja", sagte die Emina. „Jetzt rufe ich einmal meine Chefin an, und dann werden wir wohl nach Liezen fahren, auf das Bezirkspolizeikommando." Lin Lien nickte. Gasperlmaier erhob sich ächzend. Seine Kreuzschmerzen waren nicht besser geworden, während er auf dem harten Bretterboden gesessen hatte. Er reichte Lin Lien die Hand, um ihr beim Aufstehen zu helfen. Sie nahm sie dankbar an, ihre Hand in seiner war kalt und feucht. „Meldet sich nicht", sagte die Emina und steckte ihr Handy wieder ein. „Brauchen wir Handschellen?", fuhr sie, an Lin Lien gewandt, fort. Die schüttelte den Kopf.

Langsam stiegen sie die Treppen hinunter, Gasperlmaier voran, die Emina als Letzte.

15

Als er an der Treppe ankam, die ins Freie hinausführte, erstarrte Gasperlmaier. Völlig unvermittelt blickte er in die Mündung einer Waffe. Es waren offenbar nicht nur die fallenden Blätter gewesen, die geraschelt hatten. Vor ihm, am Fuß der Treppe, stand einer der Chinesen und richtete eine Pistole auf ihn. „Hands up!", schrie er Gasperlmaier an. Sein Gesicht war verschwitzt, Haarsträhnen klebten an seinen Wangen, ebenso, wie das weiße Hemd an seiner Haut klebte. „Wir haben ihr nichts getan!", sagte Gasperlmaier. „Sie hat alles freiwillig gestanden. Sie können die Waffe wegtun!" Ein paar Schritte hinter ihm tauchte der andere Chinese auf, der ältere, kleinere. Auch er trug eine Waffe. Die aber hielt der Mann so, dass die Mündung zu Boden zeigte.

Lin Lien hatte sich hinter Gasperlmaier versteckt, er spürte ihre Hände auf seinen Schultern. „What do you want?", hörte er die Emina von hinten. „We want Lin Lien", sagte der größere Mann. „If she comes with us, nobody will be hurt." Gasperlmaier hatte nicht alles verstanden. „Sie wollen, dass ich mit ihnen komme", flüsterte Lin Lien ihm ins Ohr. „Sie wollen mich nach China bringen!" Ihr Tonfall machte Gasperlmaier eines klar: Lin Lien wollte auf keinen Fall mit den beiden Männern mitgehen. „We will take Lin Lien to our headquarters. She will be questioned there", sagte die Emina.

Der Größere grinste schief. Es war, wenn sich Gasperlmaier richtig erinnerte, der Jüngere der beiden, Wang Baihu. „We will take Lin Lien with us. If you take any action against us, you will regret. Lin Lien will regret, too!" Er deutete auf seine Pistole. „Er droht uns", flüsterte Lin Lien. „Er will uns erschießen, wenn ich nicht zu ihnen komme." Die Emina begann wieder zu sprechen, auf Englisch, und diesmal konnte Gasperlmaier gar nicht folgen, es war zu kompliziert. Daraufhin wandte sich Wang Baihu kurz ab und sprach den anderen Chinesen an, der immer noch ein paar Schritte hinter ihm stand. Die Debatte war kurz, aber erregt. Über irgendwas schienen sich die beiden nicht einig zu sein. „Chen Jian sagt, Wang Baihu muss schießen. Wenn ich nicht freiwillig zu ihnen komme."

„Hinhalten", flüsterte die Emina Gasperlmaier zu. „Wir warten jetzt einfach ab. Ich hab ihnen erklärt, dass Lin Lien vor Gericht kommt, in Österreich. Und dass sie keine Chance haben, zu entkommen, wenn sie hier ein Massaker anrichten. Und ich hab sie auch gefragt ..." „Shut up!", brüllte Wang Baihu. „Stop talking, or I will shoot!" Er schien, so dachte Gasperlmaier bei sich, nervös. Ihm selbst schossen ebenfalls rasend schnelle Gedanken durch den Kopf. Er hatte es gründlich satt, immer wieder in Situationen zu geraten, in denen ihn jemand mit dem Tod bedrohte. Wenn das hier, so schwor er sich, gut ausging, dann würde er dem Polizeidienst ade sagen. Lieber würde er im Sommer das Linienschiff über den Altausseersee steuern und im Winter Eis von den Liftbügeln kratzen, als das hier noch länger mitzumachen. Seine Arme schmerzten. Bald würde er sie sinken lassen müssen, nicht, weil er sich dem Chinesen entgegenstellen wollte, sondern, weil er sie einfach nicht mehr oben halten konnte. „Ich gehe auf keinen Fall mit denen, da hätte ich auch springen können!", klagte Lin Lien hinter seinem Rücken. „Sie müssen mich beschützen!" „Ja, aber wie?", murmelte Gasperlmaier. Plötzlich begann Lin Lien hinter seinem Rücken auf Chinesisch zu schreien. Wang Baihu antwortete und fuchtelte mit seiner Waffe wild in der Luft herum. „Wir müssen es irgendwie schaffen, näher an sie heranzukommen", flüsterte die Emina. „Dann kriegen wir sie schon!" Gasperlmaier erinnerte sich daran, dass Lin Lien nicht die Einzige war, die Nahkampferfahrung hatte. Auch die Emina verstand sich auf fernöstliche Kampftechniken. Ob die Frauen in der Lage sein würden, die beiden Chinesen kampfunfähig zu machen? Wo sie doch bewaffnet waren?

Gasperlmaier meinte, es unten im Wald knacken zu hören. Fatal wäre es, wenn gerade jetzt Leute auftauchen würden. Der Weg führte nämlich in Gasperlmaiers Rücken herauf, und wenn Wanderer ankamen, wären sie direkt im Schussfeld der Chinesen. „Sie sind gefährlich!", flüsterte Lin Lien in seinem Rücken. „Chen Jian hat befohlen, dass ich Ning Xiansheng töte. Er ist mein commanding officer. Und jetzt will er mich ausliefern." Wenn Gasperlmaier das richtig verstanden hatte, dann war der dickere der beiden Chinesen, der jetzt weiter unten stand, der Chef von Lin Lien und hatte ihr befohlen, Rinderer zu töten. Ob das stimmte? Und warum erzählte sie es gerade jetzt? Gasperlmaier sah zum Altausseersee hinunter. Man konnte die roten Schirme der Jausenstation Kahlseneck sehen, die natürlich jetzt nicht aufgespannt waren. Warum saß er nicht einfach dort unten an einem der Tische, ein Bier und eine Essigwurst vor sich, und hieß den Freitagabend willkommen? Warum musste er hier heroben stehen und in die Mündung einer Pistole blicken? Er dachte an den Theo, an die Elisa und an die Kathi. Tränen stiegen in seine Augen. Das fehlte jetzt gerade noch, dass er zu weinen begann und nicht einmal mehr klar sehen konnte. „We must negotiate", schlug die Emina vor. „First of all, put down your gun!" Wang Baihu verzog den Mund zu einer Grimasse. „Only after I have shot you all!", schrie er. Jetzt, vermutete Gasperlmaier, wurde es ernst. Er schloss die Augen.

„Put your gun down!", schallte es plötzlich in seinem Rücken. Die Stimme klang, als käme sie durch ein Megafon. Aber wenn er sich nicht täuschte, war das die Stimme der Manuela. War sie ihnen allein nachgestiegen und setzte jetzt ihr Leben aufs Spiel? Chen Jian fuhr herum und richtete seine Waffe auf etwas, das in Gasperlmaiers Rücken lag. Doch in diesem Moment knallte ein Schuss, Gasperlmaier zog den Kopf ein und legte die Arme darüber. Lin Lien schrie auf. Aber auch einer der Chinesen schrie. Chen Jian lag auf dem Boden und hielt sich die Schulter, die offenbar getroffen worden war. Wang Baihu drehte sich nach ihm um, und Gasperlmaier hörte in seinem Rücken ein Klicken. „Put your gun down!", schallte es erneut aus dem Wald. „Never!", schrie Wang Baihu, richtete erneut seine Waffe auf Gasperlmaier, der sein Ende gekommen sah und die Augen wieder zudrückte. Ein Schuss knallte. Aber auch diesmal war es nicht er, der schreiend zu Boden ging. Als er die Augen öffnete, sah er Wang Baihu, der sich auf dem Boden wand. Gasperlmaier sank in die Knie, Lin Lien schlang schluchzend ihre Arme um seinen Hals.

„Das war knapp!", sagte die Frau Doktor und ließ ihre Waffe wieder im Schulterholster verschwinden. Vor ihm stand nicht nur die Frau Doktor, die sich abgewandt hatte und telefonierte, sondern auch die Manuela. „Da sind wir ja gerade im richtigen Augenblick gekommen!", sagte sie. „Was war denn hier los?" „Das weiß ich selber noch nicht ganz genau", sagte Gasperlmaier und versuchte, sich einen Überblick über die Situation zu verschaffen.

Lin Lien ließ ihn wieder los, ließ aber eine Hand auf seiner Schulter liegen. Die Manuela hielt einen Plastikbeutel mit einer Pistole drinnen in der Hand. Am Fuß der Treppe lag der eine Chinese, Wang Baihu, stöhnte und hielt sich den Oberschenkel. Seine Hose war bereits von Blut durchtränkt. Etwas weiter unten lag der zweite Chinese und drückte eine Hand gegen seine Schulter. Etwas seitlich davon stand die Frau Doktor Kohlross und telefonierte, bei ihr die Emina, die ebenfalls ins Telefon der Frau Doktor sprach.

„Die zwei wollten uns umbringen", sagte Gasperlmaier, „und Lin Lien ..." Er deutete hinter sich und zuckte mit den Schultern. „Sie hat gerade beide Morde gestanden." „Oh Gott!" Die Manuela schlug eine Hand vor den Mund. „Dabei hätte ich eher gedacht ..." Sie deutete auf die beiden auf dem Boden liegenden Männer. „Ja", sagte Gasperlmaier. „Aber jetzt sollten wir uns die beiden trotzdem einmal anschauen. Nicht, dass die uns hier oben verbluten." Die Emina kniete bereits bei Wang Baihu. „Da!" Sie reichte Gasperlmaier ein Brillenetui. „Ich hab gerade nichts anderes bei der Hand", sagte sie. „Drück es ihm auf die Wunde, ich suche etwas, mit dem wir es befestigen können." Gasperlmaier drückte, es war nicht schwer, festzustellen, wo die Wunde lag, aus einem Loch in der Hose quoll beständig Blut. Die Emina kniete sich wieder neben ihm hin, sie hatte nur mehr ihren BH an und zerriss gerade ihr T-Shirt, um das Brillenetui auf der Wunde zu fixieren. „Fest drücken!", kommandierte sie, nachdem sie einen Streifen um den Oberschenkel gelegt und einen Knoten zustande gebracht hatte. Gasperlmaier drückte auf den Knoten, die Emina zog fest zu und knüpfte einen zweiten. Seine Hände waren voller Blut. „So!", sagte sie, richtete sich auf und zog ihre Jacke wieder an. „Das wird Ihnen selbstverständlich in Rechnung gestellt", wandte sie sich an den Chinesen. „Aber es wird halten, bis der Hubschrauber kommt." Gasperlmaier sah sich um, nach einer Stelle, wo er seine Hände an Grasbüscheln abwischen konnte. Aber viel war da nicht zu machen. Die Frau Doktor kniete bei Chen Jian. „Ein Schulterdurchschuss. Er blutet nicht stark", sagte sie. „Damit ihm kein Blödsinn einfällt ..." Sie drehte den stöhnenden Mann auf den Bauch, sodass dieser laut aufschrie, und legte ihm Handschellen an. „Ja", sagte sie, „wenn man sich in Gefahr begibt, darf man nachher nicht wehleidig sein!"

Sie ließ sich auf den Boden fallen. Ihre Jeans waren mit Dreck beschmiert, aber so viel Blut wie Gasperlmaier und die Emina hatte sie nicht abbekommen. Die Manuela war als Einzige halbwegs sauber geblieben und reichte nun eine Trinkflasche herum. „15 Minuten noch", sagte sie. „Dann müsste der Hubschrauber hier sein. Es geht sich gerade noch aus, bevor es zu dunkel wird." „Ich schau, wie es dem einen kreislaufmäßig geht", sagte die Manuela und stapfte hinauf zu Wang Baihu, der inzwischen aufgehört hatte zu stöhnen. Chen Jian hingegen stieß unaufhörlich Flüche aus. „Er droht uns allen mit dem Tod", erklärte Lin Lien. „Wir sollen uns nicht sicher fühlen, irgendwann erwischt er uns." „Ja, ja", sagte die Frau Doktor. „Das bin ich gewohnt. Wann immer ich jemanden festnehme, muss ich mir sowas anhören."

„Wie habt ihr uns denn so schnell gefunden?", fragte Gasperlmaier. „Frau Reitmair-Peschke hat mich angerufen", sagte die Frau Doktor. „Sie hatte ja praktisch alle Informationen, sie wusste, wohin Lin Lien wollte und dass ihr ihr gefolgt seid. Und ja, das Foto, um das es geht, ist tatsächlich im Lakeview aufgenommen worden." Gasperlmaier betrachtete seine blutigen Hände. Hoffentlich kam er bald dazu, sich gründlich zu waschen, denn er ekelte sich ziemlich vor fremdem Blut.

„Was wir allerdings nicht wissen, ist, wie die beiden Chinesen so schnell herausbekommen haben, wo ihr seid", sagte sie. „Daran bin ich schuld", sagte Lin Lien. „Ich bin sicher, dass sie mein Handy geortet haben." Sie zog ein pinkfarbenes Handy aus ihrer Gesäßtasche und hielt es hoch. „Na, Mahlzeit!", sagte die Frau Doktor. „Und das, wo ich eigentlich in Teilzeit bin. Gasperlmaier, du musst mir versprechen, dass in nächster Zeit hier im Ausseerland Ruhe herrscht und keine Gewaltverbrechen mehr passieren! Sonst wird das nichts mit meinem Halbtagsjob!" Sie lächelte.

„Wer sind diese beiden jetzt eigentlich?", fragte die Emina und deutete auf die beiden Chinesen. „Chen Jian ist mein Chef, und Wang Baihu ist ein Mitglied der Partei aus Huizhou. Die beiden haben vom Tourismus keine Ahnung, da war eigentlich nur Ning Xiansheng sachkundig." „Ning Xiansheng?", fragte die Manuela. „Rinderer. Sein chinesischer Name." Insgeheim fragte sich Gasperlmaier allerdings schon, warum sie ihn noch immer so nannte. „Jetzt müssen Sie uns aber erklären", sagte die Emina, „wieso Sie den Rinderer auf Anordnung Ihres Chefs töten sollten?" Sie zuckte mit den Schultern. „Ich weiß es selber nicht genau. Da gibt es Formulierungen, die nichts aussagen. Er war eine Gefahr für die Sache des Volkes, er hat das chinesische Volk verraten, und so weiter. Es könnte sein, dass er nur eifersüchtig war, weil er dachte, Ning Xiansheng habe ein Verhältnis mit mir. Und in meiner Position fragt man nicht. Da hat man seine Befehle auszuführen. Und dazu ist gekommen, dass ich Ning

Xiansheng gehasst habe. Ich habe mich nicht gegen den Auftrag gewehrt."

„Könnte es nicht sein", fragte Gasperlmaier, „dass gar nicht Sie den Rinderer ermordet haben, sondern er da?" Er deutete hinter sich auf Wang Baihu. „Und dass Sie den Befehl haben, das jetzt auf sich zu nehmen, damit er ungeschoren davonkommt?" Er konnte sehen, wie Lin Lien erschrak. „Nein, nein!", rief sie. „So ist das nicht gewesen!" Die Frau Doktor zog die Augenbrauen so hoch, wie es eben gerade ging. Im gleichen Moment wurde das Brummen eines Helikopters hörbar. Gasperlmaier dachte jetzt erst daran, die Christine anzurufen, um ihr zu berichten, dass er in Sicherheit und der Fall aufgeklärt war. Leider hob sie nicht ab, deswegen schickte ihr er eine Nachricht, damit sie sich nicht sorgte.

Es dauerte nicht lange, und der Hubschrauber war mit den beiden Chinesen an Bord wieder weg. Die Emina war ebenfalls an Bord gegangen, weil irgendjemand, der an den Ermittlungen beteiligt war, mit ins Krankenhaus musste. Der Mann, der nur einen Schulterdurchschuss erlitten hatte, würde wohl bald vernommen werden können. „Wir setzen uns jetzt da drinnen noch einmal hin!", entschied die Frau Doktor und deutete auf das unterste Geschoß der Aussichtswarte. „Da beruhigen wir uns erst einmal, und dann reden wir." Offensichtlich, so dachte Gasperlmaier bei sich, war sie nicht davon überzeugt, dass Lin Lien bisher die ganze Wahrheit gesagt hatte. Gescheiter wäre es, dachte Gasperlmaier bei sich, abzusteigen, solange es noch etwas Tageslicht gab. Sein Hintern schmerzte, als er sich auf dem kalten Bretterboden niederließ. Er war an weiche Polster gewöhnt und offenbar nicht ausreichend für eine solche Unterlage abgehärtet.

Lin Lien, fand Gasperlmaier, wirkte erschöpft. Sie saß zwischen der Manuela und der Frau Doktor. Die Manuela hatte ihr eine Hand auf die Schulter gelegt. Nichts außer dem Gekreische einiger Krähen und dem Summen von Insekten war zu hören, nachdem das Geknatter des Helikopters verklungen war. „Der hätte glatt auf dich geschossen, Gasperlmaier. Ich bin ja sonst nicht so flink am Abzug, aber diesmal hatte ich keine andere Wahl, glaube ich. Sonst wärst du jetzt im Hubschrauber." „Es ist ja nicht das erste Mal", sagte Gasperlmaier. Seine Stimme krächzte, und er räusperte sich, „... dass ich bei so einer Ermittlung mit dem Tod bedroht werde. Leider gewöhnt man sich daran nicht." Er versuchte sich an einem Lächeln, das ihm aber nicht so recht gelingen wollte. „Und ich werde mich nicht ans Schießen gewöhnen", sagte die Frau Doktor. „Mir wär's auch lieber, wenn ich meine Fälle vom Bürostuhl aus lösen könnte." „Das könnten Sie aber doch?", fragte die Manuela. „Als Leutnant?" Die Frau Doktor lächelte. „Für den Gasperlmaier mach ich eine Ausnahme. Nur für ihn. Und nur, wenn er sich in Zukunft zusammenreißt. Dass solche Sachen im Ausseerland nicht mehr vorkommen!" Sie hob mahnend den Zeigefinger.

„Es ist ja nicht so", wehrte sich Gasperlmaier, „dass nur wir Ausseer uns gegenseitig das Leben schwer machen, obwohl von den Einheimischen schon auch genug Unfug angestellt wird. Dazu kommt noch dieser ganze Wirbel, der von außen hereinkommt, der uns den vielen Ärger macht. Im Prinzip sind wir ja doch friedliche Leute!" Wieder herrschte Stille. Gasperlmaier fragte sich, worauf die Frau Doktor wartete.

„Ich kann mich noch gut erinnern", sagte Gasperlmaier schließlich, „an den ersten Mord, der in Aussee passiert ist. Zumindest, seit ich mich erinnern kann. Da war ich 16. Ich war schon aus der Schule, ich war bei einem Bäcker in der Lehre." „Du hast Bäcker gelernt?", fragte die Frau Doktor überrascht. Gasperlmaier nickte. „Ich hab ja erst mit 18 in die Polizeischule dürfen. Und länger in die Schule gehen, das war nichts für mich. Da hab ich halt eine Lehre gemacht, aber Polizist werden wollte ich schon immer, es war ja auch eine Art Familientradition." „Da könntest du ja ... also, da solltest du aber öfter ein Brot machen, für deine Familie. Oder ein Gebäck, oder vielleicht sogar einen Brioche-Striezel?", mischte sich die Manuela ein. Gasperlmaier lächelte, diesmal war es echt. „Ich wollte euch eigentlich von dem Mord damals erzählen, aber wenn ..." „Nein, nein!", unterbrach ihn die Frau Doktor. „Erzähl nur!" „Zwei Bankräuber haben einen Geldtransport überfallen", sagte er. „Und in der Nähe vom Bahnhof, glaub ich, war's, da hat ein Gendarm die beiden verfolgt. Und die haben auf ihn geschossen. Und einen Postler haben sie auch erschossen."

„Glaubt man gar nicht, dass sowas hier passieren kann", murmelte die Manuela. „Worauf ich hinauswill", sagte Gasperlmaier, „die beiden Täter, das waren auch keine von hier. Wie ich schon gesagt habe, wir sind grundsätzlich friedlich." „Die Opfer, zumindest damals, leider schon", sagte die Frau Doktor. Mittlerweile war sich Gasperlmaier sicher, dass es Taktik war, dass die Frau Doktor Gespräche über ganz andere Themen zuließ, obwohl sie den Aussagen der Lin Lien misstraute. Ein Ablenkungsmanöver, bevor sie wieder zu dem Thema kam, das ihnen allen eigentlich unter den Nägeln brannte.

Er sollte recht behalten. „Frau Lin", sagte die Frau Doktor schließlich, „bitte erzählen Sie mir noch einmal, wie Sie die beiden Männer getötet haben." Lin Lien schrak auf. „Warum? Ich habe doch schon Ihrer Kollegin alles erzählt." „Trotzdem", entgegnete die Frau Doktor. „Jetzt ist die Erinnerung noch frisch. Je länger wir warten, desto mehr ... Erzählen Sie einfach." Und stockend begann Lin Lien zu erzählen.

„Wo genau haben Sie Rinderer unter Wasser gedrückt? Und wo waren Sie? Im Wasser oder draußen?", unterbrach die Frau Doktor ihre Schilderung des Mordes. „Im Wasser. An der Treppe. Dort, wo es nicht tief ist. Dort habe ich ihn mit dem Handtuch ..." Sie begann zu schluchzen. Gasperlmaier war sich nicht sicher, aber er meinte, an Lin Lien Anzeichen zu bemerken, die für eine Lüge sprachen. Sie wandte den Kopf von der Frau Doktor ab und sah zu Boden. Mit der rechten Hand machte sie ein paar unsichere, zittrige Gesten. „Waren Sie allein mit Rinderer? Oder war noch jemand dabei?", fragte die Manuela plötzlich. Lin Lien erstarrte zunächst, blickte von einem zum anderen und nickte dann. „Ja, es war jemand dabei." „Wer?", fragte die Frau Doktor. Lin Lien rang mit sich, das konnte man deutlich erkennen. „Wang Baihu", sagte sie schließlich. „Er hat mich gezwungen, es zu tun." „Wie?" „Drohungen", schluchzte Lin Lien. „Er hat sein Telefon in der Hand gehalten. Wenn ich es nicht tue, ruft er jemanden an, der zu meinen Eltern geht." Sie wischte Tränen aus ihrem Gesicht. „Und Rinderer?" „Der war kaum ansprechbar, so betrunken. Er hat gar nichts mitbekommen."

Gasperlmaier atmete tief durch. Für ihn war Lin Lien hier ein weiteres Opfer. Wenn sie die Wahrheit sagte. „Wir steigen jetzt ab", entschied die Frau Doktor schließlich und stand auf. „Das Protokoll machen wir dann auf dem Posten fertig." Noch bevor Gasperlmaier sich erhoben hatte, läutete das Telefon der Renate. Es war die Emina, sie war mit den Verletzten bereits im Krankenhaus angekommen. „Du wirst es nicht glauben", sagte die Emina, „das BKA ist auch schon da." „Wie können die überhaupt wissen, dass … bleib jedenfalls dran, schau, dass du zuerst mit ihnen reden kannst, hol dir den Hirtreiter dazu. Das ist jetzt einmal unser Fall, den lassen wir uns so schnell nicht nehmen!" Sie legte auf. „So was!", brummte sie. „Wissen Sie vielleicht, wie es kommt, dass das Bundeskriminalamt schon auf Ihre beiden Kollegen gewartet hat, im Krankenhaus?" Lin Lien zuckte mit den Schultern, doch Gasperlmaier hatte den Verdacht, dass die Handys aller drei Chinesen womöglich überwacht und geortet worden waren. Wer konnte wissen, wer und was alles hinter ihrem Besuch im Ausseerland steckte?

Der Abstieg gestaltete sich mühsam, denn es war bereits sehr dunkel im Wald. Am Himmel zeigte sich nur noch im Westen heller Schein. Die Manuela hatte eine Stirnlampe mitgebracht, und alle anderen mussten sich mit ihren Handylampen behelfen. vor allem Lin Lien rutschte in ihren Ballerinas mehr, als sie ging. Gasperlmaier fragte sich, wie sie es bergauf geschafft hatte, doch aus eigener Erfahrung wusste er, dass es bei nassem Untergrund bergauf meist leichter ging als bergab. Auch seine Schuhe waren nicht gerade erste Wahl für's Bergsteigen, und so hatte er mit sich selbst genug zu tun, ohne dass er Lin Lien oder der Manuela helfen konnte. Vor allem um die Manuela sorgte er sich, denn sie durfte auf keinen Fall stürzen, in ihrem Zustand. Er musste sich auf die Zunge beißen, um nicht ständig „Pass auf!" zu rufen. Schließlich gelangten sie doch ohne weitere Zwischenfälle zu den Autos. Jetzt, fand Gasperlmaier, war es Zeit, etwas zu essen, denn der Abend konnte noch lang werden. „Ich fahr schnell", sagte er, „beim Geschäft vorbei. Ihr habt sicher auch Hunger, oder?" Die Frau Doktor lächelte. „Natürlich. Für mich nimmst bitte einen Nudelsalat mit. Wenn sie einen haben. Sonst was mit Vollkorn." „Für mich auch!", schloss sich die Manuela an.

Als Gasperlmaier allein im Auto saß, atmete er tief durch und rief dann noch einmal die Christine an. „Ich hab deine Nachricht bekommen", sagte sie. „Was war denn los?" „Lange Geschichte", antwortete Gasperlmaier. „Ich bin jetzt auf dem Weg zum Posten, wir machen ein Protokoll. Wird noch eine Zeitlang dauern, bis ich nach Hause komm." „Die Mädels sind immer noch da. Sie haben eine ganze Menge herausgefunden über den Niederecker. Da hat sich nämlich auch was getan." „So?", sagte Gasperlmaier. „Da bin ich aber gespannt." Er legte auf und fragte sich, ob es letztendlich doch einen Zusammenhang zwischen den krummen Geschäften des Niederecker und den beiden Morden gab.

Einen Nudelsalat gab es natürlich nicht, und was da sonst so an fertigen Salaten im Regal vor sich hin welkte, flößte ihm kein Vertrauen ein. Er entschied sich, was die Damen betraf, für Vollkornweckerl mit Käse, und für sich selbst orderte er eine Leberkäsesemmel. „Geschossen haben s', und ein Hubschrauber ist gesehen worden, bei der Tressensteinwarte", stellte die Gerti fest, während sie ihm seine Jause herrichtete. „Was war denn los?" Gasperlmaier seufzte. „Ich fürcht, Gerti, das wirst du morgen in der Zeitung lesen müssen, weil ich darf dir jetzt kein Wort darüber sagen." Er schnappte seine Jause und machte sich davon, bevor es ihr gelingen konnte, ihm Informationen zu entlocken. Hoffentlich blieben sie wenigstens heute noch von der Presse verschont, denn wenn die Schablinger Wind bekam von der Schießerei oben auf dem

Tressenstein, dann würde sie sich gnadenlos an seine Fersen heften.

Als er auf dem Posten ankam, traf er auf fassungslose Gesichter. Die Lin Lien weinte. „Wir sollen Lin Lien sofort nach Liezen bringen", sagte die Frau Doktor. „Dort wird sie von Beamten des BKA abgeholt. Die beiden anderen Delegierten sind schon auf dem Weg nach Wien. Mit einem Rettungsauto." „Was? Aber warum denn?" Lin Lien schluchzte noch lauter. „Ich habe keine Ahnung, was die mit mir vorhaben! Wenn man mich nach China ausliefert, dann ... ich weiß nicht, was man dann mit mir macht! Ich bin schließlich an allem schuld!" „Na", sagte Gasperlmaier, „so würde ich das nicht sehen." „Aber das nützt nichts, wie wir es sehen!", unterbrach ihn die Manuela. „Wir müssen Lin Lien helfen!" „Ja!", sagte die Frau Doktor. Sie schnappte den Papiersack mit der Jause. „Kommt! Essen können wir unterwegs!"

Gasperlmaier setzte sich ans Steuer. „Lin Lien wird auf dem Weg nach Liezen fliehen", erklärte die Frau Doktor, als er losgefahren war. „Was?" Gasperlmaier stieg erschrocken auf die Bremse. „Ja, wie denn? Und was ist dann mit uns?" „Jetzt heißt es entschlossen handeln. Ich fürchte nämlich tatsächlich, dass man sie ausliefern wird, bevor sie hier ein faires Verfahren bekommt. Dafür stinkt in dieser ganzen Affäre einiges viel zu sehr", sagte die Frau Doktor. „Wir bringen Lin Lien erst einmal zu dir nach Hause. Dann fahren wir nach Liezen, halten auf einem Parkplatz und lösen von dort die Fahndung aus. Sie ist uns entwischt. Suchen wird man dann an der ganz falschen Stelle."

Gasperlmaier bekam augenblicklich Magenschmerzen. „Das ist ja quasi, also, das ist ja Beihilfe, und wir machen uns strafbar", sagte er. „Nur, wenn man uns was nachweisen kann. Und wenn wir es geschickt anstellen und schweigen, dann wird uns das niemand nachweisen können. Die Manuela und ich machen das schon. Du bleibst bei Lin Lien und sorgst für ein gutes Versteck." Das war, fand Gasperlmaier, ein äußerst abenteuerlicher Plan, und riskant war er noch dazu. Warum eigentlich sollten sie Lin Lien zur Flucht verhelfen? Schließlich war sie eine Mörderin und eine Spionin. Als hätte die Frau Doktor seine Gedanken erraten, sagte sie: „Ich habe es schon gesagt, Lin Lien ist für mich ein Opfer. Das Opfer der chinesischen Machenschaften, und der Kröker hat sie aufs Übelste erpresst und ausgenutzt. Sie hat sich bloß gewehrt. Und, wie schon gesagt, ich habe begründete Befürchtungen, dass sie nicht vor ein österreichisches Gericht kommen wird und somit kein faires Verfahren zu erwarten hat. Also?" Gasperlmaier schluckte und nickte schweigend.

Ehe er es sich versah, stand er mit Lin Lien im Vorzimmer seines Hauses. Die Chinesin wischte sich mit einem Pulloverärmel Tränen aus den Augen. Sowohl der Ärmel als auch das Gesicht waren danach mit Make-up verschmiert. Die Christine kam aus der Küche. „Was ist denn los? Warum weint sie? Wir sitzen gerade alle in der Küche zusammen." Gasperlmaier stöhnte. Auch das noch. Er wusste zwar nicht, wer „alle zusammen" waren, aber dass Lin Liens Aufenthalt hier bei ihm kein Geheimnis bleiben würde, schien ihm gewiss. Wie hatte er sich nur auf diese verrückte Idee einlassen können?

Rund um den Küchentisch saßen nicht nur die Katharina und die Stefanie, sondern auch das Ehepaar Altmann. „Ich hab Gulasch mitgebracht. Ein normales und sogar ein veganes. Wegen deinen Mädchen", sagte die Charlotte. „Mir hast du das auftischen wollen! Mir!", protestierte ihr Mann, der Bruno. „Bloß, weil du beim Internisten irgendwelchen Unsinn aufgeschnappt hast! Ich ess doch kein ..."

„Wir haben ein Problem", unterbrach Gasperlmaier. „Vielleicht könnt ihr mir helfen." Um den Tisch wurde es still, und Gasperlmaier erzählte in Kürzestform, was heute tagsüber alles passiert war. „Und jetzt", sagte er, „findet die Frau Doktor, dass die Lin Lien das Opfer ist. Und dass wir ihr helfen müssen, weil sie sich eigentlich nur gewehrt hat und weil sie in China kein faires Verfahren bekommen wird. Und ... ich glaube, sie hat recht." Gasperlmaier warf Lin Lien, die sich zwischen die Katharina und die Stefanie gequetscht hatte, einen Blick zu.

„Also!" Der Doktor Altmann stand auf. „Ich hab genug gehört. Und ich bin dabei, bei eurem Plan. Wir müssen Frau Lin Lien verstecken. Damit sie zumindest vor ein österreichisches Gericht kommt, wenn ein wenig Gras über die Sache gewachsen ist. Oder vielleicht bleibt ihr ein Verfahren überhaupt erspart, wer weiß. Und ich hab auch schon eine Idee." „Oje!", sagte seine Frau. „Was wird das wieder für eine Idee sein?" „Eine vorzügliche!" Der Doktor Altmann nahm einen Schluck Wein. „Hervorragender Tropfen, übrigens. Ein Schilcher. Passt einmalig zum Gulasch." Er wischte sich den Mund. „Wir werden Frau Lin Lien nach Hallstatt bringen. Erstens ist unser Auto in keiner Weise verdächtig, und zweitens hab ich da drüben einen Spezl, der Platz für sie hat. Und absolut vertrauenswürdig ist. Und damit ihr nicht einmal unter Folter was verraten könnt, werd ich euch nicht sagen, wer das ist und wo sie unterkommen wird."

„Spitzenidee", sagte die Katharina. „Wo wird Lin Lien niemals auffallen? In einem Ort, wo es vor Chi-

nesen nur so wimmelt. Aber, Lin, wir sollten was mit deinen Haaren machen. Damit du anders aussiehst."
„So schnell geht das aber nicht", wandte die Christine ein. „Ich hab eine Idee!", sagte die Charlotte und stand auf. „Wartet ein paar Minuten. Ich muss was von drüben holen."

Fünf Minuten später war sie zurück und hielt etwas in der Hand, das Gasperlmaier noch nie gesehen hatte. Zuerst erkannte er gar nicht, was es war. Die Säcke sahen aus wie Kleidersäcke, aber viel kleiner. „Die hab ich mir mal in einem Anflug von Wahnsinn gekauft", erklärte die Charlotte. „Ich hatte einen Klienten aus dem Rotlichtmilieu, und dessen Feinde haben es auch auf mich abgesehen gehabt. Habe ich mir zumindest eingebildet. Und da hab ich mir diese Perücken beschafft!" Sie hielt die drei Säcke hoch. „Vielleicht könnt ihr sie brauchen."

„Fantastisch!", sagte die Katharina, nahm der Charlotte die Säcke ab und verschwand Richtung Vorzimmer. „Komm!", sagte die Stefanie und nahm Lin Lien am Arm. Die beiden folgten der Kathi hinauf in ihre Wohnung. „Ich weiß nicht", sagte Gasperlmaier. „Ist das nicht alles illegal? Und wahnsinnig gefährlich? Was, wenn der chinesische Geheimdienst uns ins Visier nimmt?" Das Erwähnen von Folter hatte Gasperlmaiers Bedenken bedrohlich anschwellen lassen. „Du machst dir", meinte der Bruno, „da einfach zu viele Sorgen. Wir werden das schon hinkriegen. Mit einer guten Anwältin …" Er lächelte seiner Frau zu und reichte ihr die Hand. Sie nahm sie und stand auf. „Wir machen uns dann fertig", sagte er noch. „Ich muss noch ein bisschen herumtelefonieren." Beide verließen die Küche.

„Na, dann …" Gasperlmaier holte sich einen Schöpflöffel Gulasch auf seinen Teller. „Du könntest ruhig auch das vegane probieren", ermahnte ihn die Christine. „Es ist mit Sojawürfeln anstatt Fleisch." „Nachher", versprach Gasperlmaier, insgeheim aber dachte er bei sich, dass Soja als Viehfutter sicher gut geeignet war, aber als Fleischersatz im Gulasch konnte er gut darauf verzichten. Es dauerte nur eine halbe Stunde, bis Lin Lien mit den beiden Mädchen wieder herunterkam. Gasperlmaier blieb der Mund offen stehen. Er erkannte sie kaum wieder. Sie hatte kurz geschnittenes, blondes Haar und trug eine Sonnenbrille. Wie ein Filmstar sah sie nun aus. „Na, Papa?", fragte die Katharina. „Glaubst du, dass nach dieser Frau gesucht werden wird?"

Gasperlmaiers Handy klingelte. Es war die Frau Doktor. „So!", sagte sie. „Die Festgenommene ist jetzt geflohen. Pass gut auf, Gasperlmaier. Ich schick dir den Standort, wo das passiert ist. Ein Parkplatz an der B145 zwischen Mitterndorf und Tauplitz. Lin Lien hat Übelkeit vorgetäuscht und ist sofort nach dem Aussteigen getürmt. Es ist hier jetzt stockfinster, also schlechte Bedingungen für eine Fahndung. Die wir natürlich umgehend eingeleitet haben." Jetzt musste er aufpassen. Womöglich konnte irgendjemand sein Gespräch mithören, und er durfte sich nicht verraten. „Na", sagte er nach kurzer Bedenkzeit, „da hoffe ich, dass man sie bald erwischt." Er atmete durch. „Uns geht es gut", fuhr er dann fort. „Wir freuen uns auf ein ruhiges Wochenende." Er hoffte, dass die Frau Doktor seine Andeutungen richtig verstand. „Wird natürlich im Fernsehen kommen", sagte die Frau Doktor noch. „Und rechne auch mit Presse. Vielleicht kommt sogar deine alte Freundin, die Schablinger." Gasperlmaier seufzte, wünschte der Frau Doktor ein schönes Wochenende und legte auf.

In diesem Moment kam der Bruno durch die Haustür. „Alles bereit", sagte er. Gasperlmaier gab Lin Lien ein Zeichen, die Katharina drückte ihr noch eine kleine Sporttasche in die Hand und umarmte sie kurz. „Alles Gute!", raunte sie. Der Bruno öffnete die Haustür, blickte um sich und forderte Lin Lien dann auf, ihm zu folgen. Binnen Sekunden waren die beiden weg. „Puh!", schnaufte die Stefanie, als Gasperlmaier wieder zurück am Küchentisch war. „Wie in einem Agentenkrimi. Ich hoffe, alles geht gut." „Das hoffe ich auch", sagte er. „Sonst landen wir selber vor dem Gericht." „Ach was, Papa!", wischte die Katharina seine Bedenken zur Seite. „Endlich hast du einmal Rückgrat gezeigt!" „Ist noch Gulasch da?", fragte er. „Und ein Bier?" Die Katharina stand auf und holte einen Topf vom Herd. „Jetzt musst du aber einmal auch das vegane kosten!" Sie tat ihm einen Schöpfer voll auf seinen Teller. Während er aß, dachte er über das mit dem Rückgrat nach, was die Kathi gesagt hatte. Eigentlich, so musste er sich eingestehen, hatte er den ganzen Tag nur getan, was anderen eingefallen war, und er hatte mitgeholfen, es umzusetzen. Eigene Entscheidungen, und das war es ja wohl, was „Rückgrat" bedeutete, waren keine dabei gewesen. Und jetzt kaute er sogar noch auf Sojawürfeln herum. Auch nicht gerade ein Zeichen von Rückgrat.

„Wir haben übrigens noch einiges herausgefunden, über die Geschäfte des Herrn Niederecker. Und du wirst es nicht glauben, es ist in diesem Zusammenhang jetzt auch zu Durchsuchungen gekommen!" „Manchmal frage ich mich", sagte Gasperlmaier, „warum du mehr weißt als die Polizei." Die Stefanie lächelte hintergründig. „Du weißt ja, Journalistinnen geben ihre Quellen niemals preis. Nicht einmal der Familie!" Sie legte ihren Laptop auf den Tisch und klappte ihn auf.

„Wir waren nämlich im Hotel Lakeview. Weil vieles darauf hingedeutet hat, dass der Manager von dem Hotel, ein gewisser Egon Burger, auch auf der Gehaltsliste vom Niederecker steht." „Egon?", fragte Gasperlmaier verblüfft zurück. „Wer heißt denn Egon?" „Das spielt doch jetzt keine Rolle", wies in die Kathi zurecht. „Willst du dir alles selber anschauen, was wir gesammelt haben, oder genügt dir eine Kurzzusammenfassung?" „Kurzzusammenfassung!", entschied sich Gasperlmaier. Er erspähte noch einen Rest von dem Schilcher, den der Bruno so gelobt hatte, und schenkte sich ein. Es war spät, und er war rechtschaffen müde.

„Also", sagte die Katharina. „Wir haben den Burger konfrontiert, mit allem, was wir wissen. Mit den linken Geschichten, die der Niederecker gedreht hat. Und wir haben ihn auch wissen lassen, dass der Brandstifter von vor ein paar Jahren, dass der auf der Baustelle in Altaussee arbeitet. Und dass ihr einen Zusammenhang mit dem Tod des Kröker vermutet." Die Stefanie lachte. „Daraufhin ist er ganz nervös geworden, hat zu schwitzen begonnen und so gezittert, dass er nicht einmal mehr richtig aus seinem Glas trinken konnte. Er hat die Hälfte von seinem teuren Whisky verschüttet." „Hat er euch was gesagt?", fragte Gasperlmaier. „Nicht viel!", gestand die Stefanie. „Aber er ist sofort mit dem Auto weggefahren." „Vielleicht zeigt er sich selber an", murmelte Gasperlmaier. „Vor lauter Angst." „Glaub ich eher nicht", sagte die Kathi. „Einen Namen hat er nämlich genannt. Er hat gesagt, er muss das alles dringend mit dem Franz besprechen. Der Franz, hat er gesagt, kennt sich da aus, der wird ihm helfen." „Und wir haben natürlich gleich nachgehakt, als er weg war, bei der Simone Wurzacher. Ob sie einen Franz kennt, mit dem ihr Ex-Chef Geschäfte macht. Und sie hat sich tatsächlich erinnert!" Die Steffi drehte den Laptop so, dass Gasperlmaier auf den Bildschirm sehen konnte. „Das ist doch ..." „Ja, genau. Unser Niederecker. Mit Vornamen Franz. Es besteht der Verdacht, dass der Niederecker und auch andere Bauunternehmer Politiker schmieren, damit Grünland in Bauland umgewidmet wird. Damit lässt sich großartig verdienen, weil ja Bauland weitaus mehr wert ist." „Da beißen sie aber bei unseren Bürgermeistern auf Granit!", verteidigte sich Gasperlmaier. „Und was", konterte die Katharina, „wenn ich dir sage, dass angeblich schon Bürgermeisterkandidaten bereitstehen, die bei der nächsten Wahl anstatt unserer amtierenden für ihre Partei ins Rennen gehen sollen? Weil unsere Bürgermeister nicht willfährig genug sind?" „Das sind ja schreckliche Aussichten!", musste Gasperlmaier zugeben. „Und in das alles war der Kröker auch verstrickt?" Die Stefanie nickte. „Aber das alles", wandte Gasperlmaier ein, „hat ja wohl gar nichts mit unseren Chinesen zu tun, oder?"

Die beiden grinsten übers ganze Gesicht. „Auch da haben wir etwas gefunden, was zumindest eine Möglichkeit wäre", sagte die Kathi. „Hast du dich noch nicht gefragt, was der chinesische Geheimdienst hier in Altaussee überhaupt will? Und warum sie da Leute herschicken?" „Doch!", gestand Gasperlmaier. „Aber der Friedrich, und auch der Doktor Altmann, die haben das ganz einfach erklärt. Dass die Chinesen zwar Interesse am Tourismus haben, aber alle, die ins Ausland geschickt werden, ganz sorgfältig überwacht werden."

„Trotzdem", die Kathi hob einen Zeigefinger, „haben wir mehr herausgefunden!" Die Steffi deutete auf den Bildschirm ihres Laptops. „Wir haben uns nämlich die bisherigen Arbeitgeber des Herrn Kröker angesehen. Und da hat sich herausgestellt, dass die Kreuzfahrtfirma, für die er in Dänemark gearbeitet hat, mehrheitlich einem chinesischen Großinvestor gehört, und zwar der Hiutalang Group, die wiederum einem der reichsten Chinesen überhaupt gehört, Wong Tianlin." „Da schau her!", mischte sich die Christine ein. „Es kommt noch besser", setzte die Steffi fort. „Wir haben auch herausgefunden, dass der Niederecker über den Verkauf seiner Baufirma verhandelt. Und der Käufer ist eine belgische Firma, Dewoolf Construction. Das ist sogar in den Salzburger Nachrichten gestanden." Sie drehte den Laptop so, dass Gasperlmaier den Bildschirm mit dem betreffenden Artikel sehen konnte.

„Jetzt bin ich aber gespannt", sagte Gasperlmaier, dem ein Verdacht kam. „Und die Dewoolfdingsfirma, die gehört den Chinesen?" „Messerscharf geschlossen", lobte ihn die Kathi und klopfte ihm auf die Schulter. „Ein Aktienpaket von Dewoolf Construction ist 2022 an die Hiutalang Group gegangen, die dort jetzt 51 Prozent halten." „Mir wird ein bisschen schwummerig", sagte Gasperlmaier und wischte sich über die Augen. „Heißt das, die Chinesen wollen nicht nur Touristen herschicken, sondern auch im Baugewerbe mitmischen? Wo eigentlich sonst noch überall?" „Eine gute Frage!", antwortete die Steffi. „Es gibt Hinweise darauf, dass die Hiutalang Group ihre Fühler auch nach einem großen Energydrink-Hersteller ausstreckt, dem hier im Salzkammergut bereits eine ganze Reihe von Betrieben gehört." „Und wie ihr ja wisst", sagte die Kathi, „gehört die Therme in Bad Aussee einem russischen Oligarchen. Und der wiederum, so hört man, denkt an einen Verkauf." „Oje!", sagte Gasperlmaier. „Wir haben zwar nicht herausfinden können, ob das stimmt und an wen er verkaufen will, aber sicher nicht an die Feuerwehr Altaussee!", lachte die Kathi. „Und wenn man bedenkt", fügte die Steffi hinzu, „woher die größten Investoren in europäisches Kapital kommen, stößt man natürlich auf China. Das ist jetzt natürlich eher schon eine Spekulation, aber ..." „Ich hab genug!", sagte Gasperlmaier und stand auf. „Ich brauch jetzt einen Schnaps!" „Für mich auch, bitte!", fügte die Christine, etwas resigniert, hinzu. Das waren keine guten Zukunftsvisionen, wenn man den Mädchen glauben durfte. Da bestand ja die Gefahr, dass über kurz oder lang alles, was einen umgab, in chinesischer Hand war, wenn man nicht aufpasste. Man wäre dann sozusagen, wirtschaftlich gesehen, nichts anderes als eine chinesische Kolonie.

„Sagt einmal", wechselte die Christine abrupt das Thema, „wie seid ihr denn ausgerechnet auf blond gekommen?", fragte sie. „Blonde Chinesinnen sind ja wiederum auch auffällig?" „Ja", sagte die Steffi, „das war komisch. Die Lin Lien hat vier Reisepässe dabeigehabt, einen, in dem sie so aussah, wie wir sie kennen, der lautete auch auf Lin Lien. Und dann hatte sie noch drei andere mit anderen Namen. Sie hat uns gefragt, ob wir sie so herrichten können, dass sie aussieht wie in einem dieser Pässe. Da haben wir uns für blonde, kurze Haare entschieden. Gott sei Dank war eine solche Perücke dabei."

Gasperlmaier blieb fast ein Sojawürfel im Halse stecken. „Vier Pässe?", sagte er. „Und das sagt ihr mir erst jetzt?" Die beiden sahen erstaunt zu ihm auf. Wie konnte man bloß so naiv sein, noch dazu als Journalistin? „Das heißt ja ... die ist ja dann ... sozusagen eine Top-Agentin, oder wie man das nennt!" Er sprang auf. Das musste sofort die Renate wissen. Womöglich hatten sie einen schweren Fehler gemacht. Was hieß womöglich? Das war ganz gewiss ein schwerer Fehler gewesen!

„Wer weiß", schnaufte er, „wer diese Frau wirklich ist! Vielleicht heißt sie gar nicht Lin Lien! Am Ende hat sie uns nur Theater vorgespielt, und wir ..." Er ging hinaus ins Vorzimmer und wählte die Nummer der Frau Doktor. „Grüß dich", sagte er, als sie sich meldete. „Wo bist du denn gerade?" „In meinem Büro", antwortete sie, betont ruhig. „Todmüde. Die Fahndung koordinieren. Und auf eine Kopfwäsche von meinem Oberst warten, der natürlich fuchsteufelswild ist, dass uns Lin Lien entwischt ist." Gasperlmaier überlegte. „Kann ich offen sprechen?", sagte er schließlich. „Ja", antwortete die Frau Doktor nach kurzem Zögern. „Die Person hat vier Reisepässe. Sie sieht jetzt aus wie auf einem von den falschen." Die Frau Doktor brachte ein paar Atemzüge, um die Neuigkeit zu verdauen. „Okay", sagte sie dann. „Ich werde mich darum kümmern." Sie legte auf. Das war jetzt, fand Gasperlmaier, eine ganz üble Geschichte. Womöglich war der Doktor Altmann mit einer ausgefuchsten Topspionin nach Hallstatt unterwegs. Wenn er überhaupt noch am Leben war und sein Auto nicht ausgebrannt irgendwo an der Koppenstraße stand, die Bad Aussee mit Hallstatt verband. Die Leichen des Bruno und der Charlotte trieben womöglich schon in der Koppentraun. Er musste mit jemandem reden. „Ich geh auf den Posten", rief er zurück in die Küche. „Ich muss noch was erledigen!"

Von unterwegs aus rief er die Manuela an. Vielleicht war sie schon wieder in Altaussee eingetroffen. Sie meldete sich gleich. „Ja", sagte sie. „Der Carsten hat mich mit dem Motorrad abgeholt. Ich komm gleich!" Mit dem Motorrad. In der Dunkelheit. Die war ja verrückt, sich als Schwangere auf so ein Teufelsding zu setzen. Er musste einmal ein Wörtchen mit ihr reden. Wenn sie es denn zuließ.

„Wie ist es denn gelaufen?", fragte er, als die Manuela durch die Tür trat. Sie war noch immer in Uniform und zuckte mit den Schultern. „Erzähl halt ein bisschen was", sagte Gasperlmaier. „Wie sie reagiert haben, in Liezen, und so." „Es hat niemand angezweifelt, was wir gesagt haben. Wir haben uns auch vorher genau abgesprochen. Ob wir sie verfolgt haben, wollten sie wissen." Die Manuela grinste. „Ich hab gesagt, dass ich nichts riskieren wollte, weil ich schwanger bin. Aber die Frau Doktor ist von oben bis unten voller Dreck!" „Wieso denn das?" „Ja, sie musste die Verfolgung simulieren. Über eine Wiese, über einen Bach, da ist sie richtig kunstvoll hineingeplatscht. Und hat sich das Knie aufgeschlagen." Gasperlmaier schüttelte den Kopf. „Ich bin mir immer noch nicht sicher, ob wir das Richtige getan haben", sagte er. „Die Frau hat vier Pässe gehabt. Und von meinen Mädels hat sie sich so herrichten lassen, dass sie ausschaut wie auf einem der Passbilder! Wahrscheinlich ist sie eine Topagentin!"

„Geh, woher willst du denn das wissen? Bloß wegen der Pässe? Wo ist sie jetzt?", fragte die Manuela. „Das ist es ja eben. Mein Nachbar, der Doktor Altmann, hat sie zu einem Freund nach Hallstatt gebracht. Der soll absolut vertrauenswürdig sein. Und dort fällt sie ja nicht auf, weil der Ort voller Chinesen ist. Aber ich bin mir jetzt nicht mehr sicher ..." Er brach ab.

Gasperlmaier spürte ganz deutlich, wie sich sein Magen zusammenzog. Und das war meistens ein untrügliches Zeichen dafür, dass er sich mit dem nicht wohlfühlte, was gerade passiert war. Wenn herauskam, was sich die Frau Doktor, er und die Manuela ausgedacht hatten, dann war es vorbei mit der Polizeikarriere und wohl auch mit der Beamtenpension. Er hätte doch ein paar Augenblicke länger überlegen sollen, bevor er sich auf diese verrückte Geschichte eingelassen hatte.

„Ob sie wirklich die ist, für die wir sie halten, oder?", vollendete die Manuela seinen Satz. Gasperlmaier nickte. „Vielleicht war sie ja die Chefin von diesem ganzen Geheimdienst-Trupp, und sie haben uns etwas vorgespielt." „Das, mit Verlaub, ist aber schon ein ziemlich weit hergeholte Vermutung. Auf jeden Fall hat niemand damit gerechnet, dass die Kohlross und ich da oben auftauchen", sagte die Manuela. „So könnte es gewesen sein. Und jetzt mach ich mir halt Sorgen um den Doktor Altmann. Und um seine Frau und den Freund auch. Wer weiß, was ..." Es klopfte an der Tür.

„Grüß euch", sagte der Friedrich, als er eintrat. „Ich hab von draußen noch Licht bei euch gesehen. Die Spatzen pfeifen ja schon von den Dächern. Es hat eine Schießerei gegeben, oben, bei der Tressensteinwarte? Und der Rettungshubschrauber ist gekommen? Ist am Ende einer tot?" Gasperlmaier schüttelte den Kopf. „Wenn du Stillschweigen versprichst", sagte er, „dann erzähl ich dir alles." „Gehen wir zum Schneiderwirt?", schlug der Friedrich vor. Gasperlmaier schüttelte den Kopf. „Der sperrt demnächst zu. Und außerdem hört da womöglich jemand mit. Und das können wir gar nicht brauchen." Er ging zum Kühlschrank, holte zwei Flaschen Bier heraus und öffnete sie. „Magst ein Kracherl, Manuela?" Die schüttelte den Kopf. „Ich bleib beim Wasser." Der Friedrich und Gasperlmaier prosteten einander zu, und Gasperlmaier begann zu erzählen. Am Ende auch noch das, was er über das Bestechungsnetzwerk des Niederecker von der Kathi und der Steffi erfahren hatte.

„Da können wir nur hoffen, dass alles gut geht", sagte der Friedrich, nachdem Gasperlmaier geendet hatte. Der trat ans Fenster und sah in die Nacht hinaus. Schon wieder schlugen Regentropfen gegen die Scheiben. „Sollen wir den Doktor Altmann vielleicht anrufen?", fragte Gasperlmaier mehr sich selbst als die beiden anderen. „Ich würd's einmal probieren", schlug der Friedrich vor. Gasperlmaier wählte, doch es meldete sich nur die Mobilbox, was ihn auch nicht gerade beruhigte.

„Übrigens", sagte der Friedrich und nahm einen tiefen Schluck aus der Bierflasche, „die WKStA, weißt eh, die Wirtschaftskrimineser, die haben den Niederecker schon verhaften lassen. Das dürfte auch aufgrund eurer Recherchen passiert sein." „Woher weißt du denn das?", fragte Gasperlmaier. Der Friedrich zuckte mit den Schultern und grinste. „In der Zeitung heißt's da immer ‚aus gewöhnlich gut informierten Kreisen'. Und ich bin einer von denen in diesen Kreisen, weißt eh!" Das wusste Gasperlmaier. Das war schon ein Problem gewesen, als sie noch auf dem Posten in Altaussee zusammengearbeitet hatten. Der Friedrich kannte alle und jeden, und zwar mitsamt Eltern, Großeltern, Arbeitgebern und Immobilien. Und obwohl Gasperlmaier ein Altausseer war, und noch dazu bei der Feuerwehr und bei der Polizei, fehlten ihm diese Informationen oft. Die Christine beschwerte sich ohnehin immer wieder, dass er sich viel zu wenig für die Menschen um sich herum interessierte. Das aber stimmte so nicht. Ihm genügte einfach seine Familie.

„Weißt du Genaueres?", fragte die Manuela. „Es geht um Grünland, das manche in Bauland umgewidmet haben wollten. Eh immer das Gleiche. Der Niederecker war schon die ganze Zeit unterwegs, nicht nur in Altaussee, um den Bauern Grünland für einen Pappenstiel abzuschwatzen. Das seien eh nur saure Wiesen und so.

Meinem Freund, dem Gappmayr, hat er sogar erzählt, dass er selber gerne Angus-Rinder auf den Wiesen züchten würde. Angus-Rinder! Der Niederecker! Dass ich nicht lache!" „Magst noch ein Bier?", fragte Gasperlmaier und deutete auf die leere Flasche des Friedrich. „Ich möchte", sagte der, „ja nicht die Polizei schädigen, aber …" Gasperlmaier verstand und holte zwei weitere Flaschen aus dem Kühlschrank. „Den Kröker und den Burger vom Lakeview hat er auch bezahlt, der Niederecker. Einfach, dass er einen Informationsvorsprung hat, wo neue Bauvorhaben geplant sein könnten und welche Gründe man dafür braucht. Da hat er sich halt gedacht, die beiden wissen, was so im Busch ist und in welche Richtung sich der Tourismus entwickeln soll. Da gab es wahrscheinlich auch noch andere, die mitgenascht haben. Aber da hab ich noch keine Namen erfahren können." „So ähnlich", sagte Gasperlmaier, „haben es uns meine Mädels auch schon erzählt. Nur glauben sie halt, dass die Chinesen dahinterstecken. Würd ja auch alles zusammenpassen."

„Das kann ja nicht so weitergehen", begann der Friedrich zu räsonieren. „Ich sag dir was, wir werden noch Zugangsbeschränkungen einführen müssen, da hat dieser Wurzacher nicht ganz unrecht mit seiner Idee von einem Schranken. In Hallstatt drüben haben's den ja schon lang!" „Aber ist das nicht ein bisschen drastisch?", mischte sich die Manuela ein. Der Friedrich reagierte mit einer verärgerten Geste. „Drastisch, liebe Manuela, ist das Chaos, das die Touristen jetzt schon anrichten. Und jedes Jahr werden sie mehr. Da brauchen wir gar nicht erst die Chinesen ins Boot holen. Du weißt es ja selber." Die Manuela seufzte und nickte. „Eure Wohnung ist für eine Familie viel zu klein. Und findet ihr hier in Altaussee was, das sich ein Lehrer und eine Polizistin leisten können?" Keiner sagte etwas, denn sie alle kannten die Antwort.

„Ob da auch Politiker mit im Boot waren?", überlegte Gasperlmaier. „Wenn, dann werden sie sich herausreden, das kennt man ja. Alles, was in den Chats steht, die man dann finden wird, war anders gemeint, als die Staatsanwaltschaft glaubt." Der Friedrich nahm den letzten Schluck aus seiner zweiten Flasche. „Und wie wird das jetzt weitergehen?", fragte Gasperlmaier. „Werden die jetzt noch eine Delegation herschicken? Und wer wird unser neuer Tourismusdirektor?" „Oder Direktorin!", ergänzte die Manuela. „Oder Direktorin", wiederholte der Friedrich. „Da fiele mir schon wer ein. Ob deine Schwiegertochter den Job nicht machen könnte? Die scheint ja recht geschickt zu sein. Die Burgl ist schon zu alt, und die Lena ... ich weiß nicht recht ..." „Aber geh!", widersprach Gasperlmaier heftig. „Mit den zwei kleinen Kindern! Wie soll denn das gehen!" „Vielleicht, wenn der Opa in Frühpension geht? Weil er wegen der vielen Bluttaten ein Burn-out-Syndrom hat? Ein jeder Arzt tät dir da was schreiben, wenn du ihm erzählst, was du schon alles durchgestanden hast." „Ihm oder ihr!", ergänzte die Manuela und hob belehrend einen Zeigefinger. „Ja, ja", sagte Gasperlmaier. „So einfach ist das nicht. Aber wenn schon, dann geh ich eh lieber zu einer Frau Doktor als zu einem Mann." „Warum denn das?" Der Friedrich stand schon wieder mit einer Hand am Griff der Kühlschranktür. „Weil, ja, weil ... irgendwie sind die verständnisvoller ... hören mehr zu ... ich war da kürzlich bei einer Hautärztin, weil mich die Christine ..."

Er hielt inne, weil jemand die Stiege heraufpolterte. Hatte er am Ende unten nicht abgesperrt? Musste wohl so sein. „Grüß euch Gott, alle miteinander!", rief der Doktor Altmann, offenbar wohlgelaunt. „Ich hab ein bisschen länger gebraucht, weil ich hab noch bei mir daheim vorbeifahren müssen!" Grinsend hielt er zwei Flaschen Rotwein und eine Flasche Schnaps in die Höhe. „Setz dich hin", forderte Gasperlmaier. „Wir müssen dir was erzählen." Er stand auf und deutete auf seinen eigenen Stuhl. „Na, was kann denn wichtiger sein als ... habt's ihr eigentlich einen Korkenzieher?" Er sah suchend um sich. „Die Lin Lien, die hat vier Pässe gehabt. Und sie schaut jetzt aus wie auf einem von den falschen Passfotos." „Und?" Der Doktor zuckte mit den Schultern. „Was schließt du daraus?", fragte der Friedrich. „Da", sagte der Doktor Altmann, „muss ich ein bisschen überlegen. Und das geht am besten bei einem guten Glas Rotwein. Ihr habt's doch Weingläser da, oder?" Gasperlmaier schüttelte den Kopf. „Na, was soll's. Wassergläser tun's auch. Man muss sich halt besser konzentrieren beim Riechen."

Erst, nachdem sie einander zugeprostet und den Wein gekostet hatten, war der Doktor Altmann bereit zu sprechen. „Ein Zweigelt Unplugged vom Reeh. Du kennst ihn ja schon, Gasperlmaier." „Also?", fragte der anstatt einer Antwort. „Sie hat nicht viel gesprochen, die Frau Lin Lien", sagte der Doktor Altmann. „Aber sie hat Angst gehabt, das hab ich deutlich gespürt. Meine Frau auch. Also, so kaltblütig, dass sie das Ganze selber eingefädelt hätte ... nein, würde ich sagen. Und was den Kröker angeht, plädiere ich auf Notwehr. Allerhöchstens Notwehrüberschreitung."

Gasperlmaiers Handy läutete, die Frau Doktor war dran. „Hallo, Franz", sagte sie und atmete so tief durch, dass man es sogar über das Telefon hören konnte. „Alles in Ordnung bei euch?" „Ja, ja!", beruhigte er. „Der Doktor Altmann besucht uns grad. Er ist von seinem

Ausflug zurück." „Sehr schön!", sagte sie erleichtert. „Eine gute Nachricht hab ich für euch, die beiden verletzten Chinesen sind in Wien in Untersuchungshaft genommen worden. Es lässt sich also doch nicht alles so einfach unter den Teppich kehren, wie manche sich das wünschen. Das wollte ich dir nur sagen." „Vielen Dank!", sagte Gasperlmaier, als ihm noch etwas Wichtiges einfiel. „Du, Renate", sagte er, „die Katharina und die Stefanie, die haben sich ja Informationen aus erster Hand erhofft, vielleicht ..." Er spürte förmlich, wie die Frau Doktor lächelte. „Ich erwarte morgen einen Anruf von einer der beiden", sagte sie. „Vor einer möglichen Pressekonferenz", fügte sie noch hinzu. „Vielen Dank! Bis morgen" Er legte auf. „Wir haben eh alles gehört", sagte der Friedrich.

„Darf man fragen, wo du sie untergebracht hast?", fragte er dann den Doktor Altmann. „Eine heikle Geschichte. Sagen wir einmal so: Wenn Frau Lin Lien irgendwas vorhat, dann ist mein Spezl hervorragend dafür geeignet, es herauszufinden. Er hat nämlich früher viel ... es ist gescheiter, dass ich euch das nicht erzähle. Einen ausgezeichneten Rotwein hat er übrigens auch, mein Freund." „Sag bloß, du hast dort schon mit ihm gebechert." Der Bruno zuckte mit den Schultern. „Was hätte ich machen sollen? Unhöflich sein, wenn einer seinen Barolo mit mir teilen will?" „Und dann bist du noch gefahren? Über den Koppenpass? Im Finsteren? Wo der eh so kurvenreich ..." „Nur zwei Gläser!", verteidigte sich der Doktor Altmann. „Da bin ich auf jeden Fall noch unter den 0,5 Promille gewesen. Jetzt allerdings ..." Er schenkte sich nach. „Fast eine Verschwendung", sinnierte er, als er sein Wasserglas hochhielt. „Aber was soll's!" Er roch, rümpfte missbilligend die Nase und trank. „Der halbe Genuss", konstatierte er, nachdem er den Schluck ausgiebig im Mund gewälzt hatte. „Ich muss dir ein bisschen was erzählen", sagte Gasperlmaier. Und er wiederholte die ganze Geschichte, die er schon dem Friedrich erklärt hatte. „So ist das also", sagte der Doktor Altmann und schenkte nach. „Da trinken wir darauf, Gasperlmaier", sagte er, „dass du nicht einen chinesischen Nachbarn kriegst, wenn meine Charlotte und ich einmal das Zeitliche gesegnet haben. Prost!" „Daran darfst gar nicht denken!", seufzte Gasperlmaier.

„Sag einmal", fragte er dann, „was wird denn die Lin Lien jetzt machen?" „Das hängt sehr davon ab", sagte der Doktor Altmann, „woher sie ihre gefälschten Pässe hat. Habt ihr geschaut, ob die alle chinesisch sind? Oder waren da andere auch dabei?" „Keine Ahnung", musste Gasperlmaier gestehen. „Ich hab sie ja nicht gesehen. Aber vielleicht ..." Er holte sein Handy heraus und wählte die Nummer der Katharina. „Sag einmal, Kathi, habt ihr euch die Pässe ein bisschen genauer angeschaut? Ich meine, waren die alle chinesisch, oder ..." „Nein", sagte die Kathi sofort. „Der Pass mit den blonden Haaren war ein deutscher. Ich hab sie sogar danach gefragt, und sie hat gesagt, sie ist Doppelstaatsbürgerin. China und Deutschland." „Allerhand!", sagte Gasperlmaier. „Und die anderen?" „Ja, ich kann mich nur erinnern, dass sie alle verschiedene Farben hatten! Und außerdem war ich schon im Bett!" „Das Bett", sagte er, „ist jetzt nicht so wichtig. Ihr könntet die Renate morgen einmal anrufen, wegen exklusiver Infos zum Fall. Am besten nicht zu spät, weil vielleicht gibt's morgen schon eine Pressekonferenz, und dann gibt's wahrscheinlich nichts Exklusives mehr." „Danke, Papa! Du bist der Beste!" „Schon gut, Kathi. Gute Nacht!" Gasperlmaier legte auf. Alle hatten mithören können. „Das mit den Pässen ist ja interessant", sagte der Friedrich. „Aber es hilft uns überhaupt nicht weiter", sagte der Bruno. „Pässe gibt's in allen möglichen Farben. Und wenn er, sagen wir, blau war, gibt's ein paar Dutzend Länder, aus denen er stammen kann."

„Kann das sein, dass die auch für den deutschen Geheimdienst gearbeitet hat, beispielsweise?", fragte die Manuela. „Sicher", nickte der Doktor Altmann. „Ich würde da gar nichts ausschließen." „Und warum", stellte Gasperlmaier erneut die Frage, die ihn schon lange beschäftigte, „schickt man chinesische Geheimdienstleute überhaupt nach Altaussee? Dass sie sich da gegenseitig abmurksen?" „Das", sagte der Doktor Altmann, während er den restlichen Inhalt der zweiten Weinflasche prüfte, indem er sie gegen das Licht hielt, „wird uns wohl auf ewig verborgen bleiben." Gasperlmaier sah ein wenig besorgt auf seine Uhr. Es war knapp vor Mitternacht.

Epilog

Die Reise hatte schon mit Ärger begonnen. Der Regionalzug, der sie von Attnang nach Wels zum ICE mit Endstation Hamburg bringen sollte, war verspätet, und so hatten Gasperlmaier und die Christine hetzen müssen, um den Anschluss in Wels zu erreichen. Kaum hatten sie es sich, immer noch völlig außer Atem, auf ihren Plätzen gemütlich gemacht, wurde ihnen per Durchsage erklärt, dass der Zug heute nicht wie vorgesehen bis Hamburg, sondern nur bis Fulda fahren würde. Dort, so hieß es, müssten sie in einen anderen Zug umsteigen. „14 Minuten Umsteigezeit", murmelte die Christine. „Hoffentlich erwischen wir den."

In Passau hatte ihr Zug allerdings schon 16 Minuten Verspätung. „Ob wir jemals nach Hamburg kommen werden?", seufzte Gasperlmaier. „Auf jeden Fall!", versicherte ihm die Christine. „Und fang nicht jetzt schon zu jammern an!" Gasperlmaier sah aus dem Fenster und dachte bei sich, dass es gescheiter gewesen wäre, zu Hause zu bleiben. Tropfen klatschten gegen die Fensterscheiben des Zuges, und er fragte sich, was er bei Sturm und Regen in Hamburg anfangen sollte. Wahrscheinlich gab es dort nicht einmal ein gemütliches Wirtshaus, wo man sich zu Hause fühlen konnte. „Hast du übrigens was von der Frau Doktor Kohlross gehört, in den letzten Tagen?", fragte die Christine, nachdem sie einander minutenlang angeschwiegen hatten. Gasperlmaier nickte. „Eine ganze Menge Ärger hat sie gehabt, und knapp an einer Degradierung ist sie vorbeigeschrammt, soweit ich das verstanden habe. Es ist ja schließlich ... ich meine, so eine Suche nach einem geflohenen Häftling, das kostet ja auch Geld." „Und? Hat sich irgendwas ergeben?" „Ja", nickte Gasperlmaier. „Sie haben ein paar Dutzend Chinesinnen verhört, und zwei oder drei haben sie sogar kurz festgenommen, weil die Beamten gedacht haben, dass es sich um Lin Lien handelt." Er grinste. „Aber sie war's natürlich nicht."

Er streckte seine Beine unter den Sitz gegenüber. „Lass mir halt auch noch ein wenig Platz!", protestierte die Christine. „Ja, ja!", sagte Gasperlmaier, der in Gedanken versunken war. Da oben, auf dem Tressenstein, da war er sich schon sicher gewesen, dass er seine Polizeikarriere an den Nagel hängen würde. Jetzt, mit ein wenig Abstand, sowohl zeitlich als auch örtlich, war der Gedanke an den Abschied von der Polizei wieder verblasst. Schließlich konnte man doch allerhand Sinnvolles bewirken, und auch im Fall der Lin Lien war er sich nun sicher, dass sie das Richtige getan hatten, wenn auch ein leiser Zweifel zurückblieb.

Er stand auf und ging zum Gepäckregal, wo er ein Außenfach seines Koffers öffnete. „Und das", sagte er und hielt der Christine eine Ansichtskarte hin, „das hab ich mir für heute aufgespart. Als Überraschung. Ist gestern gekommen, auf den Posten." Die Christine sah sich die Postkarte an. „Aus Vancouver! Wo der Christoph und die Richelle gewohnt haben! Wer schreibt dir denn von dort?" Die Christine war selber einmal nach Vancouver geflogen, um die Kinder zu besuchen, und hatte noch lange danach von dieser Stadt geschwärmt. „Dreh halt einmal um!", lächelte Gasperlmaier. „Herzliche Grüße aus Vancouver", las die Christine vor. „Es geht mir gut, und niemand muss sich Sorgen um mich machen. Vielleicht komme ich einmal zurück nach Altaussee." Die Christine machte große Augen. „Unterschrieben ist mit ‚Tian Tailin'. Wer soll denn das sein?" „Das kann nur Lin Lien sein. Wer sonst mit einem chinesischen Namen könnte denn zurück nach Altaussee kommen wollen? Und wer sonst sollte uns eine Karte an die Adresse von unserem Polizeiposten schreiben?" Er ließ sich zurück auf seinen Sitz fallen. „Aber interessieren täte mich schon, wer sie wirklich war."

„Ihr Anschluss in Fulda kann voraussichtlich nicht erreicht werden", kam eine Durchsage über den Bordlautsprecher.

Danksagung

Mein Dank gilt zuallererst meiner Frau Ulrike, die als erste Testleserin fungiert und mich auf die gröbsten Ungereimtheiten im Manuskript aufmerksam macht, sodass ich meine Lektorin gar nicht erst damit belästigen muss. Ebenso bedanke ich mich dafür, dass sie Verständnis für mich hat, wenn ich für das Schreiben um absolute Ruhe und insgesamt eine Atmosphäre entspannter Heiterkeit ersuche.

Weiters gilt mein Dank meinem Verlagsteam, allen voran meiner Lektorin Linda Müller, mit der ich seit mittlerweile zwölf Jahren ein Team bilde, ohne das ich nur schwer auskommen könnte. Weiterer Dank gebührt meiner Projektleiterin Verena Friedl, meinem Verleger Markus Hatzer und allen anderen im Haymon Verlag, die meine Manuskripte lesen und wertvolles Feedback geben.

Besonderer Dank gilt auch allen Bibliothekar:innen und Buchhändler:innen, die sich um den Verkauf meiner Bücher bemühen und mich immer wieder zu großartigen Veranstaltungen in ihren Buchhandlungen und Bibliotheken einladen. Und ganz besonders bedanken möchte ich mich natürlich auch bei meinen Leser:innen, die mir bei meinen Lesungen so wunderbares Feedback geben. Ich weiß nicht, ob ich ohne euch noch genügend Motivation für weitere Buchprojekte aufbringen würde.

Who is Who

Franz Gasperlmaier	Dienststellenleiter der Polizei Altaussee
Dr. Renate Kohlross	Leutnant, ermittelnde Beamte
Emina Jovanovic	Gruppeninspektorin
Manuela Reitmair-Peschke	Kollegin Gasperlmaiers in Altaussee
Christine Gasperlmaier	Ehefrau von Franz
Katharina Gasperlmaier	deren Tochter
Stefanie Frisch	Ehefrau von Katharina
Dr. Christoph Gasperlmaier	Sohn der Gasperlmaiers
Richelle Fraser	dessen Lebensgefährtin
Theo und Elisa	deren Kinder
Dr. Bruno Altmann	Freund, Nachbar
Dr. Charlotte Altmann	dessen Ehefrau
Friedrich Kahlß	ehemaliger Dienststellenleiter, Freund
Mali Kirnberger	Inhaberin des Hotels Villa Kirnberger
Kai Kröker	Tourismusdirektor
Lin Lien	Übersetzerin in einer chinesischen Delegation
Rinderer Josef Ning	Delegationsleiter
Wang Baihu, Chen Jian	Delegationsmitglieder

Auflage
4 3 2
2028 2027 2026 2025

HAYMON tb 336

Originalausgabe
© Haymon Krimi, Innsbruck-Wien 2025
Haymon Verlag Ges.m.b.H.
Erlerstraße 10, 6020 Innsbruck
office@haymonverlag.at
www.haymonverlag.at

Alle Rechte vorbehalten. Kein Teil des Werkes darf in irgendeiner Form (Druck, Fotokopie, Mikrofilm oder in einem anderen Verfahren) ohne schriftliche Genehmigung des Verlages reproduziert oder unter Verwendung elektronischer Systeme verarbeitet, vervielfältigt oder verbreitet werden.

Der Verlag behält sich das Text- und Data-Mining nach § 42h UrhG vor, was hiermit Dritten ohne Zustimmung des Verlages untersagt ist.

ISBN 978-3-7099-7967-9

Inhaltliche Betreuung, Lektorat: Haymon Krimi / Linda Müller
Projektleitung: Haymon Krimi / Verena Friedl
Buchinnengestaltung nach Entwürfen von himmel. Studio für Design und Kommunikation, Innsbruck / Scheffau – www.himmel.co.at
Satz: Dörlemann Satz, Lemförde
Umschlaggestaltung: Eisele Grafik · Design, München
unter der Verwendung von folgenden Bildelementen:
Ausseer-Hut: Hüte Maurer Wien; Maneki-neko: Shutterstock/KT Studio; Wasser: freepik und freepik/chestorm66; Landschaft: Shutterstock/high fliers
Autorenfoto: Monika Löff

Gedruckt auf umweltfreundlichem,
chlor- und säurefrei gebleichtem Papier.